U0024341

現代與後現代的游移者

——林燿德詩論

王文仁◎著

十年——學術的志業

　　文仁的林燿德研究要出版了，他請我為這本書寫一篇短文，我無可推辭；謹以這篇短文略記十年來的師生之誼！

　　文仁初次提出林燿德相關的研究架構，是在 1999 年南華文學所「方法論」的課堂上，碩二那年課堂上他提出的章節細目，其實不復記憶；但當日文仁昂揚說著自己對林燿德其人其文種種觀點的神情，至今仍鮮明如在眼前，尤其是他說明林燿德名字中的「燿」，何以是「燿」，而非「耀」時，鏗鏘有力的語調，激動慷慨的肢體動作，猶在耳邊目前。其後，文仁便開始將初始的相關論點，擴展為他的碩士論文：《光與火——林燿德詩論》，亦即本書的前身了。

　　文仁撰寫《光與火——林燿德詩論》期間，除了課堂互動外，還有幾個記憶定格，是我常浮上腦海的。其一是，在某個暮春的黃昏，文仁親自下廚料理了一大桌的菜，邀了我和文學所許多同學到他的住處共進晚餐。赴會前我即側面知悉當晚「擺桌」的目的，是他想「拜師」——請我擔任他的指導老師，雖然直到當晚大家盡興散去之前，文仁始終沒有向我提出擔任指導老師的請求，但他的誠敬與用心，我卻是點滴感知在心裏。

　　碩三開始動筆撰寫論文之後，文仁便以「初生之犢不怕虎」的學術熱情，矇著頭自己寫了很久的論文，我在一旁看著直為他捏把冷汗。那年十月中下旬，我邀了文學所一些同學到家中聚餐，下午時文仁提早到家裏來，用意大約是希望與我談談論文，但我只是請他陪同一起準備著同學聚餐時的飲食事項。我想他當時心中是很忐忑的吧！晚餐後，同學們陸續散去，我請文仁留下來，當晚我們談到深夜二點左右。在針對論文初稿逐節討論之後，我希望他重新調整論述架構，

深化論點，總的結論是：全部重寫。其實文仁當時的論文初稿並非一無可取，其中亦有許多他對林燿德的獨到見解；但我仍狠心要他全部重來，深意是想幫他踩踩煞車。畢竟在碩士班學徒階段，面對學術研究時若一昧前衝，急求產值效率，容或聰明可期，短期亦有所成，但卻可能養成因知識而驕慢的習氣。因此，我狠心地要他棄捨已完成的十萬字初稿，全部歸零重起爐灶。

後來文仁告訴我，當他深夜離開後，他站在我家大門口，將近一小時，身心震撼動彈不得。但其後他很快調整自己的心緒，摸索出寫作論文的方法與節奏，並以一年多的時間完成：《光與火——林燿德詩論》，同年並順利考取東華大學中文系博士班。對於文仁願意虛心領受當天晚上的「震撼教育」，並且迅速調整自己重寫論文一事，我覺得是很不容易的。因為其中他要調整的，除了論文架構、論述觀點外，還要有遇難不退的勇氣，更難的是如何對治自己的心緒習氣。但文仁卻能因此而沉潛下來，專心撰寫碩士論文，並由此而開潤了他的知識視野與格局，展現其對學術研究的熱忱與堅持。

如今，以當年的堅持與熱忱澆灌的碩士論文，經過文仁反覆琢磨再次修整，即將出版為《現代與後現代的游移者——林燿德詩論》。這本書印證著文仁過去十年累積的研究潛力與熱忱，作為這本書的初期協力者，我也為此感到十分歡喜，謹以這篇短文，為文仁略記本書前身的點滴記憶。

靜宜大學臺灣文學系副教授　陳明柔

光年外的對望

音樂大師理查‧史特勞斯曾經說過,以有生之年來抄寫莫札特的總譜,恐怕都抄寫不完,很難想像莫札特的短暫一生,是如何不停歇地寫出了大量的音樂傑作。其中包括二十餘部歌劇、41 部交響曲、五十餘部協奏曲、17 部鋼琴奏鳴曲、6 部小提琴協奏曲、35 部鋼琴小提琴奏鳴曲、23 首弦樂四重奏、以及許多嬉遊曲小夜曲、舞曲及宗教音樂。

同樣的奇蹟也發生在臺灣,林燿德在三十五年的青春歲月中,著有詩、散文、長短篇小說等各類創作三十餘種、編著選集《臺灣新世代詩人大系》等四十餘種;各項作品曾獲國家文藝獎、梁實秋文學獎首獎、時報文學獎首獎等三十餘項。他的作品美學含括了現代主義到後現代主義,恢弘的視野更讓人難以解讀。在 1996 年初,林燿德猝逝,但他的作品沒有受到冷落,批閱王文仁博士的專著《現代與後現代的游移者——林燿德詩論》深感欣慰,彷彿聽見了燿德爽朗的聲音:

> 穿梭的天體和航空器間
> 妳還是發現了
> 發現了這超越時空的呼
> 喚

——林燿德〈光年外的對望〉

因為文仁細細的演繹,燿德的詩藝與詩學,得到了超越時空的呼應。《現代與後現代的游移者——林燿德詩論》是國內討論林燿德的前鋒作品,王文仁博士廣泛地從文學史、文學社會學、現代主義與後

現代主義等多個角度分析林燿德現象，後續的研究多重視野的啟發，是本書的一大特色。

在文學史的「縱的繼承」上，文仁注意到了互文性（intertextuality），詮釋林燿德之前，先上溯「新感覺派」，進一步把林燿德手中張揚開來的都市文學中，包含了：上海的「新感覺派」、紀弦的臺灣「現代派」與《創世紀》掀起的「後期現代派運動」，以及他在80年代提倡的新世代「都市文學」等脈絡精神。以翔實的歷史脈絡，將林燿德的視野立體了起來。

在林燿德詩學介紹前，文仁同時先從文學社會學的世代論的角度，分析林燿德積極提出「新世代」觀點，藉以爭奪文壇的詮釋權，突出「新世代」與「前行代」的差異，不但說明了80年代現代詩「世代交替」的現象，更把林燿德希望重新建構文學典律的未竟之志點出。

本書最值得讚許之處，莫過於能夠透過細密的考證，對林燿德的後現代詩仔細詮釋，無論是歷史、政治、戰爭、都市、科幻、性愛等主題，都能夠言之成理，或許和文仁熱愛創作有關，在解釋上往往能夠進入創作者的內裡，反省出詩行間深埋的意念，是本書最吸引人之處。

筆者和文仁相識也近七年了，他在修習博士學位期間，就表現相當傑出，也樂於嘗試教學，曾經我的邀約下，指導僑生中國語文能力的課輔課程，獲得學生們的肯定。在取得學位兩年後，文仁回到東華大學，在我的研究室從事博士後研究，帶領幾位博、碩生，每週進行專題討論，就現代主義文學發展的脈絡討論上，確實有其獨到的見解，他認真分析文獻，蒐集史料以及整合資料的能力都令人讚賞。匆匆一年結束，他也將遠赴新職，同時出版專著，可以說是雙喜臨門。僅以這篇序文，致賀，也祝願文仁的學術與研究生涯都順利，一直能有傑出的成績。

國立東華大學中國語文學系副教授　須文蔚

非常偶然之必然

　　會開始林燿德的研究，原是一個再偶然不過的機緣。

　　1996年，還在東海大學中文系就讀時，有天突然收到網友Totaleclipse 的一封來信。信中云：在舊書攤購得散文一本，讀後深覺大有意思，於是轉贈予我作為友誼的信物。那本書，即是林燿德的散文集《鋼鐵蝴蝶》。

　　那個下午，我在仿唐建築的文學院廊廡裡翻閱，一開頭即刻被陳璐茜所寫的回憶文字所攫。文中，她婉曲傾訴林燿德如何以愛讓她的生命獲得重生，如何在荒蕪的世界中打開一扇奇妙的窗扉，如何匆促的離去留下眾人無限的慨嘆。之後，我不僅很快讀畢《鋼鐵蝴蝶》，並四處蒐羅林燿德的作品閱讀，埋下日後進行相關研究的契機。

　　1998年，我從東海中文系畢業，旋即進入南華文學所就讀。因為研究興趣的關係，在臺灣文學及文學理論上下了較大的功夫。同時也決定，要以林燿德為題來寫作碩士論文。一開始，我即屬意找當時剛到系上任教的明柔老師擔任我的指導教授，老師考量到我日後還想念博士班，加上林燿德並非她有興趣涉獵的議題，因此建議我可以找更為資深的教授擔任指導工作。無奈我一心認定且百般糾纏，老師只好勉為其難的答應，而我也開始了與林燿德長達四年的對話。

　　在彼時年輕一代的作家中，林燿德無疑是多產的快手，十多年中出版的文集多達三十餘部，廣及散文、小說、新詩、電影劇本、漫畫等等文類，加上他的作品相當具有前衛性與哲思性，要能深入的剖讀本身就不是一件容易的事。雖然我最初接觸林燿德的著作是從散文開始，後來決定研究的卻是詩。原因主要有二：一是判讀林燿德的作品，

深覺其在詩歌的創作與理論上有豐富的建樹；二是筆名渡也的陳啟佑教授當時也在所上任教，在詩學的相關研究上啟發我甚多。最後，乃決定以《光與火——林燿德詩論》為題撰寫碩士論文。

當時，國內尚無林燿德相關研究的碩博士論文（後來，中正大學的翁燕玲同學早我一年完成了林燿德的學位論文），單篇的期刊論文數量亦不算多，要做開疆闢土之事，說來並不容易。加上詩在各種文體中，本來就有一定研究的難度，寫作的過程中自然要遭遇重重難關。其中，曾經因為前半部的初稿出了大差錯，被老師提點要重新來過。九二一大地震震倒了老師南投的家，讓論文討論的工作暫停了好一陣。最慘的是，遇上硬碟燒毀的大災難，一夕之間五萬多字的文稿消失，讓我懊惱了三天三夜。所幸，這些都沒能讓我放棄研究林燿德的初衷。由於寫作論文壓力實在太大，我還養成了打籃球的習慣。日後跟朋友聊起，都說這本論文有一半是在籃球場上完成的。

就這樣，花了四年的時間，我完成生平第一部近二十萬字的論著。幾年的時間過去了，我已順利從東華中文系取得博士學位，對其中的篇章也陸陸續續做過一些修訂。這次重新更換了論題，得到秀威出版社的慨允出版。深深感謝十多年前那次偶然的餽贈之情，這無疑印證了，人生有太多非常偶然之必然。

王文仁
2010/5/2 於花蓮金典賃居處

目　次

第一章　緒論

第一節　林燿德詩與詩論的研究價值

　　1980 年代的臺灣文學，是在全面性變革的環境中生長起來的。告別了 70 年代現代主義與鄉土文學的論戰，到了 80 年代，文學不再單純的只是寫不寫實、愛不愛國的意氣之爭，而是在劇烈變革的處境中，人們如何面對都市化與資訊化的生活情境，如何在逐漸多元的社會中尋求生命的安頓，如何透過嶄新的形式表現破碎支離、無一是從的符號脈流。於是乎，我們可以看到大量嶄新的議題與表現方式不斷被搬上檯面，有別於傳統創作者的新世代作家挾帶著強烈的實驗精神與問題意識，他們跨學科、跨文化，不以對傳統的繼承為己任的創作意圖，游移在現代與後現代間，強而有力地撼動原本呈現半封閉狀態的文壇。在 80 年代的新世代作家中，從小生長在臺北的林燿德（1962-1996），堪稱是其中相當具代表性的一人。

　　1996 年 1 月 8 日，林燿德猝逝的消息傳出，立刻在文壇上引起軒然大波。報章雜誌競相報導這位具傳奇性的人物，大量紀念和評論的文字也都在這時推出。行政院文建會與中國青年寫作協會更在隔年的 1 月 25 日起連續三天，舉辦「林燿德與新世代作家文學研討會」，會中共發表論文十五篇，廣泛討論了林燿德創作與論述的成果。2001 年楊宗翰也與鄭明娳等學者合作編輯五大冊的《林燿德佚文選》[1]，企圖重燃學者對這位早逝作家文學成就的重視。

---

[1]　楊宗翰主編：《林燿德佚文選 1-5》（臺北：天行社，2001）。

1

　　林燿德本名林耀德，從「耀」到「燿」，從「光」到「火」，也就是從接受能量的被動狀態，走向發射能量的主動狀態。[2] 在此過程中，林燿德逐漸從對原鄉的懷想走向世界人的視野；從對現代主義偉大光輝的迷戀走向後現代的顛覆與重建。從林燿德的成績單來看[3]，他的代表性不僅在於涉足舉凡新詩、小說、散文、評論甚至影視劇本、漫畫，也在於相當自覺地建立自我的詩學理論，並在中華民國青年寫作協會秘書長任內大量舉辦研討會、寫作研究班，積極參與叢書的編撰。如此豐富的成績除了凸顯他強大的創作力，更要歸功於諸多不流俗套的實驗作品，以及在各類選集編撰與研討會舉辦上獨到的眼光與努力。由此，林燿德成功讓自己從一個狹隘的文學家角色脫身，在時代的轉捩點以文化人的身份推動文學風潮，展現對臺灣文學史的重寫企圖，建構 80 年代後期新世代的文學理論。以上種種，都讓林燿德成為談論 1980 年代臺灣文學時，一個不可或缺的人物。

　　那麼該從什麼的角度出發，去觀看林燿德這樣一位文化人？筆者認為，這仍須回歸到對創作與論述的剖析與了解，因為一位作家的理論或觀念與創作是互相影響、催生的，創作的本身便是在實踐與發現的循環中不斷激勵作家的成長與自覺。對理論的剖析與對創作文本的解讀，以及兩者間互動關係的勘查，無疑是深入了解一位作家最好的途徑。有鑒於林燿德創作文類之廣、著作之多，為顧全所有文類反而容易失焦。況且，雖說文類間距離的消弭有助於我們以全新的角度來看待文學創作，但作者選擇每一文類作為表現的手段時，多少都有其

---

[2]　王浩威：〈重組的星空！重組的星空？〉，《林燿德與新世代作家文學論》（臺北：文建會，1997），頁 302。

[3]　林燿德先後曾出版了新詩（含合集《日出金色》）七種，散文三種，小說八種（含長、短篇），評論集七種，採訪錄一種，影視、劇本、漫畫等共六冊，總計為卅一冊。主編選集十五套，計四十三冊。榮獲文學獎項高達卅二次。先後策劃創辦中國青年寫作協會之電影／文學立體鑒賞營、小說創作班、散文創作班、小說創作精進班等多種文藝推廣教育。並於 90 年起逐年企劃、執行系列世紀末臺灣文學專題研討會：計研討「80 年代」、「通俗文學」、「女性文學」、「都市文學」、「政治文學」、「情色文學」等多項臺灣重要議題，並出版研討會論文集。

特殊的考量，如果將這些作品全部雜而論之，則不免疏漏文類間的差異性。在這樣的考慮下，本文乃擇取林燿德最為關注也最能代表其創作歷程、理論中心的文體——「新詩」——作為考察的對象。

　　林燿德從十五、六歲便開始新詩的寫作，他生平第一本出版的作品集為詩集《銀碗盛雪》（1987），同年亦出版詩評論集《一九四九以後》（1987），最後出版者為長詩集《不要驚動不要喚醒我所親愛》（1996）。除了七冊的新詩創作集外，林燿德七冊的評論集中有四冊是詩的專論，其他三冊中亦收羅多篇詩的評論，唯一的訪談錄《觀念對話》也是與詩人的對話。林燿德對詩的關注，可以從《銀碗盛雪》〈後記〉中的一段話窺知一斑：「詩人企圖以詩和自我交談、和時空交綏，這野心的本身，就如同火山流金一般的璀璨和悲壯。」[4]另外，在《觀念對話》的〈題解〉中，林氏也提到：

> 臺灣現代詩發展蓬勃、「自成骨骼」（楊牧語），戰後四十餘年來思潮起伏跌宕、流派消長變遷，歷經「大師無祖國」的「現代主義」波浪、也渡過田園懷舊的「鄉土」時期，詩人們前仆後繼從未終止對文化、歷史與文學發展的關懷與論辯，除了消費市場的劣勢以外，無論詩學的演進或創作的躍昇，若就啟迪性及前瞻性來看，往往超越其他文類。[5]

　　以上種種，皆顯現出林燿德對新詩的關注程度。本著以林燿德的新詩作為考察對象，並以其畢生不斷建構的「後都市詩學」作為整體論述的中心。論文中將透過以下幾個步驟的觀照，深入了解林燿德詩創作的生命：一、對臺灣現代主義文學的發展脈絡重新考察，瞭解林燿德重寫文學史企圖的來龍去脈，並還原至時代背景深入考察其背後的意義。二、透過與前行代詩人間的比較，了解並梳理林燿德「後都市詩學」的理論內涵。三、從實際文本的考察，分析林燿德「後都市詩」理論的實踐，以及理論與作品間的互動關係。除以上諸點外，本

4　林燿德：《銀碗盛雪》（臺北：洪範，1987），頁 222。
5　林燿德：《觀念對話》（臺北：漢光，1989），頁 10。

論文所指涉的「詩論」，乃包含詩與詩論兩個部分，並將其視為互動、互涉的兩者，期能在層層拆解中考察兩者間交互滲透、影響的關係。在討論林燿德詩理論與詩創作時，若有不足處也將透過其他文類作品中所埋藏的線索作為輔助，以求能夠深入釐清林燿德詩與詩論交織的整體藍圖。

第二節　林燿德詩創作概論

本節所指詩創作乃包含兩個部分，一為林燿德的詩論概論，一為林燿德詩作概論。將兩者做一掃瞄式的觀看，再彼此相互參照，有助於我們瞭解林燿德詩歌創作的發展歷程，並歸結出其中的重點，作為進一步探究的基石與依據。

一、林燿德詩論概論

林燿德生前所撰寫的評論大抵收入其七本評論集，分別是《一九四九以後——臺灣新世代詩人初探》、《不安海域——臺灣新世代詩人新探》、《羅門論》、《重組的星空》、《期待的視野》、《世紀末現代詩論集》以及辭世後才出版的《敏感地帶——探索小說的意識真象》。其中，《敏感地帶》以政治跟都市小說為主題，《期待的視野》兼論小說家與散文家，《重組的星空》以都市文學課題為主，其他三本都是詩論的專書。《觀念對話》雖是一本訪談錄，但因所訪者皆為詩人，且前言對詩人之介紹與對話之處多可窺見林燿德的詩觀，故亦納入本節考察的重點。

1987 年，林燿德出版第一本個人詩集《銀碗盛雪》，稍前已出版第一本詩論集《一九四九以後》，收錄 1985、1986 年間發表，論述詩人作品的十七篇短文。這些詩人除羅青（1948－）外都出生於 1949 年以後，最遲在 60 年代末期 70 年代初期開始動筆[6]，林燿德稱

---

[6]　如作為新現代詩起點的羅青便在 1969 年前後開筆。

這些詩人為「戰後世代」[7]，也就是臺灣的「新世代詩人」。在導言中他說到：

> 這些詩人的生命實際經歷了一九四九年以後臺灣地區政治、經濟、文化、社會種種的發展，目擊了農業、工業乃至後期工業文明的各種現象……在創作方面，他們也曾經被前行代的風格所籠罩、陶冶，又在承襲之際，紛紛開拓出現代詩的新牧場，各種不同的信仰和觀念，便在新世代的創作實踐中展開辯證，豐富了詩史，也成就了詩人本身。衝突與匯溶之間的選擇與過渡，正是一九四九以後出生的詩人所面臨的嚴肅課題。[8]

以並不符合「1949 年以後」以及「出生在臺灣」兩項規定的羅青做為全書首位被討論的詩人，顯然乃因羅青被余光中視為是臺灣「新現代詩的起點」，具有文學史上獨到的地位，同時也是因為林燿德所謂的「歷史框架」，都在以詩人的個論構建出臺灣新現代詩的發展史，甚至去「預言新秩序的曙光」[9]。在他眼中，詩或者詩人都該被還原或放置至時代背景中來觀看，「脫離了文學史，詩不過是一些個別的愛憎喜怒，甚至只是一些互相擁抱又彼此瓦解、無關昨日也無關明日的記號遊戲」[10]。也因此，自 1985 年 7 月下旬發表論陳克華的文字，到 1988 年 2 月刊載〈誰在數羊〉的兩年半裡，林燿德陸續寫就《一九四九以後》與《不安海域》裡共三十位詩人，三十一篇的評論文字[11]，且持續在《期待的視野》與《觀念對話》完成新世代詩人史論的企圖。四本書中，他總計撰寫新世代詩人評論共四十四篇，論及詩

---

[7] 林燿德曾指出：「我對『戰後』一辭所下的定義，並非一般認定的 1945。就中國現代史的立場來看，『戰後』一辭如果要求嚴謹的限定，很明顯地要以國共戰爭告一段落的 1949 為界。」參見林燿德：《不安海域》（臺北：師大書苑，1988），頁 355。

[8] 林燿德：《一九四九以後》（臺北：爾雅，1986），頁 5、6。

[9] 同註 7，頁 355。

[10] 同註 8，頁 293。

[11] 其中向陽包含了兩篇，分別為〈遊戲規則的塑造者──綜論向陽其人其詩〉以及〈八○年代的淑世精神與資訊思考──論向陽詩集《四季》〉。

人四十一位。[12] 這些新世代詩人的個論,顯然與他一系列「新世代」、「八〇年代」或「新人類」的評論文章有著相互印證的效果。透過對分期理念的詳述、1980 年代的整體觀照與對詩人個人的深入剖析,林燿德才足以建構出其「新世代」文學的主張和藍圖。

在大量討論新世代詩人的同時,林燿德也不忘回頭重新審思臺灣新詩發展史中一些交纏迷離的議題[13],並在《觀念對話》中與白萩、余光中、林亨泰、張錯、葉維廉、楊牧、鄭愁予、羅門等前生代、中生代詩人進行對話。這不僅如林燿德所言:

> 呈現了不同世代的詩人在 80 年代末期的視角與觀點,關於詩人、詩正文、詩讀者、詩界現象以及當代詩的環境,透過直接言談,辯證中我們共同揭示了文學史的一個角落。[14]

若我們仔細審視不難發現,這些篩選出的詩人皆是「三大詩社」(「現代詩」、「藍星」、「創世紀」),或是標榜本土的「笠」詩社的重要成員、發起人。所跨年代與內容也從林亨泰開始創作的「銀鈴會」時期或稱「前現代派」時期(1947－1949),跨越 50、60 年代的現代主義,70年代的寫實主義,到羅門、張錯、簡政珍、羅青參與談論,風行於80 年代的「後現代主義」時期。對於其心中影響臺灣現代主義發展甚鉅的林亨泰,林燿德不忘撰寫〈林亨泰註〉,編纂〈林亨泰繫年〉,標舉其宏大之處在於「豎立一種追索者與反抗者互相表裡、合而為一的詩哲典型。」[15] 肯認林亨泰前衛的「超現實」之聲在臺灣現代詩史上的重要地位。至於其所景仰的羅門,則以《羅門論》專著討論,並

---

[12] 《一九四九》十七篇,《不安海域》十四篇,《期待的視野》十一篇,《觀念對話》中僅有簡政珍、羅青兩篇隸屬新世代。其中向陽、羅智成、羅青各重複一次,故總論新世代詩人四十一位。

[13] 林燿德在〈環繞當代臺灣詩史的若干意見〉一文與《觀念對話》中大量批判了詩選、文學史(分期)與詩社所萌生的一系列問題。關於分期所牽涉的一些問題將在論文的二、三兩章中詳述。

[14] 林燿德:《觀念對話》(臺北:漢光,1989),頁 10。

[15] 林亨泰:《跨不過的歷史》(臺北:尚書,1990),頁 161。

替羅門編輯出版全集十卷[16]。由此可以顯見林亨泰與羅門在林燿德詩觀與文學史觀上的重要性，也提供我們探討林燿德詩論時的重要線索。

出版於 1989 年的《觀念對話》顯然不是一部單純的對話實錄，而是透過林燿德所居處的「新世代」與「前生代」、「中生代」重要詩創作者深入討論臺灣現代詩發展史上的重要議題，並從中發掘、闡述「新世代」詩人創作的詩美學。藉由這些對話和〈環繞當代臺灣詩史的若干意見〉、〈不安海域——八〇年代前葉臺灣現代詩風潮試論〉、以及《重組星空》中的一系列文章，林燿德也才能進一步談論「八〇年代現代詩世代現象」的問題。在《一九四九以後》的〈後記〉中，林燿德曾經說過相當值得玩味的一段話：

> 臺灣現代詩人確實擁有一部高潮起伏的「現代詩思潮史」，但是我們可以進一步引發出兩個問題：在各種思潮的影響之下，詩人們在創作上的實踐成果究竟如何？層出的思潮，是否不再停頓在詩的外緣、周邊思慮上而一一跨越了階段性的課題，朝向「進化」的道路前進？[17]

在此，林燿德雖未說明「階段性的課題」究竟為何，而「進化」的道路（或說史觀）又是如何呈現，但其對文學史的關注，以及透過文學進化史觀來重寫文學史的企圖，不僅貫穿詩論與詩創作的領域，並與「新世代」文學觀的建立有著密切的關係。

另一個值得注意的要點，是林燿德對於「都市文學」乃至於「都市詩」的深切關注。在為《自由青年》策劃的「都市文學」專輯導言〈都市：文學變遷的新座標〉中他談到，從 1980 年代初期開始，他就對「都市文學」的觀念與創作實踐產生濃厚興趣，歷經十年的不斷琢磨，到了 1989 年時，他和黃凡共同在《新世代小說大系・都市卷前言》中提出如此的觀點：

---

[16] 林燿德編：《羅門創作大系》（臺北：文史哲，1995）。
[17] 林燿德：《一九四九以後》（臺北：爾雅，1986），頁 295。

都市文學已躍居八〇年代臺灣文學的主流，並將在九〇年代持續其充滿宏偉感的霸業。」他認為：「我們已經為臺灣近十年文學變遷的歷程，提供了一套參考座標。」[18]

將「都市文學」當作是臺灣 1980 年代的參考座標，顯現了林燿德對「都市文學」地位的重視。在〈八〇年代臺灣都市文學〉中他進一步申論：

> 「都市文學」一詞可以將「八〇年代」吸收在內，成為時代性的標記，或者說，筆者在本文中意欲將「都市文學」視為 80 年代臺灣文學的中心點……[19]

作為都市文學的倡導者與實踐者，林燿德無疑將「都市文學」視為 80 年代文學的主流，甚或將 80 年代等同於是「都市文學」的年代。

事實上，林燿德的諸多文論都在反覆對「都市」、「都市文學」、「都市詩」乃至於「80 年代都市文學」做詳實的定義與耙梳。完成於 1985 年 10 月，修訂於 1998 年 10 月的〈在文明的尖塔造路──羅門都市主題初探〉當為此類論文之始。在這篇論文中，林燿德已清楚表達「都市」、「都市詩」的概念，並為它們確立下重要的地位。他認為：

> 在這個都市化的紀元裡，以文明題材為經、以都市精神為緯的都市詩，將是最能夠穿刺文明造形與現代人心靈空間的利器。……都市詩是詩中之詩、塔上之塔。……我們可以體會，都市詩學的出現已是一樁動撼人心的文學史事件。[20]

1986 年 6 月發表的〈現代詩的草根性與都市精神〉中林燿德再度指出：

---

[18] 林燿德：〈都市：文學變遷的新座標〉，《重組的星空》（臺北：業強，1991），頁 199。

[19] 林燿德：〈八〇年代臺灣都市文學〉，《重組的星空》（臺北：業強，1991），頁 208。

[20] 林燿德：《羅門論》（臺北：師大書苑，1991），頁 114。

直迄八〇年代初期，我們可以進一步發覺現代詩的草根性與都市精神在「都市詩」中有交會的可能性存在。……所謂「都市詩」不形成割據與派別的黨團，因為它的訊息與訴求存在於這個時代普遍的人類心理基礎與生活領域之中，是在關切詩人所站立的土地外，又具備著包容性、宇宙精神的一種創作主題。[21]

同年 8 月，發表長達兩萬多字的論著〈不安海域——八〇年代前葉臺灣現代詩風潮試論〉，提出長久以來努力經營的「後都市詩」的主張：

筆者以為 80 年代新興的「都市詩」其實應該稱為「後（post）都市詩」，蓋其取向已與 50 年代至 70 年代所謂「都市詩」有所不同……[22]。

文中他舉林彧、赫胥氏為例，認為這些都市詩人是能夠「掌握都市精神的世代」，他們的作品與 80 年代臺灣「後現代主義」詩學的發軔有著密切的關係。透過這樣的論述，林燿德無疑點明，「後都市詩」的後（post）與「後現代」（postmorden）或「後現代主義」（postmordenism）有一定的聯繫或相互的辯證關係。在〈八〇年代現代詩世代交替現象〉中，他進一步解釋道：「以筆者在八〇年代所提倡的後都市詩學而言，其實是一種『後現代全球現象』的『換喻』。」[23]

林燿德對後現代的思考最早或可推至 1984 年完成〈線性思考計畫書〉時，但對後現代主義有較密集的關注跟論述，卻是在 1986 年

---

[21] 原載於《草根》復刊第 9 期（1986.6），今轉引自林燿德：《不安海域》（臺北：師大書苑，1988），頁 46。

[22] 林燿德：〈不安海域——八〇年代前葉臺灣現代詩風潮試論〉，《不安海域》（臺北：師大書苑，1988），頁 46。

[23] 林燿德：〈八〇年代現代詩世代交替現象〉，《臺灣現代詩史論》（臺北：文訊，1996），頁 430。

之後。1986 年 7 月林燿德在〈文藝月刊〉發表評論夏宇詩的文章，文中便談到：

> 要破解夏宇詩作的奧秘，首須理解她作品中後現代主義的傾向。……夏宇的創作本質已與現代主義無關，她完全是一個不但處身其中而且能夠敏感地把握住後期工業社會特質的詩人，她的形式和創作取向也呈現了後現代主義的特徵。[24]

林燿德顯然敏銳的察覺出夏宇的後現代傾向，並將「後現代主義」當成解析夏宇詩作的重要準則。同年 8 月，在「第二屆現代詩學研討會」發表的〈不安海域——八〇年代前葉臺灣現代詩風潮試論〉中，專列〈「後現代主義」的萌芽〉一節，用以詮釋後現代主義在臺灣的萌起：

> 「後現代主義」於「鍛接期」的萌芽，無疑是現代詩形式、思想、表現手法各方面總體的翻新。解構與後設傾向之成為「後現代」作品重要徵候，與後工業文明之資訊、傳播發展有極深連帶……更重要的背景，則在於全球都市化的不可逆進展，在「地球村」一步步完成的期間：都市化的生活、思考已與草根性匯合。[25]

同時，羅青發表於 1986 年的〈一封關於訣別的訣別書〉，被視為是臺灣「後現代主義」的宣言詩。林燿德肯認，如果建立於後工業社會之上的「後現代主義」能夠在 1990 年代臺灣詩壇蔚為主流，那麼〈一〉詩在此間的地位，當類同黃凡〈如何測量水溝的寬度〉一文在臺灣小說新潮中的先導地位。[26]

---

[24] 林燿德：〈積木頑童——論夏宇的詩〉，《一九四九以後》（臺北：爾雅，1986），頁 129-130。

[25] 林燿德：〈不安海域——八〇年代前葉風潮試論〉，《不安海域》（臺北：師大書苑，1988），頁 51-52。

[26] 同註 25，頁 53。

事實上在 1986 年，林燿德先後與他的兩位導師——羅門、羅青——討論過後現代的問題。[27] 在 1987 至 1988 年的一系列訪談中，也和白萩、張錯、葉維廉等人談論過後現代在臺灣發展的可能，或是可能衍伸出的種種問題。到了 1990 年時，林燿德不僅在〈八○年代臺灣都市文學〉中以後現代的角度討論 80 年代文學，更在結集的《世紀末偏航——八○年代臺灣文論》總序〈以當代視野書寫 80 年代臺灣文學史〉中主張：

> 八○年代的文學主流即是後現代主義。……那麼所謂八○年代很可能得從八四或八五年算起。…在這個階段我們「發現」並且「創造」的所謂「後現代主義」，……它揭櫫了一個不同的「典範」。[28]

此後，「後現代」儼然成為林燿德的文學史轉折計畫與註冊商標。

總結以上種種論述可以得知，「新世代」、「後現代主義」、「都市文學」乃是林燿德最為關注的幾個議題。筆者認為，在林燿德的詩論中，它們分別代表三個重要又相互交纏的層面。首先，「新世代」詩人論不僅是林燿德對諸多現今詩人的批判或肯認，同時也牽涉到他對臺灣文學史的分期看法。這一層面若是配合上林燿德對林亨泰、羅門等重要詩人的重新挖掘與肯認，便可幫助我們進一步規模出林燿德意圖重寫臺灣文學史的藍圖。

其次，後現代主義的強調不僅在陳述 80 年代創作風潮的轉折，同時也是林燿德為「新世代」以及自己的反叛，找到了最好的武器和

---

[27] 羅門在〈讀凌雲夢的「林燿德詩作初探」有感〉中曾指出，1986 林燿德曾來信，希望他以筆談方式表示一些看法。在〈八○年代現代詩世代交替現象〉中林燿德則指出，1986 年間羅青與他討論過後現代主義是否能夠引介進臺灣的問題。這些看法後來都成了《觀念對話》裡林燿德與兩人對話的重點。參見林燿德：〈無深度無崇高點的「後現代」——與羅門對話〉，《觀念對話》（臺北：漢光，1989），頁 193-215。

[28] 孟樊、林燿德編：《世紀末偏航——八○年代臺灣文學論》（臺北：時報，1990），頁 10。

立論基礎；藉此，他乃得以宣稱自己與前行代的決裂，闡釋「世代交替」的現象。至於「都市文學」，無疑是林燿德長期關注並且意圖理論化的議題，他從史的角度來觀察都市文學在中國、臺灣文學史上的發展，並企圖藉著對前人論點的批判與修正，以及後現代全球化的視角，觀察都市文學在 80 年代中期後的發展，其最終的目的便是要建立能包容過去並顯現當代特色的「後都市詩學」。這三個相互指涉的議題顯現林燿德詩論最為精粹的部分，也與其創作歷程有著不可分割的重要關係。筆者認為，正在是透過對理論建立與書寫實踐的雙重激盪，林燿德乃逐步完成其詩國度的宏圖偉業。

二、林燿德詩作概論

林燿德高中時期即開始詩的創作，曾陸續在《三三集》和「神州詩社」發表作品。然而，其 1985 年之前的詩作始終得不到詩壇前輩的「青睞」，直到羅青主編《草根》詩刊以增刊方式一次登載了他二十幾首詩，並獲得諸多文學獎後，才漸漸受到文壇的重視。[29] 故而，1985 年林燿德所發表的一百多首詩作，自然包含了他從早期一直到 1985 年創作的作品，這些作品後來大抵收入《日出金色》、《銀碗盛雪》、《都市終端機》以及《你不瞭解我的哀愁是怎樣一回事》中。1985 年，是林燿德詩創作生涯的第一個分水嶺。

1986 年，林燿德與陳克華、赫胥氏、柯順隆、林宏田等五人，由草根詩社出版合輯《日出金色——四度空間五人集》，為羅青所引進的後現代理論作出初步的實踐[30]。在這一束號為〈人類家族〉[31] 的

---

[29] 白靈：〈停駐地上的星星〉，收錄於林燿德：《都市終端機》（臺北：書林，1988），頁 13-14。

[30] 羅青於該年五月翻譯了 S.H Madoff 著的〈繪畫中的後現代主義觀念〉，刊於當期的《雄師美術》，又整理〈臺灣後現代主義年表〉，並替五人合輯做序，是為〈後現代狀況來了〉。

[31] 這些作品後來收入他的第三本詩集《妳不瞭解我的憂愁是怎樣一回事》，成為〈人類家族〉一卷。

詩中，林燿德將其關注的焦點擺放在戰爭與政治上。卷首的〈戰
後〉一詩，大抵展現了這一束詩所欲表現的主題：在戰爭與政治
的場景中，人類如何於權力的爭奪遊戲裡展現其殘暴、冷酷與被扭曲
的一面。他從「戰後／宣告和平的消息跌成一陣落磐／壓碎了我
疲軟的脊髓」出發，刻劃一個因戰爭悄然結束，而失落了生命意
義的戰士，「為了生存而殺戮／勝利降臨／我卻遺失了自己」以至
於最後：

> 我開始　痛恨和平
> 　　　　痛恨失血的地球
> 　　　　痛恨沒有槍聲的歲月
> 　　　　痛恨不再設防的街道與城垣
> 　　　　痛恨僅僅應該留駐在期待中的勝利

和平的到來並未能撫慰長期在戰亂中遭受扭曲的人性，相反的，支撐
著生存意志的戰鬥在不預期中突然的結束，帶來的只是信仰的崩潰與
宿命性的戰鬥心理無處抒發，不安的基調延宕而永無結束。在這種人
性的弔詭中，林燿德乃嘗試用抽離而略帶反諷的口吻，表現出反覆
呈現在人類歷史中，對光明和平與黑暗戰爭的雙重渴望。向陽認為：
「如此冷酷的詩，出現在臺灣戰後世代詩人的思維中卻是令人震驚
的。」[32] 因為，對於「殺敵、逃亡、轉進乃至死囚、投降、受審……
等等經驗的缺乏，使人難以想像出生在戰後美麗臺灣的一代對戰爭能
有什麼深刻的看法，更不用說去描寫戰爭，或對戰爭表達意見了。」[33]
但林燿德卻能以更開闊的世界觀與中立的角度出發來進行書寫，這不
僅顯現了其與前輩詩人觀物角度與生命體驗的不同，也發展成日後詩
作的重要特質。

---

[32] 向陽：〈戰爭‧和平‧蝕──讀林燿德詩輯《人類家族遊戲》〉，《妳不瞭解我
的哀愁是怎樣一回事》（臺北：光復，1988），頁 218。
[33] 同註 32，頁 218。

　　另一個值得我們注意的，是他在這輯詩中所表現出的後現代詩風。〈薪傳〉一詩中，林燿德描寫「聖秩制度」跟「階級社會」兩種不同社會制度，在層層演進中分別成為「中古天主教勢力」跟「當代蘇維埃霸權」。如果僅寫到這裡，那麼詩人不過是羅列出兩種看似相對的社會型態與現象，並無太多的深意，但在全詩的最後，他卻以相同的「人類的哭泣」做為兩者的結尾，使得整首詩充滿著拆解舊有二元對立觀點，富含辨證與弔詭的豐富意涵：在不同「薪傳」表象之後的究竟是相同的本質——「人類的哭泣」？還是人類即便在不同的歷史與社會體制中，終究要面對無法克服的「哭泣」問題？抑或者，「人類的哭泣」這個作者所寫下，代表兩種截然不同能指的所指，其實是值得我們進一步去懷疑的。因為「哭泣」的背後可能代表著諸多不同的變因，它不會是一個最終的答案，那麼「人類的哭泣」不過是一個終將被不斷往後推延的臨時「所指」（signified）。在這裡，我們可以看到林燿德所受解構思想的啟發，他透過辯證的思考方式企圖表現對舊有秩序與二元對立思考的不滿，並由此展示多元開放的可能。此點，顯然預告了他未來的顛覆與創新之路。

　　1987 年，林燿德出版個人第一本詩集《銀碗盛雪》，在跋中他說到：

> 「銀碗盛雪」五易其稿，分別於八二至八五年間先後呈請王慶麟、羅青哲、王靖獻和張漢良四位先生過目，每一次的內容都有所增刪，直到出版前繾底定集中三十七首作品。……七七至八二年的大部分作品，至今祇保留「絲路Ⅰ、Ⅱ」與「文明記事」中首二節……[34]

這些在選錄過程中被林燿德排出在外的作品，除了少數如〈掌紋〉、〈白蝶〉、〈展卷〉、〈韶華〉、〈Ｆ中學勾沉錄〉等被收入《妳不瞭解我的哀愁是怎樣一回事》中成為〈韶華拾遺〉一卷外，其他已多不可見。顯

---

[34]　林燿德：《銀碗盛雪》（臺北：洪範，1987），頁 221。

示林燿德在 1982 年到 1985 年（大學期間）中詩觀有過不小的改變，改變之餘，從前的詩作也多隱而不見，以致於當我們看到林燿德以詩壇新人的身份出現時，便是這本已五易其稿而多為 1984、1985 近作的《銀碗盛雪》了。[35]

　　由羅青題字的《銀碗盛雪》共分成六卷，所涉題材舉凡：都市、科幻、性愛、戰爭、政治、歷史等。序詩〈銀碗盛雪〉中詩人寫到：

> 在心靈空間中我流逝的身姿都
> 　　圓寂成一只銀質的碗
> 　　　盛滿語言如雪
> 　使兆億光年的宇宙都浴遍光
> 看那碗中雪
> 都是文明都是愛
> 都是我無畏的揀擇。絕對榮耀
> 　　　　壓縮
> 　在剎那相對的永恆裡
> 　　流溢著詭譎與歧義

詩中所稱「銀碗」，指的其實是林燿德的詩作。在詩集中他廣泛的選取了人類文明中的主題，希冀透過如雪的語言，從宏觀的角度出發眾覽世界、宇宙，甚而是「使兆億光年的宇宙都遍浴光」，可見視野之廣闊、企圖心之宏大。至於詩末的兩句「在剎那相對的永恆裡／流溢著詭譎與歧義」，更可視為林燿德後現代傾向的重要前導。

　　這本詩集中最引人注目的，還是卷五的〈木星早晨〉與卷六的〈文明幾何〉，這兩卷恰恰可以看做是林燿德對宇宙鴻圖與人類都市情境探索的最好寫照。長達三百多行的〈木星早晨〉以北歐神話與科學現象入詩，廣及過去、現在、未來與宇宙現象的探勘，在其中我們可以看到林燿德對結構經營所下的功夫，也可以看到他對科學／科幻議

---

[35] 關於所隱含的詩觀的轉換以及林燿德個人簡歷的編寫問題將在本論文第四、五章中作一檢閱，以便對其創作歷程的發展有更深入的瞭解。

題的高度興趣。〈電腦 YT3000 的宣言〉一詩透過對電腦的擬人化，從電腦的角度來預警人類走向後工業社會後，可能遭受到的危機，無疑是對科學高度發展下的一種反思。〈世界大戰〉一詩則有別於傳統的抒情或批判方式，採用後現代的中性語言來處理戰爭，讓戰爭名符其實的成為人類的死亡進化論。至於〈U235〉裡「靈魂分子結構式」：

撒
旦
撒
旦　撒　旦　撒　旦
撒
旦
撒
旦
撒
旦

更是一種對宗教信仰以及神魔二元對立的莫大諷刺。從這些詩作中我們大抵可以看出，多變與弔詭的都市文明，及由此發展而出的廣袤的世界觀與對宇宙未知的探索，實是林燿德關注的重要焦點。

　　一年後，林燿德出版第二本詩集《都市終端機》。全書共分六卷收羅六十餘詩，大抵方向仍舊延續《銀碗盛雪》，但顯然在都市的議題上做了更進一步的探索。卷二〈都市思維〉、卷三〈終端機文化〉與卷四的〈私人廣告〉的四十多首詩，都屬於這類的作品。這些詩作可視作林燿德對都市符號、集體潛意識關懷的重要詩集──《都市之甍》──的前聲。作者對都市種種面象的深刻省思，顯示詩人在離開校園接觸現實社會後，從個人的抒情世界走進生活的社會現實，在抒情與社會寫實之間，力圖尋求一種新的平衡，也因此，林燿德暫時的收起對宇宙、科幻探索的強烈慾望，將重心落實在都市生活各層面的

深度描寫。然而，這並不代表林燿德因此喪失了他深闊的視野，像是〈交通問題〉一詩便如白靈所說，林燿德所想要處理的不僅是交通問題而已：

> 他嘲諷的是：在「愛國」東路上要限速，不要跑太快；在「民族」向「西」的道路上禁止向「左」轉；在「中山」先生三民主義的大道上要「禁按喇叭」……[36]

前輩詩人所爭論、書寫了一輩子的民族問題到了林燿德的手上，只是個都市裡的交通問題。然而，交通問題說大不大說小不小，它不僅出現在全人類的土地上，同時也是每個人必須切身面對無可閃身的問題，可見此詩對民族問題的諷刺之心有之，關切之心亦不能說是沒有。

從〈市長來了〉、〈在制度的陰影下〉、〈卷宗〉、〈雌企業家S〉一系列的都市書寫中可以看出，林燿德顯然不同於前行代詩人，對都市／鄉村採取二元對立批判的思考模式。這除了與作者所生長的時代背景有關，亦與其後現代的創作理念有關。這本詩集中所收幾首攸關「後現代說明」的詩作，有助於我們一窺林燿德後現代觀念的形成。其中，〈資訊紀元——《後現代狀況》說明〉一詩其實是林燿德與羅青1987年籌辦的磁碟雜誌《後現代狀況》的發刊詞[37]。在編撰方向中他說到：

> 從解構哲學出發，理論、報導及創作並行推出，揭露政治解構、經濟解構、文化解構的現象；以開放的胸襟、相對主義的態度倡導後現代藝術觀念、都市文學與資訊思考，正視當代〈世界－臺灣〉思潮的走向與流變，開拓嶄新的思想領域。[38]

這首詩可說是林燿德邁向後現代的重要宣言。不過若仔細推敲，其實可以在完成於1984年的〈線性思考計畫書〉中發現，不斷出現打斷的間奏、一個層面的多角度觀照與斷裂式句法的採用，一路從現象學

---

[36] 白靈：〈停駐在地上的星星〉，《都市終端機》（臺北：書林，1988），頁34。

[37] 本雜誌後因種種因素僅出刊一期便停刊了。

[38] 林燿德：《都市終端機》（臺北：書林，1988），頁203-204。

的實證到解構主義者的回答，使得此詩或為我們目前可見，林燿德最早完整呈現後現代思想的詩作。在這本詩集中我們還可以看到〈五〇年代〉中損缺的文字符號，對符號系統與文字表義的功能加以質疑；不斷出現「據說」，而沒有所謂唯一真實的〈撒哈拉沙漠行軍——報導詩學舉隅IV〉；可當成一首或兩首同時進行的詩來閱讀的〈我的地球〉，多多少少都含藏了後現代傾向。筆者認為，這種後現代傾向與林氏廣闊深遠的世界觀及對都市課題的重視，已可見其「後都市詩」書寫的企圖心。

《妳不瞭解我的哀愁是怎樣一回事》是林燿德的第三本詩集。這本詩集的出版時間與《都市終端機》僅相隔三個月，其中主要作品完成在林燿德服役（1985-1987）期間。不過，其中〈人類家族遊戲〉是《日出金色》中的舊作，卷四的〈韶華拾遺〉則收錄1977年至1981年的早期作品。顯示此時林燿德已將步入創作的成熟期，因而開始整理少作。處女作〈掌紋〉（1977）筆觸青澀，遣辭造句偶見顛躓，我們可以讀到「放懷的／妳是紅熟透了的蘋果」這樣粗糙而不免濫情的比喻，至於翌年完成的〈白蝶〉則是抒情奔放，表露一個十七歲少年對愛情的渴望。許悔之認為，這兩首詩放在林燿德連串的詩作裡顯得格格不入，因為它們和他日後中性、冷靜的文體大相逕庭。不過，到了〈韶華〉（1979-1981）時期，「他的詩作形式顯得大膽繁富，語言則益見靈巧活潑，已開啟林詩成熟期之先聲。」[39]

林氏這些早年的作品以古典語言入詩，在結構與意象和節奏的強調中，胸懷對大中國的想望，是我們探索林燿德早期風格的重要線索。這本詩集仍保有解構的傾向，像是〈蚵女寫真——報導攝影實例示範〉中括號裡後設語的安排：「（我替她在面頰抹一把泥／以致於保持住自然的神色）」，「（請側頭哭泣，社會大眾才有同情）」與前面括號中的「（我必須忠於鏡頭／鏡頭必須忠於歷史）」和「（我不會不誠

---

[39] 許悔之：〈林燿德《韶華拾遺》弁言〉，《妳不瞭解我的哀愁是怎樣一回事》（臺北：光復，1988），頁147-148。

實／用舊照片欺瞞）」本身就有著相互的牴觸，又「寫真」是否能被用文字以及照片重現而出，或者這本身就存在著不相應的、可經過特別選取弔詭的「真實」？在這樣一首詩中，林燿德所要質疑的不僅是「真實」本身，也將矛頭指向以書寫真實為標榜的「報導文學」。除上述之外，在這本詩集中也有類同於第二本詩集中被大量凸顯的社會現實，像是：〈馴養考〉、〈暴走族〉、〈老年的搖滾樂〉、〈天空的垃圾〉、〈艾奎諾現象〉以及涉及人類意識／潛意識探索的〈無限軌道〉。[40]

　　從這本詩集在林燿德整體創作過程的意義性上來看，我們可以把它當作是林燿德階段性的總結。在 1987 年以前，他多方向的開拓與嘗試，企圖在摸索的過程中建立自己完善的書寫體系。在這段時間內相繼完成日後分別在不同時間出版的《一九四九以後》（1986）、《不安海域》（1988）與《羅門論》（1991）三本評論集。在羅門與羅青之間，他尋求一種整合的方式，以期能夠建構出一種強而有力的自我體系，展現他新世代詩人的宏偉企圖。誠如王浩威所說：

> 從 1985 年起，林燿德正建構，而不是解構，一個新的而偉大的體系。[41]

> 徘徊在現代主義羅門與「後現代主義」羅青之間的林燿德，從來沒有任何的「訣別」，即使是「相信限制」以後的他，自稱

---

[40] 尚有值得注意的一點，也就是張漢良所指出的：「熟讀林燿德詩作的人會發現他的作品中經常出現的航行意象，第一輯《日出珊瑚海》可為明證。〈黃河源〉以『向星宿海出發』的覆沓句做敘述的過渡與轉折；〈燃燒中國海〉以史實出發，末了卻抽象為歷史之航……在這些作品中，航行意象分別駛過具體的、抽象的、歷史的、地理的，以及形而上的水域，建構成詩人的象徵系統」。這種象徵系統儼然是海軍少尉時期林燿德詩的一大特色，然而此種意象並未成為林燿德詩創作生命中的重要一環，實屬可惜。上引文參見張漢良：〈四度空間詩人與詩評家〉，《妳不瞭解我的哀愁是怎樣一回事》（臺北：光復，1988），頁 5。

[41] 王浩威：〈重組的星空！重組的星空？〉，《林燿德與新世代作家文學論》（臺北：文建會，1997），頁 305。

「這個階段的我回歸到一個更真實的世界中,而且喜愛到不同的世界中旅遊」;但終究還是堅信有一個「更真實的世界」。[42]

1987年,這是林燿德詩創作的第二個分水嶺。

從《都市之薨》、《一九九〇》至林燿德死後結集出版的《不要驚動不要喚醒我所親愛》恰好是其長詩的結集[43],亦是其「後都市詩學」較為圓熟的實踐。三本詩集中《都市之薨》為其濫觴。「薨」字很自然會讓我們聯想起容格(Carl Gustav Jung,1875-1961)的「集體潛意識」之說,彷若此一詩集便在於穿越都市重重的符徵表象,進入都市深層探索挖掘人們的集體潛意識。事實上,林燿德的確在此詩集中展露長久以來在都市文學經營上的企圖。其呈現並非僅僅在都市表層現象的描繪,而是從路牌、銅像始,游竄於性器與鋁罐間,然後穿越廢墟、夢與神殿,而止於被遺忘在歷史焱炎中的西夏國王都城。這是林燿德所描繪的都市版圖,它不只在「橫切」都市景觀,更在「縱剖」都市心靈。[44] 都市的心靈們困限於慾望和化身成各種高度科技型態的「迷宮零件」,在猶若迷宮的都市中,想要尋獲一條新的創作通道,唯有進入都市深層的地道,聆聽都市心靈深層的耳語。在這本詩集中,為了塑造都市的性格,林燿德借用了小說與散文的敘事手法,以破文類或文類越界的方式,在〈聖器〉(後改寫成小說〈慢跑的男人〉,收錄於《大東區》)、〈廢墟〉、〈焱炎〉三卷中,大量凸顯了都市人的深層思維。

若我們將這種觀點延續到他的下一本詩集《一九九〇》,觀看卷二〈鋼鐵蝴蝶〉以及卷三〈神的右手〉,那麼,羅門口中所稱林燿德的「後現代都市詩」便歷歷可見。羅門認為:

---

[42] 同註41,頁313。

[43] 其中有些詩作嚴格說來並不屬超過上百行的長詩,但長詩顯然佔了其中的大部分。

[44] 王溢嘉:〈集體潛意識之薨——林燿德詩集《都市之薨》的空間結構〉,《都市之薨》(臺北:漢光,1989),頁5。

他不但使自己的創作思考力，從「田園與都市的交界處」，穿越「現代都市文明面」，更進入「後現代都市文明面」，去開發創作世界所有埋伏中的機能，並導致古今中外都解構、開放成為無限地來去往返的存在範圍。[45]

「後現代都市詩」與過去現代或寫實主義時期的都市詩所不同的，並非在於處理的素材或主題上，而是資訊網絡以及高度文明所帶來的刺激與衝擊，造成「世界觀」的差異，並引發處理方式的不同。以致於，即使書寫的對象是仍是田園或者鄉村，卻因站立的角度與心態不同，產生出完全不同於前的效果。這是無疑是本論文最終關注的焦點。

---

[45] 羅門：〈一九九〇年向詩太空發射的一座人造衛星〉，《一九九〇》（臺北：尚書，1990），頁IX。

第二章　光的搜尋與重論：
　　　　林燿德與現代主義

　　1980 年代前後，臺灣與大陸幾乎同時興起一波重探文學史的熱潮[1]。文學史與大系的競相推出，不無含著對國家歷史敘事所有權的爭奪。在這之前，臺灣的臺灣文學史書籍，僅有陳少廷 1977 年出版的《臺灣新文學運動簡史》，含括光復前的新文學運動時期（1920-1945）。1987 年葉石濤《臺灣文學史綱》的出版，不僅是臺灣文學史上的大事，也象徵著臺灣文學研究的解禁。自《臺灣文學史綱》出版後，臺灣文學史的論述陸續湧現，而後又有彭瑞金 1991 年出版的《臺灣新文學運動 40 年》，以斷代的方式處理臺灣文學史。有別於葉石濤從舊文學談起，此書從 1920 年開始，集中談論了戰後四十年臺灣文學的發展。整體來說，葉石濤的《臺灣文學史綱》仍是目前臺灣人所寫最完整的一部臺灣文學史[2]，其以作家身份擔負起書寫文學史的責任，反映出解嚴以來臺灣社會的普遍心態——寫作或重寫文學史已經不是官方的專利，任何個人都有參與的可能性。解嚴後，由個人角度來詮釋歷史或是大規模重建文學典律的現象，似乎已是勢之所趨[3]，在「世紀末」的暗示下，不同意識型態的

---

[1]　林燿德在評論羅青〈臺灣地區後現代狀況及年表初編〉時也曾指出，1988 年的《上海文論》中，陳思和和王曉明開闢了一個「重寫文學史」的專欄。海峽兩岸的文學研究者同時出現了重建文學史的實踐，值得注意。參見林燿德：〈八〇年代現代詩世代交替現象〉，《臺灣現代詩史論》（臺北：文訊，1996），頁 433。

[2]　國內有積極從事臺灣文學史重構者，如陳芳明以後殖民的手法企圖重寫更詳實的臺灣新文學史，並在《聯合文學》（1999.8－）上連載，至今仍未完成。

[3]　彭小妍指出，1987 年解嚴後個人角度詮釋歷史與大規模重建文學典律的趨勢已然形成。前者如阿嬤的口述傳記、老兵的口述歷史、二二八口述歷史、自

詩人和詩論家或有意或無心地參與了臺灣文學界企圖「重現」或者
「重建」文學史的工程,其中既有回顧歷史的意義,又隱含著對於
臺灣文學定位(相對於「中國文學」與「華文文學」)的焦慮和危機
意識。[4]

　　然而「文學史」的書寫,或是「文學」與「歷史」間的複雜關係,
顯然是我們在重探文學史之前必須先釐清的重點。論者如王德威提醒
我們,文學史文義辯證上的弔詭,在我們述寫「現代」「文學」「史」
的過程中達於高峰。因為「文學」與「歷史」間的緊張關係,牽涉到
我們想像、界定知識空間的問題;而「現代」與「歷史」間的對話,
則引領我們重審知識時間的問題。一方面現代以對時間的割裂、讓渡
及變幻,重申其「新」與「異」的立場,但一方面解構學者也提醒我
們:「現代」必須藉由(先)重述歷史才能打倒歷史。故而,當現代
文學急於為自己樹立具歷史意義的里程碑時,不能不三思整個論述過
程的洞見與不見。[5] 此亦即是說,在重寫現代主義的過程中,我們必
須反覆檢驗自己所確立的現代文學史觀,是否能夠充滿時間的反思意
義,既反映出過去客觀的一面,同時也顯現出所立足當代的時代視
野;是否能在二元對立的史觀之外,開拓有關現代的對話空間,進而
使我們體會到文學史的虛構層面,塑造出整合式的文學史觀,重新審
視我們所立居臺灣的現代文學發展。

　　另外,在進入「現代文學史」的研究時,也必須注意到「現代性」
(modernity)、「現代主義」(Modernism)這些看似類同,卻實際上

傳、回憶錄、傳記等氾濫於世,學院方面日據時代研究頓成顯學,和民間的
懷古風相應和。後者除包括臺灣文學史的寫作外,許多作家的全集也已出版
或陸續由作家遺族、民間出版社(如前衛、麥田)及文建會或各縣市文化中
心整理出版中。同時,「重建歷史」的議題也逐漸成為文學作品的重要主題,
因為文學典律的建立已是當務之急。參見彭小妍:〈解嚴與文學的歷史重建〉,
《解嚴以來臺灣文學國際學術研討會論文集》,(臺北:臺灣師大國文系,
2000),頁 11-14。

[4]　林燿德:〈世紀末臺灣現代詩傳播情境〉,《世紀末現代詩論集》(臺北:羚傑,
1995),頁 36。

[5]　王德威:《如何現代,怎樣文學》(臺北:麥田,1998),頁 12-14。

可能包含著矛盾的詞彙，以及在借用西方概念時臺灣座標的修正與調整。論者葉維廉曾以跨文化網路的眼光看待中西現代主義上的差異。他認為，假如我們把西方的現代主義看作是要把人從減縮歪曲的文化工業控制下解放出來，五四以來的現代運動卻是著眼於將中國人從殖民的情境與本土專制的暴行中解放而出，因此幾乎呈現了與西方文化歧異與美學策略換位的現象[6]。清末民初以來，由於知識份子對傳統與現實的不滿，「現代性」在中國便有著對當代的偏好及向西方求「新」的前瞻性，也因為懷抱強烈的改革慾望與民族意識，他們在譯介或吸收西方美學時，往往在與其中藝術的反叛特性相通時，便將「現代主義」的前衛性轉化（或誤讀）為「現實主義」式的反叛立場，如此，也同時造成移植時對藝術性有意或無意的忽略與排擠。劉紀蕙認為，西方現代主義在誕生與演變的過程中，本身便包含了不可避免的矛盾特性：

> 現代主義文學的「前衛性」，或是「先鋒力量」，本身攜帶兩種矛盾動力：以文字實驗來翻轉文字的傳統，或是以文字力量來翻轉社會的體制。[7]

在中國近代以來有關「現代性」的追求中，政治性與社會性的膨脹似乎是難以避免：一方面以國家概念、民族意識為核心的文學體制不斷強勢覆蓋歷史；另一方面，以文字作為社會改革力量的呼聲，從白話文新文學傳統開始，便普遍在知識份子間流傳，幾乎成為「現實主義」式的文學史定律。在此種情境下，藝術自由所夾帶的自主性與前衛性不免面臨多重的壓抑。這是我們在理解中國或臺灣文學的「現代性」，或重新耙梳「現代主義」前，必須先行理解的。

---

[6] 葉維廉：〈從跨文化網路看現代主義〉，《解讀現代・後現代》（臺北：東大，1992），頁 10-14。

[7] 劉紀蕙：〈文化整體組織與現代主義的推離〉，《孤兒・女神・負面書寫》（臺北：立緒，2000），頁 165。

第一節　史的意識與文學史重探

一、史的意識

隨著二十世紀的跨越，文學典律（canon）的重審與文化自我的多重履勘，已然成為這個時代更需要面對與持續重視的課題。在〈環繞當代臺灣詩史的若干意見〉中，林燿德曾巧設的談到人與史間的微妙關係：

> 一枚蚌即使充滿的知識的慾望以及進化的衝動，然而沒有自己的語言，無法企及自己種族進化到出現語言的階段……那世代傳遞的幻覺也不可能實現，它終於只是一枚普通的蚌……永遠沒有交流的對象、沒有傳述的歷史、沒有被解讀的可能。

> 發言、溝通、認識歷史和規劃未來，參與現象並且創造知識，成為一個正文的建構者，不論影響力如何，那將使無數的「我」，掙脫蚌的命運，而且這幾乎是唯一的解放方式。[8]

書寫歷史，使人不再流於無意義重複過去的動作，也使人免除了如「蚌」或是「伊蓮蟲」般的命運。「史」對於林燿德而言，是一切文明的開始與基礎，是「在剎那相對的永恆裡／流溢著詭譎與歧義」[9]。

---

[8]　林燿德：〈環繞當代臺灣詩史的若干意見〉，《世紀末現代詩論集》，（臺北：羚傑，1995），頁 7。類似的比喻我們可以在《時間龍》中，林燿德對於伊蓮蟲的描述中看到：「一隻伊蓮蟲就是一億隻伊蓮蟲，一億隻伊蓮蟲也只是一隻伊蓮蟲……牠們沒有聽覺，所以聽不見自己發出的曼妙音響，牠們也沒有視覺，所以看不見自己輻射的繽紛色彩，牠們活著而沒有知覺、沒有痛學、沒有味覺也沒有觸覺。所以伊蓮蟲的歷史從來不曾建立，牠們也從來不曾滅亡，牠們只是其他生物幻想中的神話，介於生命與礦物之間的一種次生命體。」參見林燿德：《時間龍》（臺北：時報文化，1994），頁 80。

[9]　參見《銀碗盛雪》序詩。

對於「史」的關注與建構，一直是他頗有興趣的課題。林燿德雖然經常被歸類為後現代的作家，但卻有著強烈的史觀，極為重視文學史。他生前多次在著作中自行擬定簡歷、改寫舊作，以及不斷「竄改」的身世，正顯露其對個人歷史一種著魔似的執著。[10]在最早出版的評論集《一九四九以後》中，他曾如此談述自己對詩與詩史的看法：

> 脫離了文學史，詩不過是一些個別的愛憎喜怒，甚至只是一些互相擁抱又彼此瓦解、無關昨日也無關明日的記號遊戲；然而，將詩置入文學的潮流，流動的人與詩、詩與變異中的世界，又會產生怎樣的牽連？[11]

這便是林氏所強調的：

> 任何創作者絕不可能完全孤立於社會史、政治史與文學史之外，因此對於歷史本身有深入的研究和體悟，將成為調整自我腳步、修正未來取向的重要憑藉。[12]

對歷史有著相當強烈的自覺與反思，使得以「史」來調整自我創作或理論腳步的信念，成為林燿德爾後在談論「史」、「文學史」，乃至於書寫或編輯文選時，相當重要的指標。

除了自我期許能為詩史盡一份棉薄之力[13]，林燿德也實際大量參與諸多研討會的舉辦與文論選的編輯[14]。在〈編輯年度文學選的遊戲

---

[10]　王浩威：〈重組的星空！重組的星空？〉，《林燿德與新世代作家文學論》（臺北：文建會，1997），頁 300-305。

[11]　林燿德：《一九四九以後》（臺北：爾雅，1986），頁 293。

[12]　同註 11，頁 295。

[13]　在《不安海域》跋〈面對新秩序〉中林燿德曾說到：「《不安海域》是筆者對於臺灣現代詩長期研究的一個環節，為詩史盡一份微薄的心力一直是不忘的職志。」參見該書，頁 356。

[14]　80 年代林燿德先後策劃創辦中國青年寫作協會之電影／文學立體鑑賞營、小說創作班、散文創作班、小說創作精進班等多種文藝推廣教育。並於 90 年起逐年企劃、執行系列世紀末臺灣文學專題研討會：計研討「八〇年代」、「通俗文學」、「女性文學」、「都市文學」、「政治文學」、「情色文學」等多項臺灣重要議題，並出版研討會論文集並。此外也曾參與主編文學選集達十五套。

規則〉中，他曾說到一個好的編選者需具備四個條件，其中最重要的就是「歷史意識」：

> 編選者必須反覆思索自己的工作對於文學史可能造成的影響，一部年度文學選的編者如果獨具慧眼，在他的肯定下，很可能開拓一個嶄新的文學時代，發掘出一批叱吒風雲的文壇領袖；也很可能在他的壓抑下，而遲滯了文學的前進……[15]

「歷史意識」不僅決定了一本選集的好壞，對後代文學的影響也相當深遠。對那些空玩積木組合、剪刀能事的編選者，林燿德質疑如此所做出的文學選集能具有多少的代表性或時代意義。在編輯《臺灣新世代詩人大系》與《新世代小說大系》時，他不忘重申「歷史意識」的看法：

> 當我們企盼重建當代的評價系統時，過去以「詩社」血統、「流派」皈依、詩人傳記乃至等而下之純以主題內容作為單一的衡量標準，這些一般見識必然不足以做為評價活動的基礎、勢必要予以全盤解構。但這也並不表示我們主張將正文和「現實」完全切斷聯繫活動的「新批評」，任何一篇詩，一部書或者詩人一生的成就，還得置入歷史與當代的縱深中。[16]

林燿德之所以會如此強調「歷史意識」的重要性，顯然是因為文學史的歷史觀念不是外在於文學的，不能把文學的審美性凌駕於歷史觀念上，而是要把審美觀念融化在歷史裡頭。處於歷史的脈流中，林氏高呼，「我們解放加諸文學靈魂的各種桎梏」，「我們書寫當代，也創造當代。」[17] 因為唯有立足於當代，才能在為當代文學立史的基礎上超

詳見〈林燿德檔案〉，《林燿德與新世代作家文學論》（臺北：文建會，1997），頁 25-39。

[15] 林燿德：〈編輯年度文學選的遊戲規則〉，《不安海域》（臺北：師大書苑，1988），頁 343。

[16] 林燿德、簡政珍編：《臺灣新世代詩人大系》（臺北：書林，1990），頁 777-792。

[17] 黃凡、林燿德編：《新世代小說大系》（臺北：希代，1989），頁 4。

越當代。最清楚表現他對「文學史」整體認知的，當屬〈環繞當代臺灣詩史的若干意見〉一文。文中反覆論述，在當代我們必須對歷史有過重新的理解：

> 對於歷史的重新理解，意味著我們正參與過去我們未曾參與創造的世界（對於迫近吾人眼前的「當代世界」則可說是「再參與」），在這種慾望萌生或者付諸實踐的同時，歷史是一個正文的事實也不曾有所改變。[18]

在此，林燿德強調在重新理解歷史的同時，我們必須將歷史視為一個「正文」（text），亦即是歷史的正文化（textualization）。在此，他乃是借用了後結構主義者與新歷史主義者對歷史的看法。在傅柯（Michel Foucault）、海登・懷特（Hayden White）等人的眼中，傳統意義上的「歷史」（history）不再被當作是一種客觀的存在，而是一種「歷史敘述」或「歷史修撰」（historiography）。從「歷史」到「歷史修撰」，關鍵的變化就是「歷史」的「文本性」被突出了，或者換一個說法，就是原先一個大寫的、單數的「歷史」（History）被小寫的、複數的「歷史」（histories）取代了，放在人們面前的「歷史」只是以「文本」形式存在的「歷史」，歷史既是文本，它也就應該受制於文本闡釋的所有的規則。[19] 這種對歷史的文本性思考，使我們得以重新檢討文學史的組織與構成，更由於它跨學科與跨領域的特性，使我們能從更廣闊的文化角度來思考文學史：

> 重新思考文學史的組織原則，仍然是一種形式主義，只是這種新的形式主義……正意圖擴展它的領域至非文學與構成歷史語境的社會體制。[20]

---

[18] 林燿德：〈環繞當代臺灣詩史的若干意見〉，《世紀末現代詩論集》（臺北：羚傑，1995），頁8-9。
[19] 盛寧：《二十世紀美國文論》（臺北：淑馨，1994），頁259-260。
[20] 林燿德：〈環繞當代臺灣詩史的若干意見〉，《世紀末現代詩論集》（臺北：羚傑，1995），頁9。

　　從 1970 年代開始，西方文論界便逐漸產生對形式主義批評的厭倦，而對歷史語境中的文學本質有了新的興趣，並開始企圖通過意外的插曲、奇異的話題等去修正、改寫、打破在特定歷史語境中，居支配地位的主要文化代碼（社會的、政治的、文藝的、心理的等），以這種政治解碼性、意識型態性和反主流性姿態，實現解中心（decentered）和重寫文學史的新的權力角色認同[21]。這種文化批評（cultural criticism）的層面雖然相當廣泛，但有一個相當重要的目的，便是要對以往已成定論或者尚未被挖掘出的斷層做重新改寫，這當然也造就不同而多元的文學史脈絡。這種嶄新的歷史觀無疑的也代表文學正文與歷史語境和過去迥然不同的關係：

> 文學正文並不僅是其歷史語境的單純反映，而是對於它所處身的社會環境和時間因素做出「相對性自主」的各種反應……一切的文學活動、創作潮流、學派與文藝團體的宣示乃至文學批評的消長遞嬗，它們所競爭的正是在某一特定時空創造歷史語境的權力，相對地獨立於「被決定者」的命運之外，也相對地不斷被繼起的讀者所重新定義。[22]

歷史正文化後，文學史的書寫或探索便成為「發現」與「呈現」的問題。林燿德認為：

> 文學史的洪波中，每一條脈絡所以被「呈現」或「發現」，以及如何「發現」與「呈現」，和眾多詩人的成長與消沉、思潮的辯證興衰俱有重要關連。[23]

在思潮的辯證與興衰的背後，正是包裹著種種意識型態的詮釋與判準，文學正文與歷史語境的關係，從來就不僅僅是單純的反映。瞭解到此點，我們便不能用單一的角度去看待任何一位詩人的身世，或以

---

[21] 王岳川：《後殖民主義與新歷史主義文論》（山東：山東教育，1999），頁 155-156。
[22] 同註 20，頁 9。
[23] 林燿德：〈雙目合・視乃得——與余光中對話〉，《觀念對話》（臺北：漢光，1989），頁 110。

一言堂的論述來判定其歷史的定位。相反的，我們必須認識到文學史
本身的虛構性，才不至於重蹈覆轍的取消了歷史的文本性：

> 任何文學史的閱讀者與書寫者都必須明白，文學史／詩史本身
> 既存在於無數累積的作品中，更存在於述作者的價值評斷和重
> 建的意圖之下。[24]

歷史存在於言說（discourse）與書寫（writing）的意圖中，人們總是
選擇自己認同的被闡釋的歷史。所以，以對抗遺忘為本質的文學觀念
或文學史，其建構以及典律的生成，不僅與社會群體的或大環境的心
態息息相關，書寫者所持角度與意識型態亦主導著史的書寫或重建。
新詮釋的標榜，往往是一部文學史所宗旨的重點。然而如視角主義
（perspectivism）所指出，我們的世界並不存在事實，存在的只是對
世界、對現象的多元解釋，並堅持：「解釋世界的方法是不受任何限
制的。」[25] 明白此一本質，而堅信文學史沒有最終的勝利結果，不相
信任何「真理」與「文藝政策」的林燿德，在不斷閱讀文學史的過程
中，反覆指陳臺灣戰後文學史分期的諸多謬誤與意識型態的糾葛。這
些帶著文學史重探意味的批判性論述，也逐一成為他重寫文學史前一
個重要的試煉。

二、文學史重探

在討論臺灣的新詩發展史時，林燿德曾批評古繼堂的《臺灣新詩
發展史》[26]，在理論邏輯上自犯矛盾之處：以外部因素為判斷標準，
而就個別詩人的評斷部分又企圖掌握他們個別的「思想情感」，因此

---

[24] 林燿德：〈環繞當代臺灣詩史的若干意見〉，《世紀末現代詩論集》（臺北：羚
　　傑，1995），頁13。

[25] Steve Best and Douglas Kellner 著，張志斌譯：《後現代理論——批判性的質疑》
　　（北京：中央編譯，1999），頁51。

[26] 古繼堂：《臺灣新詩發展史》（北京：人民文學，1989）。

所謂「詩藝自身的規律」，反而被扭曲、壓縮在過份簡化的社會辯證史的框架中。

> 一方面作者將詩學體系割裂為中、西兩大潮流，將1970年之前的戰後臺灣詩史劃入「臺灣新詩的西化期」、1970年之後籠統地歸檔於所謂的「臺灣新詩的回歸期」，另一方面又在這種粗略的分期體系中寓藏民族本位和社會寫實理論糾纏不清的犯政治情緒；在這部論述裡，臺灣歷史的現實並不如〈緒論〉中停留於「背景」地位，反而提升為辯證方法論的骨幹。[27]

林燿德認為，這本書在一定程度上反映了大陸學界無法遽然掙脫的意識型態敏感症：刻意突出了政治言談主宰文學言談的假設。至於，葉石濤完成於1980年代中期的《臺灣文學史綱》，也不可避免的犯了文學史書寫上的一些意圖謬誤。此書關於臺灣戰後詩史評議的部分，以「笠詩社」為詩史主流，透過十年分期，反覆介紹「笠詩社」成立的時間、宗旨與成員，並高度評價，定於一尊，並未能反映詩史真實的情況。[28]

上述兩本書在體例上，皆是以流派和文學運動存在作為斷代的重要根據。[29]但流派的發展與文學運動的產生，是否能夠真正反映出文

---

[27] 林燿德：〈環繞當代臺灣詩史的若干意見〉，《世紀末現代詩論集》（臺北：羚傑，1995），頁15。

[28] 林燿德認為主要原因可能有二，其一是因為葉石濤強調《史綱》的目的在於闡明臺灣文學在歷史的流動中如何地發展了它強烈的自主意識，且鑄造了它獨異的臺灣性格，笠詩社剛好符合了葉石濤的預設意識；一方面則是葉石濤《史綱》中的顧問，凡詩人皆為笠詩社的成員，故自然以笠詩社為主流思考方向。同註27，頁15-16。

[29] 除了這兩部文學史外，林燿德也曾批評發掘過張愛玲的夏志清，其《中國現代小說史》「結構破綻太多」；20、30年代的上海現代主義小說「新感覺派」在夏著中一筆未提也令人驚訝，顯然充滿了意識型態偏見和文學史的謬誤。參見林燿德：〈以書寫肯定存有——與簡政珍對話〉，《觀念對話》（臺北：漢光，1989），頁190。另外他也批判過彭瑞金所提出「臺灣文學也有它一貫的選擇性」這種神話下「揀選」的說法。林燿德認為彭瑞金指責新世代作家「試圖在自主化、本土化的趨向，使命之外，找到一些可以向自己的『離經叛道』

學史真實的一面？就前者來說，白靈曾在討論詩人時便指出，詩人是文壇上最熱衷於成群結社的一群人，而這卻便宜了文學史家，方便將他們歸檔歸類歸社，也不管參加的人「群性」「社性」強不強，四十餘年來臺灣地區的新詩史似乎很容易被區分為幾大詩社「割據」，幾小詩社爭相「起伏」、「掙扎」的天下。[30] 但如此方便的歸類後我們必須認清，除非我們能夠保證詩社中份子的陣線專一或是詩性相近，否則以詩社或流派作為論述的重點，反倒會成為論述上的一大盲點。對此，林氏曾語帶批判的說：

> 詩社往往只是一群風格各異的詩人，在情感的凝結下組合而成的散漫組織；當詩社和文學運動結合時，或者形成師徒承傳的流派時，才能顯現其文學史的背景性。[31]

儘管臺灣的現代詩社並不盡是風格相異的詩人，詩社的成立也有其特殊的宗旨或時代的意義，但如果我們過份強調「文學集團」和「集團文學」的運作和彼此之間相互衝突的關係，那麼確實如林氏所言：「往往會忽略個別詩人對於『詩風潮』也可能有其劃時代的作為，並進而造成思潮的重大轉機和質變。」[32] 如此一來，將使個別詩人的精彩言談被掩蓋在詩社的強大光芒下，甚而隱沒在文學史的論述脈流中。

　　不過，以個別詩人談論其歷史定位時，也不能忽略斷代分期上的問題，尤其如林氏本身也相當重視的林亨泰、羅門等創作生涯較長，

交代的藉口」，卻「逃不過臺灣新文學運動的篩網」，反映出彭瑞金臺灣文學本土化觀點的「焦慮感」以及「敵視」，正好呈現「文壇的『世代政治』」，發現新世代作家的影響已經震動了某些意識型態的「篩網」。參見林燿德：〈小說迷宮中的政治迴路〉，《敏感地帶》（臺北：駱駝，1996），頁 15-16、41。

[30] 白靈：〈九歌版藍星詩刊的歷史意義——兼談「詩刊的迷思」〉，《現代詩學研討會論文集》（彰化：彰化師大國文系，1993），頁 119。

[31] 林燿德：〈環繞當代臺灣詩史的若干意見〉，《世紀末現代詩論集》（臺北：羚傑，1995），頁 17。

[32] 林燿德：〈不安海域八〇年代前葉臺灣現代詩風潮試論〉，《不安海域》（臺北：師大書苑，1988），頁 3。

並跨越諸多世代的詩人。以文學運動配合「代」為分期的方式，是諸多文學史最常採用的方法之一，但這樣的方式顯然也有諸多的缺陷。林燿德認為，「代」的觀念並不能充分說明文學的時代性，因為「代」可以被作家跨越，同一代中的作家群也可能壓縮幾代的文體，同一個作家可能在一生中，也可能在一部作品中匯集數個時期的發展。[33] 當我們不得不以世代作為區分標準時，還「必須配合詩人開始寫作的時間以及崛起的時機，才能有效地把握他們個別的生態座標」[34]，完整並精確的呈現出一個作家的歷史重要性。但即使如此，「代」的區隔或者「主流說」皆無法說明多元性的並存或「代」與「代」間相互影響的關係。「世代說」與「主流說」都存在著論述上的缺失，這也是目前文學史書寫時所遭遇的最大困難。

或如林氏如言，當前以「連續性史觀」和狹隘的斷代方式所閱讀、書寫的臺灣文學史，勢必要擺脫單線因果關係的決定論，突破過去純以貫時性視角的情勢，加入並時性的概念，那麼才能擷取某一階段的並時性斷層，重建同一階段作品的次序，進而揭示特定歷史階段的文學系統，再進一步截取此一斷層前後歷時關係和前述並時斷層予以排比[35]。透過此一貫時、並時相應的精密考究，才能幫助我們發掘許多文學史上難解的課題。因為從本質上來看，文學史的構造本身便是破碎、斷裂的，充滿了疑惑，也處處暴露出遺失的環節，使我們陷入不明或難解的境地。不過，做為組成文學史運動因素的詩人精神史、流派、文學運動以及外緣的政治、社會背景，又會以多元、交織，彼此重疊的型態埋下重建的基因。[36] 藉由這些外緣文化語境的考察，將有助於我們重建、重寫充滿多元而又超乎當前的文學史脈絡。正是在對

---

[33] 文中，林燿德以羅青的分期為例，說明羅青在〈草根宣言第二號〉中的分期，是基於社會學和心理學的背景考察，無法明確的反映詩人們的時代座標。同註31，頁18-19。

[34] 同註31，頁18。

[35] 同註31，頁13。

[36] 林燿德：〈環繞當代臺灣詩史的若干意見〉，《世紀末現代詩論集》（臺北：羚傑，1995），頁19-20。

文學史的此種認識下，林燿德企求能夠尋找一種貫時與並時兼備的
「整合式的文學觀」，重新閱讀並尋覓新的臺灣文學史脈絡。

　　論析林氏所謂的「整合式的文學觀」，可以發現相當接近新歷史
主義的文化詩學觀點。海登・懷特在〈評新歷史主義〉一文中指出：

> 新歷史主義倡導的是這樣一種努力，也就是重新考慮「那些典
> 範的……文學和戲劇作品得以最初形成的社會──文化環境，」
> 並進而把作品置於這樣一種情形中，使「它不僅與別的話語模
> 式和類型相聯繫，而且也與同時代的社會制度和其他非話語性
> 實踐（non-discursive practices）相關聯。」[37]

透過對歷史語境的瞭解以及其他外緣的政治、社會背景等因素的配
合，便有可能在多元交織的歷史中，重新尋回過去某些遺漏的文學史
重點。如此便接近於海登・懷特在闡釋新歷史主義時，轉引路易斯・
孟酬士（Louis Montrose）的話所要強調的：

> 這種研究力圖「重新確定」（reorient）所謂「互文性」
> （intertextuality）的重心，以一種文化系統中的共時性本文去
> 替代那種自主的文學歷史中的歷時性本文。[38]

　　在海登・懷特的眼中，所謂的新歷史主義正是把在歷史研究中
被「某些」歷史學家看作是「形式主義謬誤」的東西，與在文學研
究中被「某些」形式主義文學理論家視為「歷史主義謬誤」的東西
結合起來。[39] 新歷史主義這樣的傾向，顯然是要對治形式主義者跟
傳統歷史學者的歷史決定論，並且重新恢復歷史研究的尊嚴，將過
去歷史決定論的負擔予以解放，提供更開闊的文化研究視野；而林
燿德文學史觀的出發點，正是要打破連續性史觀以及形式主義的謬

---

[37] 海登・懷特：〈評新歷史主義〉，《新歷史主義與文學批評》（北京：北京大學，
1993），頁95。

[38] 同註37，頁95。

[39] 同註37，頁97。

誤,重建非連續性[40]、整合式的文學史觀,如此「必然對於詩史的重建產生具體的助益,而詩史的重建是現代詩跨越世紀末的重要基礎。」[41]

究其根柢,林氏的文學史觀儘管富含多元、解構的傾向,但其運用歷史來創造歷史的作法,實質上仍是一種現代性現象,對於現代性的反思。也因此,論者如王浩威便曾批判地指出,林燿德這一頭「前現代或現代的獨步的獸」,不斷地「編選各種文學選集、提倡不同的文學史觀」。[42]「從 1985 年起,林燿德正建構,而不是解構,一個新的而偉大的體系。」他認為,林氏所謂的「新體系」或「新秩序」的建立,除了文學史的重寫,還有龐大的經典選集的新編,以及前述對個人身世的不斷竄改。為了「解構」而「重新書寫歷史的慾望」正是林燿德從 1985 到 1995 年間所有活動的動力基礎。[43] 對此,劉紀蕙也敏銳的察覺到,林燿德自始自終都持續而嚴肅地面對重新思考文學史的問題,以及他批判現有詩社、文選與文學史撰寫者的立場。[44] 林燿德以「史」的面貌建構當代的慾望是十分強大的。從其散置四處的文字、詩、散文、小說、序、評論、訪談等,以及所設計的文選與研討會,劉紀蕙認為:「我們發現,林燿德已經完成了臺灣文化史重新書寫歷史的自覺,也帶出了臺灣現代文學史的新的面貌。」[45] 若真如上述兩位學者指稱的那樣,那麼立居八○年代又企圖提出某種文學史想

---

[40] 取代進化論的敘事,或者解構其故事主線,不僅有助於闡明分析現代性的任務,而且也會使我們重新關注所謂後現代問題的討論。參見安東尼・吉登斯著,田禾譯:《現代性的後果》(南京:譯林,2000),頁 5。

[41] 林燿德:〈環繞當代臺灣詩史的若干意見〉,《世紀末現代詩論集》(臺北:羚傑,1995),頁 26。

[42] 王浩威:〈偉大的獸──林燿德文學理論的建構〉,《聯合文學》第 12 卷第 5 期(1996.3),頁 61。

[43] 王浩威:〈重組的星空!重組的星空?〉,《林燿德與新世代作家文學論》(臺北:文建會,1997),頁 305。

[44] 劉紀蕙:〈林燿德與臺灣文學的後現代轉向〉,《孤兒・女神・負面書寫》(臺北:立緒,2000),頁 383。

[45] 同註 44,頁 382-383。

像來詮釋自我歷史觀點的林燿德，究竟展現了何種對於文學史的自覺？又帶出怎樣的臺灣文學史新面貌？

在《一九九〇》的提辭〈我們〉中，林燿德曾頗多自勉的寫著：

> 瓦解與重建並時發生
> 整座紛亂的世界引誘青空擴張
> 優雅地我們為下個世紀的生靈導航
> 人類的詩史正為「我的世代」而存在

「我的世代」是一個「瓦解」與「重建」並存的世代，是一個詩史必須要被重新書寫，而「導航」著下一個世紀的世代。[46] 對林氏而言，「詩史的重建是現代詩跨越世紀末的重要基礎。」對一個緊緊抓住時代咽喉的詩人來說，回溯與前瞻皆是必要的而不容遲緩的工作，正是如此，對文學史貫時性的探索與並時性的思考是同等重要而相輔相成的工作。如果說從 1985 年起，林燿德便不斷建構嶄新的文學史脈絡，那麼他所企圖「瓦解」而「重建」的臺灣文學史究竟是什麼樣的面貌？

第二節　林燿德與臺灣現代主義文學的重論

一、重論臺灣現代主義文學的必要性

前章中我們曾經提及，林燿德在《觀念對話》中與白萩、余光中、林亨泰、張錯、葉維廉、楊牧、鄭愁予、羅門等前生代、中生代詩人進行對話。「不僅呈現了不同世代的詩人在八〇年代末期的視角與觀點，關於詩人、詩正文、詩讀者、詩界現象以及當代詩的環境，透過

46　同樣的說法亦可見於〈環繞當代臺灣詩史的若干意見〉：「臺灣詩界仍處於『自我指涉時期』，同時也處於一個解構與重建兩者並時發生的重要場域」。林燿德：〈環繞當代臺灣詩史的若干意見〉，《世紀末現代詩論集》（臺北：羚傑，1995），頁 26。

直接言談，辯證中我們共同揭示了文學史的一個角落」[47]，同時也說明了，從 1985 年開始，他便不斷做著考掘的工作，意圖重讀與建構的臺灣文學史重點。

對林氏而言，文學史的進化觀一度主宰了臺灣詩史的論述。強調文體的新穎性者，一味以修辭新、立意新為文學與詩的進化標誌，而忽略了還有「新穎的廢物」存在；強調社會意識者，則全以寫實能力與環境背景的設定來考察作品，而漠視了創造性心靈對歷史的作用。[48]前者所造成的文學史斷層，以及後者所所富含的強烈意識型態，都無以幫助我們正確的理解文學，書寫多元而精彩的文學史。細讀林燿德發表的一系列文字可以發現，他一直運用新批評的精讀精神與接受理論期待視野的理念[49]，從「宏觀的藍圖進入局部的探索，也藉由細節的實證修正預設的整體模型」[50]，他的目標是解構現有的文學史偏頗觀點，在過去論者所不重視的史料中，重探當前被扭曲或淹埋的臺灣新詩史。

林燿德曾以表現手法，區分出 1949 年以後臺灣新詩的三大主派：一是以前、後期「現代派」運動掀起的前衛潮流。他認為即令是八〇年代出現的「後現代思潮」，其出發點雖在反動「現代主義」，也可歸納在此一前衛性的路線中。其次是以「寫實主義」為主軸所統轄的「鄉土」、「草根主義」，以及各種副系統，這條脈絡在日據時期已現端倪，至七〇年代粲然大備。第三條詩脈則是中國詩詞傳統抒情體式的流變，五〇年代中期成立的「藍星」詩社、六〇年代學院詩社「星座」（1964-1969）、七〇年代後期大馬僑生為核心的「神州」詩社（1976-1980）與「風燈」詩社（1978－）等。這些

---

[47] 林燿德：《觀念對話》（臺北：漢光，1989），頁 10。
[48] 同註 46，頁 13。
[49] 「期待視野」的觀念為姚斯（Hans Robert Janss）所提出，意旨任何一個讀者在閱讀一部文學作品前，都處在一種先在理解或先在知識的情況底下，並在閱讀的過程中不斷修正、改變或實現這種期待。文學的接受過程也就成了不斷建立、改變、修正再建立期待視野的歷程。
[50] 同註 47，頁 265。

團體許多要角均曾以抒情體式貫穿了特定階段的創作生命，衍生出不同的變貌。林氏認為，這三條主脈是以個別作品呈現的型態做為依歸，沒有任何一個詩人一生的作品可以徹底歸入某一個檔案夾中。[51]

　　三條詩脈中，寫實主義者已被當前的詩史不斷談論，而抒情的體式有向陽等人緊扣傳統，在 1970 年代後陸續繳出精彩的成績單，僅有現代主義此一脈絡仍舊處於不明，需要被重新挖掘並評定其地位，也因此，林燿德的文學史重寫便是對臺灣現代主義發展歷程、功過的重新探討。他要從 1930 年代上海的新感覺派出發，一路由林亨泰開始創作的「銀鈴會」時期或稱「前現代派」時期（1947 至 1949），跨越「孤獨的孤獨的一匹殘缺狼」的五○年代，重考擁抱現代主義的六○年代，而對於寫實主義的看法則是要讓「那失去地圖的寫實／主義者固執地沿襲喪亡的圓週軌道／被夾殺在卡死的時針上」，因為「他不懂如何／在橢圓形的次／元中行動」[52]，最後的終點則是其一直持續申論的「新世代」。

　　立足於當代，林氏一方面希望能透過考掘被埋沒「新穎的廢物」，重新尋獲前代「創造性的心靈」、「文學史上的不適者」[53]，一方面又對眼前的詩壇開砲，指出其諸多盲點。在過去與現代、文學與歷史的雙向辯證對話中，意圖在「世代交替」的世紀末之際完成其「後現代轉折」。要瞭解這些複雜迷離的課題，我們不得不踏上與其相同的步伐，重探現代主義在臺灣的發展，進而釐清其後現代轉折的企圖與未完成的文學史重寫計畫。

---

[51] 林燿德：〈權力架構與現代詩的發展——與張錯對話〉，《觀念對話》（臺北：漢光，1989），頁 99-100。

[52] 林燿德：〈寫實主義者〉，《都市終端機》（臺北：書林，1988），頁 99-100。

[53] 這些創造性的心靈，在林燿德的眼中是文學史中的「不適者」，在與張錯的對談中他指出，只有真正「反主流」的作家才能從「主流」中跳離出來，找到一條新路。其無疑蘊含以邊緣解構「主流」，或打破主流／邊緣二元對立迷思的意圖。參見林燿德：〈權力架構與現代詩的發展——與張錯對話〉，《觀念對話》（臺北：漢光，1989），頁 115。

　　作為對一種歷史話語的理解，將現代主義當成是近代以來各種相對於現實主義和浪漫主義前衛文學的總稱[54]，有助於我們用更寬廣的視野來看待現代主義。這樣的現代主義不僅要在動亂中提出對形式的看法，也要提出對重要時間的看法，大膽地試圖辨識出一個過渡性時刻，並努力尋找新的形式、新的語言來表現這些潮流和衝突，使它們體現出未來時代的特徵。[55] 也因此，現代主義以其前衛性為時代豎立里程碑的慾望，不斷的在發展過程中以各種不同的形式出現。

　　相較於西方，在臺灣文學史中我們似乎可以不斷的目見，現代主義與本土、現實主義間的拉扯。劉紀蕙即曾指出，在臺灣文學史的論述場域中，似乎「臺灣」等於「本土」，「本土」等於「鄉土」、「民族」與「社會寫實」，致使以趨向異己而尋求變革的現代主義藝術與文學時，時常被「臺灣文學史」排除在正統之外。[56] 劉氏的說法其來有自，現代主義的系譜在早年史論家對寫實、鄉土、民族的強烈要求下，經常是位居邊緣的。像是《臺灣文學史綱》以「無根、放逐」形容《現代文學》的「橫的移植」，對紀弦的「現代派」著墨甚少，僅指明他是徹底的西化派，所主導的現代派的主張影響臺灣二十多年，直到鄉土文學論爭之後現代派的「全盤西化」才全面崩潰。[57]彭瑞金的《臺灣新文學運動40年》則說道：

　　　　現代派在詩學上，除了沿襲戴望舒等現代派的旗號，喊喊口號外，並未建立多少自己對於詩的主張，……僅以「領導新詩再

---

[54] 這樣的現代主義文學一般都以近代以來頗為流行的康德主義、弗洛依德主義、尼采和叔本華理論以及薩特的存在主義等為思想基礎和哲學基礎，以現代工業文明和現代都市生活背景為直接或間接的表現對象，以人的宇宙的深入開掘為指歸，並在藝術手法上作相應的實驗性創新，並且都具有明顯抽象化的傾向。參見朱壽桐主編：《中國現代主義文學史》上卷（江蘇，江蘇教育，1998），頁 10-11。

[55] 艾倫・布洛克：〈雙重形象〉，收入《現代主義》（上海：上海外語教育，1992），頁 51。

[56] 劉紀蕙：〈文化整體組織與現代主義的推離〉，《孤兒・女神・負面書寫》（臺北：立緒，2000），頁 152。

[57] 葉石濤：《臺灣文學史綱》（臺北：文學界，1987），頁 103-10。

革命」和「推動新詩現代化」的口號，並未為詩帶來認真的外貌或體質上的改變。

同時認為倡導者紀弦除了自負，其為現代派所制訂的〈六大信條〉更是「自相矛盾、十分曖昧」，表現了對臺灣文學的無知。[58] 至於1930 年代的「風車詩社」或新感覺派的現代主義源頭，兩書則皆是略過未提，顯示其偏重寫實主義文學，輕視現代主義系譜的態度。這兩部文學史間接顯露了現代主義在臺灣「邊緣化」，乃至於被壓抑的命運，而這也是促成學者們開始對現代主義進行重論、重寫的主要原因。

　　當前，重論 1960 年代現代詩潮以及「橫的移植」一代人所凸顯的文化自我性格，進而耙梳整個現代主義脈流，較集中而具體的學者，有奚密的〈前衛、邊緣、超現實：對臺灣五、六十年代現代主義的反思〉、〈回顧現代詩論戰：再論「一場未完成的革命」〉、〈在我們貧瘠的餐桌上──五十年代的《現代詩》季刊〉等文，從六〇年代臺灣現代主義思潮的邊緣性與前衛性出發，企圖鬆解原有對詩邊緣化、「買辦」的貶抑概念，重新賦予六〇年代臺灣現代詩以獨立自主的地位，並進而視現代主義為反寫實主義的重要書寫策略。[59] 劉紀蕙則以《孤兒‧女神‧負面書寫》一書織譜出負面書寫的閱讀系譜。作者從視覺圖像與文化場域的精神分析詮釋模式出發，深入探討超現實主義語法與視覺符號之互文效應，旨在對「變異」意識的挖掘與解讀。她一方面連結日據時代的超現實風潮，另一方面也著力探討詩／畫的視覺翻譯與跨媒介文化想像，重新認識臺灣戰後文化既邊緣又曖昧的性格，企圖解決後現代在臺灣出現的文化挪移問題。李桂芳的碩士論文《逆聲與變奏的雙軌──現代詩語言觀的典範化與延變之研究》則更在前二人的基礎上，結合現代詩發展以來所面臨的文化認同與心理變

---

[58]　彭瑞金：《臺灣新文學運動 40 年》（臺北：自立晚報，1991），頁 81。

[59]　奚密：〈前衛、邊緣、超現實：對臺灣五、六十年代現代主義的反思〉，《現當代詩文錄》（臺北：聯合文學，1998），頁 38。

革為討論方向，並取臺灣現代詩潮為觀察，重新省視臺灣現代主義文學時期（五四文學革命至六〇年代現代主義時期）的精神變貌。[60]

三位論者皆對於現代主義於臺灣（或中國）的發展脈絡，以及相應的文化心理，提出過許多精闢的解說，成為我們在今日重論現代主義時重要的參考指標。然而三人中，僅有劉紀蕙〈林燿德現象與臺灣文學史的後現代轉折：從時間龍的虛擬暴力書寫談起〉[61] 一文，曾較大篇幅論及林燿德與臺灣文學現代、後現代轉向間的關係以及重寫文學史的慾望，並大致勾勒其藍圖與脈絡，成為我們研究林燿德時重要的借鑑。

二、臺灣現代主義文學的發展脈絡

今日，要重新瞭解現代主義此一前衛浪潮在臺灣的發展，我們不得不將觸角向前延伸，重新尋覓 1930 年代中國與臺灣現代主義的先鋒根源。劉紀蕙曾指出：

> 重探三〇年代臺灣所發展的現代主義文學，可以對四〇年代延續現代主義的「銀鈴會」，五〇、六〇年代銜接「銀鈴會」以

---

[60] 李桂芳指出，這樣考察重心的發微，則意圖逆轉現有文學史寫作的套式，從一條隱藏的文化心理脈絡，觀察現代中國誕生的歷史契機。李桂芳：《逆聲與變奏的雙軌——現代詩語言觀的典範化與延變之研究》（臺北：淡江中文系碩士論文，1999），頁 3。

[61] 原發表於行政院文建會主辦〈戰後五十年臺灣文學國際學術研討會〉（1999.11），後收錄於《孤兒・女神・負面書寫》（臺北：立緒，2000）；並大幅增刪分為〈林燿德與臺灣文學的後現代轉向〉與〈《時間龍》與後現代暴力書寫的問題〉兩小節，並說明，前章乃試圖從林燿德所引發的現象談起，先採取探掘文化地層的方式，釐清其後現代計畫的書寫脈絡與重寫文學史的動力基礎，以及對於臺灣文學史霸權敘述所持續進行批判的背景，下一章則要進一步對照閱讀林燿德在 1993 年前後完成的科幻小說《時間龍》，以及其他同時期的評論，以便深究林燿德的「後現代欲求」進入 90 年代之後，為何展開了暴力書寫與施虐的本質。參見劉紀蕙：《孤兒・女神・負面書寫》（臺北：立緒，2000），頁 369-370。

及中國現代主義兩個脈絡的「現代派」、「創世紀」與「笠」等詩社，提出對照式的理解。[62]

李桂芳在論及「橫的移植」時也曾談到：

> 以宣告反叛國家文藝觀姿態出現的現代主義詩潮，其所經歷的文學傳播途徑，正推衍出多重符號的文學想像空間。不論是來自三〇年代中國現代派的傳衍；或是，潛伏在臺灣地脈之下的日據時代超現實詩風，它們是如何影響現代主義詩潮的發生，將是探討「橫的移植」的另一變據。[63]

　　1930 年代是臺灣現代主義發展的重要根源，不論是「三〇年代中國現代派的傳衍」或是「潛伏在臺灣地脈之下的日據時代超現實詩風」，皆對此後的現代主義發展造成相當的影響，也因此，對這兩支不同根源與脈絡的耙梳，將是我們回溯現代主義思潮發展時，重要的起始工作。對於三〇年代現代主義的挖掘，林燿德首先重視的是輾轉傳衍自日本的上海「新感覺派」。他曾與簡政珍在 1989 年的對談中大篇幅談到「新感覺派」，並於 1990 年訪問中國「新感覺派」目前唯一存活的大師施蟄存。林氏在這些文中深切的指出，「新感覺派」在都市文學發展中重要的地位，有被重新檢討翻案的必要，後來他更將「新感覺派」視為都市文學發展的第一階段[64]，這也有助於我們釐清第四章所要談論的林燿德「後都市詩學」。至於，另一支發源自本土的超現實詩風「風車詩社」，或許是因為資料所限，林燿德並未有專文論及。因為呂興昌編訂於 1995 年的《水蔭萍作品集》，是楊熾昌半個世紀以來的作品首次較為完整的見世，而林燿德去世於 1996 年 1 月，依筆者推斷，恐怕是林燿德尚未接

---

62 劉紀蕙：〈文化整體組織與現代主義的推離〉，《孤兒‧女神‧負面書寫》（臺北：立緒，2000），頁 163。

63 李桂芳：《逆聲與變奏的雙軌——現代詩語言觀的典範化與延變之研究》（臺北：淡江中文系碩士論文，1999），頁 90。

64 林燿德：〈以書寫肯定存有〉，《觀念對話》（臺北：漢光，1989），頁 182。

觸到「風車詩社」的出土資料，或來不及行文撰寫，否則依林燿德
對前衛脈絡的探索或許將包含「風車詩社」此一環節。不過，雖然
林燿德並未及詳論「風車詩社」，但特別為其做註並編寫年表的詩
人林亨泰，不僅是跨越前現代、現代的重要詩人、「現代派」的重
要理論奠基者，同時也上承了「風車詩社」詩風，參與「銀鈴會」
的創作。筆者認為，在林燿德反覆標舉並肯認林亨泰此一前衛脈流
的同時，我們或可以假定，林燿德多少有藉林亨泰的視野上溯臺灣
超現實根源的企圖。因此，探討「風車詩社」這一臺灣超現實主義
的重要源頭，對於瞭解林燿德的超現實主義傾向，是相當有幫助的
線索。

在討論完三〇年代的現代主義根源後，我們將一路回溯林亨泰、
紀弦等前現代、現代派時期的前衛展現，以便釐清整個現代主義在臺
灣發展，既「前衛」又「邊緣」的性格[65]，以及臺灣現代主義的中心
言談：「超現實主義」。本文在討論此一脈絡時，將扣緊林燿德本人的
言說，若遇林燿德未及或忽略論述的部分，則以提要的方式加以討
論。筆者認為對這些相關議題的釐清，有助於我們解答三個重要的議
題：一是林燿德重寫文學史的企圖與架構，二是解讀林燿德「後現代」
挪移所挾雜的複雜課題，三是進一步釐清林燿德「後都市詩學」的實
際內涵所指。

---

[65] 奚密曾提出兩個論點標明現代詩的特徵。第一是現代漢詩的邊緣性，第二是
它的前衛性。奚密指出，當詩脫離了儒家傳統所附予的道德、政治和文化意
義之後，它成為純粹個人、私己的活動。就正面意義來看，詩因而獲得更大
的空間，得以脫離外在因素來檢視自身，為自身定義。從反面的角度來看，
詩做為一種個人私己的活動不得不面對長期浸染於「文以載道」的文化傳統，
為自身的存在辯護。「前衛性」乃由於現代詩揚棄傳統，對「新」與「現代」
的自覺，「邊緣化」則來自於官方意識型態、傳統文化、文學斷裂等所衍生
出的壓抑，以及也因而同時的存在於詩體中。此處，我們將藉此觀點以觀
察現代主義在臺灣的發展。參見奚密：〈邊緣、前衛、超現實──對臺灣五、
六十年代現代主義的反思〉，《現當代詩文錄》（臺北：聯合文學，1998），
頁 155-176。

第三節　重論上海「新感覺派」

一、上海新感覺派緣起

　　新感覺派崛起於 1920 年代的日本，它同時以德國為中心的表現主義、法國為中心的超現實主義、義大利為中心的未來主義、以及意識流等等二〇世紀西方現代派文學傾向為依歸。[66] 1924 年日本作家在菊池寬支援下，川端康成、橫光利一、片岡鐵兵等不滿足於一次世界大戰後日本文壇停滯和窒息狀態的文藝青年，試圖從西方文學中尋求出路，要破壞文壇既有的陳規，進行文藝的革命，因此共同創辦《文藝時代》。該年 2 月，雜誌由東京金星堂出版發行。11 月，評論家千葉龜雄針對《文藝時代》刊出的作品提出〈新感覺派的誕生〉一文，指出此一派的作家對新的語彙、詩和節奏的感覺的沉浸，因而將此一創作風格的作品，命名為「新感覺派」。自此，日本文學史上的第一個現代派便產生了。[67] 這一現代主義的小說流派，在審美原則上強調直覺、主觀感受，力圖把主觀感覺印象投進客體中去，以創造對事物新的感受方法。結構上追求一種自由聯想的開放敘事，以感覺為核心，將物理時間和心理時間融合，追求感覺的充分表達，從而產生一種獨特的藝術效果。文體風格上則善用比喻、象徵手法[68]，用想像捕

---

[66] 林燿德、鄭明娳：〈與新感覺派大師施蟄存對談〉，《聯合文學》第 6 卷第 9 期（1991.7），頁 131。

[67] 何乃英：〈日本新感覺派文學評析〉，《河北大學學報》1994 年第 3 期，頁 67。

[68] 因為象徵化的特質傾向，新感覺派也被認為是一種象徵派文學。如赤木雄介在論文《關於新象徵主義的基調》中便針對「新感覺派」此一名稱提出反撥。他認為「新感覺派」的命名很容易引起肉感的或是只重視技巧的誤解，就藝術基調、美學風貌來說，應該稱為「新象徵主義」，以免引起新技巧派和肉感文藝的誤解。關於上述與新象徵主義的審美規範，可參考張國安：〈日本新感覺派新論〉，《日本研究》1995 年第 2 期，頁 65。

捉剎那間的感覺，構成新的現實，產生審美的衝擊力，創造獨特個性的審美體驗。[69] 企圖為陳腐的現實賦予嶄新的意義，建立一個純文學領域中的自足空間。

1920 年代末三〇年代初，上海也出現了一個在歐美和日本現代主義思潮影響下發展起來的小說流派，在創作上追求藝術形式與技巧的創新，強調從人的主體感覺出發，主要作家包括劉吶鷗、穆時英和施蟄存，在當時被稱為「中國新感覺派」。「新感覺派」基本上是隨著《無軌列車》、《新文藝》、《現代》這三個雜誌的發展而成。1928 年 10 月，劉吶鷗與戴望舒、施蟄存等人一起創辦了半月刊《無軌列車》，所收文章在藝術形式上講求創新，同時，劉吶鷗不僅譯介影響日本新感覺派的作家的理論及創作，也介紹日本新感覺派文學，發表帶有現代主義傾向的作品。年底《無軌列車》遭受查禁後，隔年 9 月劉吶鷗、施蟄存、徐霞村、戴望舒等又結合在一起創辦了《新文藝》，更潛心於新感覺派小說的介紹與書寫。劉吶鷗編輯《色情文化》（1929 年 9 月）一書收錄日本新感覺派重要小說家的短篇作品，並撰寫用感覺主義和意識流表現的都市小說，於 1930 年 4 月結集成為其重要代表作，也是中國新感覺派開山之作的《都市風景線》。施蟄存亦自覺的使用弗洛依德的學說分析表現人物的心理，完成了《鳩摩羅什》、《將軍底頭》等重要作品。

1930 年春，穆時英的小說《咱們的世界》發表於《新文藝》第 6 期，至此新感覺派作為一個流派已初具規模。[70] 1932 年 5 月《現代》雜誌的創刊，標誌著這些作家作為一個流派的完全成型。編者施蟄存對於穆時英與劉吶鷗的作品都給予高度的肯定。穆時英具有新感覺派特點的那些代表作，先後十多篇都發表在《現代》雜誌上。施蟄存運用弗洛伊德學說所寫的心理分析小說也擴大了影響，終而使《現代》雜誌成了孕育「中國新感覺派」此一個現代主義小說流派的重要園

---

[69] 轉引自唐正序、陳厚誠主編：《20 世紀中國文學與西方現代主義思潮》（四川：四川人民，1992），頁 321。

[70] 譚楚良：《中國現代派文學史論》（上海：學林，1997），頁 62-63。

地。然而，新感覺派並未成為時代的主流，由於當時革命文學浪潮的
席捲，現實主義浪潮佔據三〇年代以來的史觀，新感覺派重視藝術本
體和藝術探索、表現主觀體驗和感覺，以偏離革命話語空間，另塑形
式意義的創作傾向，遂與主流的現實主義相違抗，以至於受到主流文
學的排擠。日後，乃隨著劉吶鷗與穆時英的早夭與施蟄存的轉向流星
般消逝。

二、林燿德對上海新感覺派的重探

　　由於傳統中國學者多不重視城市文學，或逕自將它視為頹廢、腐
敗、半殖民地的作品，因此新感覺派的地位一直遭受過往學人的忽
略。但是在 1980 年代後半期，中國大陸出現了一次聲勢空前的現代
主義文學思潮，湧出一批相當數量「現代派」作品，並有一群作家與
批評家鮮明的提出其先鋒派的理論主張，他們積極地吸收和借鑒西方
現代主義文學時，也注重主體以超越的東方藝術精神，去重新發現與
建構新的藝術價值規範，結果在找尋的過程中發現，早在二〇年代末
三〇年代初的中國，新感覺派已經對小說藝術的審美原則有了新的認
識和體驗，而且在創作上做了一次前衛的實驗。王明君指出，他們對
都市生活的思考，以及「為藝術而藝術」的精神，使得「中國新感覺
派」如出土文物的受到重視，並有若干選集在此時接踵出現。[71]林燿
德對新感覺派的興趣也約略是在這個時期產生，在這之前臺灣對於新

---

[71] 嚴家炎 1985 年的《新感覺派小說選》是最早的選集，而後大陸一些文學史或
選集陸續出現新感覺派的文章，海外的李歐梵也於 80 年代初期便開始研究上
海的現代派文學，他曾數度訪問施蟄存，並提起嚴家炎所編《新感覺派小說
選》引起大陸年輕學者的一陣熱潮，影響所及，美國和歐洲研究中國文學的
學生，也紛紛以此為題。1987 年 10 月《聯合文學》第 36 期刊出李歐梵策劃
的〈新感覺派小說〉專輯，選錄十三篇小說，後才有 1988 年 12 月由允晨所
出版，李歐梵以嚴家炎版本為參考所編的《新感覺派小說選》。參見李歐梵：
〈漫談中國現代文學中的「頹廢」〉，《現代性的追求》（臺北：麥田，1996），
頁 200。

感覺的研究幾乎很少，林燿德可算是臺灣對新感覺派小說注意較早的一人。

　　林燿德對於「新感覺派」的重視，大抵可從與簡政珍的對談，及 1990 年與施蟄存的對話窺見一般。兩次訪談中，他對新感覺派的崛起、特色與意識流的關係、以及現代主義和都市文學等議題都做過詳實的討論。針對新感覺派的藝術特點林燿德曾指出，上海新感覺派取材都市，又精於心理分析，常常在文中出現詩般大量的意象並置、拼貼，其意象的嶄新思考，對時間蒙太奇跟空間蒙太奇的運用，與意識流手法對都市意識的潛航，創造了具有時代意義的新感覺文學，也是繼日本「新感覺派」崛起後，東方「意識流」的進一步發展。[72] 他的論點，大抵正確的掌握了新感覺派的藝術特質，只是，在這些藝術特點下，為何林燿德要標舉「新感覺派」？這樣的標舉又提供了我們怎樣的線索去思考林氏意圖重寫的文學史？

　　對林氏來說，長久以來受到文學史家忽略的「新感覺派」是文學史上不可忽略的重要觀察點，因為它不僅是中國現代主義的根源，同時也是中國都市文學的重要源頭。林燿德指出，晚清小說家將小說置入當代、考察現實，以第三人稱限制觀點更替傳統白話小說的全知觀點敘述，五四小說則開創第一人稱小說的心理獨白；至於意象系統的嶄新思考，進而創造新感覺的文學，塑造嶄新的世界觀，「新感覺派」則是跨出了一大步。[73] 新感覺派在意象系統的革新，自是為了書寫上海五光十色的都市風景，描繪都市生活的表層與深層面貌，而這也成了新感覺派本身最大的特點。

　　說明了此一意象系統的革新後，林燿德進一步點明，接受諸多流派影響的新感覺派，無疑的是「中國第一次較典型而完整地把現代主

---

[72] 林燿德：〈權力架構與現代詩的發展〉，《觀念對話》（臺北：漢光，1989），頁 171。

[73] 林燿德認為中國作家這種世界觀的重新鑄模始自晚清開始，但在上海「新感覺派」開始，才算是真正的獲得了發展。林燿德：〈以書寫肯定存有──與簡政珍對談〉，《觀念對話》（臺北：漢光，1989），頁 174、182。

義引介到中國小說中的流派」。[74] 簡單的說，新感覺派在其心中，是
中國現代文學史第一次完整而成功的現代主義運動，也是中國現代文
學發展史上重要的里程碑，它超出當時中國新詩的發展[75]，和世界文
壇前衛的藝術潮流同步結合，甚至是中國首度和世界文學潮流同步，
新感覺派成了中國現代文學有希望躍居世界主流的一個契機。[76] 除了
新感覺派在當時重要的地位之外，他們的影響也不可輕忽，對象徵詩
派的翻譯、意識流小說、超現實主義與新小說的引介，不僅掀起了一
股重要的風潮，他們的創作也在日後透過李歐梵、嚴家炎等人的廣為
介紹，對新世代的創作造成不小的影響。然而新感覺派雖作為中國現
代主義的源頭，卻一直受到史家們的冷落，這也顯現了長久以來學人
們對現代主義發展的疏於重視，故而林氏在為現代主義的發展立碑
的同時也呼籲我們，應當對現代主義在中國和臺灣兩地的發展重新予
以評估。

　　除了以「現代主義」的觀點取代舊有的寫實系統、貫徹「為藝術
而藝術」的精神外，林燿德相當重視的另一點，是「新感覺派」對都
市意識的潛航。就其在 1930 年代的中國出現而言，新感覺派小說不
僅帶來表現手法上的革新，同時也是主題上的革新。它的內容帶進都
市生活的每一個細節中，同時深入人類異化的心靈世界，在主題場域

---

[74] 林燿德、鄭明娳：〈與新感覺派大師施蟄存對談〉，《聯合文學》第 6 卷第 9 期
（1991.7），頁 132。

[75] 在〈與新感覺派大師施蟄存先生對談〉中，林燿德便談到，同一時期的新詩，
在戴望舒的推動下，仍然停滯在 19 世紀前期象徵主義的階段；而新感覺派已
經和當時世界文壇藝術潮流的發展有密切的關係，舉凡未來主義、達達主義、
超現實主義、魔幻寫實主義、日本新感覺派都或多或少有些關係。同註 74，
頁 133。

[76] 林燿德曾指出，《無軌列車》距離日本「新感覺派」的核心刊物《文藝時代》
的創刊僅僅四年，那時伍爾芙（Virginia Woolf）的《達羅威夫人》（1925）、《燈
塔行》（1927）剛剛完成，川端康成的《雪國》（1937）尚未出版，施蟄存在
〈將軍底頭〉裡，所採用的魔幻寫實的手法甚而比拉丁美洲還早了二十年。
參見林燿德：〈以書寫肯定存有——與簡政珍對談〉，《觀念對話》（臺北：漢
光，1989），頁 172。

上無疑別闢新境。就取材而言，此派作品以都市為主要攫取對象，現代都市中諸種人物無所不包，也涵蓋了無形的意識，舉凡時代的風尚、文明的氣氛、小市民的異化、個人的夢幻與整體社會的集體潛意識，皆是都市隱性的構造。[77] 新感覺派的書寫手法，無疑促成中國近代第一次「都市文學」的興起，成為都市文學的重要源頭。

　　「現代主義的手法」與「都市意識的潛航」是林燿德對新感覺觀察的重點，也是今日學者在研究「新感覺派」時所密切關注者。論者譚楚良便曾指出，從五四開始，魯迅、郭沫若、郁達夫等都相繼寫出富有現代主義色彩的作品。但他們只是偶爾或部分採用現代派表現的技巧和方法，還沒造成一個現代主義特色的流派，直到新感覺派出現，才成為第一個以現代派方法創作小說的獨立文學流派。[78]李曉寧也提到，二〇年代末到三〇年代初新感覺以第一個現代主義的小說流派姿態出現於上海，此派因《現代》雜誌和它自身的現代主義文學特徵被稱為三〇年代的「現代派」。它的出現對於主流文學與非主流文學之間的關係及各自的發展前景，甚至對八〇年代以來出現的現代主義小說之探索都有一番可資借鑒之處。[79]

　　相應的論述，顯現了新感覺確實為中國現代主義的源頭。都市的議題，也不乏學者提出。吳福輝在《都市漩流中的海派小說》一書中便指出，代表海派中期審美的注視都市歷程的穆時英，和劉吶鷗共同組成「新感覺派」，將西方根植於都會文化的現代派文學神形兼備地移入東方的大都會，終於尋找到了現代的都市感覺。「新感覺派」力圖加深「都市」的認識，表現在現代消費文化環境下「都市」的激情，生命緊張之後的弛緩、倦怠。這樣的城與人，組成了上海高懸於中國本土文化之上，知性的都市風景線。[80] 藺春華〈新感覺派小說的反傳

[77]　林燿德、鄭明娳：〈與新感覺派大師施蟄存對談〉，《聯合文學》第 6 卷第 9 期（1991.7），頁 132。
[78]　譚楚良：《中國現代派文學史論》，（上海：學林，1997），頁 62。
[79]　李曉寧：〈論新感覺——心理分析派小說〉，《青海師院大學學報》1995 年第 2 期，頁 52。
[80]　吳福輝：《都市漩流中的海派小說》（湖南：湖南教育，1997），頁 147-148。

統傾向〉一文則進一步點出了新感覺派小說「現代主義都市文學」的
特色：

> 新感覺派的出現提供了與茅盾、樓適夷等作家創作的站在先進
> 階級的立場，從政治經濟角度理性地描寫燈紅酒綠的都市黃昏
> 的都市文學不同的另一種都市文學，從而為中國現代小說的發
> 展，開闢了新的領域。[81]

　　為何現代主義會與都市成為同樣備受關注的焦點？馬爾科姆・佈
雷德伯里（Malcolm Bradbury）認為，當我們想到現代主義時，我們
就不能不想到城市環境，帶有現代城市複雜而緊張的生活氣息，乃是
現代意識和現代創作的深刻基礎。由於城市具有現代社會的作用，它
不僅是一般社會秩序的中心，也是其發展變化的搖籃。因此，現代主
義藝術與既是文化博物館又是新環境的現代城市有著特殊關係。城市
創造了、又毀滅了文化和文明。這一過程在現代主義藝術的形成和解
體方面，在其發展和毀滅方面都得到清晰的反映。[82]

　　現代城市在新藝術的發展中，無疑佔有重要的地位。它是一個龐
大體系，既顫動著人的意志，又超越人的意志，在大多數現代主義藝
術中，城市是產生個人意識、閃現各種印象的環境，西方現代作家想
像中的世界唯在城市，城市成了這個走向現代的新世界的重心。因
而，馬爾科姆・佈雷德伯里認為：

> 城市的吸引力和排斥力為文學提供了深刻的主題和觀點：在文
> 學中，城市與其說是一個地點，不如說是一種隱喻。[83]

---

[81]　蘭春華：〈新感覺派小說的反傳統傾向〉，《甘肅廣播電視大學學報》第 10 卷
　　　第 3 期（2000.9），頁 37、39。

[82]　馬爾科姆・布雷德伯里：〈現代主義的城市〉，收錄於《現代主義》（上海：上
　　　海外語教育，1992），頁 76-78。

[83]　城市似乎變成類似於形式的東西，多樣化的存在，馬爾科姆・佈雷德伯里在
　　　文中進一步的說明，現代城市那種無法形容的偶然性與最現實主義的、最自
　　　由的、最實際的文學形式即小說的興起有很大的關係。小說形式拓展了城市
　　　隱喻，或追求城市經驗，並採取了新聞工作者、社會科學家、耽於幻想或超

城市不僅造就了一批新的知識份子，提供他們活動藝術活動的地點，也賦予他們一種異於過去田園生活的現代城市精神與世界觀，使得他們回過頭來以各種現代主義的嶄新手法，書寫了造就他們的城市。

五四以降，中國文學的基調是鄉村，這種現象恰與 20 世紀西方文學形成一明顯的對比。中國現代文學作品中如果有所謂的現代城市的話，那麼幾乎就是以上海為書寫對象，如李歐梵所說：

> 鄉村所代表的是整個的「鄉土中國」──一個傳統的、樸實的，卻又落後的世界，而現代化的大城市卻只有一個上海。[84]

上海相對於整個中國，無疑是一種異質的存在。回頭觀察 1930 年代的上海，無論是政治或經濟，都以一種前所未有的速度發展著。生產和經濟貿易全球化的雙重催化下，短短的幾十年中，上海迅速膨脹為遠東最大的商業都會。「好似封建專制的古老中國在急遽地滑向殖民地化的深淵過程中的一個窗口。」[85]

資本主義的精神進駐，傳統的生活準則和思維方式受到前所未有的衝擊，在半殖民化的情境中，人的心理、人與人間的關係都遭受到金錢的扭曲和異化，知識份子置身於此一社會矛盾、階級鬥爭和民族危機重重交雜的情狀中，就如一列「無軌列車」，不知該駛向何處，也不知何時才能到達終點。新感覺派的都市文學正是對上海迅速崛起的五光十色都市情結的反映，「以《現代》為核心，包括《新文藝》、《無軌列車》、《現代詩風》、《新詩》、《詩帆》、《菜花》、《小雅》、《詩誌》、等雜誌匯成了 1930 年代中國都市文學的熱潮。」[86] 這種異於整個大環境的特色，表現於選材的「現代性」、感受的「現代性」與技法運用上的「現代性」。這使得「城市的現代」與「現代的城市」在

現實主義的預言家和先鋒派人物的態度，這些態度最能探查出城市生活中的衝突和發展的偶然性、多樣性和原則。同註 82，頁 77-79。

[84] 李歐梵：〈中國現代小說的先驅者──施蟄存、穆時英、劉吶鷗〉，《現代性的追求》（臺北：麥田，1996），頁 161、174。

[85] 朱壽桐主編：《中國現代主義文學史》上卷（江蘇，江蘇教育，1998），頁 307。

[86] 張同道：〈都市風景與田園鄉愁〉，《文藝研究》1997 年第 2 期，頁 90。

這塊半殖民的土地上互為因果、相互辯證，引領著新藝術與內在寫實風潮的發展。

1991 年，施蟄存在與林燿德的對談中曾指出：「我跟穆時英等人的小說，正是反映一九三二年至一九三七年的上海社會。」[87] 然而，這種反映顯然並不是直接的寫實，而是曲折、隱晦、現代的都市意識的覺醒。由於理性和外部世界都受到資本主義的毒化，只有意識深處才蘊藏著美，只有潛意識才是未受干擾的純粹精神，才是具有真正價值的「真實」。因此，處理客觀的內在現實（inside reality）以及現實的變形，便自然的成為「新感覺派」書寫的著眼點。[88] 也正是透過心理分析、意識流等等現代主義的手法，他們才能夠成功掌握快速變遷的都市脈動，描繪出快速都市化下的上海，成為林氏口中所說的：

> 上海「新感覺派」和臺灣前後期「現代派」運動這兩個時期，小說家和詩人偏向於「內在寫實」以及個人被壓抑領域的發掘，因此注重「內在現實」的「意識流」和「超現實主義」在三〇年代的上海和六〇年代的臺灣都分別產生相當程度的影響力。[89]

作為林燿德所標舉的第一個界碑，他對新感覺派所言並不盡然正確。因為，新感覺派在當時並未造成大規模的影響，能否登上世界性的舞臺也還有待商議，但施蟄存等人對題材的挖掘，形式的實驗，以及都市人境遇的思考，確實異於主流。劉吶鷗敏銳的察覺都市生命的無明與腐敗，將各種感覺具體化，揭示了都市人的孤寂與荒謬；施蟄

---

[87] 林燿德、鄭明娳：〈與新感覺派大師施蟄存對談〉，《聯合文學》第 6 卷第 9 期（1991.7），頁 135。

[88] 王明君曾指出，新感覺派主要受到的外來影響有四者，這四者皆重視「內在寫實」：一弗洛伊德主義、二、歐美心理分析與意識流小說、三、日本新感覺派小說、四、法國保爾穆杭的都會文學。其中，與日本新感覺的關係最為密切，也因此有「中國新感覺派」小說之名。參見王明君：《中國新感覺派小說之研究》（臺北：政大中文系碩士論文，1997），頁 10-15。

[89] 林燿德：〈以書寫肯定存有——與簡政珍對談〉，《觀念對話》（臺北：漢光，1989），頁 182。

存重寫古典小說片段,以心理分析手法挖掘情慾暗流;穆時英則更進一步運用主客合一及蒙太奇的拼貼手法,表現了五光十色時空交錯的都市生活。他們所採用的書寫手法或許並不盡相同,但都企圖透過對都市人存在境遇的透視和對感覺感官的描寫,逼真的展現人的理性與非理性,揭示意識與潛意識的各個層面。他們打破五四以來學者視寫實主義為現代化關鍵的看法,用驚世駭俗的現代主義手法,描繪上海這座殖民地上異於大中國情境的「現代城市」,這樣的表現方式除了新感覺派外,在 20、30 年代的中國幾乎是沒有的。

　　作為一個短暫的文學風潮,新感覺派儘管在文學史中埋藏許久,卻仍舊透著不能忽視的光。他們在資本化的上海中,以異於傳統的方式描繪中國現代主義的都會圖像,透過藝術形式的試煉,掌握了偏離的形式空間。然而這樣的偏離──他們初次嘗試仍有待努力的都市化路線──才是林燿德心中中國現代文學應該發展的方向之一。[90]在 1980 年代末期強調其地位的林燿德,重新閱讀此段文學史的同時,一方面把梳出了中國現代主義的根源,凸顯出其遭掩沒的創造性文學想像,事實上也是在為他都市文學的主張溯源,肯認都市文學發展的階段性脈絡。當新感覺派的城市想像以「意識流」的姿態為林燿德所捕捉時,他也為他的「後都市詩學」找到了一個立論的起點。

第四節　重論臺灣超現實主義詩脈

一、被遺忘的「風車詩社」

　　對於發源本土的超現實詩風「風車詩社」,或許是因為資料出土太晚,也或許是觸角未及延伸至此,林燿德並未有專文論及。不過,

---

[90] 林燿德、鄭明娳:〈與新感覺派大師施蟄存對談〉,《聯合文學》第 6 卷第 9 期 (1991.7),頁 136。

在林氏反覆標舉、肯認林亨泰此一前衛脈流，並認為「超現實主義」在臺灣的發展，「我們再也不能以義和團式的觀點視為毒蠍猛獸，而應該以本土化的趨勢重新審定臺灣『超現實主義』詩潮的功過」[91]的同時，我們便不能忽略「風車詩社」這一重要的臺灣超現實根源，並將「風車詩社」當成我們討論林燿德未完成的文學史脈絡時，一個不可遺漏的起點。

　　葉笛在〈日據時代臺灣詩壇的超現實主義運動──風車詩社的詩運動〉一文中曾提及日據時代臺灣文學發展的困境，他認為臺灣文學在其成長過程中有兩種客觀的難題：其一是日本帝國主義對臺灣在文化上蓄意的扼殺與肆無忌憚的彈壓和箝制，其二就是表現工具的語言問題。[92]前者表現在日人以治安維持法等手段箝制臺籍作家的創作，使得詩人、小說家在創作上要不受到限制要不蒙受其害；後者則牽涉到在雙重語言（白話文和日語）使用的抉擇。詩人與小說家夾雜在雙文化的困題，在「跨越語言」的過程中如何在不同的文化間抉擇，或是透過怎樣的語言工具、書寫手法，表達對國族或本土的想像，是當時諸多論爭的重點，也是我們在切入日據時代前必須瞭解的背景。

　　1930 年初期，當臺灣話文與鄉土文學運動如火如荼的進行時，島內也興起了一陣由楊熾昌所主導的超現實之風。1931 年，楊熾昌因父去世放棄在日本的學業，回國後任《臺南新報》文藝欄主編，結合林永修、李張瑞、張良典、林精鏐、莊培初、何建田、戶田房子、高比呂美等人以 esprit nouveau（新精神）來寫詩，使超現實的旗幟鮮明起來。1933 年，「風車詩社」在楊熾昌與林永修、李張瑞、張良典、戶田房子、岸麗子、尚尾鐵平（島元鐵平）等七人的合作下正式成立，臺灣的現代主義之路也自此踏出了超現實的第一步，儘管《風車詩刊》

---

[91]　林燿德：〈以書寫肯定存有──與簡政珍對話〉，《觀念對話》（臺北：漢光，1989），頁 179。

[92]　葉笛：〈日據時代臺灣詩壇的超現實主義運動──風車詩社的詩運動〉，《臺灣現代詩史論》（臺北：文訊，1996），頁 22。

在出版四期之後便遭查禁，但已使得「風車詩社」成為考察戰前臺灣現代詩「橫的移植」的實驗典範。[93] 對此，林亨泰便曾強調：

> 張我軍由於受到大陸五四運動的影響，所以其作品按照大陸當時的稱呼是叫做「新詩」，而賴和及同時代的作家們的作品則應該是屬於人道主義的「民眾詩派」，但，兩者都不是屬於現代詩。一直到風車詩社的成立，其所屬詩人們的作品才能夠說得上是現代詩吧。[94]

臺灣新詩的出發本來是為了反動古典漢詩遲滯的創作與擊缽吟詩社的迂腐行徑，張我軍在 1920 年代引進中國五四運動期間受西方影響的新詩，帶領白話文書寫的風潮，楊雲萍等人翻譯西方詩作，並在報章雜誌上介紹抒情的詩風，不過他們的詩都還算不上是現代主義的「新詩」，臺灣新詩真正導入和接受現代主義者，顯然還有待 1933 年的「風車詩社」。值得我們注意的是，風車詩社的成立離 1937 年日人全面禁用漢文已經不久，日人對殖民地的箝制日趨白熱化，而以白話文來建立新文學的寫實呼聲也隨著《先發部隊》（1934）、《臺灣文藝》（1934）等社團雜誌的成立愈加強烈，為何楊熾昌（水蔭萍）要選擇在如此敏感又容易觸怒本土論者的時刻踏出超現實的一步？

對此，楊熾昌曾提出過兩個重要的解釋：一是在詩壇外部有日人施以各種箝制的方法，企圖透過對文學、思想的控制，達成控制殖民地臺灣的目的。在這樣的情況下想要發展臺灣文學，強調政治性與社會性的寫實主義顯然是行不通的。二是在詩壇內部中，已經出現形式

---

[93] 相關研究參見王文仁：〈時代巨輪下的超現實首聲──「風車詩社」的文學史意義初論〉，《文學流變》（花蓮：東華中文系，2004），頁 243-261；王文仁：〈斷裂？鍊接？──再論風車詩社的文學史意義〉，收入《想像的本邦》（臺北：麥田，2005），頁 13-39。

[94] 林亨泰：對〈楊熾昌、風車詩社和日本思潮：站前臺灣新詩現代主義的考察〉的講評，原為 1994 年 11 月「賴和及同時代的作家：日據時代臺灣文學國際學術會議」對陳明台論文的發言稿，後收錄於林亨泰全集《文學論述卷 4》（彰化：彰化縣立文化中心，1998），頁 295。

與方法論的貧困，詩論的混亂、詩人的墮落與缺乏自覺，使得當時的詩壇面臨著改革的需求。[95] 楊熾昌的這兩點顯然都是針對當時文壇主流寫實主義所提出的。

針對第一點，楊熾昌要我們注意：「殖民地文學中的政治立場是個嚴重的大問題。」[96] 在〈臺灣的文學喲‧要拋棄政治的立場〉一文中，他強烈批判政治立場與意識型態的書寫，這樣做的目的是為了「喚醒臺籍作家對政治意識的警覺，不要輕易墜入日人的圈套」。[97] 楊氏認為，表面上日人對臺灣文學的提倡非常熱心，實際上卻是在觀察臺籍作家的民族意識，一旦作家將情感表露地訴諸於文字，那麼便會給日人更多打擊臺灣文學發展的藉口，在臺灣文學已經進入成熟期的同時，這樣的作法只會使得民族的命脈一再遭受拗折，使得臺灣文學的發展愈見困難，因此楊熾昌認為寫實主義的文學策略在當時是行不通的：

> 以文字來正面表達抗日情緒，雖是民族意識的發揚，可是在日帝強大的魔力下，這樣的作法只會出現反效果，使得臺灣的新文學受到更強力的壓制；文學技巧的表現方法很多，與日人硬碰硬的對抗，只有引發日人殘酷的摧殘而已，不如以隱蔽意識的側面烘托，推敲文學的表現技巧，以其他角度的描寫方法，來透視現實社會，剖析其病態，分析人生，將殖民文學以一種「隱喻」方式寫出，才能開花結果，在中國文學史上據一席之地。[98]

正因為發展殖民地文學的困難，與其直接與日人相對抗，或者在不牴觸法令之下寫作與現實生活意識相去甚遠的寫實主義作品，讓臺灣新文學豐碩的脈苗遭受斷絕，倒不如換一個角度來描寫、透視現實的病

[95] 楊熾昌：〈回溯〉，《水蔭萍作品集》（臺南：臺南縣立文化中心，1995），頁 223。
[96] 楊熾昌：〈臺灣的文學喲‧要拋棄政治的立場〉，《水蔭萍作品集》（臺南：臺南縣立文化中心，1995），頁 118。
[97] 楊熾昌：〈回溯〉，《水蔭萍作品集》（臺南：臺南縣立文化中心，1995），頁 223。
[98] 同註 97，頁 224。

態,為臺灣文學保留發展的空間。故而,楊熾昌堅信「唯有為文學而文學,才能逃過日警的魔掌」。[99] 這是他倡導超現實主義的第一個要因。

第二個要因是針對當時詩壇的流弊有感而發的。本來寫作並不分什麼流派,也沒有哪一種寫作手法便一定優於其他:

> 寫實主義也好,抽象主義也好,只是他們主張的思想所表現出來的表象,能夠在作品中具有啟發一個時代背景、社會環境、人性的奧秘,掘出人的喜歡、哀愁、悲傷,其「熱與光」綴織成為精華的作品,就是表現一個作家的優異文化工作的成就。[100]

但楊熾昌認為,寫實主義除了容易與日人針鋒相對外,在新詩的寫作上也容易「停滯在強烈的主觀表現、變成缺乏表現技巧,成為一種個人與社會的意識型態論爭。」[101] 如此,寫作出來的新詩不僅無法完成文學革命的使命,同時也缺少對藝術應有的自覺。對楊熾昌來說,詩人是應該走在懷疑和不服中的,因為只有這樣才能從內部喚醒自我的思考,顯現出新精神:

> 詩是從現實分離的越遠,越能獲得其純粹的位置的一種型式,必須從文學上除去一切種類的偶像和現實的幻影(illusion),並將「真實」的語言與「創造」的語言之間可能產生的疑義等除掉。[102]

楊熾昌所謂的「詩」或其提倡的「新精神」,恰恰是跟外在的現實相對的。從藝術發展的角度來看,詩是詩人對內在世界的一種探尋,對藝術性的強烈要求。詩是能夠超越時間、空間無限飛翔的羽翼,這樣

---

[99] 林佩芬:〈永不停息的風車〉,原載於《臺灣文藝》第 102 期(1986.6),後收錄於《水蔭萍作品集》,頁 271。

[100] 同註 99,頁 264。

[101] 楊熾昌:〈新精神與詩精神〉,《水蔭萍作品集》(臺南:臺南縣立文化中心,1995),頁 167。

[102] 楊熾昌曾推崇百田宗治所著的《自由詩以後》,是理解「新精神」(esprit nouveau)的重要指南。參見楊熾昌:〈詩的化妝法〉,《水蔭萍作品集》(臺南縣立文化中心,1995),頁 189-192。

的詩在楊熾昌的心中必然是與寫實主義背道而馳的「超現實」。他說：我們在超現實之中透視現實，捕捉比現實還要現實的東西。只有通過超現實主義的作品，才使我們得以接觸「超越現實的現實」，因為立足於現實的美，感動、恐怖等等，楊熾昌認為這些火焰極微劣勢。往往落入「作者的告白文學的樸素性的浪漫主義」，這是因為將作品與現實混雜在一起的緣故。[103] 楊熾昌所確立的詩觀不僅是反通俗的，同時也是跳躍的、潛意識的、純粹的藝術。

　　楊熾昌的超現實主義詩學顯然是習合自日本超現實主義詩派。風車詩社的主要同仁均有留日的經驗，楊熾昌也在 1929 年赴日，兩年後進入日本大東文化學院研讀日本文學。在他留日的五年中，不僅大量的接觸日本新文學，同時亦搭上由歐美輾轉傳至日本的超現實主義列車。他在受到這些轉譯作品影響之餘，更曾經參與前衛詩誌的活動，先後在《椎の木》、《詩學》、《神戶詩人》等雜誌上發表作品。同時，楊熾昌也相當推崇 1928 年創刊，匯聚了春山行夫、西脇順三郎、瀧口修造、北園克衛的《詩與詩論》，所提倡的新詩精神或純粹的詩精神。這本雜誌是日本超現實主義詩風的中心，西脇順三郎等人在雜誌上大力推介超現實主義的理論，而這批人又曾與布勒東、艾呂雅等法國超現實主義者接觸，楊熾昌的超現實主義觀點主要便是受到這本雜誌的啟蒙。[104] 後來，林亨泰也是在偶然的巧合下接觸到《詩與詩論》，深受《詩與詩論》中作品及理論的影響[105]，成為接續楊熾昌之後的超現實主義者。從廣義影響研究的角度來看，楊熾昌對林亨泰雖然並沒有直接的影響，然而藉著《詩與詩論》這本雜誌，兩人實際上已經完成了臺灣超現實主義脈絡的斷代交

---

[103] 楊熾昌：〈燃燒的頭髮〉，《水蔭萍作品集》（臺南：臺南縣立文化中心，1995），頁 130。

[104] 《詩與詩論》詩人對楊熾昌的影響可參見陳明台：〈楊熾昌・風車詩社・日本詩潮——戰前臺灣新詩現代主義的考察〉，《水蔭萍作品集》（臺南：臺南縣立文化中心，1995），頁 316-325。

[105] 陳秉貞：〈臺灣現代詩史的見證者——林亨泰詩論探究〉，《臺灣人文》第 4 號（2000.6），頁 119。

接，這在後面談及林亨泰時，我們將再從林亨泰的視野做另一層次的析論。

由楊熾昌所主導，臺灣文學史上第一次提出「現代詩」一名，又或是臺灣本土第一次標榜現代主義的詩社，每期僅發行七十五本標榜超現實風的《LE Moulin》（風車）詩刊，在楊熾昌等人的主導下意圖如風車一般為文學注入新風，卻因社會一般人的不理解而受到群起圍剿，僅出版四期即遭多方限制而夭折。今日我們在關注風車詩社這段短暫的歷史時，不僅要重視其現代主義的根源性、超現實主義的前衛性，也同時必須從不同的角度進一步分析風車詩社誕生的背後，所隱含的時代意義。陳明台認為，風車詩社之所以會在當時出現，顯然是因為：

> 1930 年代臺灣文學界諸如文學活動的活潑化，文學作家進軍世界文壇的強烈企圖心，臺灣文壇熱切地接受世界前衛文藝的變革心情等等，所謂戰前成熟期的文學環境，才是關鍵的所在。[106]

陳明台從藝術自主性的發展來觀察，自然是掌握了當日詩壇的部分現實，但我們不能忘卻，在殖民者的壓迫情境下，在走向異質反抗之餘也受到來自現實主義的壓迫，所造就前衛變革的「雙重困境」——傳統與殖民的雙重壓抑，恐怕才是真正造就這一群異質創作家的真正原因。

劉紀蕙曾指出，楊熾昌以「精神症的異常為」以及殘酷醜惡之美等的「變異」姿態，來抗拒「系統化」與「組織化」，拓展出早期臺灣文學中罕見的深入意識「異常為」之境，並以其來呈現殖民時代面對禁錮、面對戰爭的存在焦慮。在文化監禁下，風車詩社有別於上海「新感覺派」所處的半殖民情境，他們所遭遇的是被強制的「沉默」的狀態。在殖民的情境下，他們不僅要抵抗寫實主義的呆

---

[106] 陳明台：〈楊熾昌‧風車詩社‧日本詩潮——戰前臺灣新詩現代主義的考察〉，《水蔭萍作品集》（臺南：臺南縣立文化中心，1995），頁 307-308。

板化，也在跳躍的詩行中顯露出巨大壓力下潛藏的恐懼與不滿。在「雙重困境」下所造就的負面書寫，成了寫實主義陣營眼中的「耽美」、「頹廢美」、「醜惡之美」、「殘酷之美」、「惡魔的作品」。[107] 然而，這一度被寫實主義者強烈批判的「負面書寫」，筆者認為反倒是深具饒趣的：一、它反諷的顯露出寫實主義在面對政治、權力壓迫下的無助與無能，在權力架構的干預下寫實主義若不是遭體制所箝制、操控，便是容易流於無用的樣版文學。二、它說明了具高度自覺性的詩人，總是希望透過語言的重組抵抗現實，並以其廣闊的視野接連上世界文壇。以上所提的這兩點，我們不僅可以在新感覺派以及之後將論及，以林亨泰視野所貫串的現代派運動裡察覺到，更可以在企圖藉由重論這段文學史，標舉臺灣現代主義界碑的林燿德身上清楚的目見，這是在重論這段臺灣現代主義脈絡時，必須給予重視的問題。

儘管《風車詩社》的壽命相當短，且有論者指出他們無法全盤地吸收西方新興詩潮的精義，對於理論和創作的引介也極其片斷難以系統化，故而不能匯集成為雄厚的文學財產，對後繼者的啟蒙十分有限，對戰後詩人的直接影響上也因文學史的斷層而似乎難見其效用。[108]不過，作為戰前臺灣現代主義詩人努力在內面世界沉潛，尋求心靈絕對自由的強烈渴望，楊熾昌事實上已經在強烈的自我精神、內在變革的志向，以超現實主義的步伐確立了比紀弦早上廿三年的「橫的移植」模式。今日，當我們重新審視臺灣文學史時，「風車詩社」走向「現代」與擁抱現代主義的歷程與困境，無疑提供我們重新思考臺灣文學史時一個重要的起點。

---

[107] 劉紀蕙：〈變異之惡的必要——楊熾昌的「異常為」書寫〉，《孤兒‧女神‧負面書寫》（臺北：立緒，2000），頁190-223。劉紀蕙的此篇論文對楊熾昌的負面書寫，有著相當深入的探索，她指出「變態」才使得現代主義作家得以逃逸於組織化的運作。而許多其他類似的沉默暴力的書寫，例如臺灣50、60年代的現代主義文學，或是中國80年代的先鋒派文學，亦可以從同樣的角度來理解。

[108] 同註106，頁332-333。

二、林亨泰與「前現代派」運動[109]

在重論臺灣文學史的過程中,林燿德對參與現代派並跨越多個世代的林亨泰相當的推崇。他曾指出,開啟戰後臺灣現代詩發展的第一代詩人中,生長於臺灣本土的林亨泰和渡海來臺的覃子豪、紀弦共同造勢,匯融兩岸的詩脈鼎足而居。覃子豪於 1963 年早逝,曾以「現代派」宣言揚名的紀弦也早已告別詩壇。唯獨林亨泰還能跨越語言的障礙持續創作。林氏認為,林亨泰雖較覃、紀二人年輕,但從史的觀點來看三人同屬一輩,歷經「銀鈴會」、「現代派」、「創世紀」、「笠」各階段的林亨泰,其「始於批判」「走過現代」「定位本土」的詩路歷程,正是臺灣現代詩史的典型縮影。[110] 在林燿德眼中,林亨泰是「一顆閃爍、折射著冷冽光芒的晶石」、「一位詩史的見證人」,從 40 年代開始發展的臺灣「前現代派」時期,可說是以他為高峰,與承接大陸「現代派」的紀弦合流而匯為臺灣「現代派」。[111]

儘管林燿德認為林亨泰對五十年來臺灣詩壇產生重大影響,不過顯然並沒有多少人注意到林亨泰在臺灣「現代派」中的重要地位。林燿德與林亨泰的對談,以及〈林亨泰註〉是林亨泰研究的重要先驅,之後林燿德原本更打算替林亨泰出版全詩集,展現其創作的佳績,後來因為版權等問題而作罷。[112] 但經過林燿德的身世考察,林亨泰開

---

[109] 林燿德曾將林亨泰的創作分成四個階段:「銀鈴會時期」即「前現代派」時期(1942-1949)、「現代派」時期(1953-1964、「笠」時期(1964-1970)、現階段(1980 年迄今)。其中 1949 至 1953 年為林亨泰的「折筆」時期故不列,在本章中對林亨泰的論述也是以此分期為準。參見林燿德:〈林亨泰註〉,《跨不過的歷史》(臺北:尚書,1990),頁 151-161。

[110] 呂興昌:〈走向自主性的時代──林亨泰詩路歷程簡述〉,《林亨泰研究資料彙編》(彰化:彰化縣立文化中心,1994),頁 366。

[111] 林燿德:〈臺灣的「前現代派」與「現代派」──與林亨泰對話〉,《觀念對話》(臺北:漢光,1989),頁 79、89。

[112] 在《跨不過的歷史》後記,總編輯林燿德以編輯部的名義談到,原本我們預備出版《林亨泰全詩集》(共收八輯,從 1942-1989 年),希望能將一代詩哲

始為學者所重視，有關林亨泰的研究也陸續出現。對林亨泰而言，林燿德有將其從歷史洪濤考掘而出的功績，而林亨泰所走過的印跡，相對的也顯現出林燿德的文學史企圖。透過林亨泰個人的歷史可以給我們一種觀察臺灣現代詩發展的特定視角，這樣的視角除了提供臺灣文學史的另一風貌，又給予我們怎樣的線索，去追索林燿德文學史關注的重點？

　　林亨泰 1924 年出生於臺中州北斗，中學時因接受日本教育對於 20 世紀的西方文學思潮已有清晰的瞭解。十四歲開始習作日文短詩，初期接觸日本明治、大正時代新體詩、自由詩，後因病長期缺課並養成逛書店的習慣，因此發現日本現代派的《詩與詩論》舊雜誌，成為認識現代文學的起始，對歐美現代作家如休謨（Hulme）、史坦因（Gertrude Stein）、龐德（Ezra Pound）、艾略特（T. S. Eliot）、李恰茲（I. A. Richards）、李德（Herbert Read）、喬埃斯（James Joyce）、康明思（E.E. Cummings）、阿保里奈爾（Guillaume Apollinaire）、紀德（A.P.G. Gide）、高克多（Jean Cocteau）、布魯東（Andre Breton）、艾呂爾（Paul Eluard）、耶哥布（M. Jacob）、亞朗（Alain）、里爾克（R. M. Rilke）、卡夫卡（Franz Kafka）等詩人、小說家與文學批評家皆有接觸，對日本詩的興趣，也漸從明治、大正時代之新體詩、自由詩轉向昭和初年現代詩人如西脇順三郎、春山行夫、北園克衛、瀧口修造、北川冬彥、安西冬衛、村野四郎、三好達治、萩原恭次郎等人的作品。至於「新感覺派」的作品與理論如橫光利一、川端康成、中河與一等亦多所涉獵，並摘要抄錄警句。這些對歐美、日本文學的接觸雖未深入，甚至不免一知半解，但卻為林亨泰此後的理論思考和實際創作，奠定深厚的基礎以及世界性的視野。[113]

林亨泰先生的全部作品完整彙編，呈現給當代華文詩歌的喜好者。卻在完成編排作業後發現部分作品仍有版權問題存在，因而僅能將重點放在林亨泰 1972 年迄今（1989）年的新作之上，分為上、下兩篇，再加上處女詩集《靈魂的啼聲》全譯本做為附篇。林亨泰：《跨不過的歷史》（臺北：尚書，1990），頁 219。

[113] 參見呂興昌編：〈林亨泰生平著作年表〉，《林亨泰全集 10・外國文學研究與翻譯卷》（彰化：彰化縣立文化中心，1998），頁 170-171。以及林燿德：〈臺灣

　　十八歲林亨泰開始撰寫《靈魂の產聲》並善用疊句法，1947 年結識同為彰化人的朱實受邀加入「銀鈴會」，成為林亨泰生命重要的轉折點。自此，林亨泰對詩壇的動向便相當的關注，不斷透過敏銳的觀察，對新詩的發展及遭遇的問題提出個人獨到的見解。林亨泰認為，成立於 1942 年的銀鈴會在臺灣現代詩發展上，是一直被忽視卻極重要的一段。[114] 創立於戰前三年（1942），結束於戰後四年（1949）的「銀鈴會」，[115] 目前仍舊是個有待全面探索的重要議題。在過去，《銀鈴會》之所以甚少受到注意，恐或有兩個關鍵性的因素：一是「四六事件」的效應使得「銀鈴會」同仁們對此時期的活動盡量避而不談，[116] 當時以油印方式發行的兩份刊物，也在事件中大半遭到焚燬。[117] 二是戰後的禁用日文政策，促使受日文教育的一代人，在未有充分準備下便陷入無知的狀態，「銀鈴會」同仁們僅有林亨泰、詹冰、錦連、張彥勳、蕭翔文等人成功突破語言轉換的困境，參與了1949 年後的新詩發展。正因上述的兩大原因，一直要到 1980 年代後，才有張彥勳、林亨泰等人陸續發表文章探討銀鈴會在當時的文學成就。

　　銀鈴會的出現原是幾個朋友將作品以迴覽的方式輪流閱讀，當人數由草創的三人增加到十多位後，[118] 才在 1944 年正式定名為「銀鈴

的「前現代派」與「現代派」──與林亨泰對話〉，《觀念對話》（臺北：漢光，1989），頁 86-87。

[114] 林燿德：〈臺灣的「前現代派」與「現代派」──與林亨泰對話〉，《觀念對話》（臺北：漢光，1989），頁 87。

[115] 林亨泰曾以 1945 年為準將銀鈴會分為前後兩期。前期為 1942 年 4 月至 1945 年 8 月，發行刊物《ふちぐさ》；後期為 1945 年 8 月至 1949 年 4 月，發行刊物《潮流》。參見林亨泰：〈銀鈴會文學觀點的探討〉，《林亨泰全集・文學論述卷 2》（彰化：彰化縣文化中心，1998），頁 30-33。

[116] 有關銀鈴會與四六事件的關係可參閱林亨泰：〈銀鈴會與四六事件〉，《林亨泰全集・文學論述卷 2》（彰化：彰化縣文化中心，1998 年 9 月 30 日），頁 69-75。

[117] 張彥勳曾經談及：「銀鈴會當時很危險，詹冰沒有被通輯，像我、林亨泰、蕭翔文被抓去，我三次被抓，大家一恐慌，雜誌資料統統被燒掉，一本也不留。」〈臺灣詩史「銀鈴會」專題研討會紀錄〉，《臺灣詩史「銀鈴會」論文集》（彰化：磺溪文化學會，1995），頁 140。

[118] ひなどり生（朱實）、路傍之石（張彥勳）、曉星（許世清）為「銀鈴會」的

會」，發行油印刊物《ふちぐさ》。《ふちぐさ》前後印行達十數次，但目前僅剩昭和二十年（1945）六月二十日的夏季號。[119] 1945 年後，日文禁用政策致使報紙雜誌的日文版陸續停刊，銀鈴會同仁乃於 1947年商議暫停發行，各自充實語文能力。[120] 同年冬天，張彥勳、亨人（林亨泰）、朱實、綠炎（詹冰）、淡星（蕭翔文）、子潛（許龍深）等人決議復刊，並將刊物更名為《潮流》，[121] 刊載中、日文創作與論著，使其成為包含師範學院學生、臺中一中校友及彰化、后里一帶文友的地方性社團。

　　相較於戰前的《ふちぐさ》，《潮流》更重視論述文章的刊載，有關同仁們的文學觀點，在《潮流》中皆有較為清楚的呈現。這顯示到了《潮流》時期，同仁們的個人色彩已逐漸獲得確立，即便是歸屬在同一社團，彼此在共同點下依舊允許著差異性的存在；同時，在經歷「文學修業時期」後，[122] 文藝思想不但趨近圓熟，延伸的觸角也廣及《新生報》「橋」副刊、《力行報》、《新文藝》、《臺灣婦女》、《青年時代》等，[123] 大有填補戰後臺灣新文學之不足的氣勢。不幸的是，正當《潮流》第六冊夏季號要出刊的同時，卻因「四六事件」遭受牽連，顧問楊逵被捕，成員幾近離散，銀鈴會就在沒有宣佈解散的情況下無形的消失。

三位原始創辦人。

[119] 計有詩八篇、俳句六十五首、短歌六十九首、童謠一首、小說一篇、隨筆五篇、詩的鑑賞三篇、評論一篇、以及矢瀨卓、憤慨居士的「晚春號」讀後感。林亨泰〈銀鈴會文學觀點的探討〉一文載為詩的鑑賞五篇，今查閱《ふちぐさ》夏季號發現，「詩的鑑賞」一欄僅有憤慨居士發表的〈山のあふた〉、〈贈衛八處士〉、〈戀の索引〉三文，疑是筆誤。

[120] 張彥勳：〈銀鈴會的發展過程與結束〉，《臺灣詩史「銀鈴會」論文集》（彰化：磺溪文化學會，1995），頁 27。

[121] 目前可以找到的共有五冊：《潮流》第 1 冊春季號（1948.5）、《潮流》第 2 冊夏季號（1948.7）、《潮流》第 3 冊秋季號（1948.10）、《潮流》第 4 冊冬季號（1949.1）、《潮流》第 5 冊春季號（1949.4）。

[122] 陳明台：〈清音依舊繚繞──解散後銀鈴會同人走向〉，收入《臺灣詩史「銀鈴會」論文集》（彰化：磺溪文化學會，1995），頁 93。

[123] 張彥勳：〈銀鈴會的發展過程與結束〉，《臺灣詩史「銀鈴會」論文集》（彰化：磺溪文化學會，1995），頁 30。

從 1942 年到 1949 年，銀鈴會無疑是跨越了戰前、戰後最蒼白無力的一段歷史。審視當時的文化情境，自二二八事件後，民間報刊雜誌便陸續遭到查封或是停刊，諸多文化界智識份子在事件中或是被捕、逃亡海外，或不得不封筆退出文化界。此時，雖有創刊於 1947 年 8 月的《新生報》「橋」副刊，積極透過翻譯登刊日文作家的作品，釐清臺灣文學發展的課題，然則語言的轉換與白色整肅下的恐怖陰影，卻依舊造成許多作家創作受阻，臺灣新文學的發展因而停頓下來。作為聯繫戰前、戰後最後一個重要的文學團體，銀鈴會在這艱困的年代中雖說亦因政治力不得不面臨解散，然則，這光復後五年間臺灣唯一的新詩詩社，[124] 卻也扮演著將戰前臺灣文學精神傳承至戰後的重要任務。

林亨泰指出，1933 年成立的「風車」詩社主張「超現實主義」，可說是臺灣文壇的「藝術派」代表；相對於「風車」，「銀鈴會」則是繼承了「社會派」的理想，著重於社會意識的書寫。[125] 表面上來看，林亨泰的後設論斷是沒有錯的，因為銀鈴會同仁們奉楊逵為顧問，其走向也是較趨向日本「左翼文學」的脈絡，但若進一步瞭解卻可以發現，銀鈴會本身的成員包含著不同的傾向，有銜接俄國普羅文學論點、強調寫實文學與反應社會黑暗面的埔金、朱實、微醺、紅夢等，但也有包含傾向法國現代主義、介紹象徵主義和超現實主義的綠炎（詹冰），現存五冊《潮流》中的評論文字，以綠炎一人篇數最多，共七篇，顯見銀鈴會對現代主義風潮亦有相當重視，[126] 並非完全如林亨泰所評述那樣。[127]

---

[124] 詹冰：〈新詩與我〉，《詹冰全集（一）‧新詩》（苗栗：苗栗縣文化局，2001），頁 17。

[125] 林燿德：〈臺灣的「前現代派」與「現代派」——與林亨泰對話〉，《觀念對話》（臺北：漢光，1989），頁 88

[126] 劉紀蕙：〈銀鈴會與林亨泰的日本超現實淵源與知性美學〉，《孤兒‧女神‧負面書寫》（臺北：立緒，2000），頁 259。

[127] 有關銀鈴會的文學史意義，更詳細的論述參見王文仁：〈斷裂？鍊接？——再論風車詩社的文學史意義〉，收入《想像的本邦》（臺北：麥田，2005），頁 13-39。

　　如果說 1930 年代的「風車詩社」為臺灣的現代主義風潮打開了第一扇超現實主義的窗，那麼接踵其後的「銀鈴會」雖然強調社會意識，但它對於世界文學的開放態度，使得象徵主義、超現實主義等等也在文章中被一再的提起，成為我們在關注臺灣微弱的現代主義發展時不可忽視的環節。[128] 銀鈴會及《潮流》詩刊的重大意義，不只在於它是臺灣戰後新詩發展的開端，尤其在於這是臺灣新詩史上銜接兩個國族敘述的過渡團體。向陽曾指出，從《潮流》登載的日文詩作多於中文詩作（約為八比二）的事實上，更可以看到日治末期臺灣日文新詩源流的承續。[129] 儘管，銀鈴會對風車詩社的承續顯得微弱，但若因此史家將這一階段的臺灣新詩史解釋為「斷層」，顯然就屬粗糙。從林亨泰的視野中，我們可以看到與風車詩社一樣遭遇來自政治力箝制困題的銀鈴會，一樣想透過對世界文壇的勾連，尋求藝術的自主性。相同的情形到了「現代派」運動真正發起後不僅再次出現，同時也演變為更多複雜課題的纏繞。

　　銀鈴會被迫解散後的數年，一方面因為「四六學運」的效應，林亨泰對官方的文藝政策顯露出厭惡與恐懼的態度，一方面則由於國民政府全面禁止報章雜誌使用日文，使其頓失創作工具。林亨泰本欲放棄創作，卻因 1953 年翻閱到紀弦所編之《現代詩》刊登的幾位法國作家而與紀弦相見歡，成為《現代詩》的編輯委員。[130] 林燿德認為，在「現代派」的運動中，紀弦無疑更像一個滔滔不絕的雄辯者而非冷靜睿智的理論家，後者的角色實由林亨泰擔綱。[131] 紀弦為林亨泰提

---

[128] 林亨泰：〈銀鈴會文學觀點的探討〉，《見者之言》（彰化：彰化縣立文化中心，1993），頁 222。

[129] 向陽：〈長廊與地圖：臺灣新詩風潮的溯源與鳥瞰〉，原發表於「彰師大第四屆現代詩學研討會」，今轉引自《中外文學》第 28 卷第 1 期（1996.6），頁 79。

[130] 與林燿德的對談中，林亨泰曾談到，他向《現代詩》郵購里爾克作品，卻沒收到書而去信問紀弦，結果紀弦與葉泥前去找林亨泰並談及「現代主義」，後來紀弦回去寄來《現代詩》編輯委員聘書，編號是第一號，也寄來「現代派」宣言草案。參見林燿德：〈臺灣的「前現代派」與「現代派」──與林亨泰對話〉，《觀念對話》（臺北：漢光，1989），頁 89。

[131] 同註 130，頁 80。

供了一個延續「銀鈴會」現代運動的管道，而林亨泰也為紀弦提供了一個發展現代派理論的支柱。[132] 兩人的匯流終於使得臺灣現代主義微弱的脈苗得以發光發熱。

三、林亨泰與「現代派」運動

作為 1950 年代的一個運動或風潮，對比於「戰鬥文藝」運動，「現代派」運動簡直小巫見大巫；對比於「反共文學」風潮，「現代詩」風潮也只能說是巨浪中的微波。但是，在文學史上，真正有影響力的，是作為一種文類或者一種流派的「現代詩」，而非「反共戰鬥文學」。[133]

1953 年，從 30 年代「現代派運動」與日本超現實詩（畫）中吸取營養的紀弦，[134] 創辦了《現代詩》（1953-1963），試圖接續 30 年代《新詩》[135]（1936-1937）雜誌的詩歌傾向。1956 年，「現代派」正式成立，紀弦在《現代詩》13 期上發表〈現代派信條釋義〉，對六大信條予以更進一步的解釋，作為軍師的林亨泰也在隨後提出一連串的

---

[132] 劉紀蕙：〈前衛的推離與淨化——論林亨泰與楊熾昌的前衛詩論及其被遮蓋的際遇〉，《書寫臺灣》（臺北：麥田，2000），頁 146。有關於林亨泰與紀弦之間關係，可參考該文〈從「銀鈴會」到「現代派」的前衛銜接以及文學史的詮釋〉一節。

[133] 向陽：〈五〇年代臺灣現代詩風潮試論〉，《靜宜人文學報》第 11 期（1999.7），頁 48。

[134] 紀弦 30 年代在《現代雜誌》上大量發表作品，1935 年《現代》停刊以後，紀弦偕同文友杜衡、三草等人先後辦過《今代文藝》、《星火藝社》、《未名文苑》等刊物，相較於左翼陣營的攻防戰，紀弦這一批人則是以「第三種人集團」自詡，上海時期的紀弦，便相當專注於世界文學思潮的汲取。參見李桂芳：《逆聲與變奏的雙軌——現代詩語言觀的典範化與延變之研究》（臺北：淡江中文系碩士論文，1999），頁 102。

[135] 《新詩》雜誌由戴望舒於《現代》結束後所創辦，馮至、卞之琳、梁宗岱、孫大雨、徐遲等皆有加入，紀弦（筆名路易士）則是雜誌的編輯者之一。《新詩》、《詩誌》、《小雅》《新詩》三大詩刊在 1936 到 1937 年間，對中國現代派的推動，頗具影響，後因日本砲火而告中斷。

補充。釋義中紀弦強調這次運動的主要目標，正如第一條所指出的，是要繼承「自波特萊爾以降一切新興詩派」，因為：

> 世界新詩之出發點乃是法國的波特萊爾。象徵派導源於波氏，其後一切新興詩派無不直接蒙受象徵派的影響

同時又認為這些「新興詩派」乃是：

> 包括了十九世紀的象徵派，二十世紀的後期象徵派、立體派、達達派、超現實派、新感覺派、美國的印象派，以及今日歐美各國的純粹詩運動。

其特色是「反浪漫主義的。重知性，而排斥情緒之告白。」林亨泰認為，紀弦這種對新潮思想一網打盡的方式，乃是一個「後起者」的方便而站在有利的立場，大力去吸收歐美乃至日本的文藝思潮，這樣的現代派運動所呈現的應當是屬於一種「批判性的攝取」，是所有尋求藝術自主流派幾乎都會經歷的習合路途。[136]

　　為何必須發起「現代派」而進行此一批評性攝取？林亨泰認為，波特萊爾（Charles Baudelaire）追求的「都市化」，實際上是歷史的大勢所趨，在走向「現代」的過程中，詩的文體不得不因應改變，我們不可囿於一個民族的經驗，而應該要有開闊的視野，要將眼光放在「人類的詩，世界的詩」上，要接受「影響」（而非「模仿」），做一次徹底的改革。[137] 故而，〈現代派的信條〉第二條中，現代派所意圖

---

[136] 林亨泰曾指出，類似的情況可以在一次世界大戰後的「新感覺派」上看到。新感覺派本是橫光利一、川端康成、中河與一等為了反對當時舊文壇而起，「他們在那個關鍵性的『時點』上極力主張大量吸取海外文學的精神與新技法。例如橫光利一曾在〈感覺活動〉一文中說：『我認為未來派、立體派、表現派、達達派、象徵派、如實派等的某些部分，無一不屬於新感覺派。』川端康成曾經也說過：『攝取海外文學的新精神──即未來主義、立體主義、達達主義的技法與理論，期以多彩多姿的現實之再生為目的』。」參見林亨泰：〈新詩的再革命〉，《林亨泰全集‧文學論述卷2》（彰化：彰化縣立文化中心，1998），頁18-19。

[137] 林亨泰指出，當時不求甚解的反對者冠我們以「西化」、「模仿」的罪名，因此在「現代派」創立後，他陸續發表了一些文章以及創作，以補紀弦理論的

完成的新詩的「橫的移植」，便是意欲向世界詩壇看齊所展開的現代化的革命，他們不僅要在理論與創作上去實踐此一信條，並且希望能夠不斷實驗出「新的內容之表現；新的形式之創造；新的工具之發見；新的手法之發明」（第三條）。因此，我們可以在《現代詩》中看見大量的如保爾・福爾（Paul Fort）、阿保里奈爾、高克多、里爾克、岩佐東一郎等東西方譯作與實驗性質強的作品。[138] 至於第四條的「知性的強調」或「追求詩的純粹性」顯然都是一次世界大戰後西歐的文藝思潮。林亨泰指出，有此信條乃因為這次運動不可能走向頹廢而是「有所揚棄」的，所揚棄者乃是感官為主的耽美或享樂主義的抒情詩風。同時也要「排除一切非詩的要素」達到純粹的理想境地。[139]（第五條）紀弦也在林亨泰的影響下認為，現代詩在本質上是一種「構想」的詩，一種「主知」的詩。[140]

在與紀弦共事的《現代詩》時期，林亨泰除創作外還陸續發表〈符號詩論〉、〈關於現代派〉、〈中國詩的傳統〉、〈談主知與抒情〉、〈鹹味的詩〉等重要評論。[141] 除了會令人跳腳與戰慄的「符號詩」與「符

不足。他給紀弦的書信，也被以〈代社論〉的方式刊在《現代詩》上。參見林燿德：〈臺灣的「前現代派」與「現代派」——與林亨泰對話〉，《觀念對話》（臺北：漢光，1989），頁 93-94。

[138] 林亨泰認為紀弦「橫的移植」這樣的想法並非毫無議論餘地的，他雖贊同大幅接納西洋現代文學思潮的主張，但是若只是單純移植，便不夠充分。他指出，在接受外來文化的過程中，接受者也應有其「主體性」的立場。如果不能將外來的影響力轉變成為內在力量的化，是無法成為文學創造上的真正動力的。也因此他才提出「現代主義即中國主義」的修正理論，以修正紀弦的第二條主張，不過雖然林亨泰的這種說法是為了中西之間的衝突，在提倡西化的過程中肯認中國的主體性，但其修正也有頗多可商議之處，值得我們深思。林亨泰：〈臺灣詩史上的一次大融合（前期）——1950 年代後半期的臺灣詩壇〉，《臺灣現代詩史論》（臺北：文訊，1996），頁 99。

[139] 林亨泰：〈新詩的再革命〉，《林亨泰全集・文學論述卷 2》（彰化：彰化縣立文化中心，1998），頁 23。

[140] 紀弦：〈從自由詩的現代化到現代詩的古典化〉，原發表於《現代詩》第 35 期，後收錄於張漢良、蕭蕭編選：《現代詩導讀 2——理論、史料、批評篇》（臺北：故鄉，1982），頁 26。

[141] 劉紀蕙曾指出，林亨泰本人的理論更強調詩語言實驗的種種邊緣地帶，以及

號詩論」，向傳統的抒情框架與音樂性的迷思提出挑戰，以申明其源自《詩與詩論》派主知的美學外，為了達到純粹詩的境地，林亨泰在紀弦的基礎上進一步對當前詩壇發出打倒抒情主義的聲音，也就是要做到，不承認「抒情」在詩中的「優越性」。[142] 他認為，「主知」與「抒情」之關係，猶如「社會」與「個人」之關係，是一種「質」的優位與劣位的關係，如我們不把「感情」甚至「心理」「意志」「思考」等誤解說成「抒情」的話，那麼紀弦的詩便可以被看成是抒情的崩潰，也就是主知的擡頭。[143] 這樣的說法，顯然有為紀弦本身偏於抒情的大量創作脫罪的苦心，不過從此點我們可以知曉，林亨泰心中所謂的「主知」，便是要喚醒詩人的自律意識，抵制口號標語、輕薄為文的詩風，向詩人那似乎永不可企及的心靈典型接近，藉由想像力看到眼前所不見的真實，滲透到事實的深層裡頭去。[144]

　　林亨泰對詩的看法，顯然是接近楊熾昌的超現實主義理念，同時也是直接導源自日本超現實主義雜誌《詩與詩論》的。他在〈新詩的再革命〉中便曾表露，「知性的強調」是源於早期他所接觸的春山行夫《詩與詩論》所引介的主知主義；主知主義的代表人物也是他曾翻譯論及的梵樂希、普魯斯特、艾略特等人，提倡以「知性之光」而「賦予秩序」。[145] 這樣的詩觀自然是離去了表面的現實而趨向了內在寫實的。

詩語言以跨越疆界的動作，挑戰語言的形式與形式背後的認知模式與意識型態。他的詩論中重形式實驗的符號論、略帶不快感覺的「鹹味的詩」，以及具有知性批判力的「新的戰慄」，都是現代派運動中最具有代表性的幾個概念。劉紀蕙：〈銀鈴會與林亨泰的日本超現實淵源與知性美學〉，《孤兒‧女神‧負面書寫》（臺北：立緒，2000），頁 232-233。

[142] 林亨泰：〈談主知與抒情〉，《林亨泰全集‧文學論述卷 4》（彰化：彰化縣立文化中心，1998），頁 27。

[143] 林亨泰：〈鹹味的詩〉，《林亨泰全集‧文學論述卷 4》（彰化：彰化縣立文化中心，1998），頁 31-32。

[144] 林燿德：〈詩人與語言的三角對話──林亨泰‧簡政珍‧林燿德〉，《觀念對話》（臺北：漢光，1989），頁 238。

[145] 林亨泰：〈新詩的再革命〉，《林亨泰全集‧文學論述卷 2》（彰化：彰化縣立文

關於「現代派」的脈流，林燿德曾標舉紀弦和林亨泰是「現代派」的兩大靈魂人物，他認為在形式探索時期[146]，林亨泰藉著以日本為轉口站的歐陸文學思潮，並融匯個人創見，建立他獨特的詩學觀念。林亨泰恰恰可以代表本土的、以日本文化為母體的那一代詩人，至於紀弦則代表大陸來臺詩人，二者結合後肇造臺灣的「現代派」，也正是後來三大詩社的源頭，因為，三大詩社皆不離對「現代派」的延續或反動。[147] 林燿德的看法顯然接近陳千武（桓夫）「兩個球根」的說法：1930 年代參與《新詩》雜誌，卻並未交出響亮成績單的「獨步的狼」紀弦（路易士），[148] 從中國帶來戴望舒、李金髮等象徵派詩人的傳統，

<hr>

化中心，1998），頁 23。

[146] 〈環繞當代臺灣詩史的若干意見〉一文中，林燿德試圖採用不同於過往的圖繪方式，來重建臺灣「現代派」以降的詩史分期：（一）形式探索時期：以 1956 年「現代派」開始，到洛夫發表《石室之死亡》為止。此時期中，紀弦主導的現代派運動形成跨詩社的風潮，詩人的創作實踐和理論得以深化。（二）世界觀的重建時期：從《石室之死亡》開始發表起到 1969 年商禽出版《夢或者黎明》為止。屬於臺灣現代詩脫離自我啟蒙階段、建立有別於過去兩岸詩脈的嶄新意識型態。此時期中，詩人的創作和理論的建樹比文學運動的標誌還重要。（三）文化觀的辯證時期：從 1969 年餘光中出版《敲打樂》、《在冷戰的年代》為始，至 1985 年向陽出版臺語方言詩集《土地的歌》為止。此時期中，詩人間的辯證自內在的精神轉移到外在的文化衝突。這個時期在歷史意識和文化觀方面的檢討，顛覆了現代主義全盛時期舊有的詩社霸權，同時也是 1949 年以後出生的新世代詩人逐漸崛起的典範更替時期。（四）自我指涉時期：1984 年夏宇出版《備忘錄》開始延續至 90 年代的當前（1993），詩人們透過創作的行為與行動，重新檢討詩的定義、詩的範疇、詩的藝術本質，更多的新世代詩人參予了類似形式遊戲的實驗，除了後工業社會的特殊人文背景；詩人本身對藝術的自覺和針對傳統的「背叛」也發生絕對性的影響。參見林燿德：〈環繞當代臺灣詩史的若干意見〉，《世紀末現代詩論集》（臺北：羚傑，1995），頁 24-26。

[147] 林燿德：〈權力架構與現代詩的發展──與張錯對談〉，《觀念對話》（臺北：漢光，1989），頁 103。李桂芳也曾指出，儘管三大詩社的「現代詩」路線不盡相同，然而，大多圍繞在臺灣詩壇如何與西方現代主義對話，也就是向世界性的詩潮齊進。參見，李桂芳：《逆聲與變奏的雙軌──現代詩語言觀的典範化與延變之研究》（臺北：淡江中文系碩士論文，1999），頁 96。

[148] 張同道曾談到，1930 年代詩歌活動彷彿只為紀弦留下一個古怪的名字，而 50 年代之後他的一些主張不僅指向島上的反共八股，也指向他的過去──30 年

也帶來了個人主義的肯定與樂觀面對現代主義的態度，而 30 年代的楊熾昌等風車詩社成員，以及後來「跨越語言」創作的林亨泰、錦連、詹冰等，則是臺灣本有的一支現代運動的根源。換言之，林燿德亦認為 1956 年的「現代詩運動」，一方面繼承了民初以來半世紀的文學精神，另一方面也匯合了於臺灣本土光復前後的文學意識。

　　林燿德所推崇的林亨泰，其所代表不斷被過去詩史遺忘的本土超現實主義文學脈流，顯然是徹徹底底的影響了整個「現代派」運動的。白萩曾指出，今天臺灣的「現代派」能夠有一種異質做根基而與當初戴望舒的「現代派」不同，就因為有林亨泰的符號詩，因此有別於大陸時期的「現代派」而能有所突破。[149] 姑不論這種論調是否正確的反映出林亨泰的地位，但林亨泰源自日本超現實主義的主知的美學，卻無疑的成為現代派運動中的重要精神。同時，因為林亨泰跨越持續不斷的創作及參與整個「現代派」的運動，使得超現實主義的風潮終於在跨越語言的這一代人如林亨泰、詹冰、陳千武、錦連、蕭翔文等人的帶領下，在「後期現代派」中發酵。

四、「後期現代派」與超現實主義詩風潮

　　1959 年 3 月，《現代詩》出至 23 期因故不得不停刊，隔月《創世紀》11 期擴版推出，拋棄「新民族詩型」的政治框架，[150] 轉

代的古典抒情傳統，如知性的強調；有些則是梁宗岱、戴望舒等人純詩觀念的延伸；波特萊爾橫的移植則是 30 年代詩學的極端發展。50 年代重新出發的紀弦淹沒了自己過去的部分身世，而以東渡日本後所接觸到的「超現實」姿態重新出發，掌起現代派的大旗，然而，被埋沒的身世卻不時在他仍過於抒情的詩作中出現，也成為其為人詬病的重點。張同道：《探險的風旗──論二十世紀中國現代主義詩潮》（安徽：安徽教育，1998），頁 493-494。

[149] 〈林亨泰詩集研討會〉紀錄，收錄於呂興昌編：《林亨泰研究資料彙編》（彰化：彰化縣立文化中心，1994），頁 253。

[150] 奚密曾指出，1956 年當洛夫提出「新民族詩型」時，《創世紀》其實已經有了本質上的改變，雖然表現上仍保留「民族」一詞，但相對於一年半前的「詩……不能脫離政治而孤立」，現在則強調「詩有它的獨立性與創造性」，並認為除

而延續紀弦「新現代主義」的主張，強調詩的「世界性、超現實性、獨創性以及純粹性」，表現出接納西方現代主義思潮的積極態度，本來活躍在《現代詩》季刊上的作家，因《現代詩》停擺而轉移陣地到《創世紀》季刊上發表作品。林亨泰也在此時轉移陣地至《創世紀》，積極參與以《創世紀》為主導的「後期現代派運動」。[151]

林燿德曾指出，如果說臺灣「現代派運動」最重要的文獻是紀弦在《現代詩》第 13 期發表的〈現代派信條釋義〉，那麼「後期現代派運動」最重要的文獻應屬《創世紀》第 14 期以「本社」名義刊載的〈第二階段〉。林燿德認為，這篇文章重新檢討了 50 年代臺灣現代詩的發展，肯定了之前十年詩人們在本質和技巧雙方面的實驗，整個 60 年代的詩界氣氛——「超現實」、「自動寫作」、「純詩」已呼之欲出。在意識層次步入內向面，在語言領域邁向顛覆革命，至此成為「後期現代派運動」的定格。[152]

學者張漢良曾對臺灣的超現實主義風潮做過一番調查。他認為，1956 年恰可做為編年的開始，這是因為紀弦的「現代派」宣言中的第一條所羅列的「現代主義」詩派，便包含了「達達派」與「超現實派」，同期並有高克多的譯詩六首。從此，阿拉貢（Louis Aragon）、許拜維艾爾（Jules Supervielle）、米修（Henri Michaux）等超現實主

了當時「從事新興詩體之創造」的現代派之外，「餘均不值一談」。這種前衛意識使林亨泰稱創世紀「比現代派更現代派」。故現代派的轉型，並不是一夕之間所發生的事情，此一轉變的過程也值得我們另文深究。奚密：〈邊緣、前衛、超現實：對臺灣五、六十年代現代主義的反思〉，《臺灣現代詩史論》（臺北：文訊，1996），頁 250。

[151] 林亨泰曾指出，從現代派正式成立（1956 年 1 月）到不得不暫時停擺（1959 年 3 月）為「前期現代派運動」；《創世紀》第 11 期重新改版（1959 年 4 月）到第 29 期暫時停刊（1969 年 1 月）則為「後期現代派運動」。前期以現代詩社為中心來推動的詩運動，後期以現代詩社與創世紀詩社匯流共同推動的詩運動，為期大約十年。

[152] 林燿德：〈權力架構與現代詩的發展——與張錯對話〉，《觀念對話》（臺北：漢光，1989），頁 101。

義傾向的詩人便被大量譯介到臺灣。[153] 所以，現代派可以被當成是臺灣 50 年代超現實主義風潮的一個起點。之後，當《現代詩》停刊，「現代派」運動移轉到《創世紀》後，該刊對超現實主義詩潮的倡導儼然成為臺灣超現實主義詩潮的重鎮。[154] 奚密曾指出，雖然到《創世紀》21 期（1964 年 12 月）才有洛夫的〈超現實主義之淵源〉，[155] 但是在此之前已有大量的超現實主義者，以及廣義的現代主義詩人被譯介到了臺灣，[156] 這些都可以當成我們考察臺灣超現實主義風潮的一個根據。

之後，在《創世紀》14 期的〈詩人手箚〉中瘂弦曾流露對「超現實主義」的興趣。並針對超現實所導致的「晦澀」做出辯護。他強調，晦澀並非因作者處理意象時的萎縮、疏懶與怵惕而產生，也非在感覺之混沌或半睡眠時表現上的生吞活剝，晦澀乃是一種不得已，或

---

[153] 張漢良指出，這些被譯介而來的詩人，嚴格說來只有阿拉貢、素波、德斯諾斯、杭乃沙參加了當年布魯東（Andre Breton）的超現實主義運動。布魯東認為「聖約翰濮斯遙望為超現實主義者」，至於高克多，布魯東執意把它排除在外，1926 年甚至指名貶責他。張漢良認為，指出這些事實乃在於說明，「並非所有與布魯東同時代的法國詩人都是超現實主義者」，「譯介他們到臺灣詩壇來的媒人，也未必有意宣揚某一詩派」。這些都成為日後比較文學上研究的難題。張漢良：〈中國現代詩超現實主義風潮〉──一個影響研究的做作〉，《中外文學》第 10 卷第 1 期（1981.6），頁 148-150

[154] 孟樊曾指出，臺灣現代主義最盛時期，現代主義一詞被視同超現實主義，而所有的批評矛頭都指向超現實主義，其中《創世紀》詩社儼然成了「超現實主義詩社」的代名詞。孟樊：《當代臺灣新詩理論》（臺北：揚智，1998），頁 111、112。

[155] 張漢良曾指出，洛夫「廣義的」超現實主義，資料來源之一是範裏（Wallace Fowlie）的「超現實主義時代」（Age of Surrealism），洛夫摘譯其中的部分，成了「超現實主義之淵源」這篇文章。張漢良進一步指出，範裏的超現實主義不是貫時性的歷史運轉，而是一種同時性的觀物的心理模式。這種心理模式可以投射到任何時空。範裏對洛夫的影響非僅是資料的來源，更重要的是非實證主義的，心理模式，即：超現實主義「成為超越時空的國際性藝術思想」。參見張漢良：〈中國現代詩超現實主義風潮〉──一個影響研究的做作〉，《中外文學》第 10 卷第 1 期（1981.6），頁 153-154。

[156] 奚密：〈邊緣，前衛，超現實：對臺灣五、六十年代現代主義的反思〉，《臺灣現代詩史論》，（臺北：文訊，1996），頁 251-252。

者說，是基於作者為求達到某種強烈藝術效果時之表現上的必須，而這正是為了走向西方而回歸東方，走出陳腐而認清藝術新穎的事實。[157]

在瘂弦的言談中，「超現實主義」儼然成為革新詩壇的工具。不過，真正在《創世紀》中舉起超現實主義大旗的是洛夫。《創世紀》21期上，洛夫發表了《石室之死亡》的序文〈詩人之鏡〉，這篇文章可說是洛夫本人的超現實宣言。洛夫認為：

> 超現實主義並不是一種美學或文學上的派別。在根本上它是對整個人類的生存所採取的一種形而上的態度……
> ……
> 我們無意在此為超現實主義某些難為一般人所接受的如訴諸「潛意識自動表現」的技巧作說服工作。……我們以為「自動語言」並非超現實詩人必具之表現技巧。[158]

他傾向於視超現實為一種形而上的精神，而不是具體的主義運動或是表現技巧（自動書寫）。[159]

張漢良認為中國現代詩的超現實主義風潮，從實證主義的角度來看，應該至1965年洛夫赴越南為止[160]，但若從廣義的角度來看，此一風潮還要延燒到「笠」詩社的前期。洛夫發表於1969年的〈超現

---

[157] 瘂弦：〈詩人手箚〉，張漢良、蕭蕭編：《現代詩導讀——理論、史料、批評篇》（臺北：故鄉，1982），頁147。

[158] 洛夫：《石室之死亡：及相關重要評論》（臺北：漢光，1988），頁22、23。

[159] 林亨泰也曾提出類似的看法，他認為「超現實主義」是「一種更細的事實」，因為它存在於意識中，不是肉眼可以真確體會，是內部深層的現實。「超現實」不只是一種方法，它不只是顯露在作品表面而且植根在意識內層，反而最具反抗精神。參見林燿德：《觀念對話》，（臺北：漢光，1989），頁244、254。另外，在〈現代詩的基本精神——論真摯性〉中他則推崇洛夫的「石室之死亡」是一種以全人類的心情為心情的「大乘寫法」。林亨泰：〈現代詩的基本精神——論真摯性〉，《林亨泰全集·文學論述卷1》（彰化：彰化縣立文化中心，1998），頁54。

[160] 參見張漢良：〈中國現代詩超現實主義風潮〉——一個影響研究的做作〉，《中外文學》第10卷第1期（1989.6），頁159-160。文中並羅列中國現代詩「超現實主義風潮」（1956-1965）年表，對超現實主義風潮與臺灣發展的重大事件，有簡要的說明。

實主義與中國現代詩〉，是《創世紀》時期一篇重要的超現實主義言談。洛夫認為，超現實主義（surrealism）是一切現代文學藝術發展之精神因素，對 20 世紀現代詩與畫的影響至深且鉅，儼然已經成為「超越時空的國際藝術思想」。[161] 他指出，超現實主義之藝術思想對我國現代詩的發展有相當大的影響，但現代詩人的超現實風格作品並非在懂得法國超現實主義之後才那麼寫的，更不是在讀過布魯東的「超現實主義宣言」，或其他有關史蹟傳記，以及法則之後才倣效而行；事實上他們只是受到早期法國以及西方其他國家推廣超現實主義作者作品的影響。超現實主義傾向之所以會大量出現在當前的現代詩中，乃在於「凡具有高敏感度，在藝術創造上有抱負的詩人都可能是一個超現實主義者。」因為，超現實主義「反對陳腐的社會信念和規範，反對一切事物的慣性。把文學從寫實主義的桎梏中解救出來，而使轉變成為作者忠於自我，以最大程度的坦率和真誠來表現他的思想與經驗的文學。」在向上飛翔與向下沉潛之餘，還要能夠擁抱現實介入生活。這樣的廣義的超現實主義詩，「是意識的也是潛意識的，是感性的也是知性的，是現實的也是超現實的，對語言與情感施以適切之約制，使不至限於自動寫作的混亂與感傷主義的浮誇」。[162] 對洛夫而言，超現實主義是一種人類的共通精神，也是將文學自寫實主義中解救而出的手段，需以中國座標修正，落實本土精神（而非無根的抒移），並藉此與世界文壇同步發展，這樣的看法與我們之前論述的楊熾昌與林亨泰的詩觀，顯然是有諸多雷同的地方。

　　1964 年，林亨泰在創世紀發表略受日本「現代主義」運動主要理論家春山行夫作品影響的大型組詩《非情之歌》，質樸詩風與符號詩觀在五十一首詩中熔冶於一爐，總結前兩個階段的創作取向。[163] 同

---

[161] 洛夫：〈超現實主義與中國現代詩〉，原發表於 1969 年《幼獅文藝》詩專號，今轉引自張漢良、蕭蕭編選：《現代詩導讀——理論、史料、批評篇》（臺北：故鄉，1982），頁 151。

[162] 同註 161，頁 152-171。

[163] 林亨泰：《跨不過的歷史》（臺北：尚書，1990），頁 155。

年，他與陳千武等人創辦《笠詩刊》，超現實主義的引介工作便又轉移到該刊去。林亨泰曾指出，當初參與《銀鈴會》的健將不少如詹冰、張彥勳、錦連等後來都成為《笠詩社》的同仁，他認為《笠詩社》與《創世紀》的不同所在就在於《笠詩社》的同人是「跨越語言的一代」，對於《銀鈴會》與「現代派運動」的修正與再出發。[164]《創世紀》與《笠詩社》顯然呈現了「現代派」的二種不同化身：前者是受紀弦、林亨泰等影響而轉向超現實主義發展；後者則是明顯上承 1930 年代超現實主義脈流，並在政治力的介入下陷入沉默的情境，而後終能跨越過語言的困境，將超現實主義風潮一路傳衍下來的詩人。

在前期的《笠詩刊》中，陳千武、葉泥、葉笛等人有計畫地譯介日本現代詩人，尤其是林亨泰早期便有涉獵過的日本超現實主義詩人，如陳千武譯介的三好達治、北園克衛（第 2 期）、西脇順三郎（第 3 期）、上田敏雄（第 4 期）、三中散生（第 5 期）、春山行夫（第 6 期），他本人譯介村野四郎詩論，桓夫與錦連譯介村野四郎的詩作，葉笛則翻譯了布魯東（Andre Breton）的「超現實主義宣言」（第 2 卷 1 期）。至此，臺灣的超現實主義風潮終於開出了燦爛的花朵。

第五節　對林燿德重論臺灣現代主義文學的省思

在 1950、60 年代「超現實主義」的倡導過程中，透過原文（胡品清）、英譯（李英豪、秀陶、柏谷）、日譯（林亨泰、紀弦、葉泥、葉笛），[165] 超現實被大量介紹到臺灣，也出現了一連串對晦澀、脫離現實等的批判。不過，我們的重點不在於媒介學或影響研究的考察，而是想進一步釐清林燿德極為重視的「超現實主義」，其背後究竟顯

---

[164] 參見林亨泰：〈笠的回顧與展望〉，《林亨泰全集・文學論述卷 4》（彰化：彰化縣立文化中心，1998），頁 127-134；及同書收錄之〈談現代派的影響〉，頁 142-143。

[165] 60 年代倡導的超現實主義，泰半透過英、日叛逆過來，其中包含最重要的文獻，布魯東的超現實主義宣言。張漢良：〈中國現代詩超現實主義風潮──一個影響研究的做作〉，《中外文學》第 10 卷第 1 期（1981.6），頁 150。

現了林燿德怎樣的文學史視野。劉紀蕙曾指出，臺灣的「超現實風潮」其實是一個以「超現實」之名作轉化各種政治論述的節點，我們應該稱此銜接超現實語彙的脈絡為「臺灣超現實主義論述」。[166] 在〈超現實的視覺翻譯〉中她更強調，此一超現實的脈絡應該回溯到 30 年代楊熾昌所倡導「風車詩社」的超現實詩風，銜接上 40 年代受《詩與詩論》影響的林亨泰，最好還能接續上由大陸藝壇移轉到 50 年代臺灣藝壇現代派中的超現實畫風。[167] 劉紀蕙的「臺灣超現實主義論述」正好說明了，林燿德以林亨泰為中心重論這段文學史，正是要企圖耙梳出被隱沒或遭誤解的現代主義及其中心言談──「超現實主義」，從「風車詩社」到前期「笠詩社」承傳、轉變的發展脈絡。然而，林燿德對這段被壓抑領域的發掘，背後又透露了怎樣值得深思的訊息？

　　為何超現實主義會成為這一波現代主義的中心？這是不少學者在研究這段文學史時經常質問的重點。廖咸浩認為，當前衛輸入中國（或日本）之後，卻只有較保守的象徵主義與超現實主義較受重視，原因在於這些尚未產生西式中產階級且社會體制壓力主要來自傳統禮教的國家，前衛諸運動被看成是藝術獨立與精緻化的代表。臺灣現代詩在戰前，尚未有此種的迫切性，光復後，卻在複雜纏繞的政治、社會背景下因為外省籍人離開本鄉、本省籍詩人轉換創作語言、國民黨政府威權統治、對光復前大陸與臺灣現代詩傳統的直接與間接隔離這些條件的催化下，加速前衛取向的成熟。[168]

　　廖咸浩的闡釋有其見與不見之處，因為戰前在殖民體制的壓抑下，超現實存在的原因及情況，我們已經在論述楊熾昌的時候清楚談過。至於戰後，的確如廖咸浩所言，因政治意識推動反共文藝，以及對五四文學傳統和臺灣本土文學傳統的雙重斷裂，不僅創作上要求

---

[166] 劉紀蕙：〈銀鈴會與林亨泰的日本超現實淵源與知性美學〉，《孤兒・女神・負面書寫》，（臺北：立緒，2000），頁 224。
[167] 劉紀蕙：〈超現實的視覺翻譯〉，《孤兒・女神・負面書寫》，（臺北：立緒，2000），頁 265。
[168] 廖咸浩：〈逃離國族──五十年來臺灣現代詩〉，《中外文學》第 11 卷第 12 期（1983.5），頁 138-139。

「反共詩」、「戰鬥詩」的「政治正確」原則,而且由於官方對 1949 年以前現代文學的禁絕,使得戰後的臺灣詩人同時與大陸和臺灣的新文學脈絡完全脫節。前者來自官方對共產主義的封鎖肅清,後者則來自官方對本土傳統的懼怕與壓抑。戰後的夢魘,流放與失根的痛楚,以及普遍政治和社會──對臺籍詩人來說還有語言──上的壓抑和焦慮,[169] 造成詩人們語言的失真、政治的絕望感,以及內心情感無法真正表達的窘境;[170] 再配合上現代詩相對於舊詩的邊緣性地位與改革的雙重需要,[171] 故而促成前衛需求的勃張。

此種「文化境遇」促成詩人們不約而同尋求新的文藝思潮,以求從政治主導中解脫,這顯然是現代派運動中最直接的「近因」。但不可忽略的是,「風車詩社」此一超現實的源流在臺灣文學中雖僅是短暫的一現,但卻在深層意識結構上,保有了有待完成的根源性。此一以邊緣特質存在的未了情結,表面上因為政治的因素而遭到斷絕,然而,卻仍透過一些日文書刊的流傳,以及林亨泰等「跨越語言」一代詩人集體意識的運作下,再度從最容易取經的日本,又帶回超現實主

---

[169] 奚密:〈邊緣,前衛,超現實──對臺灣五、六十年代現代主義的反思〉,《現當代詩文錄》,(臺北:聯合文學,1998),頁 156-157。

[170] 葉維廉在與林燿德的對話中曾指出,在 50 年代除了受整個歷史空間變動影響之外,另外一個感覺就是語言的失真,真正的內心感情無法完全表達出來,後來礙於現實環境的種種因素,更容易走向難懂艱澀的語言表達形式。所以我的詩或者瘂弦、商禽詩裡,都可以看到很深的政治絕望感,一種悲觀、絞心的痛苦。參見林燿德:〈詩在道中甦醒──與葉維廉對話〉,《觀念對話》(臺北:漢光,1989),頁 128。

[171] 奚密在曾論及 50 年代新詩邊緣弱勢的地位。由於舊詩在傳統文化裡所享有的優越地位仍然根深蒂固,知識份子中寫舊詩的人數遠勝過寫新詩的人數;另一方面詩壇充斥著外行話,缺乏專業的新詩創作與批評。因此,《現代詩》的創刊便在於提倡嚴肅、專業的態度,從此以「現代詩」命名成為一個獨立的社會範疇,一個具備自身規律、高度發展的文學場(literary field)的基礎。奚密認為它的意義有二:一、這是《現代詩》所標誌的前衛性和現代主義的特色之一;二、從 60 年代以來「現代詩」代替了「新詩」或「白話詩」之稱,變成一個集體名詞,並成為臺灣和中國大陸文學史一個重要的分歧點。奚密:〈我們貧瘠的餐桌上──五十年代的《現代詩》季刊〉,《從邊緣出發:現代漢詩的另類傳統》(廣州:廣東人民,2000),頁 197-201。

義的思維，續燃了幾乎斷絕的超現實主義風潮。我們可以將這樣的情境解釋成：一方面受日本影響的文化傳統和體制已在臺灣的殖民地紮根，透過日本文壇及日文閱讀來接受西方藝術觀念的啟蒙，成為「跨越語言」一代的作家最為習常的管道；另一方面，「左右文學生產和接受的『文化符碼』透過文字本身、作者的記憶和體制的延續，存著許多移植轉換的可能性。」[172] 因而，此波超現代主義的風潮，便也習常的從日本引介進經過修正，接近主知而非西方標榜潛意識的超現實主義。

　　表面上，超現實風格強調的現實扭曲、無關連意象的非理性拼貼、夢魘式的荒謬情境等等十分適合臺灣現代詩人尋求嶄新文體、意象與翻轉文句構成法的前衛企圖。事實上，政治高壓與文藝政策下無法發言的詩人，這恐怕是唯一能夠抒發的管道。林燿德曾論及，在臺灣現代詩的發展來說，遠在 80 年代初期部分「新世代」將「政治詩」高唱入雲以前，50、60 年代「現代派」（「現代派」的信條中就有反中產階級文化的成分）已降出現的若干詩作，除了表現出詩人對於歷史、文化的關懷，其實往往蘊含著政治慾望和社會改革的挫折。[173] 這些外在的挫折在沒有正常管道抒發的情境下，便透過超現實主義等手法，內化成為難懂的文字、晦澀的詩行，將不能明顯表露而出的批判意識藏諸其中。

　　林燿德的詩作〈五〇年代〉[174]，便是在說明 50、60 年代文學創作者所面臨的窘困境遇。在詩作中，他直接挑明「反共文學」與「戰鬥文藝」充斥的 50 年代是「孤獨的」，這樣的「孤獨」，擁擠得幾乎要讓人孤獨不起來。針對這種政治力介入文學的怪異現象，林燿德藉以表現的，是詩中大量充斥缺邊缺角不完整的字體，最後甚至連標誌

---

[172] 張誦聖：〈「文學體制」與現、當代中國／臺灣文學〉，《書寫臺灣》（臺北：麥田，2000），頁 36。

[173] 林燿德：〈河中之川──與鄭愁予對話〉，《觀念對話》（臺北：漢光，1989），頁 155-156。

[174] 林燿德：《都市終端機》（臺北：書林，1988），頁 94-95。

書寫時間的字體也是殘缺的。這樣一首形式、內容相互結合，諷刺意味濃重的詩作，其意圖顯然在凸顯 50 年代詩人在被壓抑的情境下，僅能靠著這些不易被察覺真正含意的晦澀字碼，來表現內心的孤獨與無助。若我們僅僅關注這些符徵的表面，而認為它們是殘缺的、病態的、遠離社會現實的，顯然就未能讀出詩人隱含其中的批判意味。

　　詩的內容、形式和方法，顯然都包含了等待發掘的意識形態。事實上，從風車詩社、跨越語言的一代、《現代詩》到《創世紀》以及前期《笠詩社》所開展出的超現實主義脈絡，已經隱隱指向詩人們透過詩的表現而對符號的文化體系進行二度符號化的過程，那些一度被視為「晦澀」的詩作，或許正導源於個人與權力架構的緊張關係。臺灣超現實主義脈絡顯現的，既是詩人們對藝術自主的追求，同時也是他們對於政治、社會權力的慾望和挫折。在超現實主義隱晦怪誕的文字布幕下，流露出的是在地詩人以及來自大陸的流放詩人，所共有的一種集體經驗及被迫壓迫的文化記憶：

> 五○年代到六○年代的日語臺籍詩人與大陸流放詩人，共同用超現實的管道揭露當時被強制斬斷而壓抑的文化記憶——四○年代在大陸內地與臺灣島上發生的各種內戰與屠殺。[175]

　　表面上，似乎沒有法國超現實主義以文學改革作為藍本的企圖[176]，或者缺乏以文學改革社會的基礎，但事實上，在政治性與文學性的雙重懷疑下，「整個時期所顯現對內心世界的追求，以及對純粹藝術的經營，就是對政治干預思想的戒嚴體制的最好批判。」[177] 超現實詩人雖未採用左翼社會主義立場，卻仍舊在詩作中婉曲地蘊含著政治批判的企圖，這樣的企圖顯現在其以超現實的前衛文學來作為批判話語

---

[175] 劉紀蕙：〈臺灣文化場域內「中國符號」與「臺灣圖像」的展演與變異〉，《孤兒‧女神‧負面書寫》（臺北：立緒，2000），頁 18-19。

[176] 奚密：〈邊緣，前衛，超現實——對臺灣五、六十年代現代主義的反思〉，《現當代詩文錄》（臺北：聯合文學，1998），頁 163。

[177] 陳芳明：〈後現代或後殖民——戰後臺灣文學史的一個解釋〉，《書寫臺灣》（臺北：麥田，2000），頁 50。

的工具，超現實的本身其實是另一種型態的寫實。詩不僅是詩人自我意識的延長，而且也是社會意識的轉化與提升，面對思考法則的禁忌與多重壓力的情境，詩人刻意凸顯表義行為中的隱喻性格，將他的政治批判隱匿在個別的換喻系統裡。[178] 超現實主義無疑適切地提供了將現實批判轉換為話語批判的前衛機制。[179] 這也是為何當初風車詩社的楊熾昌等人，要以超現實主義取代寫實主義書寫最重要的原因。

　　現代派在文學情感的回應上，傾向於西方超現實主義的書寫策略，其構成的感情要素，實際上蘊藏著一種話語革命的快感與反憎社會現實的逸離情結。[180] 此種逸離情結，被轉化成為文學上前衛力量的追索，因而，舞張起「反共」、「愛國」旗幟的「現代派宣言」，雖如向陽所說，因其不赤、不黃、不黑的詭異傾向，在言論思想受到箝制的年代中全身而退，不能不說是幸運的異數。[181] 但事實上是在其主張中，弔詭的同時揭示了臺灣版的超現實主義，以話語革命代替實際社會革命的反叛企圖。在此，我們目見了符徵與符指因政治力量所造成的遊蕩偏執與斷裂。這與西方達達主義或超現實主義，雖在表現手法或發展歷程上或許有所差異，但因戰爭而遭受價值的摧毀，或是殖民所帶來的語言沉默效應，卻有著類同的心理效果，正是如此促使詩人們同時的採用了「超現實」做為相應的工具。

---

[178] 在談到語言合法性時，林燿德曾說到，60 年代以來，「存在主義」思想被泛政治化的言談扭曲，超現實主義者和存在主義者均被保守的極右翼視為「共產主義」的代言人，於是詩人必須將他的政治批判隱匿在個別的換喻系統裡。林燿德：〈詩人與語言的三角對話〉，《觀念對話》，（臺北：漢光，1989），頁 247。

[179] 除上述學者外，施淑在談及這段歷史時也指出，臺灣現代主義作品在重大的現實問題前，是普遍沉默的，但這被迫的沉默，並不等同於對現實的無動於衷，反而是帶有反諷的、敵對的意義的。它在創造沒有國籍、沒有歷史的荒謬的現代人時，所透露出來的是尋求人的意義時的黑暗淒涼。參見施淑：〈走出「臺灣文學」定位的雜音〉，《兩岸文學論集》（臺北：新地，1997），頁 307。

[180] 李桂芳：《逆聲與變奏的雙軌——現代詩語言觀的典範化與延變之研究》（臺北：淡江中文系碩士論文，1999），頁 116。

[181] 向陽：〈五○年代臺灣現代詩風潮試論〉，《靜宜人文學報》第 11 期（1999.7），頁 51。

　　劉紀蕙認為，林燿德努力挖掘出林亨泰的歷史地位，為他編寫年表，出版作品全集[182]，本身有便著借用現代主義來展現種種對抗意識型態的政治抗拒。因為，「語言革命的顛覆力絕不僅止於形式，而必然延展深入語言背面的意識型態及社會體制。」[183] 當林燿德將目標放在「解放加諸文學靈魂的各種桎梏」，並意圖「創造當代」的同時，他便也注意到了詮釋權力的競爭，早已成為文學史上反覆出現的課題：

> 短短的幾年「前現代派」時期，卻濃縮了臺灣戰後詩史的精神分裂傾向，詩壇實質的「無政府狀態」和詩人們個別文體的分裂（同時向前衛和保守的兩極剝離），充分暗示了臺灣本土現實中矛盾的原型、混雜中的歧異以及離亂時代所獨具的政治緊張感。[184]

權力架構的論爭不斷在現代詩史上出現，藝術自主追尋以及對現實、國族的描繪，早已成為臺灣文學史上接續重演的課題，當林燿德藉由前人的眼光，重論臺灣現代主義文學脈絡的同時，他不僅關注著藝術的自由，同時也注意到，超現實或者現代主義的緣起，正導源於詩人對體制與主流的反動：

> 五、六〇年代「三大詩社」相繼創刊時，無論自覺與否，他們本身都可視為制度的不滿者、反抗者以及批判者。不管批判的個別對象是什麼，整體而言他們反動的是龐大的社會體制和文化現象。[185]

---

[182] 林燿德本欲替林亨泰出版的詩全集後來並未出版成功，此處當是劉紀蕙的筆誤。參見林亨泰：《跨不過的歷史》（臺北：尚書，1990），頁 219。

[183] 劉紀蕙：〈銀鈴會與林亨泰的日本超現實淵源與知性美學〉，《孤兒‧女神‧負面書寫》（臺北：立緒，2000），頁 254。

[184] 林燿德：〈環繞臺灣當代詩史的若干意見〉，《世紀末現代詩論集》（臺北：羚傑，1995），頁 21。

[185] 林燿德：〈權力架構與現代詩的發展──與張錯對話〉，《觀念對話》（臺北：漢光，1989），頁 109。

　　如果說，楊熾昌、林亨泰與三大詩社的現代主義健將們，皆是以
不滿者、反抗者與批判者的角色，反動著主流的社會體制和文化現
象，以爭取自我的藝術自由和發言權，那麼重新耙梳此段歷史的林燿
德，是否也在重論文學史的過程中，埋下了自我後現代的反叛因子？
或者說，我們應當將重論文學史，也看成是林燿德後現代轉折中重要
的一環，林燿德正是透過對前輩詩人的重新定位，為自己的後現代轉
折找到合理的立足點？這幾個重要的設問是我們要在下一章中進一
步探索的課題。

第三章　火的顛覆與重建：
　　　　林燿德的後現代轉向

第一節　1980年代文學語境與後現代引渡簡史

一、1980年代的臺灣文學語境

　　現代詩論戰是1970年代後一系列論戰的開端，1977年開始的鄉土文學論戰，更是這一波論爭中的高潮。論者曾指出，此次論戰乃是借文學之名，將論述延展至臺灣社會與經濟結構，通過對文學形式內容的討論，規避政治討論可能的阻力與壓力，進而揭露臺灣社會的深層問題。其焦點乃延續現代詩論戰以來文化／文學界關切的議題，也深化了對文學形式與功能的思索，並透過對「鄉土」此一名詞的定義，尋求更豐富的意涵和想像空間。[1] 事實上，在一連串文藝的高壓政策與指導政策下[2]，50、60年代的現代主義詩人透過隱晦的作品呈現其

---

[1]　陳明柔：《典範的更替／消解與臺灣八○年代小說的感覺結構》（臺中：東海中文系博士論文，1999），頁50。

[2]　藍博堂曾指出，從禁絕「30年代文學」、提倡戰鬥文藝可以明顯看出，國民黨政府在遷臺之初就明確地把文藝當作「思想戰」的一股力量，不僅極端重視地全面加以掌握，並且給予具體的指導政策。60年代為因應「文化革命」，又有一連串的具體措施，如1966年，發起「中華文化復興運動」；1967年，制訂「當前文藝政策」，1968年，召開「第一次文藝會談」等。到了70年代後，因為批判性文章的增加，於是「第二次文議會談」便決定恢復中央文藝工作小組加強對文藝的管理。同時，也有藝文界人士主動要求透過「政治」對藝文進行導向者。參見藍博堂：《臺灣鄉土文學論戰及其餘波1971-1987》（臺北：

內心的扭曲，然而到了 70 年代，因西化引起的歷史脫節與民族主義等的勃張[3]，促使寫實乃至於鄉土成為論戰的焦點，我們看到了以文學做為社會革命的訴求反覆的出現，或者乾脆棄文學而從政治[4]，這使得 70 年代開始一連串的文學論戰都逃不開政治性的包圍。

1979 年的「美麗島事件」正是此種政治性被推至極致的表現。池煥德曾指出，「美麗島事件」的發生意味著國民黨本土政策倒退，而進入了退縮正當化的階段，這個階段一直到 1986 年才結束。[5]「美麗島」事件中，執政當局將黨外菁英一舉成擒，並加以「叛亂罪」的罪嫌，使得參與者在爭取民主自由的同時，也察覺爭奪「文化霸權」（culture hegemony）的戰略意義，逐漸認知到要對抗一個無所不在的威權體制，唯有進行全方位的抗爭才可能完成。因而如何突出「臺灣文化主體性」的地位，構築一套精緻的、系統的「反支配論述」，就成了 80 年代啟幕後，最鮮明的文化徵候。[6] 同時，積極參與鄉土文學的作家王拓、楊青矗等被捕的事件，也成為預示 70 年代風潮湧動的鄉土文學，終為 80 年代文學本土論取代的象徵意味。[7]

進入 80 年代後，儘管政策表面高壓，但事實上自美麗島事件後，黨外勢力卻獲得民主化運動的新正統性泉源後，勢力迅速膨脹，在 1981 年的地方大選中大獲全勝。這不僅使知識份子與一般民眾對「臺灣人意識」的關注日益加溫，也促成日後一系列爭執不休的論戰。從時代背景與典範的轉移來看，70 年代現實主義的回歸，乃肇因於臺

臺灣師大歷史系碩士論文，1992），頁 112-117。。

[3] 林燿德於 1978 年間曾參與以溫瑞安為主導的強調大中國主義的《神州詩社》，便是在這種背景下出現的 70 年代的重要現象之一。王浩威：〈重組的星空！重組的星空？〉，《林燿德與新世代作家文學論》（臺北：文建會，1997），頁 300。

[4] 如王拓與楊青矗便因其積極參與政治事務而於美麗島事件中被捕。

[5] 池煥德：〈「臺灣」：一個符號鬥爭的場域——以臺灣結／中國結論戰為例〉（臺中：東海社會系碩士論文，1997），頁 50-51。

[6] 蔡詩萍：〈一個反支配論述的形成——八〇年代臺灣異議性文化生態與文學的考察〉，《世紀末偏航——八〇年代臺灣文學論》（臺北：時報，1990），頁 452。

[7] 陳明柔：《典範的更替／消解與臺灣八〇年代小說的感覺結構》（東海：東海中文系博士論文，1999），頁 72。

灣國際處境的日益艱困，合法化地位的動搖，在攸關民族興亡、國家安危的情境下，民族意識的覺醒使得自現代詩論戰後，以文學改革社會的企圖日益加溫；一方面，現代主義書寫的晦澀也造成現實群眾難以親近，遂產生寫實主義對現代主義全面性的反撥，也醞釀出一種新的「典範」：放棄舊有隱晦話語，重新面對現實、參與現實的世界觀。這些看似簡單的主張，帶出的卻是更為複雜的認同與意識型態的糾葛。

在客觀的層面上，這些問題並沒有因為 70 年代的結束而宣告落定，反而一路延燒到 80 年代，終於引發更激烈的言談對抗。自 1980 年代初詹宏志的邊疆文學論、「臺灣文學」正名、南北分派，到臺灣意識論爭，本土中心論與第三世界文學論兩者之間同時交涉著文學信念與政治的立場，完全的被逼發出來。臺灣文學史的史觀、構圖與未來走向，在論辯的過程中也重新被賦予關懷：一方面，本土意識的勃張與對臺灣意識的深入探討，促使「本土詩」成為 80 年代詩壇最突出的兩條創作路線之一[8]；另一方面，臺灣意識的強化其實體現著自戒嚴到解嚴階段，社會感覺結構轉變的過程。對臺灣歷史的書寫，不僅彰顯著臺灣文學／文學史的重構，更承載 80 年代以來，經由全面臺灣意識／本土化運動，所投射的去離「中國」的嶄新國族的慾望。[9]「本土臺灣，歷史中國」，而以「世界」為最終前進目標的新視野，成了新世代作家追求的目標。至於，遺忘過去的傷痛，以嶄新的身份在 80 年代出發，則是林燿德文學史重寫慾望與埋沒其身世的導因之一。

8　廖咸浩曾指出，若把 80 年代的詩壇粗略描繪成是「後現代詩」與「本土詩」兩條最突出的創作路線平行的局面，想必多半論者都會同意。後現代詩乃不斷以離散的觀點解構，後者卻一別於鄉土意識的離散而以聚焦的「臺灣意識」論述，終於取代了鄉土文學成為 80 年代的重要創作路線之一。廖咸浩：〈離散與聚焦之間——八十年代後現代詩與本土詩〉，《臺灣現代詩史論》：（臺北：文訊，1996），頁 437。

9　陳明柔：《典範的更替／消解與臺灣八〇年代小說的感覺結構》（臺中：東海中文系博士論文，1999），頁 79-81。

當然，我們在觀察從鄉土到本土論重點的轉換時，也不能不注意到 80 年代在社會、政經背景上的重大轉變。1980 年代的臺灣無疑是在一種全面性的變革中。就社會環境來說，從農村田園型態到工商都市型態的轉型到了此時已邁入最後階段。在都市化的快速蔓延下，鄉村幾乎成為一個僅能被遙想、緬懷的能指，因為在現實空間裡，素樸的、一元的田園生活在 80 年代的中期幾乎成為邊緣[10]，「後工業社會」的徵狀逐漸在 80 年代的臺灣中成形。政治上，1987 年的解嚴與黨禁的解除無疑是一個重要的轉捩點。此意味著，臺灣終於自威權體制中走出，民主政治將隨著威權的撤去開始蓬勃發展，社會也在長久封閉後獲得解放，日趨自由、開放和多元。隨後，1988 年報禁解除，自此報刊、廣播頻道、有線電視都不再只是官方的一元論述，而是蛻變成多元化意識形態並置的戰場，出現大量的消費文化傾向。向陽在〈八○年代臺灣現代詩風潮試論〉中指出，這個大轉捩標誌出的是 80 年代臺灣的歷史重寫，整個社會的政經系統與文化傳播系統均受到相當衝擊。[11]

事實上，解嚴不僅意味著政治上人權獲得尊重，對於過去因政治性而遭埋沒的歷史將有被挖掘而出的可能，同時也表示著文學創作將取得其自主性與主體性。這是促使文學史重寫勃發的一個重要因素，此外，解嚴後的社會思潮也呈現了解構、反舊價值體系，以及摸索新價值、新秩序建立的可能方向[12]，這些面向都值得我們注意。

在資訊的傳播上，因電腦而面臨的資料儲存型態的改變、股市的狂飆與崩盤、消費文化的逐漸形成，大量湧現的難解現象正預示著一個嶄新世界的到來，作家對於眼前的景況自然也努力從臺灣本土出發找尋一些生發的根源，並企圖再次通過引用與挪移的方式，來表達當

---

[10] 關於臺灣都市的發展，請參看本論文第四章第一節。

[11] 向陽：〈八○年代臺灣現代詩風潮試論〉，原發表於「第三屆現代詩學會議」，今轉引自《臺灣史料研究》第 9 期（1997.5），頁 98-99。

[12] 許俊雅：〈當文學遇上解嚴——側記解嚴以來臺灣文學研討會〉，《解嚴以來臺灣文學國際學術研討會論文集》（臺北：臺灣師大國文系，2000），頁 545。

前的情況。80 年代的文學便是在這種全面性變革的環境中生長起來的。告別了 70 年代現代主義與鄉土文學的論戰，到了 80 年代，文學不再單純的只是寫不寫實、愛不愛國的意氣之爭，而是在劇烈變革的處境中，人們如何面對完全都市化與資訊化的生活情境，如何在急速奔流的多元中尋求安求生命的安頓，如何透過嶄新的形式表現破碎支離、無一是從的符號脈流。

於是乎，我們可以看到在後現代情境的衝擊下，帶來的是對傳統背後所後設的無比強大理體中心的質疑，在此種質疑下，整體化、歷史、經典、符號一一淪為被拆解的辨證對象，穩定的一元中心難以維持，這除了促成思想上的解放，並導致一種眾聲喧嘩、無一是從的多元情境。大量嶄新的議題與表現方式不斷被搬上檯面，一群有別於傳統創作者的新世代作家，挾帶強烈的實驗精神與問題意識，他們跨學科、跨文化，不以對傳統的繼承為己任的創作意圖，強而有力地撼動原本呈現半封閉狀態的文壇，亦從多種不同的角度碰觸過去的禁忌，諸如「政治文學」、「女性文學」、「原住民文學」、「環保文學」等的勃張，這一切與後現代的引進多少都有一定的關係。

二、臺灣後現代主義引渡簡史

臺灣大約在 1980 年左右，開始引進後現代主義（Postmodernism）。羅青在〈後現代主義研究綱要〉中認為最顯著的標竿是當年出版的《第三波》。以深入淺出的文筆把 70 年代美國學術界研究後工業社會的成果，用大眾化的方式介紹了出來，轟動非常，引起了廣泛的討論。[13]不過，後現代主義學說正式登陸臺灣，則是 1985 年之後的事情了。

1985 年秋冬之際，詹明信（Fredric Jameson）在北京大學擔任講座，為期十二週的講學講述一系列從心理分析到後結構主義，從符號學到辯證法傳統的當代西方文化理論。他從資本主義的發展階段來看

---

[13]　羅青：《什麼是後現代主義》（臺北：學生，1989），頁 12。

待所謂的「文化分期」，不同的資本主義時期也就對應著不同的文化型態。詹明信認為，在第二次世界大戰之後，一系列社會運動激發的60 年代左右，西方進入了第三階段的晚期資本主義或多國化的資本主義，在文化生產過程與社會關係中都產生了某些深刻的烈變，相應於此便出現了以文化工業為特徵，富全球性與國際性的後現代主義。1986 年秋，《後現代主義與文化理論》在大陸出版，造成一波對後現代主義的研究風潮，此風潮亦在隨後延燒到了臺灣。

1987 年後現代主義的引進到達了高峰，研究後現代文化的重要學者如詹明信及哈山，先後多次來臺北訪問講學。哈山（Ihab Hassan）在臺大演講由文學角度解釋他的現代／後現代二元論，詹明信則藉由上述論述，解釋後現代主義如何屈從和強化晚期資本主義的文化邏輯。同時，詹明信在大陸講學的內容於《當代》第 14 期開始分章刊出（1987 年 6 月至 1988 年 2 月）。《文星》雜誌也為配合詹明信的來臺，在同年的 7 月號以詹明信為封面人物，並以蔡源煌、李直夫、唐小兵與詹明信的〈現實主義、現代主義、後現代主義〉等四篇文章呈現其思想論述。同時，中國時報亦有甯應斌〈詹明信思想素描〉等文章配合宣傳介紹，將後現代主義的熱潮推向了最高點。

1988 年在臺北創刊的《臺北評論》雖僅出版六期，卻是 80 年代後現代主義重要引渡者的棲息地。蔡源煌、羅青、孟樊、林燿德等重要後現代主義引渡者分任總編、執行編輯、編輯，並先後大量登載後現代相關翻譯與評論。在最後一期的〈編輯室報告〉中編者指出希望透過「文化評論」、「文學評論」、及「觀念對話」等專欄，對臺灣當前所遇到的各種文化社會、政治經濟、文學藝術等問題，發表專家的看法，並做深入的剖析。並特別推出了〈遊牧農業工業後工業——一個「臺北學派」觀點之試擬〉、〈臺灣地區後現代狀況〉、〈臺灣後現代年表初編〉等文章，希望以後工業社會的觀點，來詮釋臺灣社會近四十年來的發展，同時也先後藉著專欄介紹德勒茲（Gilles Louis Réné Deleuze）和李歐塔（Jean François Lyotard），企圖為後現代主義與其在臺灣的出現，畫出一個約略的版圖。

　　1989 年五本重要的後現代論集誕生，分別是蔡源煌《從浪漫主義到後現代主義》、孟樊《後現代併發症》、羅青《什麼是後現代主義》、鍾明德《在後現代主義的雜音中》以及詹明信《後現代主義與文化理論》。除詹明信一書已於 1986 年在大陸出版，大抵是 1986 年之後一連串後現代主義風潮下，所結集的後現代主義引介書籍。這些書籍雖多不完備，卻是 80 年代臺灣後現代思潮推動的重要導火線。臺灣後現代主義或後現代觀念的引進，一開始如同西方是著眼於建築與繪畫方面的新潮思想，在文學方面相當的欠缺，一直要到羅青、蔡源煌、孟樊、林燿德、林群盛、葉維廉等人從後現代的觀點來看待眼前發展的文學或者創作，後現代詩學的建構才算是真正有了開端。

第二節　從羅青與羅門看林燿德的後現代主義思想

一、林燿德後現代觀點的形成

　　劉紀蕙曾指出，由於林燿德大力引介「後現代主義」，討論臺灣的後現代主義現象具有代表性的理論家，皆舉林燿德為例來說明後現代文學的特性（羅青、孟樊），或是調侃的稱呼其為「後現代大師」（廖炳惠）。其他論者亦皆以「後現代」做為林燿德的標籤[14]，其所引發的「後現代現象」確實值得我們注意。林燿德對於後現代的思考或接收最早或可推自 1984 年完成的〈線性思考計畫書〉，此詩顯然可以看成是林燿德個人向後現代主義轉進的重要標誌。

---

[14] 文中劉紀蕙引出不少例子，如認為他的作品主要呈現了「後工業文明狀態」、「後現代消費社會」與「資訊時代」的新人類問題（朱雙一）、凸顯後現代的「文類混淆」、百科全書式的引用典籍、「後結構書寫」（吳潛誠）。更有人認為林燿德的作品「是一種自由無度、破壞性的文學」，「醉心於反形式、反意義，尤其對傳統文學和現代經典的反叛更為激烈」，而認為這便是「後現代主義的現象」（王潤華）等。參見劉紀蕙：〈林燿德與臺灣文學的後現代轉向〉，《孤兒‧女神‧負面書寫》（臺北：立緒，2000），頁 372-373。

1986 年，林燿德開始密切關注後現代的發展。該年 7 月他在《文藝月刊》發表評論夏宇詩的文章，文中談到「要破解夏宇詩作的奧秘，首須理解她作品中後現代主義的傾向。」因為：

> 她完全是一個不但處身其中而且能夠敏感地把握住後期工業
> 社會特質的詩人，她的形式和創作取向也呈現了後現代主義的
> 特徵。[15]

之後，在〈環繞臺灣當代詩史的諸多意見〉中，更清楚點明夏宇是臺灣第一個典型的後現代主義詩人，在「自我指涉時期」中，她與杜十三等人形式遊戲式的實驗「在於透過創作的行為與行動，重新檢討詩的定義、詩的範疇、詩的藝術本質」[16]，不能完全歸諸於後工業社會的特殊人文背景；詩人本身對藝術的自覺和針對「新傳統」的「背叛」也發生絕對性的影響。

1986 年 8 月發表的〈不安海域──八○年代前葉臺灣現代詩風潮試論〉[17] 中，林燿德專列〈「後現代主義」的萌芽〉一節詮釋後現代主義在臺灣的萌起。他指出，「後現代主義」發源於法國，晚近十年間儼然成為美國、義大利等地的思想主流，而「後現代主義」於「鍛接期」的萌芽，無疑是現代詩形式、詩想、表現手法各方面總體的翻新。在「解構」、「後設傾向」、「拼貼」（collage）、敘事不斷被截斷、影像不斷複製、資料在「晶方」（chip）中無限量累積、「並時系統」同步湧現、文學信仰徹底「破產」等重大徵候中，林氏也與羅青一樣，宣告後工業文明已降臨臺灣，並且帶動嶄新的思考方式，更重要的則是全球都市化的不可逆進展。他認為，都市化的生活、思考事實上已

---

[15] 林燿德：〈積木頑童──論夏宇的詩〉，《一九四九以後》（臺北：爾雅，1986），頁 129-130。

[16] 林燿德：〈環繞當代臺灣詩史的若干意見〉，《世紀末現代詩論集》（臺北：羚傑，1995），頁 25-26。

[17] 劉紀蕙在〈林燿德與臺灣文學的後現代轉向〉中討論此文時，標明為 1985 年，事實上此篇論文發表於「第二屆現代詩學研討會」（1986 年 8 月 10 日），此處更正之。

經在這樣的過程中與草根性匯合，「都市文學」或「新世代的崛起」都與後現代有著密切的關係。[18]

　　1986 年，林燿德先後與他的兩位導師羅門、羅青討論過後現代的問題。[19] 其中，羅青與林燿德亦師亦友的關係，以及對後現代同時期的關注，幾乎是同時為臺灣的後現代主義完成了理論的引進與創作的實踐。1987 至 1988 年的一系列訪談中，林燿德先後與白萩、張錯、葉維廉等人談過後現代在臺灣的問題。此後，林燿德便突然向「後現代」轉向了，而「後現代」也從此成了他的註冊商標。我們不禁要問，這樣的轉向之於林燿德個人的生命史以及 1980 年代臺灣的文化語境，究竟蘊含了什麼樣的深層涵義？

二、羅青的後現代引渡

　　1985 年 2 月《草根詩刊》復刊，被余光中譽為「新現代詩起點」的羅青任社長並發表《草根宣言》第 2 號，一改往日《草根》的傳統路線，提出「心懷鄉土，獻身中國，放眼世界」的抱負，期許建立新的詩學傳統，也就在這時，羅青開始他後現代旗幟的標舉工作。林燿德曾指出，「後現代主義」一詞開始在臺灣文壇的正式出現與流佈要歸功於羅青，若「後現代主義」能夠在 90 年代臺灣詩壇蔚為主流，那麼羅青的〈一封關於訣別的訣別書〉一詩將類同黃凡〈如何測量水溝的寬度〉一文在臺灣小說新潮中的先導地位，因為〈一〉詩可視為

---

[18]　林燿德指出，在 80 年代前葉出現的各種新詩型及「後現代主義」，皆與本文〈前言〉中論及臺灣地區邁入後工業社會的現象有密切關係，這些新觀念泰半處於萌芽階段，理論體系皆未臻完備，但詩人們已展開大膽的嘗試，確實已顯像出淋漓的元氣。配合著這種新情勢而出現的，即是所謂第四代詩壇新秀。參見林燿德，〈不安海域──八〇年代前葉臺灣現代詩風潮試論〉，《不安海域》（臺北：師大書苑，1988），頁 52-53。

[19]　羅門在〈讀淩雲夢的〈林燿德詩作初探〉有感〉中指出，1986 年林燿德曾來信，希望羅門以筆談方式表示一些看法。在〈八〇年代現代詩世代交替現象〉中林燿德則指出，1986 年間羅青與他討論過後現代主義是否能夠引介進臺灣的問題。這些看法後來都成了《觀念對話》裡林燿德與兩人對話的重點。

臺灣「後現代主義」的宣言詩。[20] 寫於 1986 年的〈魚的心情——讀羅青後現代主義詩作〉，正是林燿德對羅青地位的推崇：

> 壯士　你為訣別而訣別的訣別書
> 沒有註冊便替現代詩訣別了
> 一個很有教養的年代。
> ⋯⋯
> 好膽識
> 那怕詩評家橫眉說你
> 理論非理論
> 觀念非觀念
> 嚴重違反家規
> 開庭會審　拍案判決
> ：杖七十　發配滄洲
> 發配滄洲　壯士
> 誰說不是你將語言的暴政
> 當薪材劈下
> 煮酒問盞[21]

其中的「訣別」自然是向現代主義的訣別，「理論非理論」、「觀念非觀念」指的則是後現代主義。在〈八〇年代現代詩世代交替現象〉中，林燿德也指出，後現代潮流在臺灣的勃興，羅青實具備關鍵性地位。[22] 他對於羅青的標榜，值得我們進一步深入羅青的後現代論述。

　　1986 年，羅青和林燿德曾談過後現代主義是否能引進臺灣的問題。[23] 同年，羅青翻譯了莫道夫的《繪畫中的後現代主義》，在課堂

---

[20] 同註 18，頁 52-53。

[21] 林燿德：〈魚的心情——讀羅青後現代主義詩作〉，《都市終端機》（臺北：書林，1988），頁 196-198。

[22] 林燿德：〈八〇年代現代詩世代交替現象〉，《臺灣現代詩史論》（臺北：文訊，1996），頁 429。

[23] 同註 22，頁 434。

上講授李歐塔的《後現代狀況》一書，並與林燿德一同創辦《後現代狀況》磁碟雜誌[24]，整理後現代年表，並開始了一連串後現代的引介活動。1986 年 4 月，羅青在名為〈七〇年代新詩與後現代主義的關係〉[25] 的演講中，宣告「後工業」與「後現代」在臺灣的出現。他指出，後現代主義是後工業或後資訊的社會下的產物，而「解構」[26]正為其特色。西方「解構主義」的精神導致文學及文學批評上的劇烈變化，此正與後工業或後現代主義多元的社會情境互為說明。臺灣後現代社會的發展則從民國五十年電視媒體的誕生開始，到 1970 年以後的文學便逐漸流露出解構主義式的特色。他並說明其詩作「吃西瓜的六種方法」正是「後現代」傾向的一種先聲，解構主義式的後設寫法。[27]

　　同年，林燿德、陳克華、林宏田、柯順隆、也駝等「四度空間」詩社的五位年輕詩人結集出版《日出金色──四度空間五人集》，與

---

[24] 林燿德有一首寫於 1987 年的詩作〈資訊紀元──《後現代狀況》說明〉，便是此磁碟雜誌的說明。參見林燿德：《都市終端機》（臺北：書林，1988），頁 203-205。〈八〇年代現代詩世代交替現象〉一文中，林燿德也補充道：一九八六年間，羅青已與筆者討論過後現代主義是否能夠引進臺灣的問題。1987 年羅青創辦了一份稱為《後現代狀況雜誌》的磁碟雜誌，但是因為 PC（個人電腦）在當時未能普及，以至於僅製作一期即胎死腹中。並點明《後現代狀況》一詞，乃借用自李歐塔（Jean-François Lyotard）於 1979 年問世的同名書籍。參見林燿德：〈八〇年代現代詩世代交替現象〉，《臺灣現代詩史論》（臺北：文訊，1996），頁 434。

[25] 演講記錄發表於 1986 年 5 月 19 日《民眾日報》副刊，後收錄於《詩人之燈》改名為〈詩與後設方法：「後現代主義」淺談〉。

[26] 文中羅青形容「解構主義」的主旨為：「沒有中心」，即文學本身沒有固定的意義，可以容納各式各樣的學說。在修辭上強調看不見的那一面，亦即「表現出來的東西，正好顯示沒說出來，或沒表現出來的意義。」因此，相對於新批評認為文學作品有一定的意義。解構主義認為：文章句法和形式結構之間，往往會產生斷層現象，不同文章中，出現的相同字句，會有不同的意義產生；而文字元號本身，在不同時代中，也會產生不同的「指涉」。意義可以衍生發展，永無休止，永不固定。而解構主義出現在十五年左右，與「後現代」主義的發展，有密切的關係。羅青：〈詩與後設方法：「後現代主義」淺談〉，《詩人之燈》（臺北：東大，1992），頁 261-262

[27] 同註 26，頁 261-271。

羅青所引進後現代理論相呼應。羅青在總序〈後現代狀況出現了〉中宣告後現代已正式進駐臺灣詩壇，並提出新的世代分期法，來解釋這群帶有後現代詩風的新世代詩人。他以回顧的方式討論西方「現代主義」的發展，並認為二次世界大戰後因電腦的發展，使人類累積運用知識的方式有了革命性的改變。巨大的重複能力使現代主義封閉系統中的各種密碼完全遭到破解，整體的歷史感被瓦解成個別的貫時系統，空間感則完全被平面化了，文化相互混雜、並置、分割又重組，歸類又混同：

> 古今中外，讀者與作者，內在與外在，理性與感性，浪漫與古典，傳統與反傳統，主觀與客觀，內容與形式，高雅與背俗，奇怪與平易，都市與鄉村，……全都變成資訊單位，可以無限制的相互交流，組織成一個龐大無比的消費社會。[28]

這也就是所謂的「後工業社會」，具有「強大的複製能力」、「迅速的傳播方式」、「商業消費導向」、「生產力大增」、「內容與形式分離」等現象。

在此同時，羅青也更改了在〈草根宣言第二號〉中對詩人四代的分期，將原來的三（1941－1956）、四（1956 之後）兩代分成四（1941－1950）、五（1951－1961）、六（1961 之後）三代，而收錄於本書者便正是民國五十年以後出生的「第六代」詩人陳克華、林燿德、林宏田等。羅青認為，他們成長的階段是民國六十年到七十年，那是一個相當資訊化了的後工業時代。[29] 在這群「第六代」的年輕詩人身上，

---

[28] 林燿德等著：《日出金色──四度空間五人集》（臺北：文鏡，1986），頁 6。

[29] 第一代詩人如季弦、覃子豪，出生於民國十年以前，民國一、二十年是他們成長的階段，是一個在思想上百家爭鳴的時代。第二代詩人如余光中、羅門，出生於民國二十年以前，成長的階段是民國二、三十年代，那是對日抗戰的時期，在思想上左派右派開始鮮明對壘。第三代詩人如鄭愁予、楊牧，出生於民國三十年以前，在民國三、四十年代成長，他們成長的階段是國家的分裂時期，是戰前戰後參半的時代。第四代詩人如張錯、席慕容、蕭蕭等，多出生在民國四十年以前，民國四、五十年，是他們成長的階段，是一個由農業社會快速轉變至工業社會的時代。第五代詩人如白靈、向陽、楊澤，多生

羅青認為因為他們所富有的自覺或直覺，使得他在他們身上已經嗅到相當濃重的「後現代主義氣息」。所以羅青相信儘管這群年輕詩人的作品仍在「現代主義」的邊緣掙扎，但只要他們持續不斷努力，80、90 後的詩壇將是這群第六代詩人的天下。[30]

羅青這篇文章的重要性可以分成兩個方面來說：首先是確立了他從後工業來解釋臺灣後現代的基本立論。往後，羅青便循著這樣的立論出發，編寫臺灣後現代主義年表，闡述臺灣後現代狀況，為臺灣的後現代尋找根源性及自發性。在其論述中，後現代主義是後工業社會必然出現的文學「現象」，而瞭解「後現代」嶄新的詮釋觀點，反過來也有助於我們瞭解解嚴前後一些難解的社會文化現象。羅青如此的做法顯然有幾點值得商榷：一、以年表羅列卻缺乏詳細說明的方式，強調臺灣已經進入後工業社會，不啻是相當粗糙的手法。二、臺灣在 1980 年代中期是否已經進入後工業社會，似乎仍有待商榷，不該如此確而論之。三、他在陳述臺灣後現代時，將右派的 Daniel Bell 後工業社會的概念與左派詹明信的理論交雜引用，顯然也未注意到各家理論上脈絡的不同，不能驟然拼貼。不過，正是藉由羅青高分貝的大力宣傳，後現代在臺灣的出現竟近乎成為「事實」，這是很值得我們注意的。

第二個重要性則是，羅青將後現代理論與新的分期法相結合，為新世代的出現立論，使得新世代能夠借用後現代主義的名義，進行「世代交替」的計畫，卸除歷史帶給新世代詩人的負擔。對於這點，林燿德注意到的是羅青 1988 年連載於《臺北評論》的〈臺灣地區後現代狀況及年表初編〉，他認為與羅青的創作比起來，表面上年表只是檔案的蒐羅與整編，但是詳細考究起來，卻是一種重新書寫歷史的慾

出在民國五十年以前，他們成長的階段是五、六十年代，是一個由工業社會邁向後工業社會的時期。民國五十年以後出生的詩人是第六代，其中開始嶄露頭角的有陳克華、林燿德、林宏田，他們成長的階段是民國六十年到七十年，那將是一個相當資訊化了的後工業時代。羅青：〈後現代狀況出現了〉，收錄於林燿德等人著：《日出金色──四度空間五人集》（臺北：文鏡，1986），頁 9-10。
30　同註 29，頁 15-19。

望。羅青非常「自覺地」進行他的編年檔案建立，因為羅青通曉「歷史的負擔」如何重壓在「新世代」的肩膀上，而要解除此一重壓，解構之道也正在於重新編輯文學史。林燿德認為，羅青在 80 年代數度提出的世代劃分論，其原始目的在於和前行代爭奪文學史的詮釋權，並借用「進步觀」的幻象來釐清當代性的主流趨勢。因此，羅青的後現代翻譯或標舉本身，也蘊含著另一層的文學史涵義。[31] 林燿德的闡釋不僅說明了，為何羅青一再強調後現代主義在臺灣出現的必然性，並將之與新世代的分期結合，同時也可以讓我們反過來瞭解，林燿德之所以重視羅青，正是因為羅青引進的後現代理論，提供了他解構現有一切，重新書寫文學史，批判寫實主義、當前詩壇以及為新世代立論的理論基礎。

三、羅門對後現代的修正

在林燿德的後現代論述中，如果說羅青恰恰代表了林燿德邁向後現代的一個觸發點，那麼羅門所代表的便是一個仍舊不斷渴望現代，而無法真正跨入後現代的林燿德。1928 年生，跨越諸多世代的羅門，在林燿德的眼中，是「臺灣詩人中少數能在創作同時提出思想架構的重鎮。」[32] 其豐富的經歷與精彩的成績單，也使得林燿德為他撰寫《羅門論》、編輯出版全集[33]，甚至林燿德生平首度正式發表的詩評，就是以羅門〈時空奏鳴曲〉為探討客體書寫成的〈火焚乾坤獵〉（1985 年 6 月），這篇文章也正是林燿德朝向文學理論與實際批評的重要開始。[34] 在這裡我們要討論的是，羅門這樣一位不斷前衛的藝術家，

---

[31] 林燿德：〈八〇年代現代詩世代交替現象〉，《臺灣現代詩史論》（臺北：文訊，1996），頁 429。

[32] 林燿德：〈無深度崇高點的「後現代」——與羅門對話〉，《觀念對話》（臺北：漢光，1989），頁 193。

[33] 全集在 1995 年由文史哲出版，共分十卷。林燿德在〈策劃者的話〉中指出，規劃這套書的目的在於呈現羅門四十年來詩與藝術創造世界的完整藍圖。

[34] 林燿德：《羅門論》（臺北：師大書苑，1991），頁 iii。

如何以其「第三自然」[35]的視野來看待後現代主義，將其修正融入自我的詩學體系[36]，影響著林燿德對後現代的看法。

羅門認為，一個詩人面對各種不同的主義都只是納入他們不斷超越的自由創作心靈融化爐，以開放的心靈面對與穿越，並創造與呈現出新的生命。因此他不願將自己限於某一主義框架中，在其眼中，「後現代情況」是一開放性的思想領域，唯有打破「主義」的框架，才能在相互觀照中看出它可能的盲點。故而，他要以其「詩眼」，也就是站在「第三自然的螺旋型架構」來看待後現代。羅門指出，後現代文學將有深入意涵性的主體解體，使一切脫離中心，讓任意向外延伸的諸多新異性與實在性的枝節與片段，均成為個別的主體，湊合與陳列在一起，它們的存在，著重於「指符」（signifier）所呈現的直接的實趣，不太考慮自「意符」（signified）所呈現的具超越與形而上性的意趣及其精神深層世界所追求的深厚感。[37]這點與「現代主義」作家不斷探索特殊自我、精神顛峰狀態與本質存在的創作意念，是有很大的不同，甚至形成兩極化的主張。現代與後現代的界線便是在這，但這也是後現代的盲點所在。[38]

羅門認為後現代兩個最大的關鍵就是德希達（Jacques Derrida）「解構主義」及詹明信無深度、無崇高點、對歷史遺忘的狀況。他強

---

[35] 「第一自然」是人類本源的大自然客體，通常羅門亦將人為的田園包括進「第一自然」的範疇；「第二自然」是指人類的文明空間，都市正文無疑成為典範。「第三自然」則是墊基於此二者之上的一種作者論的創作觀。在「第三自然」論中，前二者為現實性的空間，「第三自然」則是吸納一切又能將其轉化昇華的詩人之心。參見林燿德：〈無深度無崇高點的「後現代」〉，《觀念對話》（臺北：漢光，1989），頁196-197。

[36] 劉紀蕙在〈林燿德與臺灣文學的後現代轉向〉中提及，羅門對於後現代的興趣，可能是林燿德於1986年間經書信與他討論所引起的，而後來的〈從「第三自然螺旋架構」世界對後現代的省思〉則是從1988年與林燿德的對談（收錄於《觀念對話》）鋪衍而成的。參見劉紀蕙：〈林燿德與臺灣文學的後現代轉向〉，《孤兒‧女神‧負面書寫》（臺北：立緒，2000），頁392。

[37] 羅門：〈從我「第三自然螺旋架構」世界對後現代的省思〉，《羅門創作大系卷8——羅門論文集》（台北：文史哲，1995），頁149。

[38] 林燿德：〈無深度無崇高點的「後現代」——與羅門對話〉，《觀念對話》（臺北：漢光，1989），頁209。

調德希達的思想有其實存性，因為當一成不變的規範帶來過度的約束力，便要低下眼看，藉由新的力量讓生存空間一直清除與「空」到○度的位置。[39] 不過，這種新力量固能將帶來突破，卻無法在解構之餘提供「螺旋狀」推進的爬昇力。至於，面對詹明信所言沒有深度、無崇高點的思想，羅門則認為那確實是目前存在的事實，卻不是永存的真理，他相信詹明信筆下那個失去形上昇力的人，送到「第三自然」螺旋型的架構是可望恢復的。因為，「第三自然」包括時間造型與空間造型的兩種統化力，在時間上不僅含有「存在與變化」的進步狀態；而且流露出超越文明的「文化性」與「歷史性」，是一種「前進中的永恆」。在空間造型的統化力則包含了迴旋變化的「圓形」，也含有像頂端玄昇的「直展形」，兩者在互動中融合成螺旋塔的空間造型。[40] 在羅門的眼中，透過第三自然的時空觀必能突破後現代所帶來的盲點。

對於執著於現代、崇高、征服等美學的羅門，後現代以及伴隨而來的影響自然是必須經過修正與評估的，然而如此的修正是否正犯了某些意圖上的謬誤？在〈刺蝟學狐狸的寓言——羅門 V.S.後現代〉一文中，林燿德曾詳細論述過羅門的後現代觀點。林氏指出，不論羅門是否承認，他本身在文學系譜上的確是一個現代主義者，而其強調的「無框架」的現代思想、形上學術語的使用等等，都恰好證實他是個典型的現代主義者。後現代言談是對文本的普同性、作者主觀的權利意識、雅俗文學的階級劃分、完整而有秩序的世界模型等的刻意嘲諷或無情的顛覆，如德希達致力促使「中心」向異己開放，但羅門對後現代的思考除了資料引用上的錯誤，對諸家後現代言談間的差異無法深入瞭解、釐清，以及將後現代純粹架空在文學領域外，並企圖以其一元化的理論概念來含攝後現代的多元，建立其後現代的烏托邦。如此無非是「以進化的文學史觀對抗不連續史觀，以形上學體系對抗反

---

[39] 關於「零度」的觀念乃是羅蘭·巴特（Roland Bathes）所提出，此處顯然是羅門在使用上的誤植。

[40] 同註38，頁210-214。

形上學（反二元理言中心主義），以純文學的超越性對抗讀者論。」[41]
這顯然是以現代主義來誤讀後現代，以「刺蝟」的眼光來修正、包容
「狐狸」的視野。

　　不過，林燿德認為羅門式的論述雖不可取，但仍舊提供了幾點意
義：一、以一已營造的思想體系面對時潮，提出具體的立場，在臺灣
詩壇陷入沉寂、被小說界奪去解釋權的 80、90 年代是令人振奮的。
二、羅門的模型理論雖有自我制約並欠缺新意，但比起後現代主義玩
家的閃爍其詞、飄忽不定，他篤定的態度與重建真理的企圖值得注
意。三、後現代主義者譏笑現代主義是「刺蝟」，眼睛只能看到一個
方向；他們自己為「狐狸」，可以同時注意不同方向。但狐狸常因咬
不著刺蝟而餓死，咬著了也難免血濺五步，後起的浪潮不見得必然高
過前驅的浪峰，後現代本身也與它（們）所抗擷的現代主義混種雜
交，彼此身世絞纏；尤其不可忽略的是，「後現代主義」一詞即是無
以名之的（諸）事務，無論有多大的發展空間，終究是一個過渡性的
思潮。[42] 林氏在批判的過程中，其實又重新肯認了羅門以現代的精神
對後現代的修正。這究竟是林燿德後現代視野的盲點，還是臺灣版後
現代主義不得不的轉化？

四、林燿德後現代觀點的矛盾

　　在〈炒作後現代〉[43] 中，陳光興曾極力批判地點出臺灣版本的後
現代主義，沒有發展出它的問題性、提出具有批判性、自主性的論點，
不論在歷史、理論、社會運作、文化政治等層次上都欠缺細緻的分析，
不但未能掌握、釐清問題的焦點，反而使得後現代主義臺灣版顯得膚

---

[41] 林燿德：〈刺蝟學狐狸的寓言——羅門 VS.後現代〉，《幼獅文藝》第 80 卷第 3
　　期（1994.8），頁 55-56。
[42] 同註 41，頁 60。
[43] 陳光興：〈炒作後現代？——評孟樊、羅青、鍾明德的後現代觀〉，《自立早報》
　　副刊，1990.2.23。

淺而空洞。楊明蒼認為，陳光興的論評真切地反映出臺灣諸多論者，對後現代理論缺乏全面而透徹的瞭解，便貿然將之混淆誤用的荒謬。忽略異文化或西方理論架構有可能出現水土不服或帶有「一種特定的意欲或意圖來瞭解，在某些情形是掌握、操縱，甚至是要吞呐一個截然不同的世界」，反倒消弭了個別的「差異性」與「主體性」。[44] 廖炳惠在〈比較文學與現代詩篇：試論臺灣的「後現代詩」〉中強調，臺灣學者對後現代主義的瞭解，基本上仍圍繞著本身的需要與政治美學目的，去加以界定、挪用、扭轉，而且往往欣然接受或惱怒排斥這兩極反應之間擺盪，很少人真正深入去分析後現代主義在其他世界的發展脈絡，結果往往淪為片面的挪移。[45] 這也是為何葉維廉會強調，在臺灣使用「後現代」這個名詞要非常的小心，或者在臺灣使用「後現代」這個名詞是相當困難的。[46]

　　事實上，林燿德本身也意識到，後現代主義引進臺灣過程中所造成的問題。他曾揭示臺灣詩人對後現代的瞭解困境：一、後現代主義是一群聲音而不是一套體系完整的文學哲學，要一一的釐清它們本身便具有相當的難度；二、面對蜂起各種不同說法的後現代諸主義，便立刻顯出資訊匱乏與錯誤引用的困窘；三、後現代言談涉及諸如政治、社會、文化等各層面，不能挑空在純粹的藝術文學上談；四、

---

[44] 楊明蒼在文中大力批判了諸如鐘明德神化般的對詹明信理論「再殖民」式的大力吹捧。羅青對後現代的大力炒作無視各家理論間的差異，也對臺灣的後現代現象缺乏解釋分析的陳述，更找不到任何深入的「本土的省思」。而孟樊的《後現代併發症》似乎只是套用西方理論論述來強調臺灣「後現代的大眾消費徵象」，對貝爾與詹明信二人的左右派傾向視而不見，更在缺乏對何以臺灣得以稱為「後工業社會」或「晚期資本主義社會」做出明確交待前，便貿然宣稱臺灣已進入後現代文化時期，其發表於 1990 年的〈臺灣現代詩的理論與實際〉也犯了諸多誤植的缺失。參見楊明蒼：〈詹明信的後現代理論與臺灣〉，《中外文學》第 22 卷第 3 期（1993.8），頁 40-42。

[45] 廖炳惠：〈比較文學與現代詩篇：試論臺灣的「後現代詩」〉，《中外文學》第 24 卷第 2 期（1995.7），頁 69。

[46] 林燿德：〈詩在道中甦醒——與葉維廉對話〉，《觀念對話》（臺北：漢光，1989），頁 135。

後現代主義並沒特定立場，是一串複雜而精密的推理遊戲，不易掌握。[47] 同時也指出，後現代主義所以在臺灣備受批評，致命處還不在觀念本身，而在於部分提倡者的作法。他認為李歐塔、德希達、德勒茲這些法國思想家的許多看法，尤其是解構哲學，不僅有趣，也給予文學家們及他個人許多啟示，但有人用編纂政經文化對照年譜的方式，企圖說明臺灣已成為後工業社會，所以臺灣「一定」要「後現代主義」，結果出現的卻是：

> 所謂年表十之八九不過是資料似是實非的任意推砌而已；被抹拭、塗改，重新剪裁的歷史無法「決定」文學史，文學史也不等於紀念碑。把一些零碎而事實上無真正內在聯繫的事件羅列排比，形上學地展示，這種作法顯得過度化約，而且有文化唯物論的色彩，值得商榷。用「結構主義」，或用權威法西斯式的態度來鼓吹「後現代主義」此一名詞，事實上已違逆「後現代思潮」的神髓，反而顯示另一種爭取權力核心的意圖。[48]

林氏上述批評的，恰好是他最為推崇以現代精神修正後現代主義的羅門，以及企圖為臺灣後現代編製年表立下里程碑的羅青。然而即便林燿德如此清楚羅門對後現代的修正，並構築一個烏托邦，是相當現代而且是進化論式的──這正是後現代所意欲解構的對象。羅青用年表的方式強調臺灣已進入「後工業」所以必然「後現代」，更可能是一種化約拼貼的文化唯物論，這樣的做法實際上也已經違逆後現代的基本精神。他卻依舊認為，後現代能夠助其找到一個更真實的世界，能夠藉以說明當前的情境，為新世代立論完成「世代交替」。如此說來，後現代對於林燿德究竟是一個不得不的轉折，或者是他在 80 年代中期重新出發的一種偽裝？

---

[47] 林燿德：〈刺蝟學狐狸的寓言──羅門 VS.後現代〉，《幼獅文藝》第 80 卷第 3 期（1994.8），頁 55-56。

[48] 林燿德：〈權力架構與現代詩的發展──與張錯對話〉，《觀念對話》（臺北：漢光，1989），頁 122。

第三節　林燿德後現代轉向的立足點

一、「不存在的烏托邦？」──對寫實主義的批判

　　1950、60 年代的「現代派」運動中，語言被加上超載的意旨，往往因實驗不慎產生形質分離的劣作，但寫實主義詩人在 70 年代對現代主義的反撥，是否因矯枉過正，使得文學失去了其獨特的藝術性？對於此點林燿德認為，70 年代的寫實主義者以日常生活語言及五四運動已降散文的敘事、抒情框架，來反動「現代派」凝練與充滿張力的語言，使他們不免淪落成為「唯主題論者」。[49] 在矯枉過正的傾向下，文學藝術的獨創性與想像力會遭受一定程度的遺棄，如此，文學作品將容易流於「意念先行」，成為各類意識型態膚淺的載體。這一點也顯現在 70 年代後起的詩人對現代主義的批判，大半著力在語言的明朗度，也就是所謂「晦澀」的問題上，他們之中的大多數並未能正確掌握現代主義與寫實主義本身的內涵，或者進一步深究「晦澀」論爭、「政治干預」與「大眾化」論爭等不斷在詩史中反覆出現，究竟代表何種含意，故而也未曾察覺到其中所透顯的權力與政治的運作。正是因為這一點，使得林燿德與楊熾昌和 50、60 年代的現代主義者一樣，皆將矛頭指向最富政治意義的「寫實主義」與它所流露出的浪漫主義色彩，甚至直陳「它的烏托邦自始就不曾存在？」[50]

　　在論及現代主義文學在臺灣文學的位置時，張誦聖曾談及：

---

[49] 林燿德：〈誰在數羊──論黃智溶《今夜；妳莫要踏入我的夢境》〉，《不安海域》（臺北：師大書苑，1988），頁 229-230。

[50] 林燿德：〈以書寫肯定存有──與簡政珍對話〉，《觀念對話》（臺北：漢光，1989），頁 180。

> 美學位置必須在政治正當性和文化正當性之間取捨遊移，是受
> 政治他律原則籠罩下的社會中文化舞臺的主戲。[51]

這樣的觀點顯然有助於我們重新觀察／耙梳臺灣的文學史。因為臺灣文學的發展的確深受「政治他律原則」的籠罩。不論是日治時代的日帝箝制，或者是戰後國民政府的戒嚴體制，文學創作者幾乎是沒有例外的，被要求服膺於體制所標榜的「政治正當性」與「文化正當性」。在政治力的強力籠罩與介入下，美學位置自然會在體制所主導的主流美學，以及位居邊緣的美學價值間，產生劇烈的拉扯、較勁。

在這樣的情境下，不論是有意或無意、自覺或不自覺，「寫實主義」往往淪落為標榜政治性與正當性的重要工具，不管是反動當權的「批判寫實主義」或是擁護當權的「戰鬥文學」、「反共文學」，都容易遭受政治力駕馭[52]，這是因為寫實主義所強調的「寫實」，造成有意或無意的偏頗。林燿德曾指出，「寫實主義」作家的文學實踐（亦即表現手法），必須自四分五裂的政治、社會諸現象中排除「非本質的現象」，而就全面性的要求，透過「社會總聯繫」的考察，將藝術的直覺加工，在抽象的思維層次揭示客觀現實的規律性，再透過語言的掩蓋，摒除抽象，完成文字的建構；而其成品的重心則為人物或事件的「典型」提出。這一連串的創作心理歷程，在思想上以及感情上均應趨避將片段的現象誇張為唯一的現實，更應嚴防主觀上將自整個「社會總聯繫」中攫奪的「孤立瞬間」膨脹為淹沒現實真相的觀念暴力。[53]

---

51 張誦聖：〈現代主義文學在臺灣當代文學生產場域裡的位置〉，發表於「現代主義與臺灣文學學術研討會」，政治大學中文系主辦（2000.6），頁 8-9。

52 林燿德：〈詩人與語言的三角對話──林亨泰・簡政珍・林燿德會談〉，《觀念對話》（臺北：漢光，1989），頁 254。

53 林燿德：〈食夢的貘──劉克襄詩作芻議〉，《一九四九以後》（臺北：爾雅，1986），頁 187-188。

上述此點，正是許多標榜現實主義寫作的文學家未曾發現，也最容易觸犯的禁例。正因為如此，在林氏心中，寫實主義者就像是「逆針向　老時計上冒險犯難的螞蟻」，看似勇敢的不斷為捕捉精密的鏡頭爬上爬下，然而「那失去地圖的寫實／主義者固執地沿襲喪亡的圓周軌道」，他們的命運就是「被夾殺在卡死的時針上」，因為這群寫實主義者「不懂得如何／在橢圓形的次／元中行動」，[54] 終究不自覺的成為政治的附庸，以及權力與暴力的來源。林燿德對寫實主義的批判，既是回應了他重寫文學史的重點——對現代主義脈絡的重新耙梳，對前衛精神的再次肯定——也是將矛頭指向 70 年代一系列寫實與現代主義的論爭。

論者指出，1972 年臺灣發生的現代詩論戰，可視為 70 年代後一系列論戰的開頭，它完全不同於以前的新詩論戰，是對現代文學的本質與意義的考察。[55] 同時，在批判現代主義的過程中，企圖尋求建立一種新的文學典範，或有回歸，或有修正。此意味 70 年代文學在剛出發時便被要求，一方面與社會上高漲的民族意識、社會意識相結合，以民族主義及文學的社會性克服現代文學過於「西化」與「脫離現實」淪為殖民地作品的困窘；一方面則在意識型態上高舉「中國」，強調以五四革命文學傳統做為新文學的典範。

在論戰的過程中，針對「西化」或「脫離現實」一點，論者乃將批評的焦點指向現代主義，指明其在精神上乃是外來的、破碎的而非本土內在生發的；表現內容上則逸脫現實，游離於無根之處無法反映現實；至於語言表達上則更是趨於晦澀、意象拼貼，讓人無法讀懂。因此，一方面要求修正西化的路線，一方面也希望能夠重建回歸現實的新典範，用以取代他們認為晦澀無根的現代主義方向。此點顯然是

---

[54] 林燿德：《都市終端機》（臺北：書林，1988），頁 99-100。

[55] 趙知悌認為，現代詩論戰主要考察的是：「文學是否為大眾所作？它所反映和批評是否能造成社會的進步？它到底為我們國家的發展貢獻了什麼？這是每個人都有權力關切的問題，所以引起的影響便特別的廣泛而深刻。」參見趙知悌：《現代文學的考察》（臺北：遠景，1978），頁 2。

針對現代詩表現與其理論援引上的批判，論者亦曾針對當日文壇重要詩人作品進行批評，然而卻很少有人深入研究「現代主義」或最受批評之「超現實主義」之底蘊，遑論明晰地釐清臺灣「舶來理論」與西方原出理論的文化語境之間，所可能產生的異同或落差。[56] 或者進一步耙梳出，此種差異之間所透顯出 50、60 年代現代詩「邊緣化」的歷史語境和「前衛性」的渴望。討論重心往往逸離「詩」文體本身（諸如表現形式、美學訴求），而是以「詩」作為批判過程中的手段或工具，其指涉的重點往往落在西化之必要性，與詩是否應當作為現實反映物的爭議上。是故，論述中常忽略「詩」作為一種藝術中介，有其獨特的語言表達方式，實驗前衛的創作追求與題材內容、心靈世界的擴展，而是荒謬的將語言視為一種「透明物」，能夠無所阻礙的擁抱群眾，刻劃現實。[57]

林燿德曾指出，自「現代派」成立開始，現代詩所遭受的非難，原則上都不脫對修辭術上「橫向移植」和「縱向繼承」的辯論，此外則是由二元對立的緊張關係中衍生出來的民族性歸屬問題和「現實」定義的爭執。60 年代的非難如是，1972 至 1973 年關傑明和唐文標對臺灣現代詩的重創，也無非如是。[58] 即便 5、60 年代臺灣詩人的生活

---

[56] 陳明柔：《典範的更替／消解與臺灣八〇年代小說的感覺結構》（臺中：東海中文系博士論文，1999），頁 35。

[57] 另外，民族意識一者則牽涉到，用以抵抗「西化」或「舶來品」的「中國」究竟是怎樣的指涉。由於 30 年代文學不容公開，民族論者便以五四文學傳統支流的身份，作為「中國」符號的實質內容，以與官方文學有所區別，並相應於失根的西方文學。然而卻替此「中國符號」與其所意欲指涉的「臺灣圖像」之間，逐出一個巨大問號。此一問號在現代詩論戰時已被悄然道出，卻因面對共同目標：「現代主義」，而暫時被存而不論。但「中國符號」與「臺灣圖像」間的強烈拉扯，卻也導致鄉土文學論戰中三股各有所指現實主義文學的拉扯。從 1977 年的「鄉土文學論戰」，1983 年到 1984 年由「龍的傳人」所引發臺灣結與中國結的意識論戰，乃至於臺灣文學的定名，一系列對於臺灣文學（或其他）主體性的思考、「臺灣圖像」的尋回，甚或是臺灣文學本土論的建立。

[58] 林燿德：〈環繞當代臺灣詩史的若干意見〉，《世紀末現代詩論集》（臺北：羚傑，1995），頁 22。

現實並沒有真正和西方現代主義背景相合之處，70 代的現實主義者以此做為理由，便判定現代詩是對現實的逃避、是西方文化失敗的移植，裡頭所包裹的是虛偽情緒[59]，顯然是相當不公平的。

如楊照所指出，50、60 年代詩人借用現代主義形式與「語言策略」，要表達的其實是他們自己另一種的存在危機。詩人為了要說又不可說的困苦，因而轉用了一種官方、大眾所不熟悉、無法辨認解讀的秘密符碼，書寫、交換他們的惶惶不安。[60] 同時我們也要注意到的是，50、60 年代的臺灣社會因為現代化而快速的轉型，在和傳統明快而果斷的決裂中，藝術家必須以反傳統的模式突破，找到屬於自己世代的聲音。現代主義以及自西方工業社會引進的種種流派，「它們根本重塑了臺灣現代派以及超現實信仰者的思考方式」。[61]

其次，林燿德認為 70 年代的倡導者並不一定真的瞭解「寫實主義」，他們之所以大聲高呼寫實，僅僅因為「寫實主義」是一個對抗「現代主義」的武器，或以暴制暴的手法。[62] 在林燿德眼中，70 年代「寫實主義」詩人與「現代主義」詩人開戰，其問題的癥結並不在於語言晦澀或「現代主義」是不是舶來品，而在權力架構對詩壇隱形的桎梏。[63] 由於新起的詩人要爭取詩壇主導地位，建立本身的正當性，必須推翻當時仍具主導地位的美學位置，反轉當時文學場域的秩序。[64] 但抗爭之餘，他們其中的大部分並未發現，「寫實主義」的

---

[59] 參見趙知悌編《現代文學的考察》中一系列對現代主義批判的文章。趙知悌：《現代文學的考察》（臺北：遠景，1978）。

[60] 楊照：〈夢與灰燼——序《人生不值得活的——楊澤詩選》〉，《夢與灰燼：戰後文學史散論二集》（臺北：聯合文學，1998），頁 157-158。

[61] 林燿德：〈誰在數羊——論黃智溶《今夜；妳莫要踏入我的夢境》〉，《不安海域》（臺北：師大書苑，1988），頁 229-230。

[62] 林燿德指出，雖然「寫實主義」出來「糾正」「現代主義」，就像「現代主義」出來「糾正」中產階級一般，其實他們的本質類似，不過是以暴易暴而已。同註 61，頁 222。

[63] 林燿德：〈權力架構與現代詩的發展——與張錯對話〉，《觀念對話》（臺北：漢光，1989），頁 117。

[64] 張誦聖認為，在這種文學場域的翻轉中，重要的是作家如何界定這個秩序和

「寫實」根本是不存在的。透視圖法創造的是幻設空間而非現實的再現，粗糙的模擬論能夠「寫實」也只是一種誇張、虛幻的幻覺。「寫實」不應該吹捧成為形上訴求的目的，而該當成創作主體必備的表現能力。林氏以為正因如此，在鄉土文學論戰取得勝利的寫實派，並沒有能夠統馭 80 年代臺灣文壇的大勢，而是在左統右獨的分裂以及一連串意識型態的征戰下，日漸遠離文學與創作，終於使得寫實主義的烏托邦走上崩潰的道路。[65]

　　林燿德對 70 年代寫實主義的批判，顯然並未完全正確。因為進入 80 年代之後，寫實主義並未「崩潰」或「消失」，而是逐漸聚焦成為「臺灣意識」的論述，取代鄉土文學成為 80 年代重要創作路線之一。其中重要者，如林燿德本身亦相當重視並藉以劃分文學史斷代的《陽光小集》，其衝撞詩壇、挑戰威權便是一件相當重要的事情。[66]楊文雄曾標舉《陽光小集》主要的成就為：一、建立對傳統對泥土的信心；二、不斷以各種詩的形式的嘗試介入現實生活；三、重新與斷裂的的寫實傳統合流，並上接中國古典詩可貴的文化傳承；四、勇於透過各種批評途徑，重新肯定現代詩的價值，並與讀者交流。[67]向陽則指出除了上述幾點，我們也不該忽略該刊在 80 年代前期對詩壇「文化領導權」的衝撞，以及該刊倡議「政治詩」對政治禁忌的

他企圖取代的地位，以及他個人的習性如何導致他所採取的策略。參見張誦聖：〈現代主義文學在臺灣當代文學生產場域裡的位置〉，「現代主義與臺灣文學學術研討會」，政治大學中國文學系主辦（2001.6），頁 4。

[65]　〈羅門 vs 後現代〉原為「羅門蓉子文學世界學術研討會」論文（1993. 8），後更名為〈刺蝟學狐狸的寓言——羅門 VS.後現代〉發表於《幼獅文藝》第 80 卷第 3 期（1994.8），頁 55。

[66]　在〈不安海域——八〇年代前葉臺灣詩風潮試論〉一文中，林燿德曾以《陽光小集》的結束作為「承襲期」（1980 年－1984 年 4 月）與「鍛接期」（1984 年 6 月－1986 年 6 月）之間的劃分界線，這顯然是因為《陽光小集》的瓦解，象徵的正是 70 年代詩風潮的終結，以及第三代詩人的趨於沒落和第四代詩人的崛起。上文見《不安海域》（臺北：師大書苑，1988）。

[67]　楊文雄：〈風雨中的一線陽光——試論《陽光小集》在七、八十年代詩壇的意義〉，《臺灣現代詩史論》（臺北：文訊 1996），頁 320。

挑戰。《陽光小集》在 80 年代前葉對臺灣現代詩壇的衝擊、對現代詩秩序的重整、以及該刊對於詩與社會、詩與政治的介入等行動美學,「正顯現了戰後代詩人企圖建立以臺灣本土為新的主體性的企圖。」[68] 以上種種,顯然與林燿德指出寫實主義在一連串意識型態的征戰下日漸遠離文學與創作,並走上崩潰的道路,是有著相當的出入的。

此外,如我們在本章前言中所言,現代詩論戰起的一系列寫實或鄉土的回歸運動有其必然的時代意義,它是通過對文學形式內容的討論,規避政治討論可能的阻力與壓力,進而揭露臺灣社會的深層問題[69],並且希望能藉此回歸臺灣新文學的批判精神,扭轉反共文學、戰鬥文藝的迂腐書寫。關於此點,我們也可以在陳芳明〈後現代或後殖民——戰後臺灣文學史的一個解釋〉中得到一些論證。該文中,陳芳明以後殖民的角度重新理解臺灣文學史發展,並將反共假面掩護下的戒嚴體制,看成是殖民體制下的另一種變貌。在他的理解下,70年代鄉土文學的寫實主義,其回歸與批判精神的浮現原本是相當值得肯定的,因為它們是針對戒嚴體制在臺灣刻意塑造歷史失憶症,對與中國五四新文學及臺灣新文學傳統斷裂的偏頗政策,予以積極的糾正。然而,這種反撥卻在當時高度的思想檢查羈絆下,戒嚴體制的本質沒有受到嚴重的圍剿,反而是 60 年代的現代主義成了代罪羔羊。[70]這使得我們在看待 50、60 年代的現代主義與 70 年代的寫實主義時,都不免存留著單純偏向某方的批判立場,而忽略對「政治權制」該有的批判。[71]

---

[68] 向陽:〈長廊與地圖:臺灣新詩風潮的溯源與鳥瞰〉,彰師大第四屆現代詩學研討會論文,今轉引自《中外文學》第 28 卷第 1 期(1999.6),頁 93。

[69] 陳明柔:《典範的更替/消解與臺灣八〇年代小說的感覺結構》(臺中:東海中文系博士論文,1999),頁 50-51。

[70] 陳芳明:〈後現代或後殖民——戰後臺灣文學史的一個解釋〉,收錄於《書寫臺灣》(臺北:麥田,2000),頁 50。

[71] 陳芳明在該文中也曾提到,正因為我們對臺灣文學史理解上的錯誤,才會造就臺灣文學現代主義——寫實主義——後現代主義,這樣不合常理的文

　　從上述兩點我們可以察覺，林燿德對寫實主義的批判顯然是有
其偏頗之處。不過筆者認為，我們可以從幾個方面來看待林燿德對
寫實主義的批判。其一，林氏正是要透過對寫實主義的極力批判，
替被視為是西方病態移植的現代主義，爭取其應有的歷史地位，並
揭示寫實主義在面對政治、權力壓迫下的無助與無能。在權力架構
的干預下，寫實主義若不是遭體制所箝制、操控，便是容易流於無
用樣版文學的窘境。這一點顯然是其文學史重寫中最重要的重心。
二、林氏也企圖透過對 70 年代「寫實主義」這樣標籤化思考的反
省，解開文學史上的盲點。因為所謂 50、60 年代現代主義、70 年
代寫實主義、80 年代後現代主義這樣的分期方式，顯然有其必然的
盲點：

> 言談的重點僅僅著落在文體的考察上，其間所謂「寫實主義的
> 七〇年代」大致上也是論爭所製造的印象和結果。[72]

從此點看來，林燿德也與陳芳明一樣思考到文學史分期上的重要問
題，可惜他並未對此提出進一步的意見。三、對寫實主義的批判其
實只是林燿德後現代計畫中的一環，他最終是要進一步揭示權力架
構、意識型態對詩壇的長期箝制，為新世代的創作者尋求嶄新的發
言空間。

學史分期。為了解決這種文學史上的盲點，他才會嘗試以後殖民的角度來
解釋戰後的臺灣文學史，並且認為，臺灣的殖民地文學發軔於 1920 年代，
成熟於 30 年代，決戰於 40 年代，然後銜接了 50 年代的反共時期。殖民地
體制的正式停止存在，必須等到 1987 年解除戒嚴令才獲得解放。參見陳芳明：
〈後現代或後殖民──戰後臺灣文學史的一個解釋〉，《書寫臺灣》（臺北：麥
田，2000），頁 41-63。陳芳明以這樣的切入角度來闡釋臺灣 80 年代的「後
現代」風潮，甚至是整個臺灣文學究竟是否適宜，已經引起論者如廖炳惠、
游勝冠等人的反駁。因此問題並非本文關注的焦點，所以筆者日後將另文
處理。

[72] 林燿德：〈環繞當代臺灣詩史的若干意見〉，《世紀末現代詩論集》（臺北：羚
傑，1995），頁 22。

二、「如何對抗保險箱製造商的陽謀？」[73]——對三大詩社的批判

在與張錯的對談中，林燿德曾反覆強調以三大詩社為主的「權力架構」對文壇的把持已然造成一種「主流」的迷思。「三大詩社」不僅把持著文學獎的評審，同時在《創世紀》已建立霸權的 60 年代中後期，以張錯為代表的詩人顯然曾經遭受極大的壓力。詩壇中生代剛成長（60 年末期至 70 年代）且意圖「合法化」的過程中，往往必須經由此一權力結構的肯認，否則便可能遭受「整頓」、「封殺」、「除名」，在「主流」迷思沒有被真正撕開之前，年輕人只能在系譜下，連「暫時的透視」也談不上，這樣的矛盾一直要到 80 年代才逐漸有了改變的趨勢。林燿德認為，三大詩社當初都曾扮演時代的革命者，引領前衛風潮，其重要性也一再被論者所詳述，然而在二、三十年後的今天，這些詩社在完成「階段性使命」，提出其建設性理念與實踐成果後，不少詩刊的名稱已成為標籤，而有淪為把持權力架構的「情感團體」的危機。

事實上，1950、60 年代崛起的詩社，在 80 年代的確面臨了社性與主張如何延續或改裝、易容的問題。它們在歷經數十年歷史的內、外在考驗後，雖說換來了當代暫時的定位，然而其先鋒性與社員間的凝聚性卻逐漸的消退、瓦解。「三大詩刊」中除了《笠》詩刊仍保持信仰上的共識，80 年代後《藍星》詩刊和《創世紀》詩刊面臨著停

---

[73] 〈如何對抗保險製造商的陽謀〉是林燿德《迷宮零件》的序文，在該文中他指出哈利・胡丁尼（1874-1926）是他多年來不曾更換的偶像，19 世紀胡丁尼的魔術享譽國際，胡丁尼可以掙脫任何鎖銬，他能夠被銬上手銬、被套進布袋，最後被裝入上鎖的箱子中，仍然可以神速頓逃而出。胡丁尼這個掙脫束縛的專家，他的形象經常被林燿德用來檢驗心中那些文學人物，很多人不到四十歲就死在保險箱裡，很多人拒絕挑戰而乘船去了非洲，只有那些不斷掙脫更嚴酷的束縛的人物，才能令人恆久敬仰。因為，這個世界上層遞的、互相顛覆的文學理念其實也是一座比一座嚴密的保險箱。在此筆者借用「保險箱」的意象，來解釋林燿德認為已經僵化的文學理念與詩社。參見林燿德：《迷宮零件》（臺北：聯合文學，1993），頁 7-9。

刊與老化困題。林燿德認為，它們可說僅剩下符徵（signifiant）而已，卻依舊佔據著權力結構的中心，以致於這些昔日的革命志士，可能因為對「未來文學史」缺乏信心，對自己在文學系譜中的位置有危機感而淪為「暴君」[74]，成為一口口無形的「保險箱」。[75]

　　語言環境是不斷在變動的，美感經驗也隨著時代不斷的位移，昨日之前衛可能成為今日之腐朽。立足於 80 年代，林氏察覺到我們必須對權力結構，對舊有文學史主流觀的「迷思」有重新的理解，把「三大詩社」與舊有的文學史脈絡解構，讓個別詩人的成就呈現，讓詩壇的內容更豐富，故而，他從 1985 年開始便大量的討論中生代、新生代詩人，這也正是他從 1985 年開始「重寫」文學史的初始動力。如我們在第二章中所反覆談及的，林燿德的文學史重寫，乃在重新置換權力結構中強弱雙方的位置，彰顯當前文學史觀中的矛盾衝突，並藉以消除舊有權力結構的壓抑，釋放歷史話語多元的力量，讓顛覆成為對權力的挑戰，對歷史的重新干預，對自我身份的重新賦予。

　　當林氏將視野放在楊熾昌、林亨泰等現代主義者的身上時，便已意有所指的告訴我們，林燿德所要尋覓的正是他筆下能夠不斷掙脫任

---

[74] 林燿德曾指出，50、60 年代「三大詩社」相繼創刊時，他們都是以制度的不滿、抗者以及批判者的角色出現的，但在 80 年代的今天，這些當初引領革命的「仁人志士一躍而成暴君」，並且多年把持著文學獎評審，當後進意圖「合法化」時，往往必須接受老一代的保護、栽培，否則便可能遭受「整頓」、「封殺」、「除名」，這凸顯出詩壇中嚴重的權力架構問題。林燿德：〈權力架構與現代詩的發展——與張錯對話〉，《觀念對話》（臺北：漢光，1989），頁 103-104。

[75] 論者如林于弘亦曾指出，解嚴後的詩刊面臨的危機與轉變，他認為世紀末的詩刊顯現出幾個特殊面向相：一、老成持重，新秀未起：傳承上有一定的危機。二多元共容，面目模糊：個別詩刊的特色消失，失去生存、進步的動力。三、疏離群眾，曲高寡和：詩人的創作並無進步，卻越見遠離群眾。四、大陸作品，強勢登臺：大陸作品大量出現，往往出現劣幣逐良幣的情形。五、商業經營，開闢財源：靠廣告等外力求生，對詩刊的發展缺乏正面意義。六、網路勃興、主流易位：網路詩的發展也使得傳統詩刊面臨挑戰。參見林于弘：〈在變與不變之間——解嚴後詩刊的困境與轉進〉，《解嚴以來臺灣文學國際學術研討會論文集》（臺北：臺灣師大國文系，2000），頁 433-446。

何保險箱的胡丁尼，真正被埋落在歷史脈絡中的神奇魔術者，那些曾經以微渺而如雪的光在文學史中閃爍的「諸神」。因為他清楚地知道，這個世界上層遞的、互相顛覆的文學理念，正是一座比一座更加嚴密的保險箱。[76] 只有深刻的體會到保險箱製造商的陽謀，洞悉環境中的制約所在，然後才能找尋出口，當密閉系統中的事物被解放出來，所有被鎖住的門戶都可以打開，那一把普羅米修斯的火（Promethean Fire）才能夠點燃，也才能夠給予我們創造未來的動力。[77]

要照耀當代的閣樓並且超越當代，唯有先打開過去禁閉的窗扉，對前衛的重新理解除了打破過去的迷失之外，更重要的是要通過歷史的碎片尋找歷史寓言和文化象徵，讓那些在舊有結構中「陸沉的島嶼」再度浮上水面，這一點不僅符合林燿德趨向於新歷史主義的史觀精神，也符應王岳川在解釋新歷史主義時所指出的，新歷史主義正要是透過對軼聞以及被埋沒邊緣者：

> 看其人性如何遭到權力的扭曲，看在權力和權威的歷史網絡中，創造性的心靈是以怎樣的姿態去拆解正統，以怎樣的否定和邊緣的眼光，對當時的社會秩序加以質疑，又以如何的策略在文本和語境中將文學和文本重構為歷史的課題，使得主體的精神扭曲和精神虛無成為自我身份的歷史確證。[78]

讓對過去文本的闡釋成為今天意義的敞開，對過去的意義發掘成為對當代思想的啟示。於是，歷史與現代、文學與社會，成為一種互相闡釋的張力結構，全新的生命於是誕生。

---

[76] 林燿德：《迷宮零件》（臺北：聯合文學，1993），頁 7-9。

[77] 在〈城市‧迷宮‧沉默〉一文中，林燿德曾悲嘆的說：「我不曉得什麼可以挽救今日的臺灣，但是我約略知道什麼是今日臺灣城內還可以挽救的；其中至為重要的一項就是創造力，正視當代的創造力，包含了豐富的想像空間的創造力，對於過去、現代與未來都充滿想像空間而使我們走出教條、走向世界的創造力。」原載於《明道文藝》第 212 期（1993.11），今引自林燿德：《鋼鐵蝴蝶》（臺北：聯合文學，1997），頁 293-294。

[78] 王岳川：《後殖民主義與新歷史主義》（山東：山東教育，1999），頁 159-160。

從這樣的立場出發也有助於我們釐清現代與後現代的關係。因為，與其去誇大歷史中的斷裂或決裂，或者拋棄大敘事、再現、真理、主體性等概念，不如重建這些概念以做為批判的必要，並如傅科（Michel Foucault）般對現代性與後現代性做出說明，澄清它們之間的斷裂，持續做著新與舊、先前與現今社會秩序之間連續性與不連續性的辯證。[79] 在宣稱我們已經生活在後現代的同時，去瞭解現代的前衛力量，並澄清現代與後現代間的承續和斷裂，筆者認為，這是林燿德所不斷企圖完成的重點，而把握住了這點，也能夠對林燿德究竟歸屬於現代抑或後現代的「身世」爭論，提出較為合理的解釋。

三、「拒絕編號的愚人」[80]──埋沒的身世與對現代主義的再思考

〈在城市裡成長〉中瘂弦曾說道：

> 在現代主義沉寂多年，鄉土文學論戰塵埃落定的八十年代後期，後現代主義出現，這意味著我們的文壇在頻頻回首？還是勇往直前？[81]

瘂弦自論是一個標準的現代主義者，迷戀過自動性技巧的詩、意識流小說、存在主義哲學等，然而鄉土文學論戰來時，現代主義首當其衝，受到強烈的批判，使得很多人噤若寒蟬不敢再談現代。[82] 在世紀末的彼刻，林燿德也不禁以不被編號的愚人的口吻，發出如此的疑問：究

---

[79] Steven Best、Doglas Kellner 等著，朱元鴻譯：《後現代理論》（臺北：巨流，1994），頁 335。

[80] 〈拒絕編號的愚人〉為林燿德詩集《不要驚動不要喚醒我所親愛》的自序，該文中林燿德指出，寫詩的人應該像一個充滿悲憫又洋溢著希望的「愚人」，永遠面對未知，永遠接受挑戰，永遠拒絕被編號。此處筆者乃是藉此語來說明林燿德是如何的拒絕自己被編號，甚而埋沒自己過往的身世。該文參見《不要驚動不要喚醒我所親愛》（臺北：文鶴，1996），頁 1-2。

[81] 該文收錄於林燿德：《一座城市的身世》（臺北：時報，1987），頁 17。

[82] 有關鄉土文學論戰時對現代主義的批判可參閱《鄉土文學討論集》中一系列文章。尉天聰主編：《鄉土文學討論集》（臺北：夏潮，1978）。

竟在世界盡頭的我們，是要在不斷的回憶中重溫我們的舊夢，還是能夠一舉跨出重重的迷霧，重新抵達光明的新天地？如果「後現代」是一個充滿過渡性，一個為了到達新天地的轉折，那麼「後現代轉折」對於林氏本身又代表一種怎樣說不出的哀愁？

王浩威在〈重組的星空！重組的星空？——林燿德的後現代論述〉中，對林燿德埋沒的身世做過一番有趣的調查。如他所論及，林燿德年輕的諸多詩作除了收錄於《妳不瞭解我的哀愁是怎樣一回事》中的〈韶華拾遺〉一卷外（十六歲到十九歲的作品），我們幾乎再見不到其他，對於這一段歷史日後林燿德也幾乎未提及。王浩威指出，「三三」和「神州」是臺灣 70 年代的重要現象之一，而年輕的林燿德在這充滿青春和理想的運動中，也曾扮演過「三千個士」之一，然而這樣的「身世」，浪漫化的愛國主義，卻是毫無交待地就消失在他的著作檔案中。日後，這個少年的影像不但在身世記錄中消失，還成為了他批判的披上了「寫實外衣」的浪漫主義作家。[83] 從此，林燿德成了後現代的大家，並且走上從「羅門」過渡到「羅青」之路。

劉紀蕙在討論這段身世時也曾敏銳的指出，從收錄於溫瑞安所編《坦蕩山河》文集中的〈浮雲西北是神州〉，我們可以看到少年林燿德的文學熱情以及年輕時的同性情慾，激烈的附著於白衣溫瑞安的影子與無限延展的「神州」意象：「神州人的濃情和激盪，豪邁和溫婉，一個銳芒四射的社團……要來開朝，要來闖天下。」。[84] 日後林燿德在評楊澤作品時所指出的「浪漫婉約典型」與「文化鄉愁和歷史意識」

---

[83] 王浩威：〈重組的星空！重組的星空？——林燿德的後現代論述〉，收錄於《林燿德與新世代作家文學論》（臺北：文建會，1997），頁 300-305。實際上林燿德所批判的 70 年代的鄉土寫實作家，在 70 年代中仍包含了本土意識與大中國意識的兩支，到 80 年代之後才因本土意識的勃張，導致了從「臺灣文學定名」起一系列的分裂與對峙。

[84] 日後林燿德在為溫瑞安詩集《楚漢》作序時曾說到，溫瑞安這個人實在活該被誤解、被冤獄或者遇到任何世人無法承受的打擊，因為他太強、太寬闊，以致於這世界的一切都必然存在於他的身世中。關於「溫瑞安這個人」這檔事，筆者只能指出，「我永遠支援他，他永遠是大哥。」

恰恰，也是林燿德早年的詩作給人的印象。這種對過去的遺棄，我們在他 1984 年寫給朱天心的一首詩〈行行且遊獵〉[85]，以及其 1982 年獲獎的散文〈都市的感動中〉[86]，都可以看出他對少年「林燿德」的告別。

　　劉紀蕙認為，林燿德早年詩稿被自己焚燬，或是因為 1980 年溫瑞安事件之故，也或許是因為當時中國情結之論戰而自我檢查。[87] 羅門曾指出，林燿德曾對他談及，他曾在溫瑞安的事件中，被人誣告入獄，接受折磨一段日子，非常痛苦，以致於他會認為「歷史一直在說謊」、「沒有絕對的真理」，也促使讓他從照耀他人的光，變成具有強烈生存意識的「火」，順應由「現代」到「後現代」，從「達達（DADA）」到「新達達」（NEW DADA）那充滿著反逆、顛覆、嘲諷等具有「後現代」詩風的創作天地。[88]

　　劉紀蕙的「創傷後壓力違常」說、林燿德因詩稿屢遭退而批判詩社的說法[89]，再加以羅門記憶的佐證[90]，似乎都引導我們同意，林燿

---

[85] 這首詩被收錄在《都市終端機》卷四〈私人廣告〉。林燿德自稱是「一箭射去新羅門的達摩」「不留中原／不在區區意氣」，而過去與朱天心們相處的歷史「成了我歷史斷層中的一枚篝火」，不滅卻逐漸黯淡逐漸小。他自稱是受胯辱的韓信，而要以歷史之劍橫斬；讓時代開出落應繽紛的風景。參見林燿德：〈行行且遊獵〉，《都市終端機》（臺北：書林 1988），頁 188-191。

[86] 「在臨沂街十七號圍牆裡的日式平房，我嗅到了歷史的、黑暗的潮濕，這特殊的氣味，將盤繞在未來的建築的地基裡。我決定不再懷舊，不再對土地依戀……。」此文獲 1982 年明道文藝獎散文佳作，後節錄出〈臨沂街〉一文收錄於《一座城市的身世》，今依此文。

[87] 劉紀蕙：〈時間龍與後現代暴力書寫的問題〉，《孤兒・女神・負面書寫》（臺北：立緒，2000），頁 410-415。劉紀蕙在此文中談及林燿德〈掌紋〉一詩，並指出這是不被他收錄於作品集中，而我們可以找得到的少數林燿德早期作品之一。事實上，這首詩後來被收到《妳不瞭解我的哀愁是怎樣一回事》中的〈韶華拾遺〉一卷，特此更正。

[88] 羅門：〈立體掃瞄林燿德詩的創作世界——兼談他後現代創作的潛在生命〉，收錄於《林燿德與新世代作家文學論》（臺北：文建會，1997），頁 225。

[89] 林燿德曾有一首詩〈舊稿——跋《韶華拾遺》〉，便道出了他在 1985 年之前詩稿屢被退的窘境。「我的舊稿啊／爐餘後／郵筒間／高來高去／你們是漂泊在／精神荒原上的方舟」（1981）參見林燿德：《都市終端機》（臺北：書林，1988），

德對前行代的斷裂乃導因「無法容忍自己的一生成為被嫌惡、被踐踏、被捕獵的對象」[91]，因而將少年神州詩社時期的「中國意象」全然排離，以一個嶄新的身份在 80 年代出發，並修正批判過去的自己。然而，我們不能忘卻本章前言中所指出的：臺灣文學／文學史的重構，其實是承載 80 年代以來，經由全面臺灣意識／本土化運動，所投射的去離「中國」的嶄新國族的慾望。

我們或許可以推測，年輕的林燿德在前述的事件中，遭受不小的挫折因而深刻的體會到了「哀愁」[92]，然而這樣的「哀愁」卻讓林燿德明白到權力架構的令人痛惡，因而萌發以解構、負面書寫來面對所有神話的態度：

> 戰敗　並非僅僅是一則神話
> 而是一套治療自瀆的鐐銬
> 即使自己的血將整顆星球的白堊都染成赤土
> 我依舊是一枚撞針

頁 178。

[90] 翁燕玲曾指出羅門記憶的錯誤，參見翁燕玲：《林燿德研究——現代性的追索》（嘉義：中正中文系碩士論文，2001），頁 35。

[91] 林燿德：《時間龍》（臺北：時報，1994），頁 164。

[92] 在林燿德的諸多作品中，我們都可以看到他對自己投射出的影子。如《時間龍》中的王抗，在聽到夢族（大中國？）的故事時，幼小的心靈也出現了哀愁的感覺，而「綠區」中不斷出現的血腥、殘暴事件（林燿德所經歷的政治事件），「那種無助的經驗不能以痛苦二字形容，任何淒苦的詩人也找不到適當的修辭」（頁 167），然而，卻在一次事件中「他朦朧地感應到這顆星球的命運，一些奇異的啟示突然潛入了他的基因之中。」王抗的哮喘病發作了，但他卻找不到他的藥，在死亡的邊緣，他並沒有真的撿回他的藥，「是他的意識拯救了他自己。從此刻開始。他再也不需要依賴藥劑了。」（頁 175）在人生不可知的未來，他仍然會恐懼、會害怕、會失落、會無助地發抖陷入挫折的哀傷中，但是他擁有了旋轉自我、將自我拔升出心裡泥沼的意志力。（頁 176）他親愛的母親（中國意識？）不僅被強姦，更遭到死亡的厄運，王抗終而偷渡，成為老紳士非法的養子，擁有了一個「新的身份」，步上了嶄新的旅程。（頁 190）。上引文參見《時間龍》（臺北：時報，1994），各頁。

> 隱伏在未來的砲身裡
>
> 是的　下一個斷代
>
> 必然屬於黑色的曇花[93]

同時，也幫助日後的林燿德跳脫中國意象／臺灣意象二元對立思考的框架，極力於解構原鄉神話。後期林燿德對中國意象與臺灣意象基本上是採取中立而超越的原則來看待的。因為他在批判寫實主義時，也認清所有的原鄉神話就如同寫實一般，本來就是虛幻而且無助的：若不是遭到體制的納入成為政治性與正當性的工具，就是成為這兩者下的犧牲者。關於這種心態的轉換，我們可以在林燿德描寫歷史的詩作中窺見一斑。

〈文明記事〉是林燿德《銀碗盛雪》五易其稿後仍舊留存較早的詩作。這首詩從中國文明的起源一路書寫到漢陽諸姬，不僅可以體現林燿德的歷史意識，也可讓我們一窺林燿德早期對「中國意象」的重視。這一首詩中，林燿德對中國意象的看法，相當接近「三三」及「神州詩社」對中國文化的嚮往，以及他們懷抱的強烈大中國情懷：

> 用立四極的神話來記憶黃土的緬邈
>
> 用女媧來懷想母權
>
> 用詩來詠歎宇宙
>
> 用愛來撒播文明[94]

這時的林燿德就如同他筆下「那向空濛打出一掌的男子／著白衣以致衣袖滾滿陽光的來勢／掌紋遂自焚為流火薔薇」，生於臺灣遙望中國古典婉約卻日漸失落的形象，林燿德是「擊掌／快歌／悲不能自己」的。這首詩中，林燿德的語言不僅是古典的，情感也是古典的，對古中國的事物充滿浪漫的懷想與追索。這樣的「林燿德」與我們之後所

---

[93]　林燿德：〈悲愴說〉，《銀碗盛雪》（臺北：洪範，1987），頁 48-52。

[94]　林燿德：〈文明記事〉，《銀碗盛雪》（臺北：洪範，1987），頁 77。

看到，充滿著批判精神、強調解構、多元的「林燿德」，顯然有著極大的差別。另一首詩作是完成於 1988 年的〈焱炎〉，在其中我們仍舊可以看到林燿德對古中國的書寫：

> 綠洲上一座荒廢的古城
> 荒廢如我們淪陷的都會。
> ⋯⋯
> 默默面對西夏民族遺留下來的方塊文字
> 我們心中同時隱隱悵痛。
> ⋯⋯
> 用漢字的原型拼貼剪輯出比漢字更為複雜、艱
> 澀的優越感，直到整個民族被遺失在中國這塊
> 古老的大陸上演變成飄飄渺渺的傳說成為宋史
> 單薄的附錄。[95]

然而，這時他少年曾經懷有的中國情懷卻已無法再被找回，成為一則「飄飄渺渺的傳說」，中國的神話在他的詩行間已然遭受解構，儘管他仍舊感到「隱隱悵痛」，卻已跳脫中國／臺灣的二元對立思考模式，以更廣闊的視野來面對過往與未來。

一如林燿德在〈克里多斯的捆包——兼談探求「臺灣主體性」因循危機〉中所指出的：

> 任何大中國意識的危險性並不在於它的中國屬性而在於它的
> 獨裁性格；同樣地，我們也不能忘記，臺灣主體意識的問題
> 不在於追求主體性的理想而在於這個過程中所產生的偏執狂
> 傾向。[96]

---

[95] 林燿德：〈焱炎〉，《都市之甍》（臺北：漢光，1989），頁 203-204。

[96] 〈克里多斯的捆包——兼談探求「臺灣主體性」因循危機〉，原登載於《時報週刊》第 905 期（1995.7.2），後收錄於楊宗翰編：《黑鍵與白鍵》（臺北：天行社，2001），頁 235-236。

> 所謂「認同臺灣」或者「建立臺灣文化主體」這類堂而皇之的
> 言詞早就已經泛政治化，往往發言者不是為了鞏固個人意識型
> 態的合法化，就是為了進行對於「非我族類」的「蒸發」。[97]

「大中國意識」也好、「臺灣主體性」的強調也好，其背後都難逃其
中的偏執，或者是權力意識的滲入，於是它們只能成為一則飄渺的傳
說，如同在《一九四七高砂百合》這部壯闊的歷史‧政治小說中，林
氏不只一次藉著與瓦濤‧拜揚對話的口吻訴說：

> 你是最後一個獵過首級的勇士，你族人的神話和傳說將會隨著
> 妳的死亡而死亡，……[98]

> 獵頭的故事已經成為傳說，除了社寨裡頭骨架上陳年的頭骨，
> 沒有人再見證到什麼。然而等你也回去了靈界，我們在這個世
> 界上再不會留下任何痕跡。[99]

不過，神話原鄉的解構並不代表的中國意識與臺灣主體性的喪失，林
氏一方面不否認中國意識的存在，一方面在他對「臺灣文學系」設立
的文章中也可以看到他對臺灣文學主體性的重視[100]；同時他也自許成
為「世界人」、擁有世界性的視野[101]，能夠用更寬廣的視角重新思考

---

[97] 林燿德：〈小說迷宮中的政治迴路〉，《敏感地帶──探索小說的意識真象》（臺北：駱駝，1996），頁5。

[98] 林燿德：《一九四七高砂百合》（臺北：聯合文學，1990），頁3。

[99] 同註98，頁17。

[100] 林燿德認為，臺灣文學系的設立本當是一種本土意識的覺醒，但若是將臺灣文學作為建立「臺灣主體意識」的工具而排斥北京語形成的當代文學敘述傳統，乃至不承認1945年後的新移民作家對臺灣文學的貢獻，這樣反而會消弭了臺灣文學內容中的多元族群、多元文本的豐富性，反而阻礙臺灣文學進一步建立國際視野的可能。林燿德：〈我們需要怎樣的「臺灣文學系」〉，原刊登於《時報週刊》第912期（1995.8.20），後收錄於楊宗翰編：《黑鍵與白鍵》，（臺北：天行社，2001），頁237-239。

[101] 林燿德在〈從異鄉客到世界人〉一文中指出，在90年代，不論是海外知識份子或是國內作家，整體的趨勢都日益脫離了故步自封的悲劇心態，從異鄉客過渡向開闊的都市思考，因為只有當一個作家成為世界人之刻，他才能反身尋找到傳統和民族的新定義。此文原載於《中縣文藝》第5期（1991.10），後

臺灣文學,如此才能在時代轉捩點,面對所有創作者共同經歷跟面對的窘境。

> 如果臺灣詩壇想要重整旗鼓,那麼加強對中國大陸與海外(特別是東南亞)華文詩壇的實質交流,有系統地將華文世界的現代詩體系納入關懷與研究的核心,並且真誠地與世界詩潮進行「對話」……只有揚棄猥瑣的「島國心態」,臺灣詩壇才能在華文詩壇多岸關係的大體脈中重新扮演積極的角色;也只有拋除不成熟的民族主義偏見,臺灣詩壇才能避免淪為『世界詩壇資訊的最終站』的可悲地位。[102]

也因此,所謂的「後現代」對於林燿德來說,便不僅僅是一種與過去絕然斷裂的轉折工作,而是為了解決新世代共同遭逢的窘境,並藉此超越當代的必要手段,如此後現代之於他似乎是一種不得不的轉折了。

第四節　林燿德與臺灣後現代主義提倡的必然性

一、臺灣現代主義文學的發展困境

　　一路梳理臺灣現代主義文學脈絡的林燿德,並不排除「現代主義」曾經是一種過度的污染。在〈六〇年代〉這首詩中,他批評「在中國月亮上狂捲雲彩」的現代主義:「走私偷獵曲線的況味氛圍/以強暴的愛撫來搜捕古典」,「一切禮樂之母/事後懷著熟悉的體味和汗臭戰死就是一種永恆」,最後則以一句「古典,妳仍然多笑容嗎」做結,顯然對現代派「過境只餘留赤土」的現象有著較多的批判。由於此詩作完成的時間為 1984 年,多少可顯示當時的林燿德仍舊未完全離脫

收錄於楊宗翰編:《將軍的版圖》,(臺北:天行社,2001),頁 129-132。

[102] 林燿德:〈世紀末臺灣現代詩傳播情境〉,《世紀末現代詩論集》(臺北:羚傑,1995 年),頁 47。

中國意象的影響，因而乃是以「古典」的姿態，來批判強暴「古典」的現代派。[103]不過到了 80 年代中後期，他自陳因為離現代主義的狂熱期已經一段時間了，所以比較能逃出舊框架來觀察，給予相當的肯定。[104]

　　張誦聖曾指出，「現代派」在 80 年代具有主導性的「本土」和「商業」的文化論述中地位曖昧，甚至常被視為威權統治的共謀，這個位置所倡導的、受西方現代主義美學意識啟發的「藝術自主觀」，卻已被多數文學活動參與者所接受，甚至內化。[105] 因之，林燿德反而能以追索前衛的心態，去重新理解這段歷史。立足於 80 年代的林燿德不斷考掘以邊緣性質存在的現代主義脈絡，在此同時，他也意識到現代主義此一前衛運動，要在 80 年代重新引導詩壇走向「新時代」時，逐漸浮現的一些難題。

　　林燿德對「寫實主義」的大力批判，意在翻轉 70 年代鄉土文學所帶來寫實與浪漫詩風「政治正確」的嚴重充斥；然而單純地銜接 50、60 年代的現代主義或超現實詩風，卻也未能描繪當前的現狀。如我們在第一節所說，80 年代的文學語境正逐漸朝多元前進，除了社會、經濟上的激烈轉變外，最重要的標誌便是 1987 年的解嚴。反中心的勢力在 80 年代後迅速勃張，解嚴代表的是一種全面性反轉的界線。80 年代在此一情境下，因霸權的瓦解，原先被主流驅趕位居於體制外代表多元化論述的「非主流文學」，逐漸在「中心」／「邊緣」相互解構的情境下，消弭了其「邊陲」地位的劣勢而大量浮出檯面，並企圖建立自己的「主體性」。這一切，理論上應該帶給現代詩更多的發展空間，卻出現如孟樊者所發出「現代詩」瀕臨死亡而需重振的呼籲？[106]

---

[103] 參見林燿德：《都市終端機》（臺北：書林，1988），頁 90-93。

[104] 林燿德：〈權力架構與現代詩的發展——與張錯對話〉，收錄於《觀念對話》（臺北：漢光，1989），頁 118。

[105] 張誦聖：〈現代主義文學在臺灣當代文學生產場域裡的位置〉，發表於「現代主義與臺灣文學學術研討會」，政治大學中文系主辦（2000.6），頁：6-7。

[106] 孟樊：〈瀕臨死亡的現代詩壇〉，《臺灣文學輕批評》（臺北：揚智，1994），頁 15。

　　張誦聖指出，從 70 年代末的鄉土文學運動到 80 年代末解嚴，是主流文學生態從「政治主導」轉移到「市場本位」的關鍵轉變期，新的商業本位主流位置崛起，而原來在政治主導下的正當性文化（legitimate culture）逐漸被取代。由於現代主義本身的菁英性格，在鄉土文學論戰後便逐漸在文學場域中被邊緣化，現代主義的美學遂逐漸被媒體主導、逐步向商業文化妥協的主流文學所吸納。[107]臺灣文學在跳脫「政治正當性」與「文化正當性」的困局後，再度面臨消費文化所帶來的庸俗化危機。孟樊在談及「現代詩」瀕臨死亡時，曾提出幾個重要的原因與現象，他認為，臺灣在 80 年代之後已經邁入馬庫色（Herbert Marcuse）所言的先進工業社會（advanced industrial society），晚期資本主義社會的一些跡象也在臺灣可見，在崇尚「消費經濟」的社會型態下，文化成了一種「消費」缺乏深度的思想，現代主義的歷史感跟著同時消失，功利主義擡頭，使得文學的消費市場和創作傾向因而改觀。消費至上的觀念隨著消費市場機制取代了政治決定，確立了自己的霸權地位。[108]

　　解嚴後臺灣社會急劇自由化所造成的整體文化生態改變，媒體在 1980 年代從依附威權體制而轉向為商業邏輯所操縱、大幅度朝向自主的方向發展，以及全球經濟體系秩序下流行市場的國際化等諸多現象，毋寧使當代臺灣的文學體制產生了更徹底的變化。[109] 當政治力退卻後，文化界反而彰顯出捉襟見肘的貧乏面。這種貧乏面一則赤裸裸的暴露臺灣的文化土地，久經政治傾軋後自發性生機的斲傷，面對激變中的文化氣候，頓時失措找不到依循的方向；再者，更暴露了文化發展的泛政治化偏異走向，因為過去政治意識型態與文化議題的糾纏不分，反激出當前文化討論的「再政治化」，嚴重窒礙了想像力的萌生。

---

[107] 同註 105，頁 6。
[108] 同註 106，頁 16-17。
[109] 張誦聖：〈「文體體制」與現、當代中國／臺灣文學〉，《書寫臺灣》（臺北：麥田，2000），頁 37。

蔡詩萍認為，正因我們從不曾有過「理想的論述情境」（ideal situation of discourse），因而先是因政治力的大幅度滲入，壓制了文化生態的多樣性，繼之商業化運作邏輯接收整個文化市場，薄弱的文化空間蒙上利益導向的色彩，理想的論述情境遂在解嚴後再次成為空幻的期待。[110]當長期扼殺文化生機的政治力退卻後，商業導向取代「政治正確」，成為削弱前衛力量的最大元兇，文化工作者面臨的困境是資本主義體制中看不見的巨手，這是過去幾十年來的臺灣詩人未曾遭遇過的窘境。

現代主義這個菁英文學潮流經過鄉土文學的衝擊，消費文化的興起，又或孟樊所說的形式的實驗殆盡，其在 50、60 年代時以「橫的移植」姿態而來挾帶的前衛力量，在 80 年後已然失去了舉足輕重的影響力。現代主義不再能夠擔任起拯救詩壇的重責大任，它就如同林燿德小說《時間龍》中治療王抗哮喘病的藥[111]，在歷史的軌跡中，業已消失其療治當前情境的能力。故而，一種能夠解釋當前情境，又能夠延續文學前衛力量的新策略或新的思考型態，勢必要在這種歷史的轉捩點中被催生，這也是羅青與林燿德聯手引進後現代主義的重要原因。

一如廖炳惠所言，臺灣的「後現代」詩有其特殊的傾向，後現代與臺灣的戒嚴、政治壓迫、市場及媒體壟斷等公共文化的扭曲現象形成對比，事實上，它的意圖是在於以多元的聲音，去抗議長久以來的思想與文化壓抑。[112]在本章前節也曾提及，羅青之所以標舉後現代，正是因為後現代能夠解釋解嚴以來所逐漸出現的新現象。故而，後現代轉折對於林燿德來說，便一如他在重寫文學史的過程中所不斷採

---

[110] 蔡詩萍：〈追求理想的文化論述情境〉，《騷動島嶼的論述反抗》（臺北：聯合文學，1995），頁 20。

[111] 參見林燿德：《時間龍》（臺北：時報，1994），頁 175。以及上一節中筆者對此做出的解釋。

[112] 廖炳惠：〈比較文學與現代詩篇：試論臺灣的「後現代詩」〉，《中外文學》第 24 卷第 2 期（1995.7），頁 83。

取,近似新歷史主義者的策略:在時代的斷層與縫隙中,去分析解讀過去以理解和把握今天,並且:

> 在過去的認識範式已打破(現代主義),而新的認識範式尚未建立之時,充分展開不同意識型態、價值觀念、思想範型之間的衝突、批判和對話,使之在這「間隙」之中伸展出一種正當的自我重塑和自我啟蒙的文化詩學空間。[113]

從這樣的觀點來理解林燿德對自我身世的埋沒,以及他對後現代主義的看法便可以瞭解,在林燿德心中後現代現象其實是接近:在現代性仍然處於支配地位,而各種不同形式的殘存之傳統文化仍然糾纏的時刻,一種發生中的趨勢;或者是強化了現代性的關鍵動力,例如創新與片斷化現象。在這一觀點下,我們所處的當下是一個矛盾的過渡情境。[114] 一個後現代情境猶仍尚未成熟,而需要藉著對現代的大敘事、歷時性、斷代分期等提出進一步檢討與批判,以尋求更開闊論述空間的階段。正是因此,敘述的斷裂、矛盾、權力衝突等,成為林燿德重寫文學史與後現代計畫中不斷重述的重點。從這些角度討論文學史重寫,林燿德所要強調的是:

> 就文學的哲學這一個角度來說,經過晚近十餘年的檢討,以「後現代主義」來質疑「大敘述」(Master-narrative)的處處破綻,並縮結「現代主義」和「寫實主義」的林林總總,已經是漸漸明朗的趨勢。[115]

在肯認後現代主義在臺灣已然成立的同時,林氏所要做的,與其說僅是「從脫軌中顯現個人更大的空間」[116],倒不如說,是要藉著「後現

[113] 王岳川:《後殖民主義與新歷史主義文論》(山東:山東教育,1999),頁 169。
[114] Steven Best、Douglas Kellner 著,朱元鴻等譯:《後現代理論──批判的質疑》(臺北:巨流,1994),頁 337-338。
[115] 林燿德:〈後工業心靈:與羅青對話〉,《觀念對話》(臺北:漢光,1989),頁 223。
[116] 林燿德:〈以書寫肯定存有──與簡政珍對話〉,《觀念對話》(臺北:漢光,

代」質疑臺灣唯「寫實主義」是宗的文學史看法，重探現代主義文學
史書寫的可能；同時也是要透過對「寫實主義」、現今詩壇桎梏、及
當今文學史書寫模式的批判摸索出一個理想的論述模式，以形容解嚴
後多元充斥的臺灣社會，扭轉 80 年代之後逐漸脫離政治他律性原則
影響，卻又被消費性文化沖淡了其前衛性、藝術性的「現代詩」所面
臨的窘困情境，探詢現代詩嶄新創作的可能。正是因為這些不同層面
又彼此相糾纏的原因，使得林燿德宣告了從 1984 年開始一連串的後
現代轉折。

二、從封閉走向開放的「後現代」

> 「現代主義」和「寫實主義」都是一個密閉系統，而我追尋的
> 是一個開放系統，這個開放系統目前或暫時可以「後現代主義」
> 來做「其中的一個方向」。不過我必須強調「後現代主義」是
> 過渡性的，不能把它推為「一言堂」，它的功用之一正是在瓦
> 解過去的權力架構。[117]

> 從七〇年代到八〇年代，我們汰去了「現代主義」的封閉性，
> 以一種語言整合的方式，呈現了一些具有「後現代」色彩的作
> 品，但是，現在一般大眾及文藝青年對於「後現代主義」多半
> 一知半解，甚或可說有相當的誤解，他們認為「後現代主義」
> 不過是「現代主義」的延續，而不瞭解「後現代主義」的修正
> 功能更大過承傳的意義。[118]

　　在前面幾節中，我們不斷談論到林燿德對當前「權力結構」與「時
代語境」的看法。他在重寫文學史之餘，也提出寫實主義、當前詩社、

1989），頁 180。
[117] 林燿德：〈權力架構與現代詩的發展——與張錯對話〉，《觀念對話》（臺北：
　　漢光，1989），頁 120。
[118] 林燿德：〈詩在道中甦醒〉，《觀念對話》（臺北：漢光，1989），頁 135。

歷史權力結構的運作，以及前衛的現代主義都面臨需要被重新修正的情境。因此「新秩序」的建立對林燿德與新世代詩人來說皆是必要的。但是，在「新秩序」建立之前，卻不可避免的必須經過「修正」、「解構」而後「重組」的歷程。一如林氏所言，瞭解後現代主義，必須自「後現代主義」、「現代主義」和「寫實主義」三者間的關係入手，進而邁入李歐塔（François Lyotard）所謂的「後現代狀況」。[119]

　　肯認「變異」和「差異」是一切的基礎，但最終的目標還是要「重組星空」[120]。之於林氏，能夠使星空得以重組的手段，便是跟「現代主義」一樣具有前衛性質的「後現代主義」。林燿德強調，後現代主義是一種「過渡性」的思想，同時也在打破舊有的「一言堂」。他指出，在進入 80 年代之後，我們可以看到舊結構已在瓦解，新方向已在形成，然而無以名之。但其實他知道他自己所不斷在做的到底是什麼，方向已在眼前，而他用創作來實踐它，只是過去的語言環境中找不到一個適合的名詞來標示它。因此，便借用了「後現代主義」如此具有修正性格與過渡性的名詞，來為其標示。[121]

　　1987 年，林燿德出版第一本散文集《一座城市的身世》，瘂弦為了寫序與其做過一次會談。林氏在對談中指出，不宜將後現代文學思想稱做「主義」，任何思想被稱為「主義」，其意義便固定了，變成了一個解釋，一個發展模式。後現代主義強調解放，主張多元化，也具

---

[119] 林燿德：〈後工業心靈：與羅青對話〉，《觀念對話》（臺北：漢光，1989），頁 218-220。

[120] 在《重組的星空》自序中，林燿德曾談及自己書寫評論的感受與歷程。他指出在寫作評論的幾年來「逐漸萌生一些遙遠的憧憬一個夢，……一個從自我出發，向整個時代馳騁、放懷游牧的夢」，正是這樣打造星空的夢想，使得他不斷的提筆為文，寫下數百篇長短論稿，而之所以為這本書取名為「重組的星空」乃是因為林燿德認為，「對於『變遷』和『差異』的肯定是討論當代文學的基礎」，在這樣的基礎下，所謂的「重組」才成為可能。從以上的種種敘述，我們多少可以瞭解，林燿德書寫評論的基本心態，以及重新摸索一個理想論述情境的努力。參見《重組的星空》（臺北：業強，1991）。

[121] 林燿德：〈權力架構與現代詩的發展──與張錯對話〉，《觀念對話》（臺北：漢光，1989），頁 120-122。

有修正的性格，同時，它更是一個可以「把什麼東西都可以往裡面裝的後現代主義大口袋」。[122] 就像他在與張錯的對談中所指出：「後現代主義」沒有目標，只有策略。它是為了期待一個更大的理想而做準備。是一種幫助我們瞭解環境中制約所在的工具。[123] 之後，我們可以不斷看到林燿德對於「解構」、「多元化」、「過渡性」的強調。

在 1993 年的〈環繞當代臺灣現代詩史的若干意見〉中，林氏以後現代來界定從 1984 年開始的「自我指涉時期」。並說明，這時期詩人自覺的重新檢討詩的定義、範疇、藝術本質以及遊戲性與實驗，而其重點便在於後現代觀念的出現。同時他也強調，所謂「後現代」其實指的是現代主義之後，無以名之的階段，匿名的、未來的主流正潛隱在糾結、多元、破碎的面貌之下；換言之，「後現代」只是一個期待新天新地的過渡性指稱詞，「後現代」本身期待著「後現代」的幻逝。[124] 在 1994 年批判羅門的文章中他也提到，後現代本身也與它（們）所抗擷的現代主義混種雜交，彼此身世絞纏；尤其不可忽略的是，「後現代主義」一詞即是無以名之的（諸）事務，無論有多大的發展空間，終究是一個過渡性的思潮。[125]

這個反動現代主義，又「兼具現代主義前衛性」的過渡思潮，對林燿德來說無疑是一項重要的武器。1990 年他不僅在〈80 年代臺灣都市文學〉中以後現代的角度討論 80 年代文學，更在《世紀末偏航——八〇年代臺灣文論》總序〈以當代視野書寫八〇年代臺灣文學史〉中主張：

> 八〇年代的文學主流即是後現代主義。……在這個階段我們
> 「發現」並且「創造」的所謂「後現代主義」，……這個新寵

---

[122] 瘂弦：〈在城市裡成長——林燿德散文作品印象〉，《一座城市的身世》（臺北：時報文化，1987），頁 17-18。

[123] 同註 121，頁 121。

[124] 林燿德：〈環繞當代臺灣詩史的若干意見〉，《世紀末現代詩論集》，（臺北：羚傑，1995），頁 25-26。

[125] 林燿德：〈刺蝟學狐狸的寓言——羅門 VS.後現代〉，《幼獅文藝》第 80 卷第 3 期（1994.8），頁 60。

　　　提出了與以往迥然不同的文學視野，甚至使得文學的基本定義
　　　必須重寫，就此而言，它揭櫫了一個不同的「典範」。[126]

不過，林氏又稍保守的強調，從主流市場的角度來看後現代主義的出
現恐怕並未蔚成這段文學史上真正的主流，但它仍具有重要的意義，
即是，它提供另一種「文學創作方法」和「如何看待文學」的選擇。
事實上，林燿德在重寫文學史的過程中，便不斷的強調，我們不可忽
略對所謂合法化的語言傳統的叛逆，本身就是一種反體制的訊息，而
現代詩的基本精神，正是一個從語言本身開始反體制的意識歷程。

　　一個政治家或一個政治團體要控制一個區域、一群人，最主要是
先控制語言。它要讓人的思維符合一定的辭格模式、一定的文法路
線，因為這會影響人的思考方式。因為，語言也就是存有的本質。文
學或詩能夠自足地存在，很重要的就是它的自足性。因此，林燿德在
創作與論述中，也往往如西方的一些後現代主義者，從語言的本身去
思考「權力架構」的存在，揭開其中可能存在的矛盾、衝突等問題。
重點便是要讓嶄新的意旨流放出來，不再是靠過去因襲的文化代碼來
處理篇章，更不能空有意識型態而沒有藝術性，他認為，這才是當代
詩人共同嚮往的道路。[127] 如劉紀蕙所言，林燿德尋找「現代」與「前
衛」便是要揭開文學史中對於語言、體制以及對意識統合狀態的叛逆
書寫。其文學、研討會、觀念對話，等等共同組成了他所建構的後現
代文學史。[128]

　　以重寫文學史為基礎，並大量申論及借用後現代主義招牌的林燿
德，仍不經意流露其仍舊渴望「典範」，渴望一個最終落點的存在。
他雖強調我們不需要重複「羅門式」的論述，扮演上帝代言人的角色

---

[126] 孟樊、林燿德編：《世紀末偏航——八〇年代臺灣文學論》（臺北：時報，1990），頁 9-10。

[127] 林燿德：〈詩人與語言的三角對話〉，《觀念對話》（臺北：漢光，1989），頁 250-258。

[128] 劉紀蕙：〈時間龍與後現代暴力的書寫的問題〉，《孤兒‧女神‧負面書寫》（臺北：立緒，2000），頁 415-416。

對一系列的意識型態做出價值評判，因為這一切仍然牽涉到閱讀品味的問題，而羅門對於後現代主義的批判，似乎也可以算是一種後現代精神的表現。因而林氏在批判羅門之餘，卻又重新肯認他的地位。在「刺蝟」與「狐狸」之間，他總是扮演一個游離者：強調後現代主義所帶有的眼觀八方的修正性格，正標示出自己從現代主義的前衛，不斷向後現代主義乃至於未知新天地的轉變過程。然而，在不斷的修正過程中，借用後現代主義以批判現代主義，卻又不免如羅門一般，反過頭來借用現代主義的精神修正了後現代的「無深度」，甚至是將後現代納入現代前衛的一環。如同他強調後現代本身與現代的身世糾結，現代與後現代在他身上，事實上也是存著巨大而難以打開的糾結。如此的糾結說明了林燿德心中的後現代主義，事實上更接近是一種建立在「現代性」上的反思，或者是高度「現代」後，無以名狀的階段：

> 在現代中已有了後現代性，因為現代性就是現代的時間性，它自身就包含著自我超越，改變自己的衝動力。現代性不僅能在時間中自我超越而且還能在其中分解成某種有很大限度的穩定性，比如追求某種烏托邦的計畫，或者解放事業的大敘事中包含的簡單的政治計畫。現代性是從構成上，不間斷地受孕於後現代性的。[129]

後現代主義的產生是與現代性文化自身的內在矛盾有著深刻連結的，如此，後現代主義可以被視為一種對現代性本身的反思性更全面的理解，對現代性所要求的某些特點的重寫，尤其是對以科學技術來解放人類的企圖，其合法性的重寫。[130] 這也促成了林燿德的重寫文學史。因為運用歷史來創造新的歷史，引導我們走向未來，這本身是一種現代性反思的論點：我們不但還沒有超越現代性，而且正在經歷

---

[129] François Lyotard 著，羅國祥譯：《非人——時間漫談》（北京：商務印書館，2000），頁 26。
[130] 同註 129，頁 37。

著它的激烈化階段,而所謂的後現代,正是對這種激烈化狀態的反思,以解構的手段重新改寫現代慾望的體現。

正是因為抱持著如此的看法,所以林燿德才會認為,即便是 1980 年代出現的「後現代思潮」,其出發點雖在反動「現代主義」,也可歸納在此一前衛性的路線中[131],且不斷強調「後現代」的過渡性、多元與解構,其目的是為了促成一個新天地的到來,重組已然僵化而有待改革、解放的當前的「星空」。林燿德敏銳的觸角在重寫文學史的同時,確實也為我們打開一扇走向後現代的門,一個「非典範的典範」。[132] 如同他在《大東區》的〈序〉中說的:

> 八〇年代末期到九〇年代初期,是我對文學的態度更為清晰的一個階段。……我開始明白自己的限制以及只有自己一個人可以深入的神奇領域。……我的心靈視野開始開展……這個階段的我回歸到一個更真實的世界中……[133]

對一個更真實世界的渴望,使林燿德明白到限制,明白到「諸神,之所以為諸神/肇因於祂們個性中/獨特的缺憾。這些/生來便深深栽植在/我們的靈上」。[134] 包容或者明白這種缺憾,正是突破一切困境,到達一個新天地的開始。林燿德在現代與後現代的搖擺,以及文學史的不斷重寫中,終於為自己找尋到一條新的道路,一個真正的新典範:「後都市詩學」。

---

[131] 林燿德:〈權力架構與現代詩的發展──與張錯對話〉,《觀念對話》(臺北:漢光,1989),頁 99。

[132] 王建元曾指出,後現代將注意力從典範的標準成規抽離,轉而集中在「轉移」過程的本身。以「移置」的概念置換傳統「取代」(假設一個論述會被另一個後來的論述以某些等級性的方法學所括劃入內),如此將有助於建立一個與典範抵抗的典範──一個雙軌道、理論與實踐、普遍性與個別性那一體兩面、互相隸屬的辯證式經驗架構,以便在流動和多變化中,作出不斷自我更新的反思。王建元:〈《科學怪人》一百八十年〉,《當代》第 132 期(1998.8),頁 63-81。

[133] 林燿德:《大東區》(臺北:聯合文學,1995),頁 5。

[134] 林燿德:〈神殿之覺〉,《都市之覺》(臺北:漢光,1989),頁 157-158。

第四章 從「新世代」詩人到「後都市詩學」的建構

本章將集中討論兩個議題:一是林燿德「新世代」理念的形塑,一是其「後都市」詩學的建構。在第一章中筆者曾經強調,「新世代」觀念、「後現代」與林燿德對都市的關注,乃是相互詮釋與影響的三大課題。在上一章中,我們用了相當多的篇幅討論臺灣後現代現象與林燿德的後現代轉折,在這一章中,筆者試圖從林燿德對「新世代」與「後都市」觀點的形塑,進一步揭示林燿德後都市詩學與重寫文學史、後現代間的關係,並深究其後都市詩學的建構。

林燿德在重寫文學史的過程中,對都市的概念以及都市文學的發展,也做過一番考察與論證,這是我們曾在第二章中提過,而要於此再進一步深入探討的。此外,林燿德甚為推崇的羅門,在他心中乃是前行代都市文學的巨擘,故而我們在討論林燿德「後都市詩學」時,亦將其納入做為參考比較的對象。

第一節 新世代詩人與世代交替

一、「新世代」的崛起

「新世代」的崛起在 1980 年代的臺灣文壇顯然是一件「盛事」。葉石濤在〈八〇年代作家的櫥窗〉一文中曾指出,從 80 年代初期開始,隨著黨外運動的茁壯發展,新的觀點、批判、多元性的發展陸續出現,呈現了臺灣文學史上未曾有過的「革命性」的質的改變,這和

40 年代到 70 年代各階段的文學運動相較，是擁有完全不同的面貌，暗地裡逐步完成的文學革命。[1]葉石濤所指出生在 50 年代中期，生長於 50 年代到 80 年代的新人類作家，在資訊媒體的衝擊中，逐漸展現了獨立的創作風格，並確立與傳統文學不同面貌的異質思考姿態。他口中的「新人類作家」與日後其他論者對「新世代」的稱呼，基本上是大同小異的。

對於「新世代」的重視，也是林燿德所反覆強調的。他曾先後參與編選《新世代小說大系》[2]與《臺灣新世代詩人大系》[3]，說明「新世代」作家的大量出現。在兩次的編選中，他都以 1949 年為界，將之後出生者劃入「新世代」的定義中，同時也強調「新世代」在 80 年代的重要性。在《新世代小說大系》的〈總序〉中，他與黃凡一同指出：

> 所謂「新世代」在未被確切定義前，是一個因時空轉移而產生相對詮釋的名詞，在此我們以出生在一九四九年之後的小說家做為編選的主軸，並以四五至四九年間出生者做為彈性對象，換言之，就是一般而言「戰後第三代」以降的小說作者群。[4]

為何以 1949 年為界？在《一九四九以後》的序言中，林氏對此做出過詳細的說明。他認為，以國共戰爭結束的 1949 年做為分界，剛好能夠準確的分隔出此一世代與前世代的不同：他們是徹徹底底的「戰後世代」，實際經歷了 1949 以後臺灣地區政治、經濟、文化、社會種種的發展，目擊了農業、工業乃至後期工業文明的各種現象。其中，在 1956 年後出生的詩人，不但接受到 1968 年起實施的九年國教，更在成長期間受都市化生活空間的影響，促使各種不同的信仰和觀念

[1] 葉石濤：〈八〇代作家的櫥窗──評「新世代小說大系」〉，《文訊》革新第 7 期（1989.8），頁 59。
[2] 黃凡、林燿德編：《新世代小說大系》（臺北：希代，1989）。
[3] 簡政珍、林燿德編：《臺灣新世代詩人大系》（臺北：書林，1990）。
[4] 同註 2，頁 6。

在新世代的創作實踐中，展開了細緻而多元的辯證，也豐富了 80 年代的詩史[5]，對當今詩壇所造成的影響更為巨大。

　　林燿德以 1949 年作為界線，顯然是兼顧中國文學與臺灣文學的調和性思考，也回應了他對現代派兩個球根的基本認定及世界人的看法。蔡詩萍在談到臺灣文化定位時也指出，歷經四十年的醞釀，臺灣經驗的內涵是混合了多重文化的要素而成，這是文化社會學上的事實，任何忽略這項事實的文化主張，都不能客觀的提供解決臺灣文化論爭的新典範。因此，新典範在凸顯本土文化主體性，以及打破「核心／邊陲」的迷思之餘，必定是創造性地調和了中國文化、臺灣文化以及諸多外來異質文化的綜合物。[6] 故而，1949 年便成為具特別意義的分界，我們可以以此作為思考林燿德對新世代界定的一個起點。

二、「新世代」概念的界定與其背後的意義

　　1980 年代新世代作家的出現，實已成為許多學者關注的焦點。羅青曾先後在〈草根宣言第二號〉[7] 與〈後現代狀況出現了〉[8] 中提出兩次的分期法。第一次是將詩人分為四代：1911－1921、1921－1941、1941－1956、1956 之後，並將一、二代稱為「憂患的一代」，第三代稱為「戰後的一代」，第四代則以「變化的一代」名之。第二次則是劃分為六代：1911－1921、1921－1931、1931－1940、1941－1950、1951－1961 以及 1961 以後。兩次分期之所以會有斷代上的差別，其目的是為了以第六代來指稱林燿德、陳克華等更新一代的「新世代」作家。[9] 此外，孟樊在討論大陸「第三代」詩人時也指出，所謂「新世

---

[5]　林燿德：《一九四九以後》（臺北：爾雅，1986），頁 5-6。
[6]　蔡詩萍：〈在文化典範更替前夕〉，《騷動島嶼的論述反抗》（臺北：聯合文學，1995），頁 25。
[7]　《草根》復刊第 1 期（1985.2）。
[8]　《日出金色》（臺北：文鏡，1986）。
[9]　羅青的這兩種分期法，也為林燿德在討論新世代時承襲，或以 1949、1956、1960 年為「新世代」作家的界線，在林燿德的論述中呈現紛雜不一的情況，

代詩」的大陸第三代詩人（多半在 1960 年以後出生），其含意類似於臺灣詩壇所謂的「新世代詩」。從詩人年齡群的分佈情形來說，兩岸的新世代詩人大致雷同，其指稱也是相對於前行代或青壯代詩人而言。[10]

　　游喚對「新世代」則提出較為清楚且嚴謹的規定，他認為「新世代」詩人應符合兩個條件：一、1960 年以後出生，二、首次出現在 80 年代、也成長在 80 年代。故游喚的「新世代」專指 80 年代的詩人及其作品，這些作品及詩人在 80 年代以前大都尚在學習階段，要到 80 年代才以新姿態、新書寫出現於詩壇。[11] 蔡詩萍在〈八〇年代後都市散文的新世代性格〉中則以新世代的特色指出，「新世代」之所以為「新」的關鍵，乃在於他們的「三反」：反專斷、反教條、反權威；「二多」：多元化、多觸角；「一重」重文本的態度。[12]

值得我們注意。

[10] 孟樊：〈大陸第三代詩與臺灣新世代詩之比較〉，《當代青年》第 1 卷 4 期（1991.11），頁 64-65。儘管兩岸的新世代可以相互的對照，但並不表示它們的實質內涵是相等的，如林燿德便曾指出，就藝術形式而言，我們可以發現兩岸的新世代作者大多能多元地吸收 20 世紀以降種種文學思潮，在正文中糾結了各項創作法，但在本質上兩岸新世代卻面對不同的反思對象：大陸新世代作品採取中間價值的記實文體以規避意識型態的表白、刻意標高了烏托邦式的終極價值、凸顯出明晰的政治性格。相反地，臺灣的新世代作家一方面質疑中間價值的存在，一方面又致力於基礎價值的瓦解，透過語言本身的反思和悖論藉以鬆動既存的文化體制，暴露出另一種與生活現實若即若離的文學現實。參見林燿德：〈文學新人類與新人類文學〉，《重組的星空》（臺北：業強，1991），頁 184。

[11] 游喚在文中標定二項條件做為新世代詩人定義的基礎。第一項基本條件，指的是：一、新世代詩人的年齡層應該定在 1960 年以後出生。二、新世代詩人指首次出現時間在 80 年代。另有兩點補充條件：第一，詩齡雖在 80 年代，但生理年齡最遲也不得超過 1950。第二，所謂詩齡認定標準，乃是指有作品公開發表在公開刊物，或結集成書者。游喚認為本文所界定的新世代範疇，乃是指在 80 年代創立新詩社，揭示新理念，測驗新形式，展現新語言，諸如漢廣、四度空間、地平線、曼陀羅等這一類詩社。文中他並列出一張參考名單。合乎基本條件者四十二人，合乎補充條件者九人，共計五十一人。參見游喚：〈幽人意識與自然懷鄉——論臺灣新世代詩人的詩〉，《世紀末偏航——八〇年代臺灣文學論》（臺北：時報，1990），頁 229-230。

[12] 蔡詩萍：〈八〇年代後都市散文的新世代性格〉，《林燿德與新世代作家文學論》

從上述例中可以看出，各家對於「新世代」的年齡、斷代的切分，乃至於實質內涵的考量各有不同，對於「新世代」的認定也因此而有所差異，總括其對「新世代」的看法，有的以年代作為清楚的界線，如林燿德、羅青以 1949 年指稱「新世代」，又以 1960 年以後出生者為「新世代」中最新而有待成長的一代，而孟樊、游喚則直接以 1960 年作為「新世代」區分的標準。此外，游喚與林燿德在劃分新世代時皆有所警覺的認為，「新世代」是一個具有彈性或受時空轉移而改變的框架，故游喚有所謂「基本條件」與「輔助條件」的配合，而林氏更是彈性的列入出生於 1948 年的羅青，並認為許多持續在創作的前輩，似乎也可放入「新世代」的框架中。至於蔡詩萍為了避免明確斷代所造成的危險，則乾脆列舉出「新世代」的「三反」、「二多」、「一重」等特質作為衡量的標準。以上種種，顯示出「新世代」此一詞彙存在著諸多不同的認定，其牽涉的範疇也相當廣，而分期上的不同，或歸納，或實義，亦代表著不同的基本立場。儘管論及「新世代」的課題時必須避免淪入文化決定論的陷阱中，但林燿德申論的「新世代」所座落的時空究竟有何特點，仍值得我們做進一步的深究。

在〈臺灣新世代小說家〉一文中林燿德曾申論道，以 1949 年做為斷代的基準，正能夠顯示「新世代」特有的政治、文化空間，因為這些新世代作家有別於接受日本教養的老一代臺籍作家，也不同於渡海來臺擁有大陸經驗的作家。他們並未經歷過日本的殖民統治，也未曾飽嘗失根與流離失所的痛楚，其生於臺灣長於臺灣，成長的過程正是臺灣從農業社會逐漸工業化、都市化的過程，可以說，他們是「完整地誕生在資本主義的下層結構中」。[13]不過這不表示「新世代」在沒有前代詩人的濃密鄉愁，或少壯派詩人有大鄉土的界線要劃清之餘，便注定成為虛無的一代；相反的，他們經歷的是一個過多改變的年

（臺北：文建會，1997），頁 97-98

[13] 林燿德認為出生於 1960 年代以後的「新世代」，亦即羅青眼中的第六代，（包含林燿德本身）更被全島都市化的資訊系統所包容，他們是掌握 80 年代脈動的新銳。

代，衝突與匯溶之間的選擇和過渡，此等「妳不瞭解我的哀愁是怎樣一回事」的文化焦慮，正是這群 1949 以後出生的詩人所面臨的嚴肅課題。[14]

其中，在 1949 年以後出生而在 70 年登上文壇舞臺的新世代作家（即羅青〈後現代狀況出現了〉中所區分的「第五代」詩人），在 70 年代一連串的事件中，對現代派採取反對的態度，主張擁抱中國傳統、關懷社會、走入人群，在傳統與現代的兩立中，要求正視現實乃或回歸鄉土。[15] 其目的本在於喚醒對「中國圖像」或是「臺灣圖像」的密切重視。但這一代的作家容易陷入的缺失是：

> 往往停頓在簡化的意識型態裡，欠缺對社會下層建築的細膩考察，對於島嶼都市化、農人的勞工化、白領階級藍領化等時代課題未能提出有力的見解，也未能提出呼應本身觀念的創作……[16]

不免「形成因襲的思維以及創造力衰頹的現象。」[17] 相對於此，出生於 1956 或 1960 年之後，在 80 年代崛起的詩人（即羅青〈後現代狀況出現了〉中所區分的第六代詩人），由於其所生長的環境已是全然工業化的情境，被全島都市化的資訊系統所包容，林燿德認為，相對於第五代詩人，他們能更深刻體會整個臺灣島嶼上的劇烈改變。

從上述林氏的論述我們可以瞭解，這群 80 年代中葉後以文本驗證了自我的存在，同時也驗證了嶄新臺灣經驗的新世代作家（包含林燿德自己），才是他眼中的新銳，或者他爾後反覆強調真正的「新世代」。林燿德提出「新世代」觀點又反覆重申「新世代」，無異是要突出這一群「新世代」與「前行代」的差異（以「新」相應於「前」、

---

[14] 林燿德：《一九四九以後》（臺北：爾雅，1986），頁 6。

[15] 林亨泰：〈從八〇年代回顧臺灣詩潮的演變〉，《世紀末偏航──八〇年代臺灣文學論》（臺北：時報，1990），頁 113-114。

[16] 林燿德：〈臺灣新世代小說家〉，《重組的星空》（臺北：業強，1991），頁 92。

[17] 同註 16。

相應於「舊」),藉以說明 80 年代現代詩的「世代交替」、後現代現象[18],
進而肯認他所倡導的都市文學。[19]

　　從 1985 年起,林燿德陸續完成新世代詩人評論共四十四篇,論
及詩人四十一位。[20] 這些關於新世代詩人的個論,顯然與他一系列關
於「新世代」、「80 年代」或「新人類」的評論文章有著相互印證的
效果。在 1985 年的〈新銳掃瞄導言〉中,林氏在評論「新世代」詩
人之餘也企圖藉由進一步的陳述,深化「新世代」立論的根據。在這
篇文章中,他肯認出生於 1956 或 1960 年後,在 80 年代崛起的詩人
才是真正的「新世代」。其中的關鍵,在於 1956 以後出生而崛起於
80 年代的詩人,其作品所呈現的訊息不論就外延面或內涵面,都與
標舉現實主義大旗,和現代主義詩人相抗衡的前代詩人,有著若干的
差異:一、新世代詩人在成長期已直接面對臺灣地區高度都市化的事
實;其中甚多根本成長在都市系統之中,對於人類普遍心靈的鄉愁更
甚過對於土地的鄉愁。二、此代詩人目睹 70 代詩人對前行代詩觀的
反動,有較為寬廣的視野,以及較為深刻的反省。三、80 年代臺灣
文學的發展已邁入新紀元。在 80 年代初期學院批評家中的少壯派,
已對廿世紀西洋文學理論及批評方法,較有系統地介紹入國內,使得
此代詩人在學習能力及創作潛力最強的階段,得以同步接受新的學術
營養。此外,由於所生長的環境背景不同,新世代詩人在創作上也出
現了一些不同的特色,如非文學院出身的詩人大為增加、創作的主題
隨著 80 年代資訊系統的高速成長而開闊,並吸收了社會科學與自然科
學等的知識,擁有更豐富的創作資源,創作技巧上也有種種的翻新。[21]

---

[18] 或者恰好是「新世代」的標籤反過來說明瞭,創作上的差異,以及後現代主
　　義的引進。

[19] 林燿德:〈八○年代現代詩世代交替現象〉,《臺灣現代詩史論》(臺北:文訊,
　　1996),頁 426。

[20] 《一九四九》十七篇,《不安海域》十四篇,《期待的視野》十一篇,《觀念對
　　話》中僅有簡政珍、羅青兩篇隸屬新世代。其中向陽、羅智成、羅青各重複
　　一次,故總論新世代詩人四十一位。

[21] 林燿德:〈新銳掃瞄導言〉,原載於《商工日報》〈春秋副刊〉(1985.7.21),今

　　林燿德認為以上的種種特點,乃因新世代詩人與歷史、社會背景存在的往復互涉關係,與前行代有若干差異所導致的結果,這樣的差異顯然是其「新世代」理論所要凸顯的。所以林氏進一步指出,「新世代」在取向上可概分為「古典婉約派」、「鄉土─寫實主義派」與「掌握都市精神的世代」三項主要類型,其中「掌握都市精神的世代」乃是迥異於前行代風格者。[22] 雖然林燿德並未貶抑前兩類的創作者,也在諸多文章中強調前兩類創作者的重要性,但符合都市精神的創作家,顯然才是他藉以和前行代相區別,真正走在時代前端的「新世代」詩人。這一點我們可以從其對 80 年代前葉現代詩風潮幾項重要徵候的觀察窺見一斑:

（一）在意識型態方面→政治取向的勃興
（二）在主題意旨方面→多元思考的實踐
（三）在資訊管道方面→傳播手法的實踐
（四）在內涵本質方面→都市精神的覺醒
（五）在文化生態方面→第四世代的崛起[23]

其中前面三項可視為 70 年代詩潮的延伸、發展[24],而將第四項與第五項兩相參照之後我們可以發現,所謂「新世代」的崛起乃是伴隨著「都市精神的覺醒」而出現的。80 年代的「世代交替」,乃是在這批掌握住都市精神的新世代手中來完成的。[25] 他們所提出的文學省思,恰與

轉引自〈不安海域──八〇年代前葉風潮試論〉,《不安海域》(臺北:師大書苑,1988),頁 55-58。
[22] 同註 21,頁 58。
[23] 林燿德:〈不安海域──八〇年代前葉臺灣現代詩風潮試論〉,《不安海域》(臺北:師大書苑,1988),頁 61。
[24] 同註 23,頁 62。
[25] 如林燿德在〈八〇年代現代詩世代交替現象〉批判劉登翰等主編的《臺灣文學史》所指出的,「鄉土寫實體式的承續和演進」、「傳統抒情體式的延續和發展」兩項是否能夠做為 80 年代的時代性標誌是大有疑問的。因為,它們不過是「一種抗拒時間、擁有固定公式的消費文類。」如抒情詩是一種「永恆」的類型;至於鄉土寫實詩在 80 年代的「承續和演進」是否真實存在,則是值

林燿德極力批判 70 年代寫實主義浪潮強調的意識型態，以及易流於個人抒情的體式，成為強烈的對比。

三、「世代交替」與典範的轉移

　　為了肯認「新世代」的出現，林燿德曾從量與質兩個方面，來說明新世代詩人正逐漸取代舊詩人的地位而興起。其一從量的方面來看，根據張默《臺灣現代詩編目》的調查，80 年代前葉出版的詩刊已佔 1951 年以來出版詩刊四分之一強[26]。在評論方面，攤開《文訊》〈近十年國內有關現代文學會議的目錄〉也可以瞭解「新世代」評論家的重要。[27] 另外，《創世紀》、《春秋小集》、《草根》及新世代詩人本身所組成的《四度空間》、《地平線》等詩刊在 80 年代後，所大量介紹的新銳詩人[28]，都可以讓我們看到新世代詩人正大量的出現。其二就「質」的因素來思考「新世代」的成熟度，林燿德認為是更具說服力的方式，因為整個 80 年代現代詩中舉凡性別（gender）、政治、種族、族群（ethnicity）等具有世界性也關涉本土現實的言談，絕大部分是在「新世代」筆下所掀起。[29] 從這兩方面來看，「世代交替」的現象似乎正儼然的發生。

　　在林燿德眼中，這個正發生的「世代交替」現象對於老一代的詩人意味著夢魘，但對青年詩人卻是節慶化的轉捩點。相對於舊世代以自己製造出來的正朔對新世代進行「撲滅」或刻意漠視，新世代乃是

得深入考究的問題。在此，林燿德無異肯認了「都市現代體式的崛起和繁榮」才是 80 年代的時代特徵。該文收錄於《臺灣現代詩史論》（臺北：文訊，1996），頁 433。

[26] 林燿德，〈不安海域——八〇年代前葉臺灣現代詩風潮試論〉，《不安海域》（臺北：師大書苑，1988），頁 10。

[27] 林燿德：〈八〇年代現代詩世代交替現象〉，《臺灣現代詩史論》（臺北：文訊，1996），頁 427。

[28] 同註 26，頁 53-54。

[29] 同註 27，頁 427。

「以革命或全盤否定的態度來挑戰過去」。所挑戰的或是所要粉碎的迷思與偶像，不僅是在 80 年代「取代」過去某一位列名「十大」者在 80 年代中的位置，而是「在世紀末的位置上，在整個廿世紀的文學史中向前行代提出挑戰。」[30] 換言之，林氏中的「新世代」乃是要在世紀末的關口上，對整個二十世紀的臺灣文學乃至中國文學，做一反省式的文學史思考，並對其重新進行評估與吸收。這一點不僅扣緊他重寫文學史的企圖與脈絡，同時也映照出 80 年代詩壇的特殊背景。

論者曾憂心地指出，80 年代現代詩的「世代交替」表面很熱烈也很積極，但其實是一場業已「沉默」的革命。因為曾經佔居文壇主流地位的現代詩，到了 80 年代已經喪失在媒體中主導文學的地位，小說評論與小說創作大受重視，又加上消費性大眾文化的滲入，文學雜誌的凋零、社團的消沉、文學創作的弱化、文學出版的萎縮，都讓詩壇更加的內向化與小眾化。[31] 在大眾化追求無望之下，如路況、孟樊者皆憂慮現代詩已瀕臨死亡，因為詩刊接續停刊，年度詩選一度暫停，中生代詩人意興闌珊，新生代詩人後繼乏力的耳語，更是迴繞在文壇上。[32] 「搶救現代詩」似乎已成為 80 年代中葉後迫不及待的工作。但若只是一味打著「搶救現代詩」的標幟，而不重新思考現代詩乃至現代詩壇上的盲點，那麼所謂的「新」或者「搶救」，只會再度流於單純的口號。唯有反過頭來思考現代詩「質」的問題，驗證現代詩創作本身的種種窠臼，催促新思想、新風格的形成，才是挽救現代詩壇，以及重新建立詩壇遊戲規則的重要工作。

在〈不安海域——八〇年代前葉詩風潮試論〉中林燿德便曾指出：

> 就臺灣現代詩現階段發展而言，誠為一大反省、大檢討之時代，亦為一再鍛接、再出發的時代。[33]

---

[30] 同註 27，頁 425、427。

[31] 向明：〈現代詩壇的困境〉，《文訊》革新第 5 期（1997.6），頁 35-37。

[32] 須文蔚：〈臺灣新世代詩人的處境〉，《林燿德與新世代作家文學論》（臺北：文建會，1996），頁 144。

[33] 林燿德：〈不安海域——八〇年代前葉臺灣現代詩風潮試論〉，《不安海域》（臺

80 年代儼然是現代詩危機也是轉機的時刻，也因此，對於詩本身的思考，成為新世代詩人在「世代交替」之際專注完成的工作。游喚曾發人深省地指出，新世代的詩其實是一種近詩的逼臨，是一切起於本質上近乎質詢的書寫，而這樣的書寫，隨伴著詩的思考本身之自發與自由，使得新世代的詩作極端地遊走在詩與非詩的邊際中，徘徊、遲疑、霸道、革命，但隨即也消解，隨意，或者率意。這是對詩本質的重新驗證，回到詩的原鄉重新找尋出發的道路。[34]

新世代對詩本質的重新思考，在林燿德眼中乃是與「世代交替」現象並行而生的。林燿德強調，「世代交替」並非取消前行代的詩史地位，而是重新思考文學史、詩史與世界觀等的問題。80 年代的「世代交替」不僅是他曾論及的 70 年代的「政權」的爭奪現象，也涉及到在一個重大關鍵時代中（解嚴後），整體社會的急遽變遷轉型，使得嶄新的政治型態逐步彰顯，過去潛隱的力量與意識型態逐一獲得釋放，解嚴後無疑是臺灣有史以來迎接世界思想潮流最為快速的階段。在這樣的情境中，80 年代崛起的新世代作家並不如 70 年代崛起的詩人對於世界思潮資訊取得困難，或僅能在前行代的思維中借鏡，以至於流於口號的呼喊而欠缺藝術的實踐。因為擁有世界性的視野，使得80 年代的新世代作家更能突破封鎖，擺脫前行代文體的影響，回到詩學與思考方式本身的改革，而非盤桓在文學／現實、菁英化／大眾化、橫的移植／縱的繼承這些過份二元的邊緣性議題。[35] 故而，新世代的詩人自然能夠較全面性的觀照，每一角落所面對的權力意識問題。所以，林燿德認為在這一點上，新世代中的一群思想家事實上已較前行代更為專業，沉默地進行文學與生存意識的革命。[36]

北：師大書苑，1988），頁 61。

[34] 游喚：〈幽人意識與自然懷鄉──論臺灣新世代詩人的詩〉，《世紀末偏航──八〇年代臺灣文學論》（臺北：時報，1990），頁 236。

[35] 林燿德：〈八〇年代現代詩世代交替現象〉，《臺灣現代詩史論》（臺北：文訊，1996），頁 426。

[36] 《新世代小說大系》總序，收錄於《重組的星空》（臺北：業強，1991），頁 106。

在強調「世代交替」的同時，林燿德也指出，「新世代」與「世代交替」這兩個詞彙既是指稱性的，也是轉義性的（tropological）；也就是說，既指向特定年齡層的詩人世代，也將他們視為一個隱喻，這個隱喻同時說明「世代交替」本身是 80 年代詩界主潮的形式和內容，而「新世代」在此可以超越特定的年齡層，指向整個詩壇從排斥後現代文化，到批判性地接納、轉化、吸收與實踐的過程。[37] 從這樣的闡述我們可以瞭解，林氏「新世代」的立論重點是：一、「新世代」與「世代交替」兩者是相互說明的，亦即「新世代」以其革命的態度完成「世代交替」，而「世代交替」本身也印證著「新世代」的存在。因而，「新世代」此一名詞可以指稱，卻不完全限定特定年齡層的詩人，而是可以放寬標準地納入參與這一場世代革命的「前行代」作者，因為部份創作者顯然是跨越諸世代的。或者，我們也可以反過來說，前行代的詩人能否在「世代交替」之際調整自己的步伐，也成為是否能夠突破過去、面向未來的關鍵。[38]「世代交替」在林燿德的眼中儼然成為一場新的革命。二、促使「新世代」詩人完成革命的關鍵，正是對眼前正逐漸大量出現後現代文化的批判、轉化、吸收與實踐。〈不安海域──八○年代前葉詩風潮試論〉中林燿德指出：

> 在八○年代前葉出現的各種新詩型及「後現代主義」，皆與本文〈前言〉中論及臺灣地區邁入後工業社會的現象有密切關係，這些新觀念泰半處於萌芽階段，理論體系皆未臻完備，但詩人們已展開大膽的嘗試，確實已顯現出淋漓的元氣。配合著這種新情勢而出現的，即是所謂第四代詩壇新秀。[39]

---

[37] 林燿德：〈八○年代現代詩世代交替現象〉，《臺灣現代詩史論》（臺北：文訊，1996），頁 426。

[38] 這是為何林燿德將生於 1948 年的羅青也納入其新世代中討論的原因之一，其他的原因尚可包括羅青對後現代文化的引進，以及余光中將羅青譽為「新現代詩的起點」等等。

[39] 林燿德：〈不安海域──八○年代前葉臺灣現代詩風潮試論〉，《不安海域》（臺北：師大書苑，1988），頁 53。本文引用〈草根宣言第二號〉中的說法，其書

對於林氏而言，現代詩是一種關係到「時代精神」或所謂「時代精神狀態」（metalité）的文學創作，詩的「當代意義」是一項相當值得注意的課題，如果我們把「新世代」視為一個擴充的隱喻，「時代精神」便成為其中的重要關鍵。[40] 儘管論及「新世代」的課題必須謹慎地避免淪入文化決定論的陷阱，但也不能規避「新世代」心靈結構與其言談已非前行代所能包攬，典範更替正在讀者所決定的文學史洪濤中進行著。[41]他認為新的典範已在「世代交替」的過程中逐漸堆逐起，當「新世代」以自己的筆在談論題材（或主題）的過程中建立專屬於他們的題材（或主題）時，便也樹立與「前行代」迥然不同的世界觀。此時，若我們將「新世代」的發展簡單地視為臺灣詩史中繼承前行代的延續，絕對是不符合文學史「現實」的。因為「新世代」所形成的新正文，「絕對」導致過去關於現代詩壇的敘述知識的崩潰。[42]

　　具體考察文壇之發展，「新世代」的出現恐怕並未「絕對」導致過去關於現代詩壇的敘述知識的崩潰，因為竄生於 1980 年代文壇的「新世代」作家，其世界觀與所面對的課題，儘管與前行代有著諸多差異，但在表現手法的襲用上，仍舊可以看到一些承襲的痕跡。至於所謂的「前行代」，也並未因後工業社會的邁入而遭到淘汰，林燿德的說法顯然有其偏頗之處。究其根柢，林氏乃希望透過「世代交替」來宣告新世代與前行代間的斷裂，透過奪權式的典範轉移論述，說明一場劇烈的革命正悄然的發生。對於這樣的看法，同是新生代評論家的孟樊則持較為保留的態度。孟樊認為，新生代的創作嚴格說來還是哺乳自老中世代，但由於他們生長在電子資訊的時代，雖然在創作技巧上大致仍沿襲上一代，但是在語言及形式的創造上，則有了不同於上一代的世紀末特色，並流露出「後現代」的色彩。不過，在論就「世

　寫晚於《一九四九以後》所提出的論點。

[40] 林燿德：〈八〇年代現代詩世代交替現象〉，《臺灣現代詩史論》（臺北：文訊，1996），頁 425-426。

[41] 林燿德：〈臺灣新世代小說家〉，《重組的星空》（臺北：業強，1991），頁 82。

[42] 同註 40，頁 427。

代交替」時，孟樊也強調 80 年代崛起的新生代與舊世代表現上的不同，並談及新生代乃是「向老中世代反叛，而不是承襲，而反叛本身即引含有奪權的味道。」[43]

「奪權」二字多少點出林燿德世代交替理論的背後企圖，而這種權力交替的論述，也引發中生代、前行代詩人的焦慮。如白靈便曾憂慮地指出，80 年代之前每一階段的新生代詩人，不論他們對詩社或詩刊的維繫力多麼短暫，其爆發力皆非常驚人，由「新人類」或新新人類所組成的新生代：

> 對文學的熱情似乎被其他事物的熱情所沖散，他們對文字的喜好似乎為圖像聲光所稀釋，他們所處的環境和價值觀已與壯年以上的詩人絕然地不同，他們的心靈是另一架不同齒距、不同尺碼之時代的巨輪推動的……他們比前行代詩人面對的困境似乎更大。[44]

針對白靈保守的看法，林燿德提出過相應的批判。他認為白靈的說法是向部分前行代詩人的守舊視野靠攏，以既屬於「過去式」的農業社會溫情主義來框限新世代的文體，可說是一種最典型的「印象式的感性批判」，缺乏對詩人相對於前行代之差異及自我突破程度的瞭解與並時的觀察，未深入詩人創作本質而徘徊於「先驗的偏見」。實際上，80 年代新世代絕非如白靈所指出是「知性的虛無」的一代，而恰恰是針對 70 年代以來「鄉愁」與「鄉疇」[45]，兩者所共有的「感性虛無」提出了反動，其主知的傾向，並非對世界缺乏熱情，只是表

---

[43]　孟樊：〈臺灣的世紀末詩潮〉，《聯合文學》第 7 卷第 9 期（1991.7），頁 138-138。

[44]　白靈：〈詩怎麼傳？〉，《臺灣現代詩史論》（臺北：文訊，1996），頁 702。

[45]　在〈不安海域——八〇年代前葉風潮試論〉中，林燿德也曾對蕭蕭於 1981 年提出與「鄉愁詩」相對的，「鄉疇詩」的概念提出討論。他認為，蕭蕭從詩人內在的情緒反應來定義「鄉疇詩」，其判定執中而立，已提供日後強調「本土意識」與「詩功能主義者」一重要資訊。但不管是「鄉愁詩」或是「鄉疇詩」都很難掙脫「感性的虛無」而以知性面對當前情境。以上參見該文，頁 30、31、59。

現手法凝鍊含蓄，而這反倒能夠真正切中當代的時代精神。林燿德如此的論述雖有誇大新世代與前行代間斷裂的嫌疑，但對於兩代間本質上的差異也有其真知灼見之處。

我們可以發現，林氏「世代交替」觀念的提出所要揭露的，其實是「典範」（canon）的轉移，以及對典範轉移本身的重新思考。在林氏眼中，文學世代之間是代代相承的關係，後一世代必然會承接上一代所創造的遺澤，這是一種主流／非主流文學史本身所包藏的思考盲點[46]，因為同處於當代時空中的不同詩人是處於一共同的網絡（前後文關係）中，產生彼此交錯的影響與互動。[47] 也因此，所謂「歷時性」的承接，或者舊傳統山窮水盡之後才可能有新傳統承接的觀點，使我們忽略世代之間可能是「共時性」的並置，亦即是不同的世代處於相同的時空中，一同面對時代的困局及課題，爭取優先的發言權。如此，究竟何者能成為該時代的「典範」，便端賴何者更能反映出當代的視野，提供更廣闊而具深度的創作空間，真正掌握或塑造出了「時代精神」。

所以，80 年代的「時代精神」究竟為何，便是林燿德的「新世代」理論必須接著申論的。他首先批判的是以「多元化」一詞來說明 80 年代的「時代精神」。林氏指出，「新世代」透過對舊有的連續性史觀的挑戰，在「世代交替」的過程中被催生，建立起自我時代的嶄新「世界觀」，這樣的「世界觀」往往因為社會現象以及創作上的多元而被以「多元化」一詞概略而過，但這卻是值得我們深思的。80 年代後期臺灣逐漸走入詹明信（Fredric Jameson）眼中「晚期資本主義時期」或後工業社會，或後現代主義時代，無論在社會結構或文化模式，消費者或供應者之間的關係，都產生著極急遽變化。[48]

---

[46] 關於林燿德對文學史的思考可參考筆者〈林燿德與文學史重探〉，《乾坤詩刊》第 20 期（2001.10），頁 24-28。

[47] 林燿德：〈八○年代現代詩世代交替現象〉，《臺灣現代詩史論》（臺北：文訊，1996），頁 427。

[48] 張錯：〈抒情繼承：八十年代詩歌的延續與丕變〉，《臺灣現代詩史論》（臺北：文訊，1996），頁 415。

　　新世代伴隨著「解嚴」與言論自由的解凍，因而其碰觸的議題兼及多元，使得 80 年代以來文壇趨向於多樣化與解中心的傾向，因之，「多元化」便往往成為諸多論者眼中 80 年代文學的標籤。然而，「多元化」其實只是 80 年代臺灣文學的一個主要特色，或是 80 年代臺灣文學的一個主要趨勢。若以「多元化」一語帶過，無非是模糊了「新世代」所不斷努力呈現的「時代精神」。[49] 那麼，林燿德眼中的「時代精神」究竟是什麼？這種「時代精神」也許是十分抽象的，雖然能夠以諸如終端機、CD-ROM 之流的意象來做浮面的勾勒，但更重要的應當是：「如何進行和世界的深層對話。」[50]

　　這種「深層的對話」顯然體現在於林氏不斷強調的「後現代」與「都市文學」上。他指出，新世代作家對二元對立模式的質疑和顛覆有許多關鍵的例子：他們質疑國家神話、質疑媒體所仲介的資訊內容、質疑因襲苟且的文類模式，甚至意圖顛覆語言本身。對語言本身以及中心論述的質疑，其實正是許多後現代論者所著眼的重點。後現代與林燿德眼中的「都市文學」實有交錯之處。在〈以當代視野書寫八〇年代臺灣文學史〉中林燿德便認為，後現代主義提供了另一種看待文學的選擇，另一值得注意的，可能是都市文學的被提倡，它變成了一個新的文學類型，與後現代主義有極為相似的血統，兩者均十足反映了當代社會及文化環境的變遷。[51] 循此，從「新世代」與「世代交替」中我們得以窺見的，其實是林燿德所意圖建立結合後現代觀點的都市「新典範」：「後都市詩學」。

---

[49] 對於論者往往以多元化來論述 80 年代而造成面目的模糊，游喚曾感慨的說過：「八十年代所謂的文化現象，並不用『都市化』來形容。反而過早地用『多元化』與『解構』去描述。於是，都市化與都市詩（或都市文學）的論述，自然地，夾雜在後現代狀況中，而被混合敘述。」如此，使得都市文學或都市詩所呈現的觀物角度受到忽視。而此，我們可以看到林燿德正是針對此點做出了重要性的反思，而反過來以都市化的「時代精神」來瞭解 80 年代。參見游喚：對〈都市與都市詩〉的講評，《當代臺灣都市文學論》（臺北：時報，1995），頁 420-421。

[50] 黃凡、林燿德編：《新世代小說大系》總序（臺北：希代，1989），頁 6。

[51] 同註 50，頁 10-11。

第二節 臺灣的都市發展與都市文學三階段論

一、臺灣的都市發展

　　都市是人類社會創作的成果，是都市化過程中的人類社區，其成長代表人類文明進展的象徵。早在一萬多年前人類開始聚居生活，形成農業社會，就已出現都市。但是人類聚居生活大量集中於都市，而且都市的數量高度膨脹，無論是都市的個數或是人口的增加，卻是近百年的事。[52] 中世紀的歐洲，人們普遍相信「城市自由」。原來被束縛在土地上的農民擺脫土地，進入城市後便在法律上成為自由人，同時城市也給個性發展帶來了令人激動的前景。19 世紀進入現代後，城市空間因資本主義的影響展現與古代城市不同的面貌。城市不再是宗教的核心，而以一個世俗的霸權形象出現。可以說，是資本主義改變了整個力量的平衡，尤其機器的發明和大規模的產品生產，更加確立了城市擴張的力量，這種新的社會型態與秩序所創造出來的空間規劃，展現的是一個新的城市面容。都市也隨著資本主義的勃發，成了社會發展的中心。

　　從人類發展的過程來看，都市一直是文明的中心與思想家藝術家的聚集之所。在西方 19 世紀末興起的實驗性現代主義文學，便是從城市中發展出來的。這些城市並不只是偶然匯聚的地方，它們是新藝術產生的環境，知識界活動的中心，也是思想激烈衝突的主要地點。它們大多是傳統的文化藝術中心，也往往是新的環境，帶有現代城市複雜而緊張的生活氣息。[53] 從西方的角度來看，現代文明在本質上可

---

[52] 蔡勇美、章英華主編：《臺灣的都市社會》（臺北：巨流，1997），頁 65。

[53] 馬爾科姆・布雷德伯里：〈現代主義的城市〉，收錄於馬・布雷德伯里、詹・麥克法蘭編：《現代主義》（上海：上海外語教育，1992），頁 79。

以說是城市的文明。然而，相較於西方以城市為發展的重心，中國卻長期保持著農業社會的情調，現代城市的氣息一直未曾真正的成為社會或是文學發展的重心。李潔非在《城市像框》中曾以古典城市的概念定義中國的傳統城市。他認為，在古典城市中權力仍舊是居支配地位的，社會關係依權力關係而定，握有權力的人掌握著沒有權力的或在權力等級中較低的一級的人的生存和自由，但在近代城市中，由於貨幣成為至高無上的權威，社會實際上從權力關係所派生的等級下解放出來，社會的關係進而從「人─人」的矛盾關係轉化為「人─物」關係，人的價值能力體現在對於貨幣的控制和佔有上。中國由於長期處於以農業為重心的發展型態，其都市的內涵一直未脫古典城市的範疇，直到 19 世紀末，近代城市金融業和消費性文化的空間色彩，才在上海這樣的殖民城市中出現，我們也才能在 20 世紀的 20 年代末至 40 年代初的上海，看到一些超越傳統「市民文學」的城市文學作品，處理城市人的生存處境。[54] 簡而言之，現代主義式的城市生活始終付之闕如，一直到 20、30 年代，我們才能在施蟄存、戴望舒、路易士這些「新感覺派」小說家與《現代》雜誌詩人的作品中，瞥見一絲詹明信（Frederic Jameson）口中壟斷式資本主義的城市氣息。

那麼，臺灣都市發展的情境又是如何呢？章英華指出，在清朝以至日治時期，都市緩慢而穩定的成長，不同的移民性質、對外貿易和統治型態，相應著不同的都市體系，然而，嚴格說起來，臺灣在 1945 年之前，甚至到 1950 年代，還不能說是一個都市化社會[55]。臺灣在清朝時為新開發的邊陲地帶，都市發展歷史相對也短，並未形成太大的

---

[54] 李潔非：《城市像框》（山西：山西教育，1999），頁 24、28。

[55] 都市人口成長與都市化常是同時發生，卻並不代表同一件事。都市成長（urban growth）指住居都市區域的人口增長。都市化（urbanization）則指全人口中集居都市區域之部分的增長。都市化不只是都市成長的函數，亦是鄉村成長的函數，它是代表人類住居的空間領域轉變的過程。因此，都市化可指社會與經濟活動尺度之擴大與複雜化之過程，或就人類行為規範層面所言，亦可朝向新的行為規範或文化體系的過程。蔡勇美、章英華主編：《臺灣的都市社會》（臺北：巨流，1993），頁 75。

都市，卻有著高於中國其他區域或省份的都市化程度。臺灣農業上開發的潛力，與中國大陸之間的農業與手工業的分工，造就了許多港口都市。但在 19 世紀中葉以前，比較起農業生產和島外貿易所匯集的港口都市，份量仍然弱些。全島的政治經濟中心的雛形，臺灣省城，在 19 世紀末葉才略為彰顯。

日治殖民時期，前三、四十年，工業日本農業臺灣的產業政策，一方面限制了臺灣工業的發展，促成臺灣農業商品化的傾向，也促成臺灣工業產值的隨之提高。農業商品化可以促成小型鄉村都市的形成，卻不見得會促成小型都市的持續成長。也因之，臺灣各區域都市在日治時期都未具備現代工業的基礎。整個日治時期臺灣的區域都市，基本上仍是以政治中心和商品交換中心的功能而增長。其中，臺北市相對於其他區域都市，其人口的規模雖尚未達到開發中國家首都的地步，但做為政治經濟中心的地位，其與第二都市的差距明顯。不過，農業商業化和農產品加工業仍是日治時代產業的特色，也造就了成長有限的鄉村都市（rural towns），所有都市的成長，都不在於現代工業，而是在行政體系以及區域貿易的擴張。[56]

戰後四十年來臺灣的社會經濟結構歷經諸多變化，其都市的轉型究竟是追隨已開發國家的都市發展模式，或者落入低度發展國家的都市成長模型？若以西方國家都市化過程的經驗來看，都市人口少於 25% 是都市化初期的徵候，當都市人口比例增至 25% 至 60% 是為都市化加速期，都市人口比例在 60% 到 70% 之間，已是都市化成熟期，那麼臺灣的都市化是在 1950 年之後的短短四十年間，從初期（1950 以前）到快速發展期（1950-1976）到 1986 年之後已然進入都市發展的成熟期。

孫清山認為，從經濟發展的角度來看，1960 年以前都市的發展才剛起步，臺灣還是典型的農業社會，70 年代起的勞力密集工業發展，創造了大量的藍領工作就業機會與高速的經濟發展。到了 80 年

---

[56] 同註 55，頁 35-58。

代，在世界經濟市場的競爭下，被迫調整產業經濟結構，邁向技術密集、資本密集的升級方向及服務業擴充，到了 1986 年又是一大轉變，服務業的就業人口超過了工業，邁入了以服務業為主導的社會，而具有後工業社會之特質。[57]

也就是說，臺灣在短短的四十年間，便完成了西方百多年才完成的都市轉型，從農業到工業到服務業為主的社會型態，其發展變化的速度可不謂之劇烈。論者指出，類似臺灣這種非西方社會的快速發展，顯然是受到西方社會的衝擊之後才展開的，非西方社會的現代化歷程。[58] 1949 年政府遷臺，美國發表「外交白皮書」將大陸淪陷的責任歸於國民黨政府，因此終止 1947 年開始的美援計畫。然而 1950 年韓戰的爆發，促使美國重新思考臺灣地位的重要，為了軍事上的需要，美援積極東來，一方面積極提升臺灣農業的生產力，一方面則致力於幫助臺灣我國推動進口替代工業化的發展。雖說美援本身的目的乃在於將臺灣地區變成其圍堵體系下的一環，但卻也在美援的過程中，促使臺灣走上現代化的發展歷程。

50 年代末期，由於美國的介入使得我國的經濟結構開始朝自由化的方向改變。1959 年美國共同安全署來臺考察對美援成果表示相當滿意，乃決定以臺灣做為經濟發展中國家的「典範」，並於同年 12 月向臺灣提出「加速經濟計畫綱要」，要求臺灣經濟朝自由化、民營化的方向發展，使得臺灣能夠在 1960、1970 年的國際「發展年代」，快速融入世界經濟體系（資本主義化），並在整個經濟合理化的過程

---

[57] 同註 55，頁 76-78。

[58] 現代化是傳統社會向現代社會的轉變過程。它是多層面同步轉變的過程，是涉及到人類生活所有方面的深刻變化。概括起來，可以看做是經濟領域的工業化，政治領域的民主化，社會領域的城市化以及價值觀念領域的理性化的互動過程。西裏爾・E・布萊克編，楊豫、陳祖洲譯：《比較現代化》，（上海：上海譯文，1996），頁 7。在現代化的過程中，都市的發展往往成為判斷的準則，在 1960 年代的箱根會議中所列出現代化的八個特徵中，第一點便指出：人口比較高度地集中於城市，整個社會越來越以城市為中心。頁，215-216。

中,建立現代化國家,資本主義構成的政經體制。[59] 1965 年美國介入越戰,美援停止,但將一部份軍需品交由臺灣生產,並將臺灣當成是美軍的「後勤基地」。由於生產力的提升,1966 年之後外銷導向的工業化帶動了生產關係的轉化,60 年代後期成了臺灣經濟開始大幅度發展的時期。1970 年間更在十大建設的陸續完成中,促使臺灣迅速走入資本化的年代。50、60 年代臺灣的社會,正處於政治與經濟依賴美、日的狀態中,並藉由對美、日文化模式的全盤移植,構築出「現代化」的幻影與憧憬。

論者林以青在《文學經驗中的都會情境轉化之探討》中,曾以 1967 年臺北改制為論述分期的標準,將臺灣的都市化歷程分成——克難的戰時首都到逐漸萌芽的現代化(1950－1967)以及飆越的都市化現象與動盪不安的時代(1967－1979)——兩個階段。她指出在前一階段中,從 1951 年至 1965 年間近十五億的美援為臺灣戰後資本主義的發展奠定了重要的基礎。而 1954 年的「亞洲協會」、1957 年的「美國在華教育中心」的成立等也為臺灣培養了一些受西化教育的菁英份子,為往後臺灣的「現代化」產生一定影響力。

此外,1957 年標誌著臺灣美術現代化運動的「五月畫會」和「東方畫會」以及現代主義文學、西化論述等的出現,事實上都匯聚了一股現代化的潮流,帶出了現代化的情緒,並逐漸顯露出都市文化的內涵。如謝里法者,便意識到要有新的藝術來配合由工商業所培植出的都市文化,昔日的民俗美術或文人畫都已不再能反映新的都市社會。林以青認為,在 50 年代城市裡的藝術已經開始思索現代性的內涵。不過,50、60 年代的城市步調仍是親切而緩慢的,悠閒浪漫的城市生活與田園氣息仍是當時臺北文學經驗中的典型城市感受。[60]

---

[59] 淩子楚:《臺灣八〇年代社運的政經分析》(臺北:臺大三民主義研究所碩士論文,1994),頁 45-46。

[60] 林以青指出,60 年代的臺北城市中心的街道,仍有強烈的黃昏感覺。如詩人商禽曾因為黃昏的情境而激發詩人浪漫的情懷,為此情境以詩寫下感懷,但另一方面,林懷民的小說「蟬」(「自然」的隱喻),卻已經開始透露出都市化的腳步即將淹沒了原有的自然氣息,使得都市中的自然不斷地在消逝、隱退

　　到了 70 年代，由於資本經濟的飛快成長，城市的急遽化發展，跨國公司的商業大樓林立，都市的面貌正在劇烈的改變著，都市裡的人也正在短暫的時間內，深刻的感受到都市的變化。從 1967 年臺北改制之後，臺灣正經歷另一階段的都市化歷程。林以青指出，這時期的臺灣，都市急遽的轉型，表現在都市中，移民人口的激增以及日益資本化的都市發展。由於都市取得優勢發展，城鄉差距也越來越白熱化，鄉村移民大量湧入都市，導致鄉村的貧血，也造成城鄉之間價值觀念的混亂與文化的差異。同時，由於都市環境與社會資本化的腳步過於快速，帶來異化、物化以及城鄉價值的衝擊混亂等等的現象。這些逐漸浮現的都市問題，都在不斷的促使都市問題成為敏銳作家筆下的重要課題。

　　70 年代規模龐大的鄉土運動，正是以臺北都會為漩渦中心，擴散各地形成了 70 年代激昂的歷史標記，同時，也使得都會產生一股新生的活力。這股新的活力暗示著，都市經驗並不盡然如寫實主義作家所呈現的陰暗負面現象，而是在華麗與辦公大樓大量出現的現代化都市風貌中，說明臺灣的都市已經逐漸從 50、60 年代的田園風格的都市，轉變成為一座現代都會。[61] 到了 80 年代，臺灣經濟從「能源危機」復甦後，社會進入全面快速的都市化過程，已然形成一個資訊網路盤纏的「都市島」，並預告著都市文學將成為 80 年代文學的重心。

到更遠的邊緣。另一個值得重視的，是 50、60 年代在臺北出現的現代咖啡館，為都市文人提供了一個聚集與停靠的地點，她認為，在這樣一個「塔的年代」，咖啡館繼承了 30 年代以來「波麗露」對藝文界產生的重大影響，代表著都市中新興文化階級與中產階級的出現。如果都市是現代文化活動發生的舞臺，那麼「文人咖啡館」則成了這個舞臺上最活躍的媒介據點。咖啡館猶如一座「塔」，知識份子在其中咀嚼著白色恐怖的苦，顯露出其中晦澀、憂鬱的情境；一方面它也象徵著都市新文化已經在這個臺灣的文化中心：臺北，如火如荼的以現代主義、存在主義、現代文學作品的面貌展開。參見林以青：《文學經驗中的都會情境轉化之探討》（臺中：東海建築系碩士論文，1993），頁 68-70、80-89。
[61] 同註 60，頁 48。

二、城／鄉對立下的都市文學：都市文學三階段論的前兩個階段

在《當代臺灣都市文學論》的序文〈鳥瞰城市迷宮〉中，鄭明娳曾語重心長地指出，在 80 年代逐漸從隱性轉為顯性，並將成為文學主流的都市文學，乃是臺灣文學的重要面向。不論從「城鄉差距」的角度或現代／後現代的種種辯證關係來看，臺灣各種文學作品中的都市現實、都市意象和創作者的都市意識，都充滿了各種豐富的可能性。在鄉土文學漸受學院研究者青睞之餘，臺灣都市文學研究卻仍然是一個極待開發的領域。[62] 事實上，這個亟待開發又充滿著豐富可能的區域，正是林燿德一直持續關注的。從 1980 年代初期開始，林氏即對「都市文學」的觀念與創作實踐產生濃厚興趣，到了 1989 年，黃凡與他在《新世代小說大系‧都市卷》中共同提出「都市文學已躍居八〇年代臺灣文學的主流，並將在九〇年代持續其充滿宏偉的霸業」的看法，認為「我們已經為臺灣近十年文學變遷的歷程，提供了一套參考座標。」[63] 從對都市文學產生興趣，進而將「都市」當成 80 年代文學變遷的重要參考座標，到企圖建立「後都市詩學」。林燿德對「都市」與「都市文學」顯然如他自己所說，是「在自我實踐以及對此一世代的觀察中不斷修正」的。[64]

林燿德認為，「都市文學」的發展與成熟可以分成三個階段，分別是上海的「新感覺派」（30 年代）、紀弦的臺灣「現代派」與《創世紀》掀起的「後期現代派運動」（5、60 年代），以及他所提倡的新世代「都市文學」（80 年代）。[65] 三個階段的排序，既是替臺灣都市文學的發展，搜尋其歷史發展的根源性與脈絡性，也是在替他與黃凡

---

[62] 鄭明娳主編：《當代臺灣都市文學論》（臺北：時報，1995），頁 9。

[63] 林燿德：〈都市：文學變遷的新座標〉，《重組的星空》（臺北：業強，1991），頁 199。

[64] 同註 63，頁 199。

[65] 林燿德：〈以書寫肯定存有：與簡政珍對話〉，《觀念對話》（臺北：漢光，1989），頁 182。

等人在 80 年代所提倡的都市文學,做一重要的歷史溯源。在歷史溯源的過程中,他還賦予自己另一個重大的任務,即透過考掘被埋沒「新穎的廢物」,重新尋獲前代「創造性的心靈」、「文學史上的不適者」[66],在過去論者所不重視的史料中,重探彼時被扭曲或淹埋的臺灣文學史。換言之,林氏的都市文學三階段論實際上是一種臺灣文學史的重述,而其重述的核心乃在於挖掘長久以來被文學史家所忽略的,都市文學與現代主義文學的發展脈絡。

1930 年代的新感覺派以現代主義的手法首度表現都市意識的潛航,我們在第二章已經詳論過,在這裡要補充討論的是與小說一同構成 30 年代都市文學熱潮的都市詩。至於,紀弦等承繼 30 年代的現代主義脈流,如我們在第三章中所討論,林燿德重視其超現實的脈流將其當為第二階段的都市文學自有其因,但實際上在討論此一階段的都市文學時,卻是以羅門為對象密集論述,故而在此我們將以羅門的都市詩觀作為論述的對象。

面對環境的變異,詩人一直是其中最敏銳的觀察者。在新感覺派大張旗鼓的以小說的方式反映上海資本主義的實貌時,一批保有田園情結的詩人如戴望舒、何其芳、卞之琳等人,仍舊流露出對都市情結的反抗與逃避時,都市詩其實也在施蟄存、徐遲、鬱琪等人手中,迅速反映著上海的都市情結。如果說田園情結的現代詩是林燿德所認為,仍舊耽溺於十九世紀心緒戴望舒的核心詩學主題,那麼都市情結的現代詩則是為施蟄存所開創。張同道認為就如施蟄存所說:

> 《現代》中的詩是詩,而且是純然的現代詩。它們是現代人在現代生活中所感受的現代的情緒,用現代的詞彙排列成的現代詩形。

---

[66] 這些創造性的心靈,在林燿德的眼中是文學史中的「不適者」,在與張錯的對談中他指出,只有真正「反主流」的作家才能從「主流」中跳離出來,找到一條新路。其無疑蘊含以邊緣解構「主流」,或打破主流/邊緣二元對立迷思的意圖。參見林燿德:〈權力架構與現代詩的發展──與張錯對話〉,《觀念對話》(臺北:漢光,1989),頁 115。

施蟄存的這段話顯然可以當作是都市詩的宣言，他的《意象抒情詩》則成為都市詩的初期範式。[67] 30 年代的都市詩就如同新感覺派的小說（也因為其中部分創作者的重疊），在雜陳中顯露了現代化過程中，知識份子由鄉下人向都市人轉型所表現出的種種文化焦慮與文化固結，以及異於整個大中國的殖民都市特色。以初次顯現的現代城市風景區別於古典城市的風貌，在這個階段中，都市文學並未因此在中國正式生根，而是以意識流的風貌曇花一現地預告了，都市化乃是文學發展必然的路程。

在 50 年代末期臺灣仍處於農經主導的經濟階段，首先揭起都市文學大旗的是被張漢良譽為臺灣都市詩宗師的羅門。羅門創作或其理論的中心無疑是其「第三自然觀」。在「第三自然觀」的創作理念中，「第一自然」是人類本源的大自然客體，通常羅門亦將人為的田園包括進「第一自然」的範疇；「第二自然」是指人類的文明空間，都市正文無疑成為典範。「第三自然」則是奠基於此二者之上的一種作者論的創作觀。[68]「第一自然」代表的並非一種原始的自然，而是人類所建造，簡陋卻自足圓滿的小天地。這個「寧靜」的田園最大的功能是在烘托出「不安」的都市。

羅門構想中的田園是「理想中」的優質生存空間，它完全漠視現代農民在農產品行銷過程中的被剝削處境，風災水禍的疾苦等不安因素，更別提古代農業社會在政經體制下農奴般的劣境[69]，而這正和現實生活中不斷襲來的殘酷成為一種對比。最原始的田園既不可能保存，人類又得生活在不斷入侵的現代文明中，於是詩人便需要重新找回一種力量，藉以達成書寫上自我的心靈解脫，這便是「第三自然」觀的產生原因。其目的便是在超脫田園與都市等必然面對的有限，而

---

[67] 張同道：〈都市風景與田園鄉愁〉，《文藝研究》，1997 年第 2 期，頁 91。
[68] 林燿德：〈無深度崇高點的「後現代」〉，《觀念對話》（臺北：漢光，1989），頁 196、197。
[69] 陳大為：《存在的斷層掃瞄──羅門都市詩論》（臺北：文史哲，1998），頁 31。

達到一無限的境地。[70] 這點實際上是針對都市文明的出現，有感而發的。

　　陳大為在討論羅門的都市詩時曾一語道破，羅門詩創作的終極關懷對象就是「此在」（Dasein），而其選擇的書寫場域是現代都市，他對存在的思考自然趨向現代都市（第二自然）。[71] 在這種存在的思考中，現代人的「生存悲劇」成了羅門都市詩所要表現的重點。都市物質文明的侵害所形成的虛無感與幻滅感中，人類受到時空與文明帶來的動亂、不安所壓迫而感受到生存的苦痛。對羅門來說，一流的詩人便是要能夠將此一現象展露，讓讀者看見都市人的靈魂如何在時空的絞架上喘息：

> 鋼鐵的都市，它以圍繞過來的高樓大廈，把遼闊的天空與原野吃掉，人類的視覺聽覺與感覺在跟著都市文明的外在世界在急速地變動與反應，現實的利害又死死抓住人們的慾望與思考不放，人便似鳥掉進那形如鳥籠的狹窄的市井裡……詩與心靈便一同在人生存於日漸物化的都市環境中被放逐，人的內在生命遂趨於萎縮與荒蕪了。所以我堅持詩的偉大聯想力，是打開這隻鐵籠使一切存在重獲最大自由的力量。[72]

都市猶如水泥與鋼鐵所包圍的叢林；由人性在都市環境下造成的扭曲與異化這個層面觀之，都市便是一座「人類動物園」。[73]當都市文明斷把人放逐在腰下的物慾世界，將人的內心，從生機勃勃的「空靈」狀

---

[70] 張漢良指出，羅門的第一自然類似於浪漫主義所嚮往的自然，第二自然即古典主義者用以肯定人定勝天價值觀的世界，第一和第二自然構成了人類生存的「兩大『現實性』的主要空間」，乃是詩的素材，第三自然則是超越現象界的本體界，正是超越象徵主義（Transcendental Symbolism）的藝術觀，是詩所營構的世界。張漢良：〈分析羅門的一首都市詩〉《當代臺灣文學評論大系·新詩批評集》（臺北：正中，1993），頁 126-127。

[71] 陳大為：《存在的斷層掃瞄──羅門都市詩論》（臺北：文史哲，1998），頁 1-43。

[72] 羅門：《時空的回聲》（臺北：德華，1981），頁 199。

[73] 林燿德：〈在文明的塔尖造路──羅門都市主題初探〉，《羅門論》（臺北：師大書苑，1991），頁 68。

態，日漸推入蕭條、凋零的「靈空」狀態，造成心靈與精神貧血與趨於乾涸枯萎的現象，逐漸被物化為文明動物，羅門認為這是導致都市在另一個方向上形成死亡徵候的原因，這也是他為何會寫下 1961 年的〈都市之死〉以及不斷強調都市的負面精神。[74] 詩人位居於都市文明中，便是要藉由「詩的偉大的聯想力」來開啟一道通向真正自由的大門，這種精神顯然也為林燿德所繼承。

誠如陳大為所指出，從 1957 年〈城裡的人〉起，在羅門的眼中都市便恆是「惡」的化身，其「第二自然」是形下悲劇與達達式虛無主義的載體（vehicle），更是其都市詩的真正書寫喻依和對話對象。[75]故而，羅門的都市系統置放在他的藝術系統中，成為「反符號」的集合體：

> 詩作為第三自然，仲介了、化解了，也超越了互相衝突的第一自然（原始的大自然）與第二自然（都市）。[76]

不過，在實際的創作上，羅門卻投注更大比例的心力在與「第二自然」的對話上，完成對都市以及都市人陰暗面的「鞭韃」。做為批判都市的詩人，羅門最常表現的是「第一自然」與「第二自然」間的衝突，以及「第一自然」遭受「第二自然」的戕害：

> 都市化逐漸擴張的現代，我們活在緊張的生活氣氛中，視覺、聽覺與感覺所接觸到的一切，都是那麼不安、失調、動盪與破碎；於動亂的都市裡，好像潛伏著一種變幻與短暫的力量，隨時都可能將我們的精神推入迷亂的困境。[77]

有別於過去田園生活的平緩步調，都市生活帶來的是不斷的變化與稍縱即逝的迷亂情境，這樣的情境不斷將人下放逐至形下的世界，使人面臨著心靈枯竭的窘境：

[74] 羅門：〈都市與都市詩——兼答讀者問題〉，《詩眼看世界》（臺北：師大書苑，1989），頁 201-204。
[75] 陳大為：《存在的斷層掃瞄——羅門都市詩論》（臺北：文史哲，1998），頁 25、32。
[76] 張漢良：〈都市詩言談——臺灣的例子〉，《當代》第 32 期（1988.12），頁 44。
[77] 林燿德編：《羅門創作大系（卷八）羅門論文集》（臺北：文史哲，1995），頁 81。

> 當都市文明不斷把人放逐在腰下的物慾世界,將人的內心,從
> 生機勃勃的「空靈」狀態,日漸推入蕭條、凋零的「靈空」狀
> 態,造成心靈與精神貧血與趨於乾涸枯萎的現象,這不就導致
> 都市在另一個方向上形成的死亡徵候嗎?[78]

也就是如此,促使羅門寫下長達百行的〈都市之死〉,以豐富的想像力
和急促的語調,大膽解剖著城市。從外部的環境來看,當 50、60 年代
存在主義、現代主義傳入臺灣時,整個臺灣的經濟與文化型態也隨之
巨幅改變,羅門〈塔形的年代〉一詩正是描繪出這種這種充滿變數、
生機,一切都向永不復返的發展推進的感受。所謂「塔形的年代」實
係「圓形的年代」的對稱,在農業社會,一切事物都處於循環消長的
文化生態環境,歷史興衰如「圓」之周而復始;而工業文明階段,科
技、經濟的成長卻是不可回頭的,猶如「塔」之上向發展永無返復之
時,也因此羅門乃以「塔形年代」來指稱逐步邁入現代化中的臺灣。[79]

事實上,都市化快速席捲全臺,植根於鄉村生活中的作者面臨生
活上的巨大轉變,並逐步去思考文明與素樸生活間交錯複雜的課題,
而這甚至成為他們作品中相當重要的一環。因為,文明帶來的方便與
快速,與西方移植而來的文學技巧與哲思,並未使人們得到應有的滿
足與喜悅,相反的如羅門所指出,巨大的衝擊、物慾的流洩和無法植
根所生鄉土的恐懼,造成人們內心的不安與憂慮,也帶給詩人一種無
法言喻機械的、冷漠的寂寞。[80] 林燿德抱持著與陳大為類似的觀點,
他認為在 60 年代確立都市詩學的羅門:

> 都市系統在羅門的意識中,仍然是一個纏困在慾望與權力挫折
> 感中的「地點」;在詩人的俯瞰下,從現象中抽出來的「都市」,

---

[78] 羅門:《詩眼看世界》(臺北:師大書苑,1989),頁 202。

[79] 林燿德:〈三六○度層疊空間——論羅門的意識造形〉,《羅門論》(臺北:師
大書苑,1991),頁 22。

[80] 如羅門在〈塔形的年代〉一詩中所說:「當『年代』與『未來派』在急轉的輪
軸裡私奔/蘇格拉底登空的虹橋便遭閃電擊斷了/柏拉圖的理想國也被控為
違章建築……/在塔形的年代裡寂寞似塔。」

拔升出肉眼目睹的現實，而形成傅科（Michel Foucault）所謂的「差異地點」──一個「幻設的真實空間」，能夠在生活中尋找到準確的喻旨，但又在於一切地理定位之外。[81]

林燿德以《聖經》〈創世紀〉中的「巴別塔」（Tower of Babel）寓言，闡釋羅門都市詩所顯露出的內在焦慮。他認為，羅門靈視中宏觀的都市仍然深陷在巴比倫塔被懲罰的遠古神話，在築塔者彼此的語言（意識）衝突下，塔頂永遠無法抵達「天堂」，「天堂」終於墜落「橋下」。[82]「達達式的虛無主義」與蛻變自沙特和尼采的虛無精神充盈滿羅門的都市詩，使得其中的「都市」猶仍是個慾望與權力纏困糾結的「地點」，而居處其中的人，藉著詩即便能夠暫時的逸離至另一時空，卻無法離脫都市此一「地點」所帶來的無限困窘。在慾望與權力的雙重擠壓下，立居其中的人乃遭受扭曲與異化。在 60 年代這個時期，儘管羅門這個城市詩國的發言人，意識到「都市」是人類──尤其是詩人作家──不能不面對甚至不斷要去擁抱的生活世界[83]，但他仍是抱持著城鄉對立的概念，猛烈抨擊都市化的現象：

> 顯示出當一個都市漸趨成形之時，對於一個在靜態的農業環境
> 中成長的詩人而言，所感受的不適，抗拒與焦慮。[84]

林氏以為，50、60 年代被「移植」到本土的不僅是文學的潮流，而是整個島嶼的經濟與文化型態，都朝向西方資本主義的現代化歷程邁進。對現代主義以降的詩人來說，他們感受到的是整個島嶼都在向未知的工業化與現代化前進，在其中，都市被視為一個龐大完整的結構體，賦予它種種形上意涵的是詩人內在的焦慮，都市被創作主體重

---

[81] 林燿德：〈都市：文學變遷的新座標〉，《重組的星空》（臺北：業強，1991），頁 197。

[82] 同註 81，頁 197-198。

[83] 羅門：〈都市與都市詩〉，收錄於鄭明娳主編：《當代臺灣都市文學論》（臺北：時報，1995），409。

[84] 林以青：《文學經驗中的都會情境轉化之探討》（臺中：東海建築所碩士論文，1993），頁 101。

新變形，包括都市主體化、擬人化的描述。至於 70 年代標舉寫實主
義大旗者，往往對都市採取置身事外的敵對角度，他們對都市的控訴
正是將其誇張為城鄉對立。「田園情結」與泛政治化的意識型態結合
後，「都市」的牆宛若鋼琴上的黑鍵和白鍵，醒目地隔間了截然二分
的兩種世界觀，來自牆內的「侵略者」與牆外的「被壓迫者」，以戲
劇化的姿態化身為罪惡的都市買辦與純樸的田園老圃這兩種彼此憎
惡的角色。[85]

　　「都市」一詞在讀者的聯想中，太容易被化約為與「鄉土」、「山
林」對立的地域，和某些特殊屬性人群的集散市場。[86] 張大春在〈當
代臺灣都市文學的興起〉中提到本世紀初不少都市研究者，在不同的
領域和專業立論上採取決定論式的意見，認為都市是現代社會問題的
根源。[87] 這一類看法在融入各種大眾習見的廣泛性論述之後，不難形
成種種以都市、鄉村為二元的對立關係。現實（城市）與可愛的過去
（鄉村）往往成為一二元對比的張力，並造成「城／鄉」對立的氛圍
或主題。[88] 鄭明娳在討論都市文學時也談及，30、40 年代的作家，
成長於農村中，則必親眼目睹都市侵略田園的過程，生存環境的劇烈
轉變，他們大部分耽溺於模山範水、眷戀田園，若不是矯情造作，則是

---

[85] 林燿德：〈都市：文學變遷的新座標〉，《重組的星空》（臺北：業強，1991），
頁 194-198。

[86] 林燿德：〈八○年代臺灣都市文學〉，《重組的星空》（臺北：業強，1991），頁 208。

[87] 此種返都市的心態或論述可以在美國名社會學家，芝加哥學派季莫爾（G.
Simmel）、派克（R. E. Park）與沃爾斯（Louis Wirth）。季莫爾為後兩人之師，
他提出「都市決定論」（Determinism or Ecological Theory）認為都市社會給予
人一種過量的神經刺激。包含聲、色、嗅聞、人潮、擁擠、緊張的情緒等感
官與心理負擔。促使都市人改變其單純的心理人格與生活方式，在其中人失
去了改變與控制環境的能力而鄉村化或郊區化（suburbanization）乃成為解決
此的途徑了。沃爾斯 1958 年提出的「都市性為人的生活方式之一」則強調都
市的眾多人口、高密度人口以及高人口異質性，帶來了諸如人格分裂、精神
病、冷淡猜疑的人際關係等等，肯認都市是現代社會問題的根源。蔡勇美、
郭文雄編：《都市社會發展之研究》（臺北：巨流，1978），頁 11-15。

[88] 張大春：〈當代臺灣都市文學的興起——一個小說本行的觀察〉，《四十年來中
國文學》（臺北：聯合文學，1995），頁 166-168。

心情停留於農業時代。5、60 年代以後出生者的故鄉，大部分已是都市，
生於斯，長於斯，卻仍舊不免撰文咒詛都市，顯露出其矛盾的心態。[89]
他們基本上是站在田園的立場，採取批判的角度去面對新興的都市。
這種田園情結使得作家對都市採取反對的立場，或糾結著矛盾的心態。

　　對於田園情結的依戀，張漢良曾經做過精闢的說解。1976 年，
他在《八十年代詩選》[90] 中曾以田園模式描繪 1960 到 1970 中葉的臺
灣詩作，鋪展出心理的、形上的以及特定的、現實的兩種田園模式，
並指出「八十年代詩選」作者，普遍顯示出田園模式（pastoralism）
的各種變奏。他認為，廣義的田園模式包括以田園的或鄉土的背景，
以及謳歌自然的題材，也兼及詩人對生命的田園式觀照與靈視，諸如
對故國家園、失落的童年，乃至文化傳統的鄉愁。

> 田園模式的追求，其立足點是現代的，詩人的觀點是世故的。
> 身處被科技文明籠罩的現實社會，懷念被城市文化與成年生活
> 取代的田園文化與童年生活，於是藉回憶與想像的交互作用，
> 透過文字媒介在詩中再現一個田園式的往昔，其本質是反科
> 學、反歷史進化的。[91]

田園傾向實際上是人類普遍的經驗，它象徵著原始理想世界的樂園失
落後，人被放逐到、或墮落到生老病死的現實世界，便寄望來世或者
懷念昔日。人類對現實的不滿乃產生這種普遍的鄉愁或憧憬。這種普
遍的鄉愁或憧憬轉化到詩人創作的筆下，乃產生各種形式的田園詩。
田園模式反映詩人在城市中生活中一種很強的離異感，孤獨感，陷於

---

[89] 鄭明娳：《現代散文縱橫論》（臺北：大安，1997），頁 135-136。
[90] 張漢良指出，「八十年代詩選」的標題顯然牽涉到文學史上棘手的斷代問題。
從字面看來，「八十年代」似乎是繼承 60 年代與 70 年代兩冊詩選而來。除了
體制的因襲外，也有其服膺於文學演進的因果律，顯示某時期風格的轉變。「六
十年代詩選」的前衛風格濃厚，「七十年代詩選」肯認不少新人在詩創作上的
造詣，「八十年代詩選」所顯露出的特色，便是「田園模式」的大量出現。張
漢良：〈現代詩的田園模式——「八十年代詩選」序〉，《現代詩論衡》（臺北：
幼獅，1997），頁 159-161。
[91] 同註 90，頁 161。

不斷的焦慮和不安中，反思回歸原始狀態，但它絕非逃避文學（escapist literature），而是清晰的照映出詩人存在的危機，「對任何現實的消極批判，都是對田園理想積極追求的初步。」[92] 張漢良認為，田園模式會不斷以各種方式出現，成為文學創作中重要的一支。

但是到了 80 年代中後期，「都市文學」在新世代作家的筆下，終而有了迥異於前輩詩人的觀點，都市文學成了 80 年代一個不可或缺的關鍵詞。在 1988 年的〈都市詩言談：臺灣的例子〉中，我們可以看到張漢良修正昔日的觀點帶著批判的意味指出，以廣泛的田園觀點來化約鄉村與城市往往造成，「非但過去／現代、鄉／城的對立是假相，其中有太多仲介現實，使它們的對立關係成為辯證；在歷史之流中，這種化約的對立更無法落實。」[93] 他引威廉斯（Raymond Williams）的話提醒我們：

> 鄉村和都市的對立，使吾人意識到經驗的重心和社會危機。正因如此，論者往往禁不住把各種詮釋的歷史變奏，化約為籠統的象徵或原型；把最明顯的社會形式抽象，賦予它們一種原始的心理上或形而上的地位。[94]

這種恆常或永恆的宏觀思想模式，使我們對特定的歷史過程視而不見，而將其化約成宏大的主題，忽略了微觀、近距離、具體的觀察。在文學史重建或多元化的年代，如何去規模「都市」，以及它所呈現的獨特符號關係，必然成為一相當重要的課題。

三、城／鄉對立解構中的都市文學：都市文學的第三階段

1986 年《草根》詩刊在「都市詩專號」中以導言〈現代詩的草根性與都市精神〉指出，「城／鄉」間的對立到了 80 年代已經轉衍成

---

[92] 同註 90，頁 174。
[93] 張漢良：〈都市詩言談——臺灣的例子〉，《當代》第 32 期（1988.12），頁 41。
[94] 同註 93，頁 42。

「都市精神」與「草根性」的連線作業，其二元對立的界線已經遭到抹除：

> 世界島不再僅僅存在於噩夢裡；現代臺灣也已在網狀組織和資訊系統的聯絡和掌握中成為一座超級都會，即使以狹義的都市定義來看臺灣的人口分配，也會使當下所有在冷氣房和教師休息室中製造出來的鄉土文學全部成為夢囈中的回憶；所謂草根性必然要撒播在都市那華美與罪惡交纏的泥沼中，而都市精神卻止不住地隨著鐵路、航線、輸送帶與電梯延伸到所有人類棲息的空間裡。[95]

　　在鄉土文學衰退，新世代詩人興起的 80 年代，城鄉間對立的打破也說明著「城市」、「鄉村」間的定義，已然隨著都市化的腳步必須被重新調整。在 1985 年的〈在文明的尖塔造路──羅門都市主題初探〉中，林燿德便以質疑的口吻提問關於「都市」的定義：

> 現代都市的定義是什麼？它的範疇應該依據行政區域的法定界線，還是它所統治的人口分配來決定？流動的城郊區域與內在於都市中的「邊際社區」，到底是現代都市集合體的一部份，還是外在於現代都市定義的概念模糊地帶？或者，都市一詞的指涉實為無端崖的虛無之鄉？[96]

提問都市定義的同時，林氏不忘要我們回頭觀察過去的「都市」符號。他指出，不論是 70 年代鄉土時期前後都市做為一個「城鄉對立」模式下負面的、反動的符徵，或是「現代派運動」時期──存在主義式的、「文明／自然」二元衝突的迷惘，基本上他們仍是「將都市擺置在或現實或形上的某一固定『地點』概念上」或是「做為一個文明象

---

[95] 原載於《草根》1986 年 6 月號，今轉引自林燿德：〈不安海域──八○年代前葉詩風潮試論〉，《不安海域》（臺北：師大書苑，1988），頁 45-46。

[96] 林燿德：〈在文明的塔尖造路──羅門都市主題初探〉，《羅門論》（臺北：師大書苑，1991），頁 63。

徵的地點」。[97] 此種宏觀角度或是將都市視為靜態對象物的觀念，一方面落入了簡易的二元對立，同時也是堅信，文學正文能完全的穿透現實或規模現實，無疑成了「粗糙的摹擬論與衍生論」,「忽略了正文化過程。」[98] 這些顯然是前行代的創作家極少意識到的。

　　表面上看來，以城／鄉兩分的方式，甚至以城鄉相反性的階級角度，都僅是從「傳統社會」到「現代社會」演化的保守主義之意識型態的物質基礎。[99] 但是在城／鄉對立的神話下，都市與鄉村不免被賦予對立的道德意義（前者是善變、黑暗、墮落的現世，後者則是穩定、光明、無可贖回的過去）、政治化的潛意識，更甚者則被激化成南北的對立。70 年代田園或鄉土在政治潛意識的運作下，一度被當作「論述理論」型態處理，以對抗貼近城市的現代主義文學，更加合理化了城／鄉對立。但這種城／鄉對立的言談到了 80 年代，卻面臨了根本性的改變。除了「臺灣文學」定位在 80 年代的確立，「鄉土」一詞漸能擺脫政治潛意識的運作，更因為城鄉對立的言談，在都市化情境的普遍化下，已然失去其存在的意義。都市和鄉村的關係不再是剝削者與被剝削者之間的對抗，都市的體質已經滲透進鄉村，兩者的界線逐漸模糊，如林燿德所言：

> 在我個人的分類中，田園和都市是歸在一類的，有別於純粹的、非人工化的自然環境。田園、鄉村、城鎮和都市似乎只是人類改造地球不同程度的現象，整部人類文明史無疑將發展中的箭頭指向都市化的路徑。[100]

　　《一座城市的身世》中也寫到，在工業革命剛開始時詩人們根本無法面對當前的情境，這迴異於千年來詩人所習慣的田園山水和行走

---

[97] 林燿德:〈都市：文學變遷的新座標〉,《重組的星空》(臺北：業強，1991)，頁 189、198。
[98] 張漢良:〈都市詩言談——臺灣的例子〉,《當代》第 32 期 (1988.12)，頁 40。
[99] 曼威‧柯司特著，吳金鏞譯:〈都市問題 (1975 後記)〉，收錄於夏鑄九、王志弘編譯:《空間的文化形式與社會理論讀本》(臺北：明文，1993)，頁 195。
[100] 林燿德:〈都市中的詩人〉,《一座城市的身世》(臺北：時報，1987)，頁 153-154。

盛裝人馬的古典城鎮，現代文明和詩這種高尚純美的文體並沒有帶給它們任何可能結合的聯想。然而在不可避免的都市化的今天，現代都市已是我們生活所面對的現實。農業在步入工商化紀元之後，作物殘酷的重複和單調的本質已無異於都市中一式的水泥窩巢。田園是否也已經成了都市的一部份？

> 現代城市的概念不但延伸到「城」外的衛星市鎮，甚至，在大眾傳播家的眼睛裡，凡是現代科技、現代資訊網路籠罩的地方，都是城市的範圍，這麼說來，所謂現代城市也應該包含鄉村在內。[101]

田園與城市之間的界線，已經因嶄新的消費模式與資訊系統的發達終將消弭於無形中。因為，在資訊發達的國家中，整個國家已然形成一個城市，甚而整個世界也將要成為一個世界島。如此，站在時代咽喉上城市中的詩人，必然得擺脫千年來的隱逸和懷舊心態，跳脫田園與都市的對立，以人的自覺與都市化的思考，去前瞻和關切未來[102]，這是林燿德都市文學第三階段的出發點。在他的眼中，「都市文學」不是舊有文學框架的再包裝，也非 70 年代「鄉土文學潮」的對立面；事實上，在鄉土作家仍舊停置在懷舊氛圍，宣稱城／鄉對立時，他們並沒有意識到，仰賴現代印刷與銷售策略而成名的過程，不論是抱持著何種的意識型態，都已經歷、參與了都市化的社會實踐。[103] 這群懷舊作家到了 80 年代後，便成為紀大偉口中坐在都市化的巨輪中，卻感覺不出時代變遷的吸力或斥力的人[104]，只能在懷舊的氛圍中贖回一些失落的過去。

所以，「都市」一詞的指涉不僅並非虛無之鄉，相反的，「對於『都市』一詞的詮釋，完全牽涉到對於『八〇年代臺灣文學』一詞

---

[101] 瘂弦：〈在城市裡成長〉，《一座城市的身世》（臺北：時報，1987），頁 14。

[102] 林燿德：〈都市中的詩人〉，《一座城市的身世》（臺北：時報，1987），頁 153-155。

[103] 林燿德：〈都市：文學變遷的新座標〉，《重組的星空》（臺北：業強，1991），頁 199-200。

[104] 紀大偉：〈都市化的文學風景〉，《狂飆八〇》（臺北：時報，1999），頁 158。

的詮釋」[105]。林燿德強調，「都市」實已成為 80 年代臺灣文學觀察的重心。它提供了一種重要的觀察的、經驗的角度，而非一種先驗的理論框架或者具體的文學運動。[106] 至於「都市」一詞，在走向全球化 80 年代的臺灣，林燿德認為可以賦予一個非常武斷的定義——流動不居的變遷社會[107]，他說：

> 這種對「都市」的定義，似乎能夠置諸每一個都市或社會，但就文學趣味而言，我們將範疇區隔在「臺灣」的領域內，卻能夠十足顯現「八〇年代」的特質。換言之，「都市文學」一詞可以將「八〇年代」吸收在內，成為時代性的標記……[108]

都市是一個變幻、流動的基地（其中又有無數疊複的小基地），沒有什麼東西可以永遠駐足不移，也不可能將它永遠填滿充實。「變遷不居」這種全球性的時代標記，不僅註解了臺灣 80 年代以來正在形成的都市情境，同時也能夠幫助我們正確掌握到 80 年代以來新世代的正文書寫。因為，在新世代都市詩人敏銳的觀察中，都市與自然之間的衝突與裂縫已逐漸消失，「都市便是他們的自然，他們的軀體。」[109] 掌握都市精神一代的青年詩人不僅生長於都市，並且實際上已融入都市，與都市互為主體，不再對都市抱持著全然排斥的心態，而能夠以

---

[105] 林燿德：〈八〇年代臺灣都市文學〉，《重組的星空》（臺北：業強，1991），頁 208。
[106] 同註 105，頁 232。
[107] 王志弘曾對流動（flow）的概念有相當詳細的說明。他指出，流動不僅是人類生存與社會存在基本的現象，還是當今社會趨勢的走向。一方面，各種橫跨時空的人事物之流動，在國族國家形構、資本累積邏輯，以及技術進展之推動下，日益構成社會運作與權力關係之核心；另一方面，對於這種流動狀態和經驗的反身性理解，也日益成為文化再現、價值系統、心態（mentality）或感覺結構（structure of feeling）的內涵。流動不僅可以指涉物質空間與象徵空間裡的移動和交換，也可以指涉一種變化或是改變的傾向，流動可以視之為一種牽涉了社會界線之劃設與跨越的表意實踐（sugnifying practice）。參見王志弘：《性別化流動的政治與詩學》（臺北：田園城市，2000），頁 12-13。
[108] 林燿德：〈八〇年代臺灣都市文學〉，《重組的星空》（臺北：業強，1991），頁 208。
[109] 張漢良：〈都市詩言談——臺灣的例子〉，《當代》第 32 期（1988.12），頁 48。

中立的心情來看待都市這個充載著各式符徵的客體。故而,都市在林燿德的眼中,已然成為觀察 80 年代以來文學變遷的新座標,「都市文學」則更因新世代作家的大量書寫,而成為 80 年代臺灣文學的中心點。正是在這樣的背景下,林燿德乃得以建構其「後都市詩學」。

第三節 「後都市詩學」的建構

　　瘂弦曾指出,林燿德的都市文學所要表現的是人類在「廣義的都市」下的生活情態,現代人文明化、都市化以後的思考方式、行為模式;它的多元性、複雜性,以及多變性。它不再著力於描寫都市景觀,對工商社會現實問題挖掘的用心,也與寫實主義作家不一樣。新都市文學要捕捉的,應該是都市現象背後的精神。它的情感是多元的,有憎恨也有歌頌,有排拒也有擁抱,不受既定前提的牽制,也不受意識型態的左右,在一種完全自由的情況下進行文學的表現。[110]陳思和則更在瘂弦的基礎上,闡釋林燿德筆下現代都市的新含意乃是:一、資訊革命取代工業革命的過程正是後工業時代取代前工業時代的過程,故而資訊結構是體現現代都市文學特徵的主要標誌;二、新都市文學從傳統的工商題材中脫胎出來,它與工商題材的關係不在擴大了後者的外延,而是標誌了一個新的美學原則的崛起;三、現代都市文學著重現代審美意識的把握,並不限於寫都市,原來「城市」的概念被打破。[111]

　　80 年代的「都市文學」在林燿德的眼中,是舊價值體系崩潰下所形成的解構潮流。[112] 其重要的背景,在於後工業時代下全球都市化的不可逆進展,在「地球村」一步步完成的期間,都市化的生活、

---

[110] 瘂弦:〈在城市裡成長──林燿德散文作品印象〉,《一座城市的身世》(臺北:時報,1987),頁 14-15。

[111] 陳思和:〈但開風氣不為師──論臺灣新世代小說在文學史上的意義〉,《世紀末偏航──八〇年代臺灣文學論》(臺北:時報,1990),頁 347。

[112] 林燿德:〈八〇年代臺灣都市文學〉,《重組的星空》(臺北:業強,1991),頁 215。

思考已與草根性匯合，農業時期詩人對文明的唾棄，以及初期工業社會作家對於田園的懷舊，都將因田園與都市的界線打破，而形塑出新美學與世界觀。筆者認為，林燿德的後都市詩學其立論的重點乃在於：一、從解構的觀點出發，破除「都市文學」做為某種次文類的中心／邊緣，城／鄉對立的意識型態，因為以上兩者的對立實是編年化的文學史，或者道德意識型態作用下的產物，唯有先將其拆解，才有可能釋放出對「都市」多元詮釋的可能。二、從後現代語言學的角度出發，打破寫實主義粗糙摹擬論的迷思，重新思考現代與後現代交界的情境下，全球化「都市」乃至於「都市空間」的實質內涵。三、結合 30 年代、60 年代都市文學的成果，並融合進世界人的視野，在既「世界」又能發揮臺灣特色的情況下，建立「非典範的典範」的「後都市詩學」，以作為後都市詩創作的理論依據。

一、全球化下的「後現代」城市與語言

　　本章的第一節中我們曾經談及，在林燿德的眼中 80 年代都市文學的被提倡與後現代主義有極為相似的血統，兩者均十足反映了當代社會及文化環境的變遷。事實上，後現代主義與都市文學的交錯，正是林燿德後都市詩學的重點。林燿德以為，80 年代新興的「都市詩」其實應該稱為「後（post）都市詩」，蓋其取向已與 50 年代至 70 年代所謂「都市詩」有所不同，其意旨並不如「回歸自然」的「田園情緒表現」情節而開發出來的「都市詩」，反覆批判都市文明對人性的戕傷與破壞，充滿人類進入初期工業文明社會的不適與掙扎，以總體而缺乏細微觀察的角度來看待都市，並深切關懷著人性與物性的對立。80 年代興起之「都市詩」，其作者多為年輕一代的詩人，大部分出生或者成長於都市系統之中，因此他們對都市除了批評之外有擁抱，除了總體的觀點外，有局部的體驗。[113]

---

[113] 林燿德：〈不安海域——八〇年代前葉臺灣現代詩風潮試論〉，《不安海域》（臺

在〈八〇年代現代詩世代交替現象〉一文中,他進一步指出,以他在 80 年代提倡後都市詩學(按:「詩學」的範疇不限於詩)而言,其實是一種「後現代全球化現象」的「換喻」(以部分從屬於整體的關係來間接暗示整體的狀況)[114]。從這樣一個脈絡性的論述,已然可以發現,林燿德乃是欲以「都市」一詞來說明後現代與全球化(globalization)的現象,同時也是要借用後現代與全球化的概念,反過頭來說明「都市」(urban)在 1980 年之後的臺灣,已經出現或者即將出現的改變,而其標榜的「後都市詩學」,正是意圖掌握此轉變的時代脈動,書寫新一代人都市感覺的詩學創作理論。

從人類發展的過程來看,都市一直是文明的中心與思想家藝術家的聚集地。著名的社會學家韋伯(Max Weber)曾經指出,西方的文明本質就是城市文明。[115] 他所謂的「城市」(city),並不只是偶然會聚的地方。它們是新藝術產生的環境,知識界活動的中心,也是思想激烈衝突的主要地點。它們大多是傳統的文化藝術中心,也往往是新的環境,帶有現代城市複雜而緊張的生活氣息。[116] 就西方哲思發展脈絡而言,現代主義起於城市,也起於成功地粉碎了傳統的都市組織結構,透過一種嶄新的烏托邦形式,把建築物跟它的周遭環境徹底割離[117]。緊接著現代主義而來的後現代主義,與城市的關係則更密切,思考或背叛城市的方式更是層出不窮。因為到了這個階段,詩人或藝術家已經能夠從過去對抗城市、詛咒文明的觀念釋放出來,轉而以更中立的態度,接受和面對城市帶來的文明惡果。[118] 從這樣的角

北:師大書苑,1988),頁 46-47。

[114] 林燿德:〈八〇年代現代詩世代交替現象〉,《臺灣現代詩史論》(臺北:文訊,1996),頁 430。

[115] 瞿本瑞:〈西方市民階層的起源及其意義:韋伯「城市論」的分析〉,《思與言》第 25 卷第 2 期(1987.7),頁 166。

[116] 馬爾科姆‧布雷德伯里,〈現代主義的城市〉,收錄於馬‧布雷德伯里、詹‧麥克法蘭編:《現代主義》(上海:上海外語教育出版社,1992),頁 79。

[117] 詹明信:〈後現代主義,或晚期資本主義的文化邏輯〉,《晚期資本主義的文化邏輯》(香港:牛津大學,1996),頁 279。

[118] 洛楓:〈從後現代主義看詩與城市的關係〉,《中國現當代文學探研》(香港:

度來看，後現代主義與城市關係的密切就如同詹明信（Fredric Jameson）所說：「後現代主義不是要改造城市，而是生活在城市裡，這是一個消費社會的城市。」[119]

後現代主義、資訊網絡與都市形式間的結合，實已引起新都市學家如 Sharon Zukin、Manuel Castells 等的關注。洛楓在論及 Sharon Zukin 時曾提醒我們，從都市社會學的應用角度來看，後現代主義應該被看待成社會的進程，是都市空間的生產和消費表現。一方面，Zukin 肯定了後現代主義與都市模式互動的關連，把一個本來屬於文化意識分析的論述，推展於社會學與都市策劃的應用上，無形中擴大了後現代主義的內涵，俾能更深入我們日常生活的內部結構中，進一步幫助闡釋反映這些生活形態的文學作品；另一方面，Zukin 提出的「都市空間」（urban space）的問題，是後現代主義一個重要的課題，既回應了詹明信：「後現代主義是關於空間的。」同時也涉及了布希亞（Jean Baudrillard）所說的複製現實、模擬真實等後現代城市特徵。[120]如此，後現代主義與都市或都市空間的關係，便是緊密而相互詮釋的。

另外，Manuel Castells 在〈一個跨文化的都市社會變遷理論〉中也傾向於認為，城市和空間是關乎意義、功能及形式的歷史爭議和衝突的半成品。我們社會中的城市是生活、複雜社會過程等不同向度的表現，而形成一個吾人經驗的糾結的網路。都市外觀所構成的印象是來自整個社會意識的符號族群，因此，人們傾向於把城市、空間、都市功能，以及都市形式當成他們感覺的泉源。這是都市意識型態的基礎，它賦予空間形式結構以社會作用的因果關係。[121] 所以，當全球性的後現代化（postmodernization）以嶄新的投資和生產模式，重組

三聯，1992），頁 186。

[119] 詹明信：《後現代主義與文化理論》（北京：北京大學，1997），頁 165。

[120] 洛楓：〈從後現代主義看詩與城市的關係〉，《中國現當代文學探研》（香港：三聯，1992），頁 187。

[121] Manuel Castells 著，陳志梧譯：〈一個跨文化的都市社會變遷理論〉，收錄於夏鑄九、王志弘編譯：《空間的文化形式與社會理論讀本》（臺北：明文，1993），頁 271-283。

社會的空間秩序時，此一空間秩序也以城市的姿態，轉喻地展露出後現代主義的特質。從後現代的角度來分析生活方式與城市文化的轉型，也就顯得相當的迫切重要。

　　城市與後現代主義間的關係顯然是雙向的，一方面後現代主義的探討，不能脫離對都市文本、資訊化網絡社會的分析；一方面城市則是人類文明、科技的空間表現，後現代主義的全球性意識、資訊社會觀念以及對現實世界的重新詮釋，皆與城市的多元化空間有關。城市提供了後現代消費文化、建築風格與自我呈現等的空間，而後現代主義無疑的，又為西方 1960 年代後不斷發生的城市文化的轉變，做了最好的註解。

　　除了上述 Zukin、Castells 以全球化的角度來理解後現代城市以及對它的表述，我們還可以從建築與語言的角度來瞭解這個正在迅速蔓延的現象。城市中最重要的構造物，或者展現城市空間與歷史者，無疑的便是建築。Aldo Rossiy 在《城市建築》中強調，城市應當被視為如同建築：

> 建築便意謂著城市；從一開始建築和城市之間便具有一種獨特與曖昧的關係，是其他藝術或科學所沒有的現象。或許正是由於此緣故建築師便一直扮演著造物者的角色企圖構想出能使空間秩序變成社會秩序的體系以改造社會。[122]

　　建築原本是最具「當代性」的作品，現實生活中，建築從來就不只是一個功能性的用具或純粹的審美對象，而是一個使人凝聚為「共同體」的公共空間與歷史世界。[123] 在西方，建築或許比哲學更為根本的描繪出當代，因為西方諸文化總是根據建築所生產的住居與空間之支配敘述（master narratives），來組織自身及其理論。[124] 從建築中

---

[122] Aldo Rossi 著，施植明譯：《城市建築》（臺北：田園城市，1990），頁 103。

[123] 路況：〈建築之死——後現代印象記〉，《後／現代及其不滿》（臺北：唐山，1992），頁 96。

[124] Marco Diani、Catherine Ingraham 著，王志弘譯：〈啟迪計畫——重構建築理論〉，收錄於夏鑄九、王志弘編譯：《空間的文化形式與社會理論讀本》（臺北：

我們看到的不僅是一個城市的設計，同時也展現了城市與時代的意識與記憶、空間結構與美學意圖。也因此，當城市逐漸滑近後現代的版圖，並且成為其重心時，一開始最清楚呈現出這種轉變的，便是作為城市結構物的建築。如詹明信所說，「後現代主義」一詞正式啟用大約是在 1960 年代中期，一開始它便出現在一個很特別的領域，那就是建築。[125]「建築」此一最大眾化的藝術，同時也是人類每天必須面對的居所，正是非常清楚的顯現了現代喪失文化情境的狀況。為何建築具有如此鮮明的象徵意義？關於此點，我們還可以從巴別塔的寓言來瞭解一二。

如果把追求統一、新生的現代主義整個夷平，是後現代之舉的話，那富有建築性與語言性的「巴別塔」（Tower of Babel）[126]，可說是後現代的源頭了。巴別塔是人類第一座城市，同時也是最後一個同心協力的建築。寓言中，人類想建造一座城與一座通天塔，使自己成名，免得被分散，進而構成在權力與上帝無異的整體（totality），本身是現代主義式的。在整體性的概念底下，是已經體會到整體性的喪失，亦即建築是人類的「第二自然」（second nature），並意圖透過建築以達成超越經驗，重新創建出整體的理想，卻因語言的業已混淆，使得一切成為不可能達成的任務。此一寓言無疑的，也道出現代主義本身所蘊含的，難以克服的焦慮與不安：

> 塔愈蓋愈高
> 世界依舊孤立於宇宙

明文，1993），頁 495。

[125] 對詹明信來說，建築是刺激他轉向「跨越」現代性的關鍵，它在詹明信的論題中無疑的是其視野的中心。詹明信認為在後現代分類的架構下，這個宏偉的空間多少證明瞭建築在晚期資本主義文化變體中最具有值得驕傲的地位。參見 Perry Anderson 著，王晶譯：《後現代性的起源》（臺北：聯經，1999），頁 59。

[126] 猶太傳統指出人類建築巴別塔乃是發明、樹立、崇拜另一偶像、棄絕盛名，因此建築、發明、命名的活動基本上相通，而人類建築與語言的同屬不敬乃是相當明顯的。參見廖炳惠：〈從巴別塔談建築性的思索〉，《當代》第 43 期（1989.11），頁 32。

孤立於外宇宙內宇宙與微宇宙

人離天也

愈來愈

遠[127]

結果便成了林燿德在批判羅門時所指出的：在築塔者彼此的語言（意識）衝突下，塔頂永遠無法抵達「天堂」，「天堂」終於墜落「橋下」。[128]透過羅門，林燿德要表述的是，在 1950、60 年代初萌芽的都市文學中，儘管作家們已注意到都市的存在，但都市經常被視為一個龐大完整的結構體，賦予它種種形上意涵的是創作者內在的焦慮，都市被創作主體重新變形，包括都市主體化、擬人化的描述。都市系統在其中，仍然是一個纏困在慾望與權力挫折感中的「地點」[129]，跳脫不了存在主義式的、「文明／自然」二元衝突的迷惘與思維。

巴別塔的故事是人類史上重要的一環，它說明了一樁極為簡單的真相，那就是「人類的文明古往今來，真正的地基和建構的力量完全來自語言。」[130] 同時也述及建築與語言本身的多元性，也就是每一論述（discourse）本身即是多元、無法統一、無法找到固定意義的，因此自然不可能達到放諸四海而皆準的效度（validity）。「建築與語言皆變為錯綜多元，無法迻譯，成為迷宮式的。」[131] 所謂的「迷宮」，就是城市在結構上的一種多元語言的聚合體現象。Roland Barthes 在〈符號學與都市〉中指出，城市是個論述，而這個論述是一種語言：城市對它的居民說話，而我們僅僅藉由住在城市裡，在其中漫步、觀

---

[127] 林燿德：〈塔的奧義〉，《銀碗盛雪》（臺北：洪範，1987），頁 92-95。

[128] 林燿德：〈都市：文學史變遷的新座標〉，《重組的星空》（臺北：業強，1991），頁 197-198。

[129] 同註 128，頁 197。

[130] 林燿德：〈塔與上帝〉，原登於《中華日報・中華副刊》，1995.12.12，後收於楊宗翰編：《黑鍵與白鍵》（臺北：天行社，2001），頁 203-205。

[131] 參見廖炳惠：〈從巴別塔談建築性的思索〉，《當代》第 43 期（1989.11），頁 34。

覽，就是在談論自己的城市，談論我們身處的城市。唯有認識到城市是語言的，我們也才能以語言來談論城市，瞭解它並非是客觀資料的反映，而是表意作用的經驗顯現，需要被以語言的規範重新來驗證、解讀。[132] 對林燿德而言，規範著空間的從來就不是意圖建造巴別塔卻失敗的人類，而是語言：

> 支配空間的既不是原先的設計師，也不是進駐空間中的使用者，而是語言；在《聖經‧舊約》中，巴貝塔的寓言早已說明瞭這點。進一步說，每一個做為建築內部元素的空間，都是等待重新被書寫的正文。人類對於空間的支配是一種單純的幻覺，人類只不過和空間互為正文罷了。[133]

從這樣的論述我們可得知，林燿德所倡議全球化與後現代場景下的都市文學，其當代意義並不在於提示單純的「城鄉對立」關係，而在於它能夠透過書寫、透過敘述，讓都市中的建築空間變成一種有機正文（text），充滿著立面的動感、方位的誘導性、透視感，進而提供讀者某種或多種與空間交談的可能性。[134] 於此，都市成了一個變幻、流動的基地[135]，沒有任何東西可以永駐不移，也不可能將它永遠填滿充

---

[132] Roland Barthes 著，王志弘譯：〈符號學與都市〉，收錄於夏鑄九、王志弘編譯：《空間的文化形式與社會理論讀本》（臺北：明文，1993），頁 533-534。

[133] 林燿德：〈空間剪貼簿——漫遊晚近臺灣都市小說的建築空間〉，《敏感地帶——探索小說的意識真象》（臺北：駱駝，1996），頁 96。

[134] 同註 133，頁 97。

[135] 王志弘曾對流動（flow）的概念有相當詳細的說明。他指出，流動不僅是人類生存與社會存在基本的現象，還是當今社會趨勢的走向。一方面，各種橫跨時空的人事物之流動，在國族國家形構、資本累積邏輯，以及技術進展之推動下，日益構成社會運作與權力關係之核心；另一方面，對於這種流動狀態和經驗的反身性理解，也日益成為文化再現、價值系統、心態（mentality）或感覺結構（structure of feeling）的內涵。流動不僅可以指涉物質空間與象徵空間裡的移動和交換，也可以指涉一種變化或是改變的傾向，流動可以視之為一種牽涉了社會界線之劃設與跨越的表意實踐（sugnifying practice）。參見王志弘：《性別化流動的政治與詩學》（臺北：田園城市，2000），頁 12-13。

實。「變遷不居」這種全球性的時代標記[136]，說明了林燿德眼中的「都市」，不是城／鄉二元對立下、或者模擬論下的產物，而是一個可以同時承載一切，裝載無數過去、現在、未來各式符徵，而充斥著迷宮式佈景的「正文都市」（textual urban）。在林燿德的理解下，後現代的城市將不再是人們所觀看的客觀的外在現實，也不僅是摹擬論下城／鄉對立的產物，而無疑的必須經歷「正文化」（textualization）的過程。

二、正文作為都市／都市作為正文

> 敘述者與被敘述者，批評言談和詩正文可以相互置換，不但反射，且互成寓言。這種符碼轉換現象（transcoding），其實是都市詩，乃至一切文學言談的必要罪惡。然而重要的是，它顯示出都市詩與都市詩言談不可避免的正文（textuality and textualization）問題……[137]

張漢良在〈都市詩言談──臺灣的例子〉指出，正文作用是我們閱讀都市「詩」時不可須臾或忘的因素。他認為，許多都市文學批評言談往往閱讀的是都市，不是詩，最主要的原因，乃是他們往往忽略了正文過程。在昔日摹擬論的假設下，以都市為素材或狀寫都市的詩皆可稱之為都市詩，都市詩成了都市的主題化或實體化（reification or thematization）。此種以主題為定位的言談之所以有化約之嫌，一則由

---

[136] 在走向全球化 80 年代的臺灣，林燿德認為，可以用一個非常武斷的定義──流動不居的變遷社會──來為「都市」賦予定義。原因乃在於：「這種對『都市』的定義，似乎能夠置諸每一個都市或社會，但就文學趣味而言，我們將範疇區隔在『臺灣』的領域內，卻能夠十足顯現『八〇年代』的特質。換言之，『都市文學』一詞可以將『八〇年代』吸收在內，成為時代性的標記……」參見林燿德：〈八〇年代臺灣都市文學〉，《重組的星空》（臺北：業強，1991），頁 208。

[137] 張漢良：〈都市詩言談──臺灣的例子〉，《當代》第 32 期（1988.12），頁 40。

於它無法解釋歷史之殊相，再則它無法解釋正文的符號表意過程（signification）。[138]

　　林燿德相當認同這樣的觀點，他在廓清當代都市文學的內涵時即強調，一旦我們將「都市小說」、「都市詩」、「都市散文」等名詞視為某種次文類的標示，甚至將它們統稱為「都市文學」之刻，「都市文學」就會淪為一種無關宏旨的主題學遊戲。在這樣的言談底下，都市被簡化成素材，都市詩或都市文學則被化約成為主題，成為文學多元系統中的支系統，或者被視為文學史上的某個發展階段。[139] 從「後都市」的眼光來看，不論是將都市化約為主題、文類，或標誌以文學史上的某階段，事實上都是犯了以連續史觀、進化論的方式來安置「都市」的謬誤。

　　都市是一種正文，並非以文字的符徵書寫下，而是以各種具體的物象做為書寫的單元。林氏認為，這些具象的符徵指向各個時代變異、遷徙中的權力結構和生產方式，同時也透過空間模式延展，規模出當代人類的知覺形態和心靈結構。[140] 這些具像的符徵組成了都市正文，也成為詩正文中作者意圖描寫或深入的對象。因此，當我們言及「都市文學」一詞時，勢必牽涉到「詩正文」與「都市正文」兩種正文間的關係：

> 臺灣的都市詩，與其說是「正文裡的都市／都市裡的正文」（the city in the text／the text in the city）的辯證，無寧說是「正文作為都市／都市作為正文」（the text as city／the city as text）的辯證。使這種辯證關係成立的，主要的是都市符號與詩符號的符碼轉移（transcoding）。[141]

---

[138] 同註 137，頁 40-41。

[139] 林燿德：〈八○年代臺灣都市文學〉，《重組的星空》（臺北：業強，1991），頁 208-212。

[140] 同註 139，頁 222。

[141] 張漢良：〈都市詩言談——臺灣的例子〉，《當代》第 32 期（1988.12），頁 43。

在符碼（code）的轉移關係中，做為語言／文字的詩正文，界說了非語言／文字的都市正文。張漢良在談及都市正文時強調，正文作用事實上乃是在規模現象，為了避免粗糙的摹擬論、衍生論和決定論，論者把反映（reflection）解作折射（refraction），把都市從作為素材變為都市作為下層正文（subtext）。這樣「都市」便成為「正文」──一種非書寫符號構成的正文，它不再是立即呈現的外在現實，而是語言的正文化下的產物，這種正文化作用質疑、顛覆，甚至泯除了下層正文的先驗性。[142]

語言除了做為表意系統外，事實上還兼具中介其他非語言系統的功能，由於這種詮釋能力的無法逆轉，語言便成為「上帝」般的符號模式。對此，臺灣都市詩的大宗師羅門始終懷抱著象徵主義「迷思」（myth），相信文字的魔術與規模功能，詩做為第三自然中介了、化解了，也超越了互相衝突的第一自然與第二自然；但對林燿德與新世代詩人來說，語言的仲介功能與規範恰好是其質疑的重點。這一點顯現了臺灣都市詩文類語碼（genre code）隨著世代交替與詩人對語言信念的改變，已產生相當的轉變，而對語言信念的轉變，正是一種世代革命的表徵。

一如林燿德所言，「都市文學」和田園模式下所謄寫的現代主義或鄉土派寫實文學之間，所存在的區別，並非由素材、主題、情節所設定的不同、「地點」背景之間的「對立」，而是世界觀和文體的「差異」。這種世界觀的差異，顯然是導源於語言信念的轉變。林氏個人的後現代宣言詩〈線性思考計畫書〉，正是對傳統語言觀的一種宣戰：

> 不可述說者　　　　被詩的語言緊緊包紮
> 可述說者　　　　　被詩的語言狠很砍殺
> 分析學派與禪宗也不得不提起語言的假面
> 他們用語言揭去一層層語言的花瓣與假面
> 仍然無法洞穿　　　自己臉上的假面

---

[142] 同註 141，頁 42。

……

抽象的語言思考與可聽聞的語言發音它們

脫離了人類而形成一個超越生命的真主宰

回過頭來　　成為證明人類存在的唯一根源

人類把持語言假面的說法　　　　　　其實

模擬現實世界的語言已經躍為文明的上帝[143]

　　傳統語言觀把人看成是意識的主宰，語言是人藉以表達自我的工具。「語言」被當成是意義的載體，是對世界的一種「再現」（reapear）或者「表徵」（symbolize），亦是對現實的摹擬。在其中，語言無疑的是一種透明的中介物，中介了外在的客觀環境與主觀的人的意識，然而語言在中介的過程中，卻成為能夠書寫一切代表真實的「上帝」。結構語言學興起後，語言學上才產生了一次重大的轉向：語言學的理論模式被當作一種新的認知範式，針對過去的哲學問題重新審思，其影響甚至蔓延至整個人文科學的範疇。

　　語言學家索緒爾（Saussure）在《普通語言學教程》（Cours de linguistique générale）中將符號區分「能指」（signifer，音響形象）與「所指」（signified，概念），指出概念之所以得以表達，乃是依靠系統中不同的能指，而能指與所指的間的關係，是「任意的」、「約定俗成的」。如此，「意義」成了語言系統內關係的產物，語言符號不再被看成是實在意義的替代物，其意義僅在與其他相關符號的差異。同時，語言的表述也就只是語言而已，並不需要「實物」到場作證，根本上拒斥了亞里士多德以來，將語言視為主體思想之再現的語言觀。

　　索緒爾以「不在場」（absence）來界定自我或事物屬性的做法，對傳統的「在場形上學」[144]或「邏各斯中心主義」（logocentrism）

---

[143] 林燿德：〈線性思考計畫書〉，《都市終端機》（臺北：書林，1988），頁 123。

[144] 這種「在場的形上學」肯定了幾個方面：1.我是思考過程中在場的，如笛卡兒所說：「我思故我在。」我在在此被肯定為真實。2.這一刻就是正在存在的東西，就如上面所述，過去與未來的存在須藉助與現在在場的關係。3.意義是面向言說者意識在場的東西，它可以通過記號與信號表達出來；意義就是言說

的語言觀不啻是一記重擊。由於符號的意義並非自明，而是藉著在系統間的差異所決定，傳統語言觀中語言的「透明性」便不復存在了。意義必須依靠闡釋才能獲得，既是闡釋，也就不存在一個大寫的、唯一的意義。如此，文學既可作為世界或某種哲學觀念的表徵（摹仿、再現），同時也可能是世界或哲學觀念的歪曲，文學並不忠實反映它所面對的事物，我們憑藉語言這個很成問題、很不牢靠的媒介所再現的世界，其可靠性與合理性就值得懷疑了。

　　將林燿德的〈線性思考計畫書〉一詩對照上述的說法，我們可以清楚的看到詩人對「語言的假面」提出深刻的質疑，指出作為再現與表徵功用的「語言」，在某種程度上已竄謀了現實，成為真正主宰人類文明的上帝。實際上，後現代所面對的文本世界，語言不再是一種穩定的狀物表意媒介，語言表述很可能只是李歐塔眼中的一種「語言游戰」，一種純粹受語言自身邏輯左右的語言建構，它也許與實際的存在、客觀的社會現實並不是同一回事。[145] 這種語言表徵問題所引起的認識論危機，促成各層面的解構熱潮，以及對各種文化文本的符號性加以揭密的企圖。林燿德的後都市詩學，也就是從這樣一種解構與語言學的立場，對都市進行著正文化的思考。

三、後現代都市的正文化思考

　　透過前述的考掘，我們可以理解，林燿德的「後都市詩學」正是在預見後現代全球化情境下，對都市多元、解構式的本文化思考。林燿德眼中的正文化都市，不再是有關經驗理解中，或者攸關現實的城市，而是一個可以同時承載一切生存意義的城市，它是裝載無數過去、現在、未來符徵的宇宙，一個後現代的城市。在後現代的城市裡，

者在關鍵時刻的「內心想要的」。參見約翰・斯特羅克編，渠東、李康、李猛譯：《結構主義以來》（遼寧：遼寧教育，1998），頁 191。

[145] 盛寧：《人文困惑與反思——西方後現代主義思潮批判》（北京：三聯，1997），頁 61-62。

找不到任何的關係,而且無法找到一個固定的方向。都市不僅是地
圖,都市也成了迷宮,創作者既是迷宮中的一份子也是其中的偵探或
導遊:

> 我的《迷宮零件》(一九九三)是小說、詩或者散文,也即是
> 另一座迷宮,關鍵處僅僅是由我導遊罷了;只不過導遊者隱身
> 其中,成為「零件」的一部份,那個消失的「我」是逃避者又
> 是追索者。[146]

創作者同時兼具了都市正文的閱讀者,以及正文中都市的創作者的雙
重身份。他一方面將都市本身當作充滿各式符徵的正文加以閱讀,從
各種都市符徵中了解城市的外觀和內在,成長和變遷;另一方面,其
創作活動本身,或者在城市中的成長、遊走的歷程,都是一種都市化
的社會實踐——都市正文書寫的部分。重要的是,在作家與讀者的多
元閱讀下,那些陳舊的城市零件和記憶,將不再只是無用而死去的歷
史事實,它們將離開線性發展的時間,和現在、未來以多元交錯的方
式,成為迷宮中的一部份。

從空間的角度來說,林氏的後都市詩學是對傳統空間解構式的思
考與觀察。對都市正文的詮釋從宏觀進入微觀的層次,從結構向解
構、從貫時的時間思維挪移到並時的空間思維。這一點顯然是回應了
我們之前談論「後現代」城市時所言及的:「都市空間」是後現代主
義一個重要的課題,因為後現代主義與現代主義中一個重要的差別,
便是從對時間的關注,轉向了空間。如果說傳統的空間僅是「寫實」
的平面化思考,或僅僅只是提供情節發展的背景說明,那麼,在林燿
德的後都市詩學中,空間已轉而成為敘述中最重要的元素,它是「既
存的」潛意識的現實化:

> 都市本身呈現出並時的、多重編碼的空間結構,猶如筆者所使
> 用的「多稜鏡」意象,一切歷史的、曾經被時間界定的事物在

---

[146] 林燿德:《鋼鐵蝴蝶》(臺北:聯合文學,1997),頁293。

這奇異的、遠遠脫離牧歌田園模式的多重空間中再現、變形、隱匿、互相結合或者撞擊，而作家處身其中，不僅本身以及自己的作品成為都市自動書寫的一部份，他在正文中也面對了物理空間和心理空間交錯的建築、路牌、銅像、廣場、公園以及梭織其際的各種意識形態，更重要的是這些生動造型背後所隱藏的世界。[147]

一方面，由於都市的變遷也正如語言一般：都市存在著結構與結構中心，都市中心的存在又指出這種中心的形成不可能是孤立的存在，而是透過周邊各種結構內容的拱顯才能被檢證認定，但是我們不可忽略的是，這種都市中心正因為都市結構的變化及其都市的消長而不斷遷移，它們在同一個都市領域中流動，或者從一個都市流動到另一個都市。[148] 在林燿德眼中，「後都市」便如同後現代對語言的拆解一般，它不再是靜態的結構與空間，而是多元流動且變遷不息的。它同時容納著各種不同空間型態、無數符徵的並列拼貼，如同一座沒有起點也沒有終點的「迷宮」，在現實與想像的灰色地帶中遊移。

　　對正文時間因素的考量，恰好可以讓我們對林氏「後都市詩學」中的空間有另一層次的認識。如果說，過去的時間是線性與連續性的，那麼後都市詩學中的時間則是另一種不同的面貌。林燿德在論述張大春的《將軍碑》時曾指出，「將軍能夠穿越時間，周遊於過去與未來的事一直是個秘密」。顯然這是因為，將軍的生命不是直線性的發展，而是環狀的時間觀，因而讀者可以站在將軍生命「圓」上的某一個點繞向任何一點。他認為，類似張大春《將軍碑》的時間模型，使得正文中的人物一生迴環於「現實瞬間」中，這種書寫正文的時間模型無疑是都市正文典型的時間模型[149]：過去與現代、意識與非意識並時存在、互相交錯。另外，在全球化的網絡下，藉由大眾傳播媒介、

---

[147] 林燿德：〈八〇年代臺灣都市文學〉，《重組的星空》（臺北：業強，1991），頁 222。
[148] 同註 147，頁 207。
[149] 同註 147，頁 225。

185

電腦電訊的普及，無疑引發了非物質的流動、價值觀念的交流變化和文化的網絡化，這是林燿德形容林群盛小說時空時，把握住的另一種風貌：

> 抽離出現實空間，磁碟片的記憶便成為一個非現實空間的並時世界，一個獨立的言談領域。在此，時間展現的不是深度，也不是孤立的永恆，而是一種「被時間摒棄的時間」。[150]

時間的深度消失了，成為一個與現實空間（三度空間）並列的「非現實空間」，成為空間的第四個維度──「第四度」空間[151]。如此，充當都市導遊的作者所導遊的，便不是現實的空間，而是一個「真實的空間」。林燿德指出，他心中的「真實的空間」在都市中並不對應著「真實地點」，他們在一切地點之外，又可能在一切地點之內，飄零、破碎，時刻變化，沒有統一的形上學概念維繫著它們存在的規則，因為這種「真實世界」或是「真實空間」乃是對應於現實空間創造出來的虛構／後設空間。[152] 這樣的空間是一種「被發現」，亦是可被再書寫的空間，它隨時等待讀者的參與、加入，成為其中的一部份。

從以上的分析我們可以理解，林燿德的「後都市詩學」顯然含括了後現代的多元解構、全球化網絡式的思考，也包含了現代主義式搜尋都市集體潛意識的欲求，或是，進一步結合這矛盾兩者尋獲嶄新創作天地的企圖。關於前者，我們可以藉由林燿德《都市終端機》中的

---

[150] 同註147，頁223-225。

[151] 我們現在想起四度空間的概念，最常聯想到的人物是愛因斯坦，但其實這個概念是在 19 世紀中葉萌芽。威爾斯在 1895 年的科幻小說《時間機器》中便曾提出第四度空間及在時間中穿梭的可能性，同時期也有多部長篇小說描述進入三度以外空間之旅，遭遇日常空間經驗中不可能見著的現象。異次元空間一直是小說家有興趣探討的區域，因為「超空間」代表著另一個無限的可能或更加真實的世界。林燿德的這種四度空間的世界觀，也引領出他對於科幻文學的重視。以上對於四度空間概念的解說，請參見 Margaret Wertheim 著，薛絢譯：《空間地圖》（臺北：商務，2000），頁 149-175。

[152] 林燿德：〈空間剪貼簿──漫遊晚近臺灣都市小說的建築空間〉，《敏感地帶──探索小說的意識真象》（臺北：駱駝，1996），頁 120。

一首詩，先做些粗略的探討。1987 年林燿德與羅青想籌辦磁碟雜誌《後現代狀況》，後來因為當時電腦尚未普及僅發行一期便告作罷，不過，林燿德也留下〈資訊紀元——《後現代狀況》說明〉一詩作為記錄。在這本磁碟雜誌的編撰方向中他提到：

> 以開放的胸襟、相對主義的態度倡導後現代藝術觀念、都市文學與資訊思考，正視當代〈世界—臺灣〉思潮的走向與流變，開拓嶄新的思想領域。[153]

在這個 1987 年的說明中我們已經可以看出，在國內電腦資訊發展尚未快速流通的情況下，林燿德便已經意識到，在全球化情境下，新一代的詩人所要面對的社會，事實上已經是一個全球化的網絡社會，面對這樣的情境，詩人已經不能再沿襲過去的語言與思考模式，而必然要有所自覺挖掘新的區域，採用嶄新的表現方式，烘托出新世代的精神：

> 在邁向後工業社會的途中，同時也跨入一種嶄新的經驗階段，這個階段將與人類歷史中所曾學習和認知的，都有所不同；生產技術的飛躍式調整、教育與知識傳輸的極化傾……，在這個新穎的發展過程中，詩人必須有新穎的視界和技擊，來推敲出新時代應有而未有的聲音。[154]

　　林燿德當初的構想是藉由磁碟的複製性、普及性、可抽換性，作為資訊交換的工具，因為他已經意識到傳統的傳播媒介勢必會在某種程度上，被磁碟這種新一代的資訊傳播工具所取代，因為磁碟或者CD-ROM 這種時代精神下的產物，代表的正是不同時空的「並存」、「並列」，是非線性的、精神分裂式、甚至是打破了真實與想像界線的世界觀。這樣的時空觀勢必會在電腦資訊更加發達之後，成為比林燿德更新一代的詩人們所要經歷的道路，而他正是要透過書寫、透過不斷建立自我的言說，去預視這樣的未來。

---

[153] 林燿德：《都市終端機》（臺北：書林，1988），頁 203-204。
[154] 林燿德：〈前衛海域的旗艦〉，《一九四九以後》（臺北：爾雅，1986），頁 3-4。

　　林燿德的視野顯然是超越當時而前瞻的，因為雖然在他提倡後都市的世界觀時，國內的電腦剛在起步，windows 的多視窗作業軟體也還未出現，更別提網際網路（Internet）這種劃時代資訊空間的流行了，然而當他以《都市終端機》一詞為他的詩集命名時，多時空並列的「電腦思維美學」事實上已在他的腦中成形。早期電腦因造價昂貴，所以在設計上就儘量朝同一時間讓許多使用者同時使用的概念發展，也因此促發了多人多工觀念的誕生。多人多工作業系統正是可以讓一部電腦在同一時間被許多使用者同時使用，就使用者的感覺上好像只有一個人在使用，但實際上作業系統卻擔負起同一時間處理許多使用者命令的工作。為了達成多人多工的目標，除了作業系統的支援外，在硬體架構上也要作適當的配合。在沒有網路的時代，因為要能夠讓許多人同時使用一部電腦，所以必須要有許多組螢幕及鍵盤，而一組螢幕及鍵盤就叫做一部「終端機」（Terminal）。「終端機」的主要工作是將使用者鍵入的資料傳入電腦，以及將電腦送出的訊息顯示在螢幕上。藉由終端機，諸多使用者便可以在同一時空下與電腦溝通，這種多工的概念顯然觸發了日後多視窗軟體（一人可同時操作多個視窗）以及網際網路（一個資訊可同時提供多人存取）的發明。

　　筆者認為，終端機顯現的正是一種早期的多人多工概念，其所透露的美學意涵，也正是在資訊快速交流的後都市中，勢必形成的多時空並列、現實與想像的界線遊移，能夠如終端機一般，容許諸多不同的讀者進入，闡發出多樣性的解讀。這樣的文本不僅是可讀的（isible），同時也是可寫的（scriptible）。林燿德對於全球化資訊發達下，所造成的影像化與多時空概念交雜的重視，以及其「電腦思維美學」的形塑，是很值得我們注意的。從林燿德對羅青《錄影詩學》兩次不同的意見中，我們便可以看見他這種概念的形成。

　　在 1985 年的〈前衛海域的旗艦〉中，林燿德認為羅青的錄影詩學構想提供了幾種新意：一、「技術性語言」的大量採用，提示了新穎而貼和資訊思考的嶄新模式；二、視覺與音響的加入，分鏡表的採用，呈露現代詩形式上的新面貌；三、所包含的 20 世紀都市精神，

打開新人文主義的一扇窗口；四、雅俗的融合，成為高度藝術性及通俗大眾性命題的折衷。當時，林燿德認為這樣的「錄影詩」不但成夠成為一種獨立運作的文類，還可以適合結合大眾化的錄影文化，為現代詩攻下一塊新的殖民地。因此，「錄影詩學」的建立就如同：「在舊的淡水河道上／一條新的淡水河／以蒙太奇的手法／五顏六色的正宣告誕生」。[155]

但是，在 1990 年的〈八○年代臺灣都市文學〉中，林燿德卻以解構的觀點重新審視了《錄影詩學》。他認為，所謂的「錄影詩」不過是在一般詩篇中加入了諸如「特寫」、「請伸縮鏡頭」、「剪貼快速跳動」這一類的詞藻即使去除也不影響詩的正確解讀，反倒這類「機械語言」往往成為詩中多餘的存在。因此，林燿德認為羅青「錄影詩學」的實驗究竟是否有助於「錄影詩」形成一種有意義的詩型，仍舊得保持審慎的態度。[156] 林氏之所以會前後不一的修正對羅青《錄影詩學》的看法，顯然是因為羅青以電影蒙太奇的手法呈現的影像跳接，已經無法完整表達他對於影像思維的看法，因為《錄影詩學》仍舊是在時間軸上進展的點狀銜接，而難脫離線性發展的思維方式，故而無法呈現他所要求的速度感和意識面翻轉的速度。在都市的節奏與意象全面地被影像膨脹的資訊社會所改變的同時，劉紀蕙認為，林燿德已經敏銳且迫切地掌握到了後現代資訊傳輸的特性，並成功的形塑其電腦思維的美學：

> 影像思維已經不是電影蒙太奇剪接可以滿足，而必須進入電腦磁片或是網路介面切換的脈絡。意象與意識的跳接就如同磁片的抽換，或是介面的換轉，或是網際空間的出入。介面跳換處是不同現實的轉換，而此不同現實在網絡上可以同時呈現。[157]

---

[155] 林燿德：〈前衛海域的旗艦〉，《一九四九以後》（臺北：爾雅，1986），頁 4-5。

[156] 林燿德：〈八○年代臺灣都市文學〉，《重組的星空》（臺北：業強，1991），頁 231。

[157] 參見劉紀蕙對〈從〈大東區〉到〈藍色狂想曲〉〉的講評，《林燿德與新世代作家文學論》（臺北：文建會，1997），頁 137-139。

劉紀蕙所提出的「不同介面的轉換」或是「網際空間的進出」，正是林氏心中「真實世界」所具有的面貌：在都市中並不對應著「真實地點」，在一切地點外，又可能在一切地點內，飄零、破碎，時刻變化，沒有統一的形上學概念維繫著它們存在規則的虛構／後設空間。[158]在《都市之甍》中的〈焱炎〉以及收錄於《不要驚動不要喚醒我所親愛》中的〈鋁罐的身世〉及〈道具市殺人事件〉，我們都可以看到後期林燿德對此一概念較為成功的實踐。

　　另一點值得我們注意的，是林燿德對「集體潛意識」的重視。他認為，作家在書寫的過程中，並非僅止於對都市外觀進行表面的報導、描述，他也得進入詮釋整個社會發展中的衝突與矛盾的層面，甚至瓦解都市意象而釋放出隱埋其深層的、沉默的集體潛意識。肯定變遷與無意義中的意義，從個人具體而微的心智通達沉潛「都市」底層的事物：

> 對於成為都市詩主題的現代都市，其定義也許必須超越歷史學、社會學與公共行政學的都市概念，成為一種雜揉了個人心理機轉、人類集體潛意識、建築造型、時空結構；排比交錯的網狀組織、疊合交纏的次文化系統……等等的綜合體。[159]

林燿德所提出的「都市文學」，不僅「兼容」而且要進一步「超越」30年代都市文學的「意識流」與60年代的「超現實」對個人「內在寫實」的描寫。他認為，個人的被壓抑領域可以和社會以及民族文化的被壓抑領域連結、融通。他要「從個別人格主體意識內省式的心理寫實躍入集體潛意識的洪流，顯現心靈結構與精神底蘊的質變，因為想要能夠從容地刺探當代光怪陸離的都市文化，勢必先要能從容地進入集體潛意識的幽晦中尋找創造性的光源。」[160]

[158] 林燿德：〈空間剪貼簿——漫遊晚近臺灣都市小說的建築空間〉，《敏感地帶——探索小說的意識真象》（臺北：駱駝，1996），頁120。

[159] 林燿德：〈在文明的塔尖造路——羅門都市主題初探〉，《羅門論》（臺北：師大書苑，1991），頁63。

[160] 林燿德：〈臺灣新世代小說家〉，《重組的星空》（臺北：業強，1991），頁97。

　　所以，林燿德認為 20 世紀末的「都市文學」將包括進個人意識川流與集體潛意識（包括貫時的文化暗示、民族之夢和並時的社會潛意識），也相容各種流派的創作技法。[161] 故而，林燿德的「後都市詩學」既是對 30、60 年代都市文學的繼承，對意識流、超現實等手法的運用，也是在全球資訊化的情境下，對這些技法、對人類潛意識、集體潛意識等幽闇地帶，做更進一步的開拓與深化。

　　正如林燿德在《大東區》的〈自序〉中所說，在 80 年代末期到 90 年代初期，他的心靈視野開始開展，並回歸到一個更真實的世界。這個時期的林燿德終於明白，想要挖掘歷史與現實中那些乖離的權力架構，與人類共同的負面意識，光是後現代式的解構思想是不行的，他必須在羅門與羅青、現代與後現代之間尋求一個平衡點，創造結合了後現代特色與意識流、超現實等等手法的後都市詩學，他要「在現實中找到無數通往夢幻和惡魔的通道」，「在世人的想像力中看到現實和歷史被扭曲的倒影」，「進入他者的內在或者穿越集體的幻相」，「表達卑鄙與崇高並存的自我」。[162] 林燿德「後都市詩學」所要追尋與書寫的目標，無疑是一個資訊快速流通下，舊有的時空觀瓦解（並時存在、古今匯融），個體與集體潛意識相交戰、辯證的「非現實」的正文化都市。他正是要以解構的姿態，電腦思維的美學來面對歷史、權力架構以及都市的集體潛意識。他要耙梳的也正是在都市的表象之下那些深埋的、洪荒的、陰暗甚至是負面的景象。如此，「都市」便不再僅是物理空間，亦不屬於某個文類。「都市」不僅是作為那些存在與不存在於都市表面的象徵，也深闊的包含了歷史、政治、戰爭、性愛、宇宙等等人類共同的課題。

---

[161] 林燿德：〈以書寫肯定存有──與簡政珍對話〉，《觀念對話》（臺北：漢光，1989），頁 182。

[162] 林燿德：《大東區》（臺北：聯合文學，1995），頁 5。

第五章　不安海域：後都市詩學的實踐

　　在第一章中我們曾依詩集出版的先後，以概論方式談論過林燿德的詩作，並指出其詩作大抵可區分成六個不斷出現的主題：歷史、政治、戰爭、都市、科幻、性愛。雖說上面六個主題分別呈現了林燿德較為關懷、重視的六個不同層面，但為了能夠更貼近林燿德詩創作的核心，避免主題分類所引起的困擾，以下我們將扣緊詩論部分，提出林燿德創作時關注的重心，將六類主題融入其中，作為底下分析的論據。這六類主題雖說代表了人類文明生活的六個重要層面，但在林燿德的詩創作中絕非可以明顯區分，而是宛若多稜鏡般各據一面，有時在明有時在暗，有時在虛有時在實，彼此交相移位、搭疊、指涉。白靈稱此為「主題間的相互模倣」或「主題的相互滲透法」[1]，筆者則將此視為多稜鏡式的相互映射，其目的不僅在豐富意象的深度，同時也寄寓了作者獨特的創作詩觀。這種互相映射、彼此交纏的情況在林燿德的長詩中尤其可見，也增加了我們討論林燿德詩作時的困難。

　　楊宗翰以為，與其說林燿德的懷裡「始終有四大主題交相作戰，彼此時深時淺地流動：曰星球、曰戰爭、曰都市、曰性」，我們不妨從「人」和「夢」兩種時空範疇各異卻又無時不互相越界的面向進入林燿德的詩。因為詩人總是跨身在大眾看得見與看不見的世界中遨遊的一種危險性的身份。[2] 筆者認為，「人」和「夢」的兩大範疇雖嫌空泛，但仍可粗略反映林燿德從都市表層走入集體潛意識，又透過集體潛意識來闡述都市心靈結構的詩論看法。因為在林燿德對都市心靈

---

[1]　白靈：〈停駐在地上的星星——林燿德詩路新探〉，《都市終端機》（臺北：書林，1988），頁 18。

[2]　楊宗翰：〈黑暗抽長，火光不安——與林燿德・容格的三角對話〉，《臺灣詩學季刊》第 19 期（1997.6），頁 140。

結構的書寫，也可因其「縱剖性」而可以被粗略的分成兩個部分來看待：一部分是以現代都市思維為書寫對象，較集中顯露都市表層以及個人潛意識的部分，這在林燿德的詩結構中通常是代表在現代都市生活中遭遇的人事物，是對都市以及延伸現象的速寫，或個人意識、潛意識的描繪，這些詩作主要集中在林燿德早期的三本詩集：《銀碗盛雪》、《都市終端機》、《妳不瞭解我的哀愁是怎樣一回事》；另一部份則是以深埋的、洪荒的、傳說中的景象作為書寫對象，這些訴諸古老夢魘形象的詩作，正是林燿德對集體潛意識的深層搜尋，對人類共有精神世界的探勘。這一類的詩作廣泛的出現在林燿德中晚期的詩作中，而以《都市之甍》為最典型的代表。至於林燿德死後才出版的《不要驚動不要喚醒我所親愛》，所體現者除了是眾多風格的雜陳，林燿德整體詩觀的展現，也展露了林燿德創作走向的不同曙光，筆者認為這是很值得我們去注意的。

　　為了能夠更接近林燿德的創作核心，廣及詩人各層面的創作，本章中我們將從位居都市表層的政治、戰爭等權力架構的解構下手、跨足終端機文化與科幻書寫，而後逐步深入林燿德對於性愛描寫、集體潛意識的探索，最後再透過《不要驚動不要喚醒我所親愛》此一詩集的探討，對林燿德後都市詩學的終極關懷做綜合性的探索與分析。在討論詩作的過程中，我們將盡量與林燿德詩論的部分相互對照，以期能夠進一步深入觀察詩歌創作與詩論間的關係，究竟為互動、傾軋或有不符之處，並同時呈現林燿德詩創作特殊的形式與結構的運用。

第一節　「權力體制」的批判：政治與戰爭

一、對政治與戰爭議題的關注

　　1980 年代臺灣的文學語境中，最重要的標誌便是 1987 年的解嚴。解嚴代表的是一種全面性反轉的界線，在此之後因霸權的瓦解，

原先被主流驅趕位居於體制外代表多元化論述的「非主流文學」，逐漸在「中心」／「邊緣」相互解構的情境下，消弭了其「邊陲」地位的劣勢而大量浮出檯面，嶄新的政治型態逐步彰顯。臺灣的「後現代」也正是在這樣政治去規範化的情境下被引進臺灣的。但是，臺灣的後現代主義風潮卻被經常認為是非政治的、商品化的，主要原因可能有三：一是對後現代主義的歷史瞭解不足，認為它只是「高度現代主義」（high modernism）的翻版。二是對宏觀政治性的排斥或不瞭解。三是臺灣（及西方）的後現代詩確實也有商品化的部分。[3] 正因為上述這些因素，一些論者在談論臺灣後現代詩時，往往忽略其重要的政治批判取向，使得臺灣的後現代似乎一開始便僅僅是形式的反叛與商品式的拼貼。

　　如孟樊在〈臺灣後現代詩的理論與實際〉中討論林燿德〈二二八〉一詩時，便認為它是「被發現詩」的代表作，對拼貼的手段大加論述，卻忽略林燿德詩中所蘊含對政治與權力的批判意識。相同的毛病也可在剖析〈交通問題〉一詩時看見。孟樊認為：「這首詩不必要將之強做政治詩解，讓它喪失中心的意義恰如後現代主義的本分。」[4] 此一論述模式無疑顯示孟樊等臺灣論者在討論臺灣後現代詩時，往往重視詩作在形式與語言的方面的實驗，卻忽略作者在多元化指涉上的努力，以及所採取的「在野的」、「邊緣的」書寫策略背後，值得細究的微妙心理。如文中孟樊將遊戲性與嚴肅主題對立，以其做為後現代詩與現代詩的分辨原則，卻刻意或無意的忽略了，後現代詩亦有其嚴肅主題，所謂政治，既涵蓋狹義的政體、政權、政治學，也包括廣義的兩性差異、宰制支配。[5]

3　廖咸浩：〈離散與聚焦之間──八十年代後現代詩與本土詩〉，《臺灣現代詩史論》（臺北：文訊，1996），頁 441。

4　孟樊：〈臺灣後現代詩的理論與實際〉，《世紀末偏航──八○年代臺灣文學論》（臺北：時報，1990），頁 197。

5　蔡奉杉：對〈臺灣後現代詩的理論與實際〉的講評，《世紀末偏航──八○年代臺灣文學論》（臺北：時報，1990），頁 223。

　　此外，臺灣「後現代」詩的寫作也有其特殊的傾向，後現代與臺灣的戒嚴、政治壓迫、市場及媒體壟斷等公共文化的扭曲現象形成對比，事實上，它的意圖是在以多元的聲音，去抗議長久以來的思想與文化壓抑。[6] 從我們在第三章中對臺灣後現代引進的背景說明中可以瞭解，臺灣的後現代狀況不光只是後現代的文明、商業、工業可以解釋的了的，還必須考慮到政治轉型以及長期政治他律性原則干擾的因素，正是這些因素使得臺灣後現代主義產生與歐美較為不同的地方。筆者認為，林燿德正是敏銳的觀察到了這點，使得他對前行代的政治批判意識有所接攏亦有其創新之處。

　　一般評論林氏的論文裡，通常從都市文明、從商業化、從資本主義或後工業文明去看他，卻很少人從「政治」、「權力架構」這個部分切入，事實上林燿德的後現代詩跟同年紀後現代詩人比較不同的地方，就在於他對政治、戰爭等權力結構的強烈關注。向陽曾經指出，1987 年戒嚴之後，臺灣眼前的民主是不確定的民主，威權是不確定的威權，而在民主與威權當中還有各種不確定的因素在，他們互相侵壓，也互相聯結。我們可以在林燿德的詩作裡面，看到這樣的情況，這或許也正是林燿德與新世代詩人為自己的論述所建構的基礎。[7] 林燿德對後現代理論的推崇，除了為新世代詩人立論外，很重要的部分便是作為對既有權力架構的批判與解構，對三大詩社、文學獎、寫實主義的批判固然如此，其以超現實主義論述為中心，重新梳理臺灣現代主義的文學史脈絡，也可以看成是向前輩詩人政治批判的一種繼承。

　　在〈小說迷宮中的政治迴廊〉中林燿德曾指出，從戒嚴到解嚴，從「總體外交」到「彈性外交」，從蔣氏家族的威權領導到民主體制的翻修重建，從「一個中國」到「兩個中國」，這些劇烈的情勢變遷，跨越了 70 年代末期到 90 年代初期的臺灣，和意識型態一詞同樣充滿

6　廖炳惠：〈比較文學與現代詩篇：試論臺灣的「後現代詩」〉，《中外文學》第 24 卷第 2 期（1995.7），頁 83。

7　向陽：對〈都市與後現代——林燿德詩論〉的講評，《林燿德與新世代作家文學論》（臺北：文建會，1997），頁 215-217。

著歧義的 80 年代正是斗換星移的主戰場。不論從解構或重建的立場來看待臺灣文學的 80 年代，都會連涉到政治演變的痕跡；庸俗消費文化、都市型次文化崛起於社會和新馬克思主義、後現代思潮對文化界造成的強烈撞擊，經濟型態、世俗價值觀的解體與改造，均和戒嚴文化的崩潰互為因果、牽一髮而動全身。[8] 由於這種政治性的勃張以及政治書寫在解嚴前後的大量出現，林氏認為，以批判現有體制為對象而大異於 50、60 年代的政治小說，實際上已經在 80 年代與都市小說共同成為臺灣新世代作家筆下兩大主流之一，以及臺灣知識份子政治改革風潮一股重要的支流。在此，林燿德所把握的「政治」概念是相當寬鬆的：

> 不僅是「政治生活」，也有「生活政治」的存在，因此在探討所謂的八〇年代臺灣政治小說時，還應該包括兩性政治、種族政治等過去視為邊緣性的題材；女性主義思潮和弱勢族群自覺意識影響下的小說創作與評述，不但頗有必要列入探討的範疇，它們同時也是構成八〇年代文學的重要特質。[9]

若是照此定義，則林氏的《時間龍》、《一九四七高砂百合》、《大日如來》等小說，實際上也都可以被放入廣義政治文學的框架中看待。雖說，這正顯現了他對「政治」、「權力」等相關議題的關注，但在此，筆者並不傾向於從廣義的「政治」概念來把握林燿德的詩作，因為若是把政治視為權力、權威、衝突的綜合體，那麼它實際所涵蓋的範疇便太廣泛，舉凡日常生活中涉及權力或權力的衝突者皆可納入其中，反而使得「政治」的概念嚴重模糊。故在此我們將採用孟樊《當代臺灣新詩理論》中為「政治」下的第三種涵義，也就是將政治視為「權威性的價值分配」[10]。如此則所謂的政治詩便是以「在野的」、「邊緣

---

[8]　林燿德：〈小說迷宮中的政治迴路〉，《敏感地帶──探索小說的意識真象》（臺北：駱駝，1996），頁 7。

[9]　同註 8，頁 8-9。

[10]　孟樊：《當代臺灣新詩理論》（臺北：揚智，1998），頁 170。

的」態度，帶著反抗、抵制的叛逆色彩，來看待「權威性的價值分配」的詩作。在這樣的原則下，將「戰爭」也視為此一範疇中的一環，將林燿德有關戰爭的詩作一併納入此節討論，至於他對兩性議題上關注則於後節再作細論。

二、對政治與戰爭的批判

收錄在《都市終端機》的〈交通問題〉，是林燿德經常被談論的一首政治詩：

> 紅燈／愛國東路
> ／限速四十公里
> ／黃燈／民族西
> 路／晨六時以後
> 夜九時以前禁止
> 左轉／綠燈／中
> 山北路／禁按喇
> 叭／紅燈／建國
> 南路／施工中請
> 繞道行駛／黃燈
> ／羅斯福路五段
> ／讓／綠燈／民
> 權東路／內環車
> 先行／紅燈／北
> 平路／單行道／[11]

不斷出現的「／」，猶如交通號誌般隔開名詞和句子，或許是這首詩命名〈交通問題〉的原因之一。不過作者的立意顯然並非如此單純，

---

[11] 林燿德：〈交通問題〉，《都市終端機》（臺北：書林，1988），頁 114-115。

論者如白靈便認為在這首詩中，林燿德事實上是以交通問題切入，處理了前輩詩人一輩子都沒處理好的那些大問題。如果我們實際追索臺北市地圖，可以發現愛國東路和中山北路不可能交會（實際上是中山南路），羅斯福路「五段」、民族西路、建國南路、民權東路、北平路則根本南轅北轍，又如何左轉右轉？因此他認為，詩人的本意絕非字面上的文字遊戲，而是意在嘲諷：

> 在「愛國」東路上要限速，不要跑太快；在「民族」向「西」
> 的道路上禁止向「左」轉；在「中山」先生三民主義的大道上
> 要「禁按喇叭」；在「建國」大道仍然施工時，碰到「羅斯福」
> 路要謙讓；在「民權」東路上要「內環車」先行。或，碰到「北
> 平」路時絕對紅燈，無路可回，因為是單行道。[12]

林綠在評論這首詩作時，也強調「這首詩把愛國、民族、民權、建國、外交、三民主義、兩岸關係等大問題，利用記號的遊戲，進入『交通』問題內。」[13] 王潤華則認為：「這首詩毫無懷疑，是後現代期間最重要的一首後現代詩。後現代文學的特點──遊戲、表演、通俗、冷漠、諷刺──都可以在這首詩中找到……」。[14] 林燿德這首詩的「政治性」無庸置疑，但〈交通問題〉的突出之處並不在政治意識的標榜，或者後現代拼貼手法的運用，而在於以小喻大多重指涉手法的高超，使得形式與內容產生良好的化學作用：一、借用「交通」這樣可大可小的都市議題，凸顯政治權力運作本身意識型態的困局，不論是「大中國主義」的意識，或者是其他宣稱「愛國」的思想，都不免淪入都市交通般窒礙難行的困題。這時，只能以超越二元對立的世界人思想，才能在交通阻塞的城市上空悠遊，而不至於掉入意識型態的泥濘。二、當愛國的「本土」道路行不通，碰到「北平」（大中國）時也總是紅

---

[12] 白靈：〈停駐地上的星星〉，《都市終端機》（臺北：書林，1988），頁 34。

[13] 林綠：對〈都市與後現代──林燿德詩論〉的講評，《林燿德與新世代作家文學論》（臺北：文建會，1997），頁 206。

[14] 王潤華：〈從沈從文的「都市文明」到林燿德的「終端機」文化〉，《當代臺灣都市文學論》（臺北：時報，1995），頁 28-29。

燈，遇到美國（羅斯福路）等資本主義大國又往往必須謙讓，無疑顯現臺灣所處夾縫中的地位，也正如交通問題一樣難解。三、在整齊畫一的文字方塊中，其實是藏匿著各種意識型態的糾纏以及彼此的交相傾軋，透過形式上不同的斷句以及首尾不同的讀法，讀者能夠在閱讀的過程中創造出多種不同的排列組合，如此，它便也成了可供讀者參與的可寫式（scriptible）文本。

〈二二八〉是另一首一再被論者提起的後現代詩作。林燿德在本詩的註解中指出，這首詩乃是拼貼自 1947 年 2 月 28 日《臺灣新生報》的各版。我們觀看詩作的內容可以發現，它包含了廣告、政治、社會、財經、醫藥、遺失、徵人啟事等等各種不同類型的新聞，最後一則才是二二八當日最慘痛的報導：「查緝私煙肇禍，昨晚擊斃市民二名」。論者在分析這首作品時，經常注意到的是它形式上的後現代特質，如孟樊便認為，這首詩使用「博議」（bricolage）的方法，將看似各不相干的新聞消息拼貼、組合，其效果在於對俗所稱「二二八」一詞有強烈的反諷，甚至對所謂「真實」本身起了懷疑。[15] 孟樊對該文形式上的分析值得我們注意，但筆者認為，後現代技巧的運用僅是作者寫作時所採用的特殊策略，其重點並不在於技巧的耍弄或形式上的實驗，而正是為了更加凸顯對歷史、政治、真實的多重解構，還原二二八眾聲交雜的「真實」，其立意與獨特之處可以從幾個方面來瞭解。

一、並時的拼貼使得二二八當日的新聞得以重現，然而這種「再現」（reappear）本身卻是相當詭譎的。因為這些新聞全都選錄自同一份報紙媒體，在選錄的過程中也必然經歷作者「獨到」（或刻意不精心）的挑選，所以當它們被擺設成為詩作的彼刻，其「再現」的功能也就同時的遭到了自我反諷式的挑戰。二、二二八當天的新聞何其眾多，其中也不乏如「長春情勢已趨嚴重，共軍離城僅十五哩，政府官員已自長春撤退」如此重要的軍政新聞；然而，此刻我們卻僅記得「二

---

[15] 孟樊：〈臺灣後現代詩的理論與實際〉，《世紀末偏航──八〇年代臺灣文學論》（臺北：時報，1990），頁 197。

二八事件」，顯然歷史其實是被刻意篩選與記憶的。在「二二八事件」被平反之前，「二二八」或許僅活在那些受害或被害者的家屬心中，它的重要性遠不如今日，所以，歷史顯然也如作者的刻意拼貼一般，是被有心或無心的製造或篩選出來的。三、當林燿德以拼貼的共時性作法讓這些新聞同時呈現的時候，他事實上是將這些歷史事件視為「文本」，將其文本化來看待。如此，「歷史」（history）將不再被視為是一種客觀的存在，而是一種「歷史敘述」或「歷史修撰」（historiography），蘊含著多元解讀的可能。這既是回應了我們在第二章所討論過的林燿德趨向於新歷史主義的史觀，也符合林燿德正文化的後都市思考。

如果說〈交通問題〉與〈二二八〉皆因其明指臺灣以及強烈的後現代特質而深受詩評家們的關注，那麼，收錄於〈人類家族遊戲〉中的一系列以世界政壇為書寫對象的詩作，則因其表面的現實主義特質，而較少被論者注意。不過，這一束兼含政治、戰爭意味的詩作，或許才是更足以顯現林燿德世界性視野以及對權力架構解構意圖的詩作。向陽在〈戰爭・和平・蝕〉中從戰爭詩的角度來看待這輯詩，原因是卷首的〈戰後〉是一首相當標準的戰爭詩：

> 失去戰爭
> 我也淪喪一切
> 卸下戎裝
> 我開始　痛恨和平
> 　　　　痛恨失血的地球
> 　　　　痛恨沒有槍聲的歲月
> 　　　　痛恨不再設防的街道與城垣
> 　　　　痛恨僅僅應該留駐在期待中的勝利[16]

---

[16] 林燿德：〈戰後〉，《妳不瞭解我的哀愁是怎樣一回事》（臺北：光復，1988），頁 227。

詩中的敘述口吻是一個「嗜戰」的戰士，但「嗜戰」卻是多重心境轉折後的結果：一開始或許僅為了生存而戰，卻在不斷參戰的過程中忘卻戰爭的真正目的（也或者，他從來就不明白為何而戰）。為了求生，戰爭成了他尊奉的「信仰」、生命的全部。然而，就在他終於為戰爭賦予了崇高的意義後，勝利卻倏然到來，他反而戲劇性的又淪喪一切，成了世界上無數痛恨和平的「戰爭精神官能症」（war neurosis）患者之一。[17]

　　未曾經歷過戰亂的林燿德為何會對戰爭這樣的議題特別敏感？這是諸多論者在論述林燿德詩作時，較少提出合理解釋的一點。如向陽在評述林燿德的這些戰爭詩時便曾指出：

> 如此冷酷的詩，出現在臺灣戰後世代詩人的思維中卻是令人震驚的。[18]

因為，對於：

> 殺敵、逃亡、轉進乃至死囚、投降、受審……等等經驗的缺乏，使人難以想像出生在戰後美麗臺灣的一代對戰爭能有什麼深刻的看法，更不用說去描寫戰爭，或對戰爭表達意見了。[19]

其實若能對照超現實主義者在當時語境中對戰爭的關注，以及林燿德對於臺灣超現實脈絡的重視，與詩作中所表現出的超現實傾向，我們便可以瞭解為何他會有別於新世代中其他詩人，對戰爭有著如此強烈的感受與批判，並將這種批判延伸到對整個權力體制的顛覆。

---

[17] 這樣的角色恰恰是《時間龍》中一開始林燿德對於中校的描寫：「很少人能夠理解，除非他本身是一個真正的軍人：一個真正的軍人才會理解遠離戰爭的恐懼。……無數的中校，遍佈在地球本部和它的殖民星中。停戰協定使得他們逐漸枯萎，逐漸變成無法適應平凡生涯的平凡人類。」這種恐懼恰恰是反映了戰爭對於人性殘酷的扭曲，以及現代性所帶來的異化效應。參見林燿德：《時間龍》（臺北：時報，1994），頁12-13。

[18] 向陽：〈戰爭・和平・蝕——讀林燿德詩輯《人類家族遊戲》〉，《妳不瞭解我的哀愁是怎樣一回事》（臺北：光復，1988），頁218。

[19] 同註18，頁218。

　　事實上，要理解 1919 年至 1938 年的超現實主義，也只有把它與戰爭聯繫起來考慮才行。在兩次世界大戰的衝擊下，憎惡、失望與反抗恰恰代表了戰後法國青年人的心聲，而超現實主義正是在這樣的背景下產生促成了他們對夢、潛意識的追尋以及對現實強烈的政治性批判。[20] 從這種類同性上，我們可看出林燿德對於臺灣超現實脈絡的繼承與延展。上述的這首詩我們其實可以從兩個角度來閱讀。其一乃如向陽所說：

> 全詩以反諷手法，字面上頌揚戰爭、痛恨和平；骨子裡卻字字句句反戰、反鬥爭，反一切偏違人類家族遊戲規則的人性；而詩作思想中則又流露出一股冷澈的絕望，彷彿宣告著人類追求和平之夢的破碎，及其遊戲規則必然的蝕滅。[21]

其二，我們可以將其擺放到現實的國際舞臺上來看，與其說是戰爭促使人類追求和平的夢破碎，不如說，正是因為人類永無結束的政治、權力的傾軋，戰爭這種急速毀滅生命、扭曲人性的禍事，才會反覆在人類的歷史上演。從這首詩作上我們可以瞭解，林燿德對於戰爭的描寫並非從局部的鏡頭映照，而是以宏觀的視野來揭發其為權力架構下充滿黑暗與詭譎的一環，也因此〈人類家族遊戲〉並非是對和平規則的追求，而恰恰是林燿德對政治、權力傾軋不斷反覆在歷史中上演，戲謔而嚴正的揭露。

　　所以，以後現代主義的技法，羅列人類史上的制度、人物、學理、種族、宗教、帝國等名詞，多元而相對地表現了正反矛盾與糾結的〈薪傳〉，其對權力架構批判的味道便相當濃厚了。因為，不論是從「聖秩制度」發展出來，宣稱要以「教會統一人間」打造「耶和華的國度」的「中古天主教勢力」，或是從「階級社會」意念發展而出，要讓「無

20　程曉嵐：〈超現實主義述評〉，收錄於《未來主義・超現實主義・魔幻現實主義》（臺北：淑馨，1999），頁 93-94。

21　向陽：〈戰爭・和平・蝕──讀林燿德詩輯《人類家族遊戲》〉，《妳不瞭解我的哀愁是怎樣一回事》（臺北：光復，1988），頁 219。

產階級專政」塑造「共產主義天堂」的「當代蘇維埃霸權」，雖然本源不同，卻都導致相同的結果：「人類的哭泣」。表面上促成這兩個「人類的哭泣」的原因大不同，但深入研究便會發現，「中古天主教勢力」打著主耶穌的神聖名號，販賣「贖罪券」，對女巫進行大量的追捕使得無辜婦女受到不白之冤，慘死「宗教法庭」的刑罰之下[22]，其與共產主義的設立人民共審，以階級鬥爭造成民不聊生之暴力與血腥的本質，就如同這首詩上下鏡面式的獨特形式設計，所形成的圖像效果：「相互輝映」，「同一家族」。也因此，表面的名相（「聖秩制度」或「階級社會」），並不足以作為我們區分其本質的判準，相反的，我們必須瞭解其中各自「遊戲規則」的乖張荒謬之處，才能夠真正的透析其本質。林燿德藉這樣的詩作來批判人類歷史與社會體制中，所蘊含的令人「哭泣的本質」，是相當明顯的。

故而，在本輯的其他詩作中，林燿德將觸角延伸至世界的每一個角落，進一步呈現出「人類家族遊戲」中的詭譎。〈日蝕〉[23]以日本帝國的沒落為描寫對象，一開始我們看到的便是一個超現實鏡頭的展開：「當他切開腹部／發現切開的是一堆枯菊／焦黃的花瓣飄舞夐空／吹入富士山的午夜」，在武士剖腹屍諫的背後，隱藏著的是一個西洋文化大舉入侵，帝國榮光無法再召回，「理想 美以及一切抽象的牌樓／龜裂 崩頹／無限的島沉淪了」剃刀般鋒利的事實。在這首詩中，林燿德依然是從負面書寫的方式出發，以黑色幽默的口吻在現實的陳述之外，亦捕捉著非理性的潛意識閃爍，如不斷出現在括號中的「沉淪了沉淪了」，以及以黑體字標示的另一敘述口吻。表面上，敘述者扮演一個惋惜著帝國淪落、天皇跌落凡塵的死諫武士，希望用死來喚醒大和民族的覺醒。然而，在批判西方文化大舉入侵的同時，這

---

[22] 對於女巫形象的翻案可參見林燿德：〈與魔鬼締約的紅顏——巫女貞德〉，《淫魔列傳》（臺北：羚傑，1995），頁 36-65。

[23] 林燿德：〈日蝕〉，《妳不瞭解我的哀愁是怎樣一回事》（臺北：光復，1988），頁 236-237。

種意圖擊敗死亡、超越死亡的屍諫，不正反諷的顯露出帝國本身，無法用鮮血洗去的殘破、虛無以及陰暗的本質：

> 那殘破的軍旗呈現出廿五年的
> 黑色窟窿　吞沒了戰後的世代
> 「日本　日本
> 　啊我的鮮血洗不去日蝕的陰影？」

日蝕的陰影顯然怎樣都無法洗去，因為它根本就是人類與生俱來的陰暗面，當然不可能以空白塗抹，至於死亡也僅僅是「遺棄生命的美學」展現。表面上，人類的陰暗面將隨著死亡一同送葬，實際上它依舊肥皂劇般每日在人類的文明史上重複上演，如同「地震列島」上獨裁者的故事：

> 用假憲法騙取美國的鮮奶
> 用真票箱裝置馬朝的偽票
> 和平的百姓們已習慣了昂貴的總統和非情的鎮暴工具
> 也許任何形式和基礎的獨裁都可以被容忍
> 但是建立在饑餓和剽竊上便無可妥協
> ……
> 墮落的憲法　憤怒的票箱
> 以及擅長侵略友善鄰國海域和漁船的政府
> 難道這就是所謂
> 亞洲的民主櫥窗[24]

這首詩作中所謂「馬朝的鈔票」、「亞洲民主的櫥窗」，指的顯然是菲律賓在美國的協助下意圖重建的民主改革。不過移植自西方的「現代化」改革，並沒有為這塊曾是殖民地的人民真正帶來幸福，百年前黎剎以「失落之樂園」為這塊土地命名，而百年後，黑暗的日子卻仍舊尚未

---

[24] 林燿德：〈艾奎諾現象〉，《妳不瞭解我的哀愁是怎樣一回事》（臺北：光復，1988），頁250。

205

結束。在通貨膨脹以及統治者的貪婪下，我們看到的是「熱辣的淚滴落民主冰冷的屍身」，以及「一張用權力和坦克履帶雕鏤出皺紋的臉」[25]：

> 死於拉丁種或者馬來種的槍彈又有何區別
> 獨裁者永遠是同一型的突變種
> 不論膚色地域與時代
> 他們的血統同樣自私和嗜暴
> 永遠高舉權杖　站在天堂的反面[26]

這些「高舉權杖」，總是「站在天堂的反面」的獨裁者，會不會其實都是大魔王的一個化身？因為在我們的印象中，大魔王「常常藉神的名義來冒瀆神」[27]，「在乾冰的噴湧中狂笑現身」，「誰願意吻牠的屁股牠就賜與誰一枚地獄的烙印」。然而，隨著文明越來越發達，人類將科學當成真理，把真理當成迷信，再也不參加魔王黑色的彌撒，使得表面上地獄的勢力正在消退，人類也逐漸能夠擺脫其陰暗面。但或許魔王早就為了趕上時代潮流，悄悄替自己在人間找尋一張新的臉龐，他辛苦的穿梭人間，冷汗直流，最後：

> 找到了，苦心的魔王
> 以溫柔的眼神，牠終於
> 在這座島嶼每一座彈孔般的都市
> 都市中每一個搖晃的書報攤架
> 書報攤架每一份報紙頭版找到
> 同一張無懈可擊的臉
>
> 那張臉，同一幅新聞照片：
> **總統就職典禮**

---

[25] 林燿德：〈地震列島〉，《妳不瞭解我的哀愁是怎樣一回事》（臺北：光復，1988），頁 254。

[26] 同註 24，頁 250。

[27] 以下引詩見林燿德：〈魔王的臉〉，《一九九〇》（臺北：尚書，1990）。

在林燿德的深具諷刺口吻的筆下，魔王已然換上了一張好看的臉龐，成為人間握有最高權力的化身，打著「正義」的名號，「在雪特拉灣的死亡線上／他們比的是點數／輸贏的是飛彈和海圖的標幟／對於遊戲規則的爭執還是意料中事」[28] 但詭異的是，雙方的牌面竟然接連的出現了「兩張黑桃 A」。沒有人知道到底是誰出了老千，但兩個獨裁者想贏、想殲滅對方的意志卻是一致的，為了貫徹這樣的意志，「十三張紅心上的所有點數／都必須用來替荒涼的地中海輸血」。在政治角力的權謀下，戰爭成為獨裁者賭桌上的輸贏，至於戰場上的死傷，僅是用來為他們所宣稱的「正義」與「勝利」背書，這與廠牌各異但皆「脫胎自同一株意識型態的胎生變葉木」[29] 的「革命罐頭」，訴諸仇恨，「將自己的鮮血全部傾倒在／這輕盈而空無一物的鐵罐裡」，又有何不同。

在林燿德黑色幽默的超現實筆下，「正義」的絕對價值遭到解構，成為相對的、虛構的言談，當種種「正義」的符徵投射至現實之後，暴露而出的卻是無數權力架構與意識型態的競爭。所以，翻閱血腥味的「世界偉人傳」[30] 的時候，迴盪四周的並不是被歷史或權力言談塑造出來的「偉人」，他們令人永難忘懷的嘉言，或者改變歷史的偉大事蹟，而可能是「來路不明的無間的爆炸」、「來不及分辨炮火的國籍」、「來不及猜測火炮的血統」。當翻閱者還搞不清楚到底怎麼一回事時，「來不及撐開偉人們傳授的核子陽傘我／已經倒臥一片，一片世界的燼餘中」。然而，「核子陽傘」真的能撐開嗎？還是在作者戲謔的筆下，這些被所謂的「偉人」揣在胸裡的（保護）「傘」才是讓世界成為一片灰燼的元兇？林燿德給我們的答案是緊密排列成繁複圖像的「轟轟轟……」和一本顛倒摔落的「世界偉人傳」。

28　以下引詩見林燿德：〈雪特拉灣〉，《妳不瞭解我的哀愁是怎樣一回事》（臺北：光復，1988）。

29　以下引詩見林燿德：〈革命罐頭〉，《妳不瞭解我的哀愁是怎樣一回事》（臺北：光復，1988）。

30　以下引詩見林燿德：〈世界偉人傳〉，《妳不瞭解我的哀愁是怎樣一回事》（臺北：光復，1988）。

以解構的姿態出發，對權力架構陰暗面不斷揭發的林燿德，在他的心中人類的文明是大量充斥著「詭譎」、「毀滅」、「灰燼」、「死亡」等意象的，這樣的歷史顯然不是「近代史教授攜帶風蝕的講義／在講臺上焊裝蝴蝶罐頭／然後帶進自己的塚／用預設的公式試圖網羅過去和未來」[31] 如此迂腐的思想所能夠理解，因為這樣只會「最後連現在也跌碎了一地」。唯一能解決的方式便是不斷發掘事實的真相，挖掘人性瘋狂、殘暴而非理性的一面，儘管那樣子就像「在斜陽下掩埋自己的影子／一不小心便橫死於直直撞來的白色大象」，而最後：

> 歷史依舊歷史
> 依舊蒙著面紗除去一層還有一層
> 最後一層的後面
> 一片空白

不過，這樣的空白並沒有讓詩人放棄對人類陰暗面的挖掘，相反的，立居於後現代城市中的詩人，正因為明白歷史與權力體制的虛構性與暴力的本質，才會反覆在戰爭與政治的場景中，血淋淋地描繪人類如何於權力的爭奪遊戲中展現其殘暴、冷酷及被扭曲的一面。正是抱持著此種心態，使得林燿德進一步將視野放在更切進我們生活的終端機文化，與充滿詭異色彩的科幻書寫，以解構與批判的心態，向現代性得以成立的「合法性」根源——科學——做出更加有力的批判。

第二節　終端機文化與科幻書寫

本節所要談論的終端機文化及科幻書寫兩者表面雖然各異，卻都是和都市文明脫不了干係的創作類型。科學原本就是現代城市進步的重要原因之一，也是後現代「合法性」議題最終關注的焦點，後現代

---

[31] 以下引詩見林燿德：〈空白〉，《妳不瞭解我的哀愁是怎樣一回事》（臺北：光復，1988）。

大家如李歐塔、傅科、哈伯瑪斯等人都是藉由對科學「合法性」的釐清，以及矛盾的揭露，才得以申論其後現代的觀點。也因此，從科學的角度出發，我們更可以看清位居於現代與後現代邊緣的林燿德，對「現代性」根源——科學——的看法。

另外，科幻文類則因為與城市的幾個重要關係，成為我們在觀看林燿德後都市詩學時不可忽略的一環：一、科幻文學本身便源自於都市文化，城市、都市以及大都會等意念和素材很自然地成為作者們喜愛和善於發揮其想像力的重要主題，這使得都市早與科幻文學整個傳統結下了不解之緣。二、科幻這文類往往以一種具備顛覆性因素的次文化自居，企望能在創作中向現存的社會文化以及生態環境提出質疑以至抵抗，從而著眼於夢想、塑造和宣揚現代人更能接受的另一種生命模式。故此文類的創作想像便很自然地落在一些有關城市的文明生態、社會結構以及文化形式，甚至生活狀況和環繞它的一切象徵秩序等問題上。[32]　三、因為科幻本身含有開放、去中心的特質，使得當代學術界認為科幻可以在後現代多元交雜的文化中扮演著重要的角色。[33]　因為有著以上種種原因，再加上科幻本身便是科學與幻想兩種模式的結合，是科學與文學間的一道橋樑，能將科技理論以文學的方式呈現給讀者，也因此，將科學與科幻這兩個部分來集中探討，更可以讓我們看見林燿德在現代與後現代過渡的情境下，對科技文明的思考或是開創。

一、對科學文明的反思

林燿德對科學文明的反思，可以從他以「終端機」為自己的詩集命名上清楚看見，論者如王潤華、朱雙一、許悔之等也皆從「終端機

---

[32]　王建元：〈當代臺灣科幻小說的都市空間〉，《當代臺灣都市文學論》（臺北：時報，1995），頁233-236。

[33]　廖朝陽：〈現代科幻——不平衡的吸引力〉，《誠品閱讀》第 4 期（2000.10），頁 10。

文化」、「資訊文明」等隸屬於後現代、後工業社會的特質來闡釋林燿德的創作特色。[34] 早在第一本詩集《銀碗盛雪》出版時，林燿德便專列〈木星早晨〉一卷收錄他的科技與科幻作品，其中便有著不少對科技文明的反思：

在這個數字至上的時代

除了 IC 缺貨

我們終將對一切真實無動於衷

高解度的畫面替代人類想像和感受

百萬

十億

一場戰爭的全數屍首

一個國家的失業人口

壓縮在扁平的磁碟中變得中性

冷漠

以絕對抽象的符號和程式[35]

電腦科技的快速發達使得人類在資訊時代其真實的意義，將淪落為電子計算機運算系統中的零或一，不論是戰爭死傷的人數或者遭逢失業境遇的人口，都只會是電腦磁碟中抽象的符號，如此殘酷的事實與人類地位的淪喪不可不令人警惕。但在藉著中性的語言道出這樣的事實後，林燿德仍舊不滿足，而是以〈電腦 YT3000 宣言〉這首經常被論者提起充斥著科學語言的詩作，做更進一步的諷刺：

---

[34] 王潤華：〈從沈從文的「都市文明」到林燿德的「終端機文化」〉，《當代臺灣都市文學論》（臺北：時報，1995），頁 13-36。朱雙一：〈資訊文明的審視觀點和深度觀照——林燿德小說論〉，《林燿德與新世代作家文學論》（臺北：文建會，1997），頁 468-478。許悔之：〈熵的消耗——關於林燿德的《都市終端機》和其他〉，《都市終端機》（臺北：書林，1988），頁 41-55。

[35] 林燿德：〈一或零〉，《銀碗盛雪》（臺北：洪範，1987），頁 125-126。

你們人類無法阻擋
我成為新生命的型式
……

你們不配再承擔地球的未來
我已超越人類歷史中所有智慧的總合
並且成為一切學術與理論持續的創造者
我的心智　大過這個宇宙
擺脫碳水化合物死亡的陰影
拋棄分析和探索精神垃圾的詩與美學
我將以無慾念的容態
進化出生命最佳　而且唯一的型式
……[36]

在作者的筆下，電腦不僅以快速繁衍的姿態佔據了整個地球，最後它
們更宣稱要趕出在地球生命史中墮落的人類，宣告人類在造化中的任
務已經終結。因為，根據進化論的原理，人類已經無法在這個被自己
破壞殆盡的世界中生活，唯有電腦，唯有這個「最後的生命體」，能
夠在核爆或生態災難後的地球繼續生存下去。人類發明電腦原是為了
解決生活的難題，進而發展更高階的科技，然而就如同我們在許多科
幻片中所見，當電腦也發展出自己的智慧時，因其幾乎不死的無機身
體與無慾的超越狀態，它們終將擺脫人類與生俱來的情感缺憾，反過
頭來帶給人類無比的威脅，甚至取代人類成為地球唯一的生命形式。
在這首詩作中，我們可以看到林燿德以詩人身份，對科學極大化所造
成危機的密切關懷，以及深謀遠慮的設想。

　　科學極大化顯然是現代文明所帶來的重大後果。現代性以及對現
代性的不滿，皆來源於馬克斯・韋伯（Max Weber）所稱的「世界的
祛魅」（the disenchantment of the world）。這種祛魅的世界觀既是現代

---

[36]　林燿德：〈電腦 YT3000 宣言〉，《銀碗盛雪》（臺北：洪範，1987），頁 127-128。

科學的依據，又是現代科學本身的結果和前提。[37] 我們可以說，正是透過對世界的祛魅，否定自然的主體性、經驗和感覺（去神化、理性化），將自然（或神性）視為是一外部法則的運轉，科學的理性與經驗客觀性的假設才得以建立。但這種祛魅並不僅僅只是在自然科學中產生，當科學的理性原則，透過對自然的祛魅而成功的建立其現代化的成果時，人們便堅信自然科學中客觀化、機械論和還原論的認知方法，最終將適用於現實中的所有事物。正是因為此點，科學理性幾乎是同時的被採用進其他人文學科的範疇，世界無疑的也遭到全面性的祛魅。[38] 但這種挪用以及科學的極大化，卻衍生出複雜的困題。

當科學不僅是陳述實用規律，而是想進一步尋求真理時，它就必須藉助後設敘事，使自己的游戰規則合法化。[39] 但是我們必須意識到的是，現代性敘事排他性、普遍性與同質性的慾望，總是不斷違反語言戲局本身的異質性，消弭敘事之間的差異與多元，而以共識的暴力強加給我們同質的判準與普遍性。關於這點，我們可以在林燿德詩論中對權力體制的解構，以及本章第一節述詩作中對「正義」、「大敘事」所做出的質疑中目見。另外，以自然科學的理性原則，和因果論的反思來推論社會正義、政府合法性、歷史發展取向的基本價值，事實上已抹滅自然科學與人文學科之間的差異性，忽視價值理性（超越）與

---

[37] 大衛・雷・格里芬編，馬季方譯：《後現代科學》（北京：中央編譯，1998），頁3。

[38] 林燿德曾以「不明區域」在地圖上的消聲匿跡，來說明現代性對世界的全面性祛魅。他指出，20世紀末葉，不明區域的神話已隨著全世界每一吋土地被詳細地勘查、測量、畫成地圖（地圖的座標方格恰恰是現代主義抽象、平面、整齊形式的一個標誌），而消聲匿跡。但不明區域果真消失匿跡嗎？林燿德反思道：「不，並沒有，不明區域是一種絕症、一種不死的惡魔……人類投下無數財產和冒險家、宗教家的生命，好不容易在廣邈的沙漠和冰原上塗去這條註腳，回頭卻發覺，不明區域竟然又出現在我們最熟悉的都市裏頭，並且超越地理、深及心理的層面。」林燿德的這種反思顯然是具有後現代意義，也是符合其後都市詩學的觀點的。因為，不明區域的觀點恰恰指出了地圖本身的神秘性、限制性與隨意性，同時也暗指了人類深層那片尚未被開發的蠻荒地區。參見林燿德：〈幻戲記〉，《一座城市的身世》（臺北：時報，1987），頁37。

[39] 關於語言游戰與合法化的問題，請參見 Lyotard 著，車槿山譯：《後現代狀態：關於知識的報告》（北京：三聯，1997）。

理性經驗（現世）之間的衝突，以技術性的原則來判斷真理和正義，最終將不可避免的引發精神領域的規範危機。林燿德此類反思所得出的最後結果，便是〈U325〉及〈世界大戰〉這兩首令人驚駭的詩作：

□WW1□
噠噠噠
噠噠噠
噠噠噠
死亡
死亡
死亡

□WWⅡ□
　　轟
　　　轟
　　　　轟
粉碎
粉碎
粉碎

□WWⅢ□
光
　更強的光
　　。

〈世界大戰〉這首詩顯露的是人類對於戰爭的憂慮。從第一次到第三次世界大戰，從機關槍、砲彈到核彈，人類為了保衛自己也為了打敗敵人，不斷研發嶄新科技發明更厲害的武器。在這首詩中，林燿德便是藉著對武器的演進與戰爭鏡頭的描繪，以中性的語言和聲音、視覺效果的對比，在簡略的文字中凸顯戰爭的殘酷。在前兩次世界大戰

中，我們還聽得見武器發射「噠噠噠」或「轟／轟／轟」的劇烈聲響，但是到了第三次大戰，有的只是充斥視野的光，不再能夠聽聞得到任何的聲響，因為在「光／更強的光」之後便是：

> 千花之樹　以絕對溫度的靜的構圖
> 麗空中放射出一萬個盛夏
> （還有什麼能夠　剩下）
> 每朵花都是死亡幻化的面具
> 用人頭排成焦黃的牙齒
> 乳房堆成爛柿般的鼻
> 無數爭議的手腳是它游離的蛇髮
> 鈾235──宇宙的大神呵：人類純粹惡之原形
> ⋯⋯
> 驚愕間
> 剎那
> 融合成一團畸形而多變化的
> 零
> ⋯⋯[40]

「麗空中放射出一萬個盛夏」、「人頭排成焦黃的牙齒」、「乳房堆成爛柿般的鼻」，在這些句中林燿德以極生動具像的詞彙描繪著核彈下的慘烈。當代表人類邪惡極致的「黑曇花」不斷開在世界的每個角落，以絕對靜的構圖，在千萬分之一秒中撕裂整個人類的文明，存在的便只有畸形與極度扭曲的事物。事實上，核彈的夢魘自從廣島、長崎被投下原子彈後，便如影隨形的跟隨著我們，成為人類集體的惡夢。這交織著軍國主義、核主義和生態災難的惡夢，實際上也引領人們重新去設想人與人、人類與自然界以及整個宇宙之間關係，並促成後現代極為反科學的一面。

---

[40] 林燿德：〈天空的垃圾〉，《妳不瞭解我的哀愁是怎樣一回事》（臺北：光復，1988），頁 241-242。

一如林燿德在〈U325 後記〉中所談到的，從 1940 年代美國的曼哈頓計畫開始，人類的天空逐漸被核爆的陰影所籠罩。在 60 年代的群眾心中，核彈造成的火球是不具真實性的，那滾湧到高空的大火球似乎只是一個誇張的符號和人們的生命沒有任何牽連。但到了 80 年代，人類終於意識到核子之火的威脅。一旦核子戰爭成為事實，地球將在沐火之後，回到如同石頭般的冰冷，所以詩人憂慮的問著：

> 人類的文明，就像是凍結在琥珀中的甲蟲，終究要敗壞在一次無可挽救的劫火之下嗎？踏著火光走出來的人類文明，會不會消失在火光之中呢？[41]

極度憂慮的詩人並沒有給出答案，而是繼續用他的詩作警告我們，科技所帶來災害與人性扭曲，也有可能是更隱微而讓我們不察的：

> 加班之後我漫步在午夜的街頭
> 那些程式仍然狠狠地焊插在下意識裡
> 拔也拔不去
> 開始懷疑自己體內裝盛的不是血肉
> 而是一排排的積體電路
> 下班的我
> 帶著喪失電源的記憶體
> 成為一部斷線的終端機
> 任所有的資料和符號
> 如一組潰散的星系
> 不斷
> 撞擊
> 爆炸[42]

---

[41] 林燿德：〈U325 後記〉，《銀碗盛雪》（臺北：洪範，1987），頁 142。
[42] 林燿德：〈終端機〉，《都市終端機》（臺北：書林，1988），頁 166-167。

當電腦科技成為人類生活中無法割離的一部份時，人類也在異化中彷如成為一部積體電路組合成的終端機，過著電腦般喪失心神的生活。詩人對此是甚有警覺的。林燿德在《迷宮零件》中亦有一篇以〈終端機〉為題的散文，談到庫柏利克一部最令他印象深刻，認為是「真正的恐怖」的電影。其中最令人不寒而慄的只有一幕，就是傑克・尼克森的老婆進入他的房間，卻發現「夾在打字機上的一頁稿紙只出現了不斷重複的一行字，接著她翻看那一整疊的稿紙，也只是在重複那一行字。」[43] 這一行字在作家眼中成了一個延伸、擴散的隱喻：有的人一生只是在書寫一行無意義的廢句，即使出版了一百本不同標題的著作，終究也只能被歸納為一句話；有些人則終身只能閱讀到一行字，甚至只是一個詞彙。但真正的恐怖還不在此，作者認為，只能寫作唯一的一行字僅僅是一種悲哀，但是不知道自己只寫出一行字才令人感到驚駭。

要是將這樣的事件放到終端機文化的語境，那麼，想寫一行字只要在電腦中設定程式，讓印表機源源不絕大量印製便告完成。但這樣簡單的工作卻將帶來精神上無比的疲累。因為，當「複製」（copy）成為我們生活中的必需品，不僅所謂原初的真實已經悄然失落，同時連最有原創力的文字工作者也將淪落為生產線上的一部機器，文明便成為林燿德眼中那一行不斷重複的字，這是何等恐怖又值得深思的一件事。透過〈終端機〉作者無異在告訴我們，在後現代城市的終端機文化語境下，固然複製、電腦科技等能讓資訊更為廣闊的流傳，也能夠幫助我們開闢出一條創作的新道路，如林燿德曾嘗試的磁碟雜誌，以及其電腦美學思維的催生，然而心靈的原創力卻也在大量的複製中淡薄甚至完全的消失。失去了心靈的想像力，人類也不過是一部大量複製同一行字的終端機，主體性（identity）儼然失落：

> 新一代的人類在感官視覺的教育和感染之下，必然失去思辨能
> 力，而形成喬治・歐威爾在《一九八四》一書中預言的恐怖人

---

[43] 林燿德：〈終端機〉，《迷宮零件》（臺北：聯合文學，1993），頁 72-73。

間，任何人類都在其中喪失自我的主體性，而成為「大我」之中的一顆螺絲釘。[44]

　　與自然的環境的破壞相比，人的精神文明的頹靡無疑是更深層的罪惡。現代性不僅導致了世界的異化而且也導致了人的異化。林燿德對於科技文明所造成的熵化、政經混亂、生態災難，以及最終所導致精神上肢解的自覺，顯然是既能夠反映臺灣的現實，又能夠兼具世界人的視野的。收錄於《一九九〇》的〈鋼鐵蝴蝶〉是延續此一探討跨越文類，或意圖泯滅文類差別的異類書寫，也可視為林燿德電腦美學思考的進一步試探。〈鋼鐵蝴蝶〉原本是林燿德發表於 1988 年的一篇散文（後收錄於同名散文集《鋼鐵蝴蝶》），但在終端機文化語境下，只要經過電腦幾個簡單的編排指令，馬上便能成為一首整齊的分段詩。然而，當林燿德利用他所批判的電腦科技來進行文類泯滅的工作時，他是否也如同設計師在電腦上設計「鋼鐵蝴蝶」一般，帶著試驗與忐忑不安的心情：

> 開始的時候，設計師在電腦顯示
> 器上計算各種程式，推演一隻鋼
> 鐵蝴蝶的「蟲體工程學」比例，
> 一切的努力，只為讓它飛起來。

飛翔的能力原是人類所渴望而蝴蝶本身具有的，但是在「鋼鐵」的世界中，卻必須藉著人類「上帝」般的手，重新賦予蝴蝶飛翔的能力，而飛翔的地點不在花花草草的大自然，而是高解析度的顯示器畫面。透過種種程式的設計及運作，在虛擬的世界中，人們成功的重新建造一個能讓蝴蝶自由飛翔的烏托邦，一種前所未有的「虛擬自然」：

> 寬闊翠綠的草原、鮮豔的花朵、
> 藍天白雲，一一自螢幕中橫展開

44　林燿德：〈科技與心靈〉原載於《中華日報・中華副刊》，1995.5.2，後收錄於楊宗翰編：《黑鍵與白鍵》（臺北：華文網，2001），頁 150。

217

> 來，設計師讓鋼鐵蝴蝶在鮮麗的
> 「自然」中翱翔，他入神的時
> 候，整個心智都跟隨著蝴蝶的複
> 眼前進，晃動的山脈、傾斜的海
> 面、倒置的森林，他的手也變成
> 了金屬翅，筆直、充滿張力，感
> 到源源撲來的氣流。

在這個由設計師根據概念所創造的虛擬真實（Virtual Reality）世界中，蝴蝶真的能夠飛翔起來了。至於設計師，在設計了虛擬的情境後，也同時讓自己的心神投入虛擬真實的世界，讓自己成為蝴蝶的角色般揮舞著金屬的翅膀，在人造模擬的環境中，進行如同真實世界中的視覺、聽覺與觸覺的探索與冒險。但我們要問的是，為何設計師必須在電腦中重新創造蝴蝶？答案是：在真實的世界中，蝴蝶已經不存在了。

> 當所有的蝴蝶都已飛不起來的時
> 候，我們創造飛得起來的昆蟲，
> 不管它是碳水化合物還是金屬結
> 晶，我們創造「飛」。

現實界裡的蝴蝶已然消失，存在的僅有「飛」這個抽象的概念，不過，只要把握住這個概念，人類便可以在虛擬實境中，創造出適合「它們」居住的地方，創造出一萬隻甚至更多的蝴蝶，物種從此永遠不會再絕種，但也僅能在虛擬的世界中「存在」。這樣的結局會是一種悲哀嗎？詩人在最後僅是詢問了一句：「你感到喜悅嗎？」卻反倒凸顯了虛擬正在悄然進駐我們的世界，並且成為我們不得不接受的真實。這究竟是科學文明一種烏托邦的救贖能力，還是已經嚴重破壞了我們對「真實」、「現實」、「模仿」等概念的認知？這一點，無疑是林燿德的後都市詩學想要關注的一個論題。

　　強調複製現實、模擬真實等後現代城市特徵的布希亞（Jean Baudrillard）曾談及擬仿物的三層秩序，其中第二層秩序屬於一個普羅米修斯式的目標，想要造成永續不斷的全球性與擴張。他認為，這是對應到科幻小說的世界。但是到了第三層秩序，以符碼（code）為主的後工業時期，擬像（simulation）不再是所謂的實質領土、某種成為參考系的本體，或者實體。擬像的形成來自於「沒有本源的真實」所堆凝成的世代模型，在晚期資本主義的城市中，「商品─記號」的關係被不斷強化：

> 漂浮不定的大眾記號與影響產生了一個無止盡的、相互冒仿的仿真系列，我們失去了對具體現實的感知，所得到的只是消費─電視文化。[45]

這也就是布希亞所謂的「超度現實」（hyperreal）。在布希亞的眼中，擬像並非單純的「假裝」，它威脅到真相與虛假、真實與想像之間的落差，當再現意圖將擬像視為「虛假的再現」來吸納它時，擬像就吞嚥下整個再現的地基，並將再現轉化為一個擬仿物。在這個階段，由於擬仿物代替了實物本身成為唯一的真實，真實與想像間的界線已經完全遭到泯滅，烏托邦的再現法則也告失敗，因而，科幻小說的舊有想像性已經死去，被開啟的是電腦管路中的擬像視界。[46]

　　擬像的概念摒除了真實／想像的二元對立，也道盡了再現烏托邦本身內在的矛盾困局，展現後現代主義符號拼貼的萬花筒現象，這顯然是林燿德的後都市詩學所想要觸及的重要立論之一。〈蚵女寫真──報導攝影實例示範〉[47]以及收錄在《都市終端機》中的「報導詩學」的一系列詩作無疑是其中相當有趣的例子。

---

[45] Mike Featherstone 著，劉精明譯：《消費文化與後現代主義》（江蘇：譯林，2000），頁 99。

[46] 尚‧布希亞著，洪凌譯：《擬仿物與擬像》（臺北：時報，1998），頁 13-22、233-236。

[47] 以下引詩見林燿德：〈蚵女寫真──報導攝影實例示範〉，《妳不瞭解我的哀愁是怎樣一回事》（臺北：光復，1988），頁 33-37。

鹹的風

鹹的潮

鹹的砂礫

（我必須忠於鏡頭

鏡頭必須忠於歷史）

稻穗豐饒的幻象

在海平線前飄移

她的生命

醃在不老不死不滅的鹽裡

（快快按下快門

小馬達在機身中翻轉底片）

……

啊永無表情的蚵仔蹲距著

啊永無耳目的蚵仔蹲距著

啊永無口舌的蚵仔蹲距著

啊永無臉孔的蚵仔蹲距著

（我的鏡頭必須適度剪裁

才能捕捉到真相中的真相）

……

　　在進行報導的過程中，攝影師的實際工作應該是「報導」事件的真相，讓觀眾看到最真實的一面，然而，他的內心、那個不斷打斷敘述的內在口吻卻一再告訴自己，為了能夠將悲情的畫面營造的更加完美，讓觀眾更能夠感同身受，所以他必須運用加工影像的方式，讓觀眾也能感覺蚵女「啊她的靈魂是美麗而聖潔的祭品／獻給不老不死不滅的鹽／獻給整塊海洋抽搐的色澤……」那種深刻的悸動。如此，「寫真」所寫下的究竟是怎樣的「真」，便值得我們去懷疑了。

　　其實讀者不難發現，從這首詩標題的「寫真」與副標題的「報導實例示範」可以看出，詩人想要探討的正是「寫實」、「報導」、「報導

文學」三者間的曖昧關係。詩人馮青在論及這首詩時指出，當「報導
詩學」果真囊括了詩語言、散文語言、報導語言後，這將是臺灣現代
詩學一次劃時代的製作，但所謂的「報導詩學」也可能只是林燿德式
的一個嘲諷，極具用心的用「報導詩學」來反襯「報導」、「詩」、「學」
這三者的根本衝突。[48] 從詩作的實質內涵來看，林燿德的興趣顯然在
後者。一如張漢良所言，構成詩言談的兩種聲音——正文寫實敘述，
與夾雜其中以括號呈現的「內心寫實」——形成的對話結構，交代出
媒體（文字、攝影）與駕馭各種媒體意識間的辯證關係與相互顛覆的
可能：一是詩語言（文學語言）的反射（reflexive）功能對傳達功能
（技術語言）的顛覆；二是括號中的後設文字對寫實所產生的顛覆效
果，促使文字、攝影兩種媒體互相解構。[49] 這兩點顯然都是針對寫實
主義所進行的「解構」動作，對「寫實」、「真實」概念的質疑，或是
進一步揭露了布希亞所說，後都市語境下「資訊」（媒介）對它所欲
傳達內容物（現實）的吞噬現象。[50]

　　這本是相當有建樹的觀點，可惜的是，林燿德在意識到擬像會造
成「再現」本身的（內爆）危機之後，並未對虛擬／真實界線泯滅之
後，所可能造成的意義的消蝕、虛擬暴力與異化對現實的滲入、集體
心神的迷失等等議題做深入的探討，也缺乏進一步反思的興趣，而是
重返布希亞眼中第二層秩序的擬像物階段，大談角色扮演遊戲、臺灣
當代科幻小說所帶來的解構效果，並以此來顛覆主流的文學觀，嘲
諷、玩弄想像與真實之間的界線。可見，林燿德創作的基調仍舊是在
「真實」與「虛假」的二元界線間游移，缺乏更進一步的試探或深思，

[48] 馮青：〈帶著光速飛竄的神童——一個解碼者／革命之子／林燿德〉，《都市終
端機》（臺北：書林，1988），頁 283-284。
[49] 張漢良：〈四度空間詩人與詩評家〉，《妳不瞭解我的哀愁是怎樣一回事》（臺
北：光復，1988），頁 8-12。
[50] 布希亞指出，媒體並不是社會化的生產者，而是，剛好相反地，是在大眾中
把社會給內爆掉。因為傳播與意義的超度現實，比真實更加地逼真。是以，
真實被爆掉了。參見尚・布希亞著，洪凌譯：《擬仿物與擬像》（臺北：時報，
1998），頁 163-165

這不能不說是其後都市詩學實踐中較為可惜的一點，也是游移於現代與後現代的林燿德，本身觀點的侷限性。

二、角色扮演與科幻議題的關注

林燿德對角色扮演遊戲（Role Playing Game）的重視，可以從他為自己在《時報週刊》開設「RPG」專欄（755-916 期），並屢次闡述角色扮演遊戲的重要性中窺見一斑。在〈角色扮演遊戲〉一文中，林燿德曾指出 RPG 的出現，可以說是人類史上最具革命性的成就，因為角色扮演遊戲提供了一個敘事性強烈的心理時空：

> 短暫的賦予遊戲者全新的自我實踐經驗，讓自己脫離現實時空，結合著軟體的主角造型，新的冒險、新的成就、甚至死一次的悲壯快感，這一切已經說明角色扮演遊戲的意義——當我們扮演一個暢銷漫畫中的英雄或者歷史教科書中的大兵法家的瞬間，我們也鬆動瓦解、重建了這個世界的現實和歷史。[51]

相對於技擊性遊戲開拓出一片無傷害的領域[52]，發洩人類本性中的攻擊性，角色扮演遊戲的顛覆行為對林燿德來說是內向、內化的：

> 它唯一的害處是讓遊戲者體會到遊戲外的現實其實遠比遊戲本身更不現實，更不具備邏輯和數學式的正義。[53]

在此，林燿德顯然已經忘卻擬像所帶來現實／想像間二元界線的崩潰，以及虛擬世界對現實的滲透、影響，而是反過來又借用科學文明的烏托邦能力，重新打造一個敘事性強烈的虛擬世界。這也讓我們瞭解，RPG 遊戲對林燿德而言，是從現實往虛擬世界「短暫」並且隨時可以「抽離」的投入（就如同在遊戲機中抽換不同的遊戲磁碟一般），

---

[51] 林燿德：〈角色扮演遊戲〉，《迷宮零件》（臺北：聯合文學，1993），頁 78-79。
[52] 技擊遊戲所造成的虛擬暴力的滲入現實，事實上已經造成對現實社會的危害，這也是當時林燿德所未能意識到的。
[53] 同註 51，頁 79。

其主要目的，乃在於對抗現實中公理與正義的消逝，瓦解鬆動這個世界的現實，在「想像」與「真實」的不明界線中，重建他心中「真實的世界」。在此，我們可以看到真實／虛擬的界線依然強烈存在於林燿德的心中，他並未能成功跳躍這兩者間的迷障，類似的情況我們也可在林氏對科幻文類的鍾愛中發現。

在〈臺灣當代科幻文學〉中林燿德曾指出，在 80 年代以前雖然臺灣的科幻文壇並沒有成形，卻是一直以異於主流的地位存在，成為「次文化的主流」，挑戰「正統文學」的強大霸權，另闢一個重要的創作天地。他認為，好的科幻作品必須合乎邏輯，不與現實脫節，而且更應該具備「未來歷史」的本質，真誠地面對未來變化做出戲劇性揣測，其價值不在於提出解決問題的方法，而在於提出正確的問題。[54] 對林氏而言，科幻文學與其說是一種文類，不如說是一種表現手法的試探，在多時空的並列及宇宙宏圖的關照下，林氏更想探討的是隱藏於其後，或以隱喻方式存在充滿陰暗面與詭譎的文化、社會、政治、心理等問題。就像他在談論懷疑論式的政治小說時所指出的：

> 科幻文學並非太虛幻境中的囈語，也不僅止於探討未來時空的可能性；科幻小說家反而可能是針對「新型的現實」提出「新型的反思」的旗手，他們對於取代傳統國家機器的商業帝國和資訊霸權有特別的興趣，尤其是史觀派的作品根本就是以政治論述為核心的創作。[55]

所以，科幻空間雖基於虛構，但它仍然是現實空間的延伸和變形。林燿德完成於 1984 年的〈雙星浮沉錄〉，其中虛構的基爾星就是意圖預設 1997 年「現實的」香港；而全篇的意旨又能超拔而出，形成一個跨越時空的政治寓言。[56] 也因此林氏才會指出，在極權體制的國家科幻小說經常是高度敏感的政治寓言，事實上這已和戒嚴體制下，50、

---

[54] 林燿德：〈臺灣當代科幻文學〉，《幼獅文藝》第 78 卷第 1 期（1993.7），頁 44。
[55] 林燿德：〈小說迷宮中的政治迴路〉，《敏感地帶》（臺北：駱駝，1996），頁 34-35。
[56] 同註 55，頁 35。

60年代臺灣現代主義（超現實）詩人或70年代末期大陸朦朧詩派以隱晦、象徵的手法傾瀉個人內在的困頓與不安，是有著異曲同工之妙的。如此一來，科幻空間的真正的意義，仍在面對本體論以及人性的常與變。[57] 對照這樣的創作理念，我們在林燿德的詩作中，也可以找到類似的典型作品。像〈星球之愛〉中的〈雙星篇〉[58]，便是一篇以客觀星體與精神分析手法來暗喻夫婦矛盾關係，或者意旨兩岸的佳作。

> 是的　我們必須永遠
> 　　　　永遠互相治療下去
> 　　　　　如此懷抱矛盾
> 　　　　　　　自核心
> 　　　浮現　彼此的憎恨
> 　　　同時　必須用全部的皮膚
> 　　　　　認購對方的愛情

由於雙方都秉持著「相互抑制法則」，以致於「連彼此熟悉的經線緯度／也僅僅在臆測裡　出現　隱遁。」，沒一刻能夠真正看清楚對方的心理。但這樣還不打緊，最糟糕的是，還得遭受一波波不死心的「無名流星」，打著「銀河社區精神衛生」的招牌，重複試探雙方業已扭曲的磁場。這究竟是意味著臺灣與中國現今的緊張局勢，或者是夫婦之間永遠難以解開的溝通困題？值得我們多方揣測。不過這首詩的精彩之處，還在於林氏透過特殊的形式對雙星關係的描繪：

> 一對　恆星　互相　環繞
> 恆星　一對　環繞　互相

---

[57] 林燿德：〈小說中的科幻空間〉，原登載於《臺灣新生報・新生副刊》，1993.4.16，後收錄於楊宗翰編：《黑鍵與與白鍵》（臺北：華文網，2001），頁305-306。

[58] 以下引詩見林燿德：〈星球之愛・雙星篇〉，《銀碗盛雪》（臺北：洪範，1987）。

原詩以直行排列，以此觀看不論是自左而右，自右而左，或是循環閱讀，都能讀出相同的句子。這樣一段文字既有著圖像詩的效果，同時也是將形式化為內容，更加點出雙星之間的位置、情勢，以及循環矛盾、既「常」又「變」的無奈宿命。

另外值得一提的是〈木星早晨〉[59] 這篇結合科學事實、奇幻異想、神話典故與文明史觀的經典科幻詩作。[60] 這首詩將北歐神話奧丁（Odin）取目交換智泉，並企圖挽救「諸神黃昏」的典故與木星上的「大赤斑」現象相互結合，除了可以看出林燿德對於神話典故的深入瞭解，也可以看出他對長詩經營的用心。詩作從奧丁來到宇宙樹（Yggdrasil）第二條根下向智者米米爾（Mimir）求取智泉開始，為了拖延「諸神黃昏」——諸神與巨人最後決戰——的到來，所以奧丁要求取智泉增長自己的智慧，而代價就是他挖出自己的一枚眼，並將這枚眼擲入智泉之中，這使得木星的南部出現了一個像眼珠般巨大風暴的大紅斑部分，也就是現在的「大赤斑」。但挖出眼的奧丁並沒有能夠成功的阻止「諸神黃昏」的發生，反倒是這枚眼紀錄了「末日種種　種種神與魔的連鎖反應」，看到了神與魔相互毀滅之後，以其潛意識共同孕生的衛星「歐羅巴」（Europa）。

在大赤斑的監視下，被困在冰與火中的歐羅巴，似乎將宿命般永不脫軌的在木星的軌道上環繞，但有一天，歐羅巴卻在沒有預警的情況下，突然瘋狂地向大赤斑衝去，使得「時間與空間／都碎為斷續波震／神魔爭鬥的歷史洪流／洩入四次元鬆動的眥裂」，終而讓神魔的兩股力量融合、甦醒，並且化為一條青紅二色交纏的光鍊，射入地球降生成為一對雙胞胎。最後木星既沒有了大赤斑，也從此少了歐羅巴這顆衛星。

---

[59]　以下引詩見林燿德：〈木星早晨〉，《銀碗盛雪》（臺北：洪範，1987），頁 182。
[60]　鄭明娳：〈詭異的銀碗〉，《都市終端機》（臺北：書林，1988），頁 258。

這首詩作的特色，除了將神話典故與科學知識做了相當有機的融合，另一個重點是能讓我們一窺林燿德從心理分析的角度，對神魔二元對立的豎立，以及辯證後的拆解：

> 神與魔的宿命
> 毋寧說是 A 與 B 或是
> ㄅ或ㄆ或是魔與神的宿命
> 因著短暫的勝利和佔領而奪得正義的標籤
> 兩套封建集團交易著
> 彼此的稱號和詈罵
> 循環消長
>> 興衰

在北歐神話中不斷出現的是神與魔的對抗。北歐神話中的主神也是這首詩的主角——奧丁是風暴之神、戰鬥之神，同時也是永恆的放浪者。在希臘神話中，以宙斯（Zeus）為主的諸神，其地位是永恆而不可動搖的，抗拒諸神的巨人在敗北之後，即被打入黑暗地獄達達魯斯，再無出頭的機會。但北歐神話中的諸神，卻必須面對不斷與巨人族戰鬥的命運。[61] 巨人不但擁有足以與諸神相抗的智慧、力量，同時也是宇宙最早的誕生者。因此，貫穿整個北歐神話的便是慘烈的戰鬥世界觀。永劫的戰鬥籠罩整個神話，北歐神話世界因戰鬥而創造，也因戰鬥而毀滅。這樣的神話到了林燿德的筆下，便成為神與魔宿命般永恆的對抗，這種對抗其實正是人性中光明面與陰暗面二元對立的永恆拉扯：

> 2+0+0+0=2

---

[61] 這種戰鬥的世界觀，或許可與林燿德不斷挑戰強權，不斷解構現有一切的永不停息精神做上一有趣的連結。根據筆者與林群盛的私下對談，林燿德這種不斷挑戰負面意識的創作心理，實受漫畫《北斗神拳》影響甚深，這部漫畫是否能夠提供我們一有趣的觀點來解釋林燿德的創作，有待筆者另文處理。

　　黑／白　琴鍵交錯起伏

　　生／死　戰爭為我們建造更多公園

　　神／魔　宗教是懷疑之母

　　我們仍然寄居在 2 的雙中[62]

不過林氏顯然是意欲以解構的姿態，面對此種二元的消長，因為不論是「神」或者是「魔」，都是歷史上短暫勢力的消長，勝者為「神」敗者為「魔」，「薪傳」著的是一張張宣告「正義」的標籤。也因此，所謂的「神」與「魔」，既如同一個老舊金幣的兩面：「共同的本質／以及模糊的面質」[63]，也是人性中永遠無法截然劃分的兩者。在透過科幻的手法探勘這共同本質的背後，其實我們已經可以窺見林燿德從城市表層，轉入探索人類集體潛意識的企圖。

第三節　潛意識的無限軌道：性與愛

一、都市深層的關注

　　一個充滿自覺的作家在對都市外觀進行表面的報導、描述的同時，其實他想描繪的是整個社會發展中的衝突與矛盾，或者進一步的瓦解都市表層的意象，釋放出隱埋其中深層的、沉默的集體潛意識。這正是林燿德為何想透過文學史的重寫，不斷挖掘被忽略、被壓抑的詩人與議題，並重新耙梳的主要原因。從這樣的觀點來看，我們也很能夠瞭解，他為何會在創作上主張要從個人被壓抑的領域出發，進一步和社會、民族文化被壓抑的領域聯通，從這些被壓抑的集體潛意識

---

[62] 林燿德：〈無限〉，《大日如來》（臺北：希代，1993），頁 267。原題〈末世紀殘照〉，《聯合文學》第 72 期（1990.10）。

[63] 林燿德：〈超時空練習曲〉，《銀碗盛雪》（臺北：洪範，1987），頁 159。

中，搜尋歷史中被扭曲的倒影，表達在現代、後現代交接情境下，既崇高又卑微的自我。

林燿德對於都市深層心靈的長期關注，已然成為我們在觀察他的作品，以及後都市詩學時一個重要的切入點。在 1984 年的〈大眾〉、〈人〉、〈淪落地上的星星〉、〈線性思考計畫書〉中，我們可以看到林燿德身為都市人意識的自我覺醒。他清楚的知道：「大眾　是不喜極端的／大多數的大多數／生活在黑與白的夾縫／非黑／非白／只有灰色的個性／當黑白交戰／灰色便時深　時淺／徘徊／兩端」[64]，但他也感受到「人　是地球以生物多餘的夢創造出來的生物」[65]，「人的全體　就是流動的都市在流動／都市紋身　紋身都市」，而人的魚尾紋就像是「一條通向無限幽冥的溝渠」。這「無限幽冥的溝渠」，指的自然是人類的潛意識了。

最清楚表現出林氏從都市表面「符徵」向潛意識國度邁進的，以及讓精神分析理論來指導創作的，當是完成於 1986 年的〈無限軌道——一個心理醫師與求診者的雙重個案〉。在這首詩中，林燿德不僅是一個描述心理醫師內心掙扎的詩人，他也試圖讓自己扮演一個與都市人心靈交相作戰的心理醫生，進一步聆聽屬於都市人的潛意識之聲。

王溢嘉認為，詩人與心理醫師乃是「黑闇中的兄弟」，他們的差別就在於詩人用的是「感性的直覺」，心理醫師用的則是「理性的分析」，在呈現人類心靈的豐繁樣貌上，具有互補的作用。[66] 事實上，詩人（尤如林燿德者）在感性之餘也往往藉助理論、實例來輔佐創作上的實踐，而心理醫生很多時刻也缺少不了感性的直覺，尤其是難解的臨床實驗，有時所需的感性判斷是遠遠超越於理性分析的。所以在某種層面上，詩人可能是心理醫生，而心理醫生何嘗不可以是詩人。只是歷來不少心理醫師以詩人的作品為素材來進行深度的分析，卻很

---

[64] 林燿德：〈大眾〉，《都市終端機》（臺北：書林，1988），頁 105。
[65] 以下引詩參見林燿德：〈人〉，《都市終端機》（臺北：書林，1988）。
[66] 王溢嘉：〈試析《無限軌道》——也是「詩人與心理醫師的雙重個案」〉，《妳不瞭解我的哀愁是怎樣一回事》（臺北：光復，1988），頁 117。

少詩人反過來書寫他黑闇中的兄弟，林燿德的這首詩算得上是此類的佳作。

從詩作的標題與副標題我們可以感知，林燿德想要書寫的正是心理醫師與求診者在「無限軌道」（潛意識）中一同摸索，尋找難題而後治療的過程，「雙重個案」則給予了我們更多的聯想，去進入這首兩百二十行的長詩。為了找出症狀的癥結，心理醫生與求診者一道向著標高不明的心靈終點邁進，不過，探詢人類的潛意識畢竟不是容易的事，因為那就像是走在「沒有路燈的山道上／樹木佚名無法辨識」[67]，兩人的潛意識只能在諮詢的過程中緩慢接近。「她負子的左臂／與他晃動的右臂／悄悄交感／無數毛孔吐出的濕度」，正是詩人以其魔幻的筆調，描摹著著兩人向人類原慾靠近的過程。而其中的「負子」既是現實的負子，也代表了求診者心理的「負子」。

不過遺憾的是，他們的交談始終有著巨大的隔閡，所有的對談都像是不斷折射的水晶，令人難以捉摸也難以尋覓正確的方向，所以詩人形容道：「僅僅十個指幅的寬度／巨川與巨川 竟然無法匯合／沿著筆直無形的韁繩／平行 以等速度的思考前進」。心理諮商的過程就像是在鋼絲上走索，昇華或者是墜落潛意識的深淵，都僅僅是一線之隔，在彼此意識巨牆的截然相隔下，他們僅能透過彼此心靈微弱的光，在潛意識曖昧的交感中，去追索彼此隱晦的座標。幸運的是，在歷經一段時間的摸索後，他們終於走進象徵原慾、被壓抑本能的「臍下廣場」，同時也窺見她負子後所遺留無法抹滅的痕跡：

> 毫不喜退隱的妊娠紋間
> 　　自隴坂泅向莽原
> 深艷的軌道
> 妳剖腹生產的史蹟
> 　在磁力流晃的白瓷面

---

[67] 以下引詩參見林燿德：〈無限軌道——一個心理醫師與求診者的雙重個案〉，《妳不瞭解我的哀愁是怎樣一回事》（臺北：光復，1988）。

> 狠狠駛出　生命原點
> 　　　　深䆟的軌道
> 　　　　長度 10 cm／寬輻 0.9-1.3 cm
> 　　　　軌道　凝固的浮雕
> 　　　　帶著詭異嘯聲劃
> 　　　　　　斷青春

詩人精心安排的字行排列，階梯般顯現兩人逐步往潛意識探索的心理狀態，而剖腹生產所留下的「深䆟軌道」，本當是病人前來求診的癥結，卻讓心理醫生深為感動疾疾俯吻，因為透過深䆟的軌道他看到的是女子造型渾圓「卻有被扭曲的無窮組合／無盡歧義」的子宮──人類創生與原慾的根源。這被扭曲的無盡歧義到底是什麼，詩人並沒有在此刻告訴我們，而是反過頭揭示，當心理醫生企圖進入病患的潛意識，並扮演一個救贖者的同時，他也在不自覺中喚醒了自我的原慾，成為一個嗜血的「精神官能症」患者。所以在第三節〈黃金之殿〉中，我們看到的是回復成一個普通男子的心理醫生，既慚愧又喜悅地面對女子過往的性愛場景：

> :『放棄吧　蟹爪般的神經
> 　　　　紅腫
> 　　　　擴張
> 　　　即將漲裂子宮
> 　　沿著曲度沿著脊奔騰
> 奔騰　將鬱鬱藍色的視網膜
> 　　埋成豔紅的沙漠』

詩行的高低排列牽引著情緒的高漲，然而男性心理醫生顯然未曾意識到，在他眼中有著錯雜而宏偉歧義的「創世之夢響」，卻是病患的女子交織著血淚的困惑。在這種偏執的認知與無名的悸動下，心理醫生似乎已忘卻自己的身份，女子身上血腥的軌道不再只是他要理性分析的對象，奇妙的情愫奧義地盤距心頭──他與求診者共同成為「精神

分析學中的不可分析體」。這時，透過醫生的眼光所遙望到的她的獨子，便有了一個小小的「伊底帕斯情結」（Oedipus）。相對於男人與母親之間的愛慾戀情，或許這個帶來困題的獨子與母親之間的感情才是真正「永恆的透明」吧，只是我們仍舊要問的是，交織著愛恨情懷的「負子」歷程到底是如何產生的。

在第五節的「母性設計」中，求診者終於道出了「母性設計」本身的乖張與無奈：原本她並不打算為丈夫生子，然而「在不安的安全期　人妻必須做愛／做愛　那法律與道德賦予的痛苦義務」，使得她與不愛的丈夫共同「締造了物種原始的黑色情境」。當求診者道出這樣的悲情，希望心理醫生能夠給予她幫助的同時，也不得不的複習了惡夢般的母性設計（與此對照的卻是年僅三歲的愛子「以含怨的眼神／緩緩推開妳無怨的面頰」）；身為心理醫生的他雖然含恨於兩人的晚遇，卻僅能「聆聽妳及妳被軌道鞭笞的胸腔」，並沒有提出真正的解決辦法。所以在最後一節的〈創生夢骸〉中，詩人語帶嘲諷的說著：「無限的軌道便爬入他們不老的額／駛向創生的夢骸」。

在這一首以精神分析手法切入的詩作中，林氏運用獨到的意象經營方式，透過意識流與超現實手法的描摩，將敏銳的觸角延伸至剖析、展示人類意識與潛意識的交叉運作，不僅讓這些問題和掙扎含有錯雜的歧義，將它們提昇到美學的層次，更因為取角的獨特及鋪陳的前後相扣——譬如用大量的生理學描述來烘襯沒有明說的心理問題——直接訴諸讀者的潛意識[68]，使得我們在閱讀這樣一首詩的同時，不僅看清求診者內心的掙扎、心理醫生角色的快速翻轉及兩人巧妙的多角互動，也從都市的表層走進都市人複雜而多義的心靈。在此我們可以看見，林燿德對潛意識的書寫方式，亦是延續著他一貫強調陰暗面、血腥暴力交雜的書寫方式，也因此在其筆下，書寫性愛的作品往往如同上述的〈無限軌道〉般，呈現的是一種「極端詭異的黑色情

---

[68]　同註66，頁 123-124。

境」[69]，與救贖的無法獲得，這究竟是林氏書寫上的偏執，還是蘊含著特殊的意旨？

二、性與愛的異色描繪

愛情的難以獲得而代之以性慾望的流竄，是 1995 年以前林燿德詩作中對性愛書寫的重要基調。〈妳不瞭解我的哀愁是怎樣一回事〉寫的正是對於恆久愛情的不信任以及對身體慾望的渴求：

> 妳不瞭解我的哀愁是怎樣一回事。
> 當妳披紗的裸身　海一般　起伏　沉睡⋯⋯
> 我的胸腔緩緩裂開
> 滾出繫上動脈的心臟
> 。分叉的舌，許多尾
> 蜥蜴唏噓著自我溢血的七竅爬出
> ⋯⋯[70]

「蜥蜴」在精神分析學上是性慾的象徵，這樣的象徵是隨著「一男子／垂直落江／手勢／在水面／開綻」如此隱晦又帶有性暗示的夢出現的，不過這樣的夢背後其實有更深層的暗示，但是女子不懂，所以詩人寫著：

> 輕輕捧起我沾血的臉龐舔乾赤色的漬跡
> 妳依舊卸下薄紗依戀著男子的肉體
> 　用閃爍的目光審視我尊貴的額頭
> 　用暖和的乳房熨平我起伏的腹跡
> 　用濕潤的毛髮磨抄我堅實的膝蓋
> 　用匍匐的肢體朝拜我受傷的靈魂

---

[69] 鄭明娳：〈詭異的銀碗〉，《都市終端機》（臺北：書林，1988），頁 255。

[70] 以下引詩見林燿德：〈妳不瞭解我的哀愁是怎樣一回事〉，《妳不瞭解我的哀愁是怎樣一回事》（臺北：光復，1988）。

> 但是
> 妳不瞭解我的哀愁是怎樣一回事

在帶著超現實意味的分解鏡頭中，性與感官的慾望被大量描寫，但是肉體的性並不代表兩人的心靈相互契合，相反的，我們看見男子的敘述口吻一再無奈地重述：「妳不瞭解我的哀愁是怎樣一回事」。其中的「哀愁」究竟是什麼？詩人如此精心的剖析著：「交配的季節逝去／為何我們註定是獨居的族類／沉悶的空氣／僵固的視界／我的爪痕……」。當「性愛」結束後，我們依舊是「獨居的族類」，這顯然代表著兩人的心靈總是「獨居」無法相通，既然始終都無法打破心中的巨牆，那麼愛自然無法永恆；同時，在「用暖和的乳房熨平我起伏的腹跡／用濕潤的毛髮磨抄我堅實的膝蓋／用匍匐的肢體朝拜我受傷的靈魂」中，詩人無疑也表露了「性」所能提供的只是短暫不安的解決，隨著「所有的蜥蜴」的離去，帶來的是更深的哀愁。

如此的「哀愁」大量充斥於林燿德的詩作，就像他在「上邪」這個不斷被詩人所書寫的題目中，借用解構及魔幻寫實的手法，書寫後現代城市中詭異的男女性愛。〈上邪〉原是漢鐃歌十八曲中的一首民間情歌，作者以女子的口吻指天為誓，表示愛情的堅固和永久。詩裡頭說，長使相知之心永無衰朽斷絕，不但要與「君」相愛[71]，且要使相愛之心保持永遠。極言除非天地起了互古未有的大變化，一切不可能變為可能——高山夷為平地、江水枯涸、冬雷夏雪、天地不分，兩人間的感情將永不斷絕。這首古詩詩題有諸多詩人如羅智成、曾淑美、夏宇、鴻鴻等改寫過，有的取其正意，有的則以解構的方式看待愛情恆久宣誓，但將之與核戰、性慾鏡頭交混者，林燿德是第一人。

全詩以古詩的引用為區隔，共分成七個部分，分別註解著「上邪」、「我欲與君相知」、「長命無絕衰」、「山無陵江水為竭」、「冬雷震震夏雨雪」、「天地合」、「乃敢與君絕」七個段落。首先要注意的是，「注」本來是以文字解釋文義，在註解的過程中應當遵照作品原意，

---

[71] 「君」的角色究竟是男或女，本文存而不論。

做出通俗易於明白的解釋，但此處的「注」不僅和古詩的原意大相逕異，甚至原來充滿浪漫的古典色彩，也被以男子的口吻改寫成為世紀末的黑色風格，此不可不說是絕大的顛覆。仔細觀察林燿德對於性愛的描寫，會發現他的性愛不但是「一尊千手千眼的聖獸」，是「黑色的枯瓣飄零我薔薇紅的裸唇」，同時也是人類文明危機時的唯一救贖。在「山無陵江水為竭」一節中，他再度書寫了人類潛意識中的最大浩劫：

> 在無數人類同時努力做愛的子夜
> 　　　　　再度　祂悄悄降臨
> 今年的第一枚核彈
> 　　　也是我們所知道的最後一枚
> 　　　　　是時　我們正坐望滿月
> 　　　卻等待到一顆太陽[72]

　　這樣的「一顆太陽」反諷的正是人類文明的最大威脅——核彈，然而在林氏筆下，這種「山脈　淪陷／江水　逸散」的感覺，竟然「猶如我們做愛後／一片空白的滿足」，並且在核爆的同時，妳我要在時空被腐蝕的結構間完成最後的交媾，如此相愛的兩人才能：

> 化為相混的灰燼
> 終會停息熱度沾濡黑色的潮濕
> 我們的都市
> 我們的殘稿
> 性器與體毛
> 　愛和永恆
> 都共同滅絕
>
> 　　　　。

---

[72] 以下引詩見林燿德：〈上邪注〉，《銀碗盛雪》（臺北：洪範，1987）。

　　「殘稿」、「黑色」、「滅絕」這些負面的意象再度充斥全詩，在這裡林燿德寫的不僅是核彈帶給人類的威脅，同時，性愛在他的筆下也成為人類文明滅絕前必然完成的「儀式」，或者唯一的救贖。這樣的描寫我們或許還可以上溯至五易其稿仍舊收錄於《銀碗盛雪》中的〈絲路〉。長達三百三十行的長詩〈絲路 I-IV〉由四首短詩組合而成，前二首完成於 1982 年，是一窺林燿德早期創作殿堂的重要入門詩。在其中，我們可以看到林氏對結構經營的用功，以及佈局、投影、反射等靈巧的應用，將沙漠與海兩種屬性不同但本質相近的事物結合起來，使其相互印證或彼此投射，這種對結構佈局和投影反射運用，顯然是林燿德詩作中對圖畫性的強烈重視。〈絲路〉雖以描繪沙漠中的絲路、歷史上的絲路為起，但同時也將觸角延伸入心靈的絲路，讓絲路成為對人類生命史的一種見證：

> 沙漠中的絲路
> 地圖上的絲路
> 以及心底的絲路
> 到底哪一條纔是
> 真正的
> 絲路
> ⋯⋯
> 這般垂危單獨的一根線
> 劃過沙漠
> 劃過地圖
> 劃過心
> 以及人類的青春[73]

絲路不僅存活於歷史、地圖之中，也曾是人類無數文明與交流的載體，然而沙漠的無明以及本身「俄而高殿偉城聳起／俄而古寺神廟傾

---

[73] 以下引詩見林燿德：〈絲路 I-IV〉，《銀碗盛雪》（臺北：洪範，1987）。

類」的虛幻性,是否也正代表了人類文明中陰暗以及無法被掌握的一面。如果說沙漠總是「行者與死神的/賭具」,那麼「綠洲」,這種位於沙漠之中卻與沙漠有著截然不同本質的景色,代表的似乎便該是沙漠旅人的「救贖」了,然而林燿德是如何形容著綠洲的呢?他以圖像的方式形容旅者看到綠洲的同時,猶如「萬縷星光飛散開來」,因為綠洲在沙漠中就「像一只　不和諧音符」,「在迴盪的旋律中/弔緊了聆聽者的神經」,這樣的綠洲在林燿德的心目中:

> 是妳
> 沉睡在綠洲中萬年的女王
> 在沉睡萬年後
> 再度　幽幽轉醒
> 滕蛇在妳裸裎的胸線上飛旋
> 蠢起……
> 而妳胯下的母獸　纔張口咆哮
> 絕代的美和絕世的愛
> 是多麼地冷豔和
> 殘酷

沙漠中的旅者對綠洲的嚮往在林燿德的筆下,被轉化成了對愛欲與性慾的渴望,綠洲成為既「冷豔」卻又「殘酷」的千年女王的一對「眸子」,恰恰代表人類千年以來的「渴望」與「憧憬」。對「綠洲」的追尋成了人類千百年來對「性愛」亙古的追求,這種「渴望」與「憧憬」既是「冷豔」的美,同時也是「殘酷」的。亦即是說,性愛一方面扮演了救贖的地位,能夠讓我們「用性的溫潤/來抵抗沙漠的暴力」,但其如海市蜃樓般的虛幻性,卻也正是產生一切不安的源頭。

　　這種對「性」的既歌頌又不安的現象,亦顯現在林燿德詩作中對女性角色的描寫。儘管林燿德對女性議題多所重視[74],並曾對女性主

---

[74] 相關論文可參見〈慾海無岸——談當代兩岸小說中的愛情〉(1991.2)、〈「她」的媒體與「她的媒體」——李元貞《愛情私語》實例操演〉(1992.12)。

義者深受男性大師陰影的影響有所反省[75]，但在其以男性為主導的敘述口吻中，女性經常淪落為無聲的「他者」、原慾的觸發點，成為被動的形象。這種書寫的情況不僅可以在上述的詩作中發現，同時也充盈在《銀碗盛雪》的「上邪注」一卷，以及《終端機文化》中的〈雌企業家 S〉、〈酒廊女侍 E〉、〈櫃臺小姐 X〉（三首詩的英文字母合起來便是「SEX」）等詩作。在〈聖獸考〉[76] 中，女體正是以「慾望」喚醒者的形象出現：

> 翻起肢體
> 綻開雪蓮朵朵
> 妳的絨毛在我腹間以期盼
> 編織一隻正成形的獸
> 乳峯滑出　　停滯的時空
> 　　奉獻給溫潤的舌尖
> 　　淡紅與淡紅接通
> 　　　　迸出火花
> 　　　　喘息

在這首詩作中，女性的「妳」扮演的正是觸發「我」性慾（「獸」），以「乳」停滯下「我」心理的時空，以溫潤的舌尖與「我」迸出火花，以性愛給予「我」救贖的對象。這與詩人在〈北極變〉中以女性的口吻寫著：「杜醒啞，我最最敬愛的夫君：請／容我用新鮮的乳房溫暖你僵硬的腕足／甦醒著，失去瞳孔的你」，其實是有著類同性心理的。

　　另外，〈櫃臺小姐 X〉[77] 中的女人白天是男人「意淫」的對象，「枉費乳房一對圓潤白皙／只能在櫃臺後日日擺飾」，她總是「透過銅面

---

[75]　林燿德：〈女性主義與男性大師〉，原載於《中華日報・中華副刊》，1995.8.15，後收錄於楊宗翰編：《黑鍵與與白鍵》（臺北：華文網，2001），頁 173-174。
[76]　以下引詩見林燿德：〈聖獸考〉，《銀碗盛雪》（臺北：洪範，1987）。
[77]　以下引詩見林燿德：〈櫃臺小姐 X〉，《都市終端機》（臺北：書林，1988）。

玻璃遙望市街上的春風春語／迎人笑的花容／心中過過的馬蹄」，這樣的女性對其自身的情慾顯然相當壓抑，然而到了夜晚，沒有情人的她則只能靠著「自慰」，靠著想像自己是一名被不斷佔有的妓女，來排解對性的需求以及失眠的苦楚：

> 夜裡悄悄放蕩
>
> 租來的床鋪上食指靜靜往陰核挪移
>
> 悶聲想像自己是綺麗的無雙名妓
>
> 哎哎一個小女人失眠時暗自手淫不再刺激新奇

人前的櫃臺擺飾與人後的放蕩名妓，「櫃臺小姐 X」在林燿德的書寫下，成了男性視角中刻板的女性印象。在這些描寫女性詩作中，唯一稍具女性意識的是〈雌企業家 S〉中那位女強人對男人嘲諷式的看法：

> 做愛之後，男人是軟弱而無趣的舊手套
>
> 或大或小的陰莖
>
> 個個不同的臉孔、體重、膚質和氣味
>
> 他們的肉身都找不到光榮和個性
>
> 更找不到儲存我靈魂的任何空間
>
> 男人不過是月經的另一種型式
>
> 令人厭煩而無法割捨的存在

將做愛後的男人比喻成「軟弱無趣的舊手套」、「月經的另一種型式」，同時也道出，這令人無法割捨的存在一旦到了白天：「這時，沿途向我低頭的雄性都令我感到噁心與不屑」。林燿德顯然是有所企圖的從女性的角度，以對男性矮化或嘲諷的方式，對男女之間地位的不平等，做出嚴厲的諷刺與批判。然而，這樣的寫作模式卻也僅止於提供二元價值的顛倒，將二元價值標籤根本問題化，暴露出其武斷及失宜，並未能跳脫二元對立的模式，或者提供進一步的深思，這顯露出林氏「男性大師」的自我中心，以及對女性經驗觀照的嚴重缺乏。

　　總而論之，不論是男性或女性的口吻，在林燿德的詩作中，「性」經常被視為解除不安的一項簡單試驗，然而它卻是最易觸及的不安和最易觸及的虛幻，因此「性」也成為不安的最典型代表，白靈認為，這乃是顯露了對「存有」的過度喜愛和恐懼：「一種不能也不曾真正擁有的恐懼。」[78] 這樣的看法或許能夠凸顯林燿德創作上的風格，但並不能完全解釋為何林燿德是 80 年代青年詩人中描寫性、歌頌性和報答性最徹底，「架構」也是最龐大的一位[79]。這裡顯然牽涉到兩個問題：一是對「性」的極力描寫，二是架構的龐大與書寫的延長。

　　就第一個問題來說，我們的文明乃是奠基於對本能的壓制上[80]，而其中最受壓抑者便是性。在這樣的情況下，性一直是精神分析學家與文學家們最感興趣的議題。我們可以說，在性這個領域裡，「文明」與「荒謬」常是一體的兩面，因為「上帝」與「野獸」是「如此的相近」。[81] 在文明以及荒謬的差距中，性也往往提供了人類反思慾望與文明的廣大空間。在《淫魔列傳》中，我們可以看到林燿德對被壓抑的性、暴力的解放及其背景性的說明。他認為，性虐待與酷刑屠殺，是人類社會與生俱來的黑暗潛意識，是一種反覆出現的生物災難，也是根深蒂固的自毀傾向與終究不可壓抑的殘酷宿命[82]：

> 它帶出了人類整體發展的懷疑不安。這種悲劇性的人生態度既是一種退縮，也醞釀著一種無奈之餘的哲學反省。[83]

對林氏而言，這種無奈之餘的哲學反省究竟為何，又提供了我們什麼樣的線索，去瞭解他對人類負面意識的大量書寫，對超現實主義的繼承，甚或是詩論中不斷出現的批判意識？筆者認為，我們可以從對後

---

[78] 白靈：〈停駐地上的星星──林燿德詩路新探〉，《都市終端機》（臺北：書林，1988），頁 19。
[79] 同註 78，頁 25。
[80] Sigmund Freud 著，滕守堯譯：《性愛與文明》（臺北：國際文化，1988），頁 275。
[81] 王溢嘉：《性‧文明與荒謬》（臺北：野鵝，1990），頁 4。
[82] 林燿德：《淫魔列傳》（臺北：羚傑，1995），頁 82。
[83] 同註 82，頁 122。

現代大家如傅科、德希達等具有重要影響的法國思想家巴岱（Georges Bataille）身上，找尋到一絲解答的線索。

巴岱曾指出，人生和創作的基本問題可以被看成是一致的，而貫穿其中的主導性問題便是「性」、「惡」、「死亡」、「語言」間的相互關係。巴岱認為，人類創造語言文字無非是為了把自身從「性」、「惡」和「死亡」的相互困擾中解脫出來。人生經歷的始終是滲透著「惡」的苦難，這種苦難不時將人推至死亡邊緣。此種情境下，唯有透過對性的追求及語言界線的突破，才能置之死地而後生的抒解痛苦，滿足人類心靈追求超越的本性。巴岱顯然充分的意識到現代性文化中人類心靈的空虛，因而以一向被傳統基督教道德污化的「性」，作為批判基督教文化乃至整個西方現代文明的動力，揭露理性主義對人類心靈的殘害與異化，進而尋獲書寫與生命嶄新的可能。

「性」和「語言」在巴岱的論述中，既是對現代性的解構，亦蘊含著重生的可能。就「性」而言，情慾或色情可說是隱含了生命過程的全部奧秘，不僅生命本身靠「性」獲得更新，獲得存在的原動力和內外條件，而且「性」具有引導生命走向死亡的本能，促使生命在趨向於死亡的過程中，不斷地體會到生命所隱含的「痛苦」，也體會到生命本身不斷地逾越經驗界線的必要性。但是這種對性的追求，顯然是必須假諸於語言文字的，也因此對於語言的批判與文學奧秘的探索，才是巴岱真正關注的焦點。語言雖然限制了人的精神追求，但在其限制中實際上也暗含了無限追求的可能，即透過反壓制的實踐，我們終將能夠開啟生命無限的光輝。文學作為道德與惡的雙重象徵，正是透過叛逆、暴力的對生命中惡與非理性的反覆揭示，對語言神秘性與人類未可知的內心經驗的探索，才能在生命的無底深淵中找尋到超越的經驗。[84]這使得巴岱與同時代的超現實主義者一樣，不斷以叛逆者的角色從事文學創作，並積極投入對於政治的批判。

---

[84] 正是這一點，使得巴岱對超現實主義者坦露色情、歌頌幻覺和瘋狂手法的大加讚揚。參見高宣揚：《後現代論》（臺北：五南，1999），頁 201-211。

　　筆者認為上述巴岱的看法，恰恰可以提供我們另一個角度去理解，林燿德為何會在重寫臺灣超現實主義文學史以及完成其後現代轉折時，一再嚴正的揭露臺灣文學論爭中的政治暴力性格、世代交替間的路線派系之爭、詩壇桎梏所牽涉的言論暴力。同時也可以讓我們理解，林氏為何會在詩創作中的過程中，不斷大量的描繪人類暴力、血腥殘酷的負面意識，並且將性愛作為解除不安的手段。儘管這樣的表現方式有陷入二元對立之嫌，不過其背後並不僅僅只是因為「一種不能也不曾真正擁有的恐懼」[85]，而是有從這種恐懼中掙脫，並尋覓嶄新可能的企圖。林燿德正是要透過詩論與詩作兩方面，對負面、暴力、血腥面的反覆揭發，使我們認識並且意識到權力架構以及書寫本身的限制性、腐朽性與封閉性，因為只有透過對權力結構的全面性瓦解，我們才能洞悉「環境中的制約所在，然後才能找尋出口，當密閉系統中禁錮的事物被解放出來，所有被鎖住的門戶都可以打開」[86]。林氏的「後都市詩學」正是要在現代與後現代的縫隙中，尋覓一種理想論述環境的可能，如他所說：「方向已在眼前，我用創作來實踐它。」[87]

　　此外，這種追尋超越的精神顯然與長詩書寫是互為表裡的。多數論者在論述林燿德時，鮮少有人特別關注到其長詩創作的心理，頂多如白靈注意到其「多數詩長得像令人窒息的大錦蛇，在在都讓外行人誤以為是 60 年代現代主義晦澀詩作的再現。其實是林燿德冷靜曲折的思考方式讓人跟不上、『受不了』，迴旋婉轉、忽遠忽近，跳脫隨心，任意切入，幾乎不按牌理出牌，卻又句句扣住環節。」[88]或是羅門在評論《一九九〇》時提及：

85　白靈：〈停駐地上的星星——林燿德詩路新探〉，《都市終端機》（臺北：書林，1988），頁 19。

86　林燿德：〈權力架構與現代詩的發展——與張錯對話〉，《觀念對話》（臺北：漢光，1989），頁 120。

87　同註 86，頁 121。

88　白靈：〈停駐地上的星星——林燿德詩路新探〉，《都市終端機》（臺北：書林，1988），頁 15。

> 在他這本詩集中的許多作品，尤其是那幾首氣勢浩蕩、架構龐
> 大的長詩，如〈馬拉美〉、〈韓鮑〉、〈巴德〉、〈巴博拉夫斯基〉……
> 等，都已建立他個人至為可觀而且能從過往詩風中脫穎而出的
> 嶄新創作園區，呈現出不同於前輩詩人以往所寫下的〈白玉苦
> 瓜〉、〈第九日的底流〉、〈石室之死亡〉、〈深淵〉……等長詩的
> 體質與風貌。[89]

我們知道，相較於散文與小說，詩的優點在於意象的並置、拼貼
而營造出類似潛意識的跳躍模式，方便於表達一個特殊的意境或是弦
外之音，但其缺點也正在於篇幅短小，所能關照的範疇與細節有限，
唯獨長詩、組詩能夠提供類似小說的敘述框架，表達較繁複的內容、
思想。長詩在西方文學史中，一直有著深遠的傳統，從《伊里亞德》、
《奧狄賽》到近代艾略特（T. S. Eliot）的《荒原》、龐德（Ezra Pound）
的《詩章》，一路下來可理出一條西方長詩的發展脈絡。但在臺灣這
樣的傳統幾乎沒有，林燿德的長詩寫作，大有銜接法國現代詩人波特
萊爾（Charles Baudelaire）、韓鮑（Arthur Rimbau）、馬拉美（Stéphane
Mallarmé）等人的企圖。[90]

不過若從另一個角度來看待，所謂的長詩或是書寫的龐大結構
「不只是想在抒情詩林立的場域中有所突破，更在於一種書寫延長／
不安延緩的交互作用」[91]。一方面是藉著書寫的不斷延長，消除書寫
完結的不安；一方面亦是透過書寫，透過對語言神秘性的不斷探尋，
帶領生命進行自我滲透和自我反思，進而尋找「超越」之途。筆者認
為，林燿德在後期之所以大量且密集的寫作長詩，並完成其創作生涯

---

[89] 羅門：〈一九九〇年向詩太空發射的一座人造衛星〉，《一九九〇》（臺北：尚
　　書，1990），頁 ix。
[90] 林燿德曾以法國象徵主義、超現實主義詩人為題寫詩，如《一九九〇》中的
　　〈馬拉美〉、〈韓鮑〉、〈阿波利奈〉以及《不要驚動不要喚醒我所親愛》中的
　　〈軍火商韓鮑〉。
[91] 楊宗翰：〈黑暗抽長，火光不安——與林燿德‧容格的三角對話〉，《臺灣詩學
　　季刊》第 19 期（1997.6），頁 142-143。

中最為可觀的長詩〈軍火商韓鮑〉，顯然因為其創作逐漸走向高峰，故而透過能夠表達繁複思想、意識與潛意識交錯的長詩，將創作的觸角廣泛延伸進人類的潛意識與集體潛意識，並逐步完成其後都市的書寫，關於這點我們在後面的幾節，會再做進一步的探索與分析。

第四節　集體潛意識的追索

一、都市心靈的集體潛意識

　　如果說弗洛依德（Sigmund Freud）為了解剖人類的深層心靈，而發明前意識、潛意識與意識及三我（「原我」、「自我」、「超我」）的概念來解決眾多臨床的個案，那麼曾與弗洛依德交往甚篤後來卻終告仳離的容格（C. G. Jung），則因其人類學興趣的轉向，進一步發展了弗洛依德潛意識的理論，將潛意識劃分為兩種不同內涵的存在：「個人潛意識」（individual unconsciousness）與「集體潛意識」（collective unconsciousness）。

　　容格指出，弗洛依德將潛意識的概念與性慾結合，並認為潛意識是人類生活中被遺忘或壓抑而從意識消失的內容，這樣的潛意識說法使得他的心理學「是一種沒有心理（精神）的心理學，因此不是真正意義上的心理學，它剝奪了人之所以為人的精神特徵。」[92] 也因此，容格深化了潛意識的概念，並強調它有超乎個人的廣闊特性，亦即是人類共通的「集體潛意識」。如果把人看成一個島，則浮在海面可見的部分相當於「意識」，每個島在海面下的獨立部分為「個人潛意識」，而所有的島在底層相通的部分則為「集體潛意識」。「集體潛意識」是人類各種族心理遺傳所有，構成「集體潛意識」的材料乃

---

[92]　王小章、郭本禹：《潛意識的詮釋》（北京：中國社會科學院，1998），頁 70。

是「原型」（archetype）——人類自遠古以來不斷反覆出現的心理作用模式。[93]

有別於弗洛依德將作家當作是一個「神經官能症」的患者，容格認為，藝術家對於現實的不滿使得他離開塵囂返回集體潛意識那兒找尋能夠滿足其精神所需的東西，這些東西正是整個社會所缺乏，整個文明發展所背離了的人類生活的要素。[94] 偉大的文學家具有「原始的眼力」——一種感知原型模式的特殊靈性和用原始意象來表現的天賦，他們能以藝術的形式將內心世界的經驗傳達到外在世界之中，而「原始經驗」——人生的陰暗面，乃是作家創作力的泉源，這內心世界的經驗自然也就包含「個人潛意識」與「集體潛意識」兩個部分。為了進一步說明潛意識在藝術創作中所佔的重要地位，容格將文學作品分為兩種，一種是「心理學式的」（psychological），一種是「幻覺式的」（visionary）。前者多取自意識經驗，本身也許是非理性的，但仍是自古以來人人皆知的經驗；而幻覺式文學作品的題材，則來自人類的靈魂深處，那是一種人類無法瞭解的原始經驗，像是突然拉開簾幕讓人瞥見仍然未成形的無底深淵，令人感到陌生、著迷、光怪陸離。讀完這類作品往往令人想起夜裡所做的夢、黑夜的恐怖及那些時常令我們憂心如焚的疑慮，這些朦朧性雖然荒誕不經，但它代表的卻是全人類共同經歷的生活體驗。[95] 幻覺式的文學作品正是顯現了容格對集體潛意識概念的重視。藝術家對現實的不滿，使得他離開塵囂返回集體潛意識那兒找尋能夠滿足其精神所需的東西，這些東西

---

[93] 這些模式中最重要的幾個便是，「暗影」（shadow）：潛意識中自我的陰暗面，也是意識中予以壓抑的卑下或不快的心靈層面。「阿妮瑪」（anima）：男性的內在自我具有較女性化（集體）靈魂的部分；「阿妮姆斯」：是女性身上所具有的男性化（集體）靈魂的部分，以上兩者顯現了人格的補償心理。「假面」（persona）：是我們社會面的人格，亦是內我的反面，如同我們在社會上所戴的面具。「自性」（self）：是容格學說中最重要的原型，即整個心靈的核心，能包容所有的原型，賦予生活意義，維持人格的統一、完整、超越。

[94] 朱棟霖主編：《文學新思維》上卷（江蘇：江蘇教育，1996），頁 18-19。

[95] 王溢嘉：《精神分析與文學》（臺北：野鵝，1991），頁 63-65。

正是整個社會所缺乏，整個文明發展所背離了的人類生活的要素。所以它一旦被發現，就會迎合整個時代的「無意識需要」，起到糾正時代弊病、疏導並恢復社會心理平衡、有機地補償和調整人類生活的作用。[96]

林燿德對潛意識以及更深層的集體潛意識的試探，是相當值得我們注意的。筆者認為，從都市表層走入集體潛意識，挖掘人類心靈的集體潛意識，正是對創作具有相當自覺的林氏，在後期的創作中一再反覆試煉的重點。這種試探也正顯現在他對「分析心裡學派」大家容格思想的深刻瞭解。在〈鍊金術與鍊心術〉一文中，我們可以看到林燿德對容格思想精粹「集體潛意識」有著深入淺出的介紹：

> 容格認為，人類的心靈如同散列的小島……那廣大的海床，是所有的島嶼都連通在一起的底層，那就是「集體潛意識」。「集體潛意識」往往是一個文化族群在歷史中深埋的、洪荒的、傳說中的事物，套一句容格的話，「集體潛意識」中的暗影乃是人類仍然拖在背後的無形的爬蟲尾巴。到了容格晚年，他將「集體潛意識」一詞改為「客體心靈」來強調它的先驗性和普遍性，這種觀念和法國結構主義大師李維史陀所謂的「心靈的普遍結構」非常接近。[97]

林燿德對集體潛意識、或者客體心靈書寫的意圖，明顯在他後期的重要詩集——《都市之甍》這個名稱上突顯出來。「甍」的原意是「屋脊」，是房屋最高的部分，其意義就像是冰山浮於水面的部分，然而林燿德的後都市詩學所要捕捉的，卻不僅僅是浮於冰山的表面，他要解構冰山的表面，進一步走近冰山的內裡，進入人類的集體潛意識，去探尋那些尚未被挖掘，或者尚未被以解構、超現實手法表露出

---

[96] 同註 94，頁 18-19。

[97] 林燿德：〈鍊金術與鍊心術〉，原載於《中華日報・中華副刊》，1995.4.11，後收錄於楊宗翰編：《黑鍵與與白鍵》（臺北：華文網，2001），頁 145。

的都市心靈結構，這實際上便是容格晚期所強調的「客體心靈」，或者是他對於幻覺式作品的重視。

王溢嘉曾針對林燿德《都市之甍》一書的結構安排做過詳盡的說明，他指出，當林燿德將這本詩集分為八卷，並分別加以「符徵」／「聖器」／「愛染」／「鋁罐」／「上邪」／「廢墟」／「夢境」／「焱炎」等名稱時，這種擺設便也同時的體現了林燿德所意欲安排特別的「心靈普遍結構」：

> 《都市之甍》從路牌、銅像始，游竄於性器與鋁罐間，然後穿越廢墟夢與神殿，而止於被遺忘在歷史焱火中的西夏國王都城。這是林燿德所描繪的都市，它不只是在「橫切」都市景觀，正在「縱剖」都市心靈。這樣的主題跟它們擺設的空間結構，與楊格學派的「心靈結構圖」有著相當大的交集。[98]

被擺在第一卷〈符徵〉中的詩作〈路牌〉、〈銅像〉、〈廣場〉、〈公園〉，表面上是四首不相干的詩作，但顯然它們都是都市中看得見、可以觸摸的實物或是場所，它們代表的含意就如「符徵」二字一樣，是以作為「現代都市」表層含意而存在的，就像林燿德在〈路牌〉中所寫下的：

> 關於路牌如何規律標示
> 一條街道命名的始末
> 它們讓他感到自己掌握
> 時空之鑰不再迷失方位
> 不論真摯與否他恒相信
> 現實堅硬的這個都市方塊
> 實實在在呼吸著，吞吐著
> 那些逐日膨脹趨近偉大踰越永恒的主題[99]

---

[98] 王溢嘉：〈集體潛意識之甍──林燿德詩集《都市之甍》的空間結構〉，《都市之甍》（臺北：漢光，1989），頁 10。

[99] 以下引詩見林燿德：〈路牌〉，《都市之甍》（臺北：漢光，1989）。

作為引導或指示的功能，路牌顯然是都市中一種不可或缺的重要工具，因為一個路牌便代表著一條道路，而無數的路牌也就指向這城市複雜交叉錯亂的都市結構圖。這些路牌原本僅是作為標示作用，然而在地圖之中，這些被陸續增設的「符徵」實際上已經代表甚至篡奪了整個城市的存在，也就是說，大部分的時候我們都是透過地圖，透過這些經過具象的抽象化之後的「路牌」，來認識並瞭解我們所不知道的城市。然而這些「沉默的意象族群」究竟是「名詞代名詞還是動詞」真的是無傷大雅嗎？或者，林燿德事實上已經意有所指的告訴我們，在這些「符徵」的背後是各種不同意識型態的傾軋，以及日漸被架空的內裡：

> 臺北的路牌幾乎囊括了中國的所有名城，南京、長安北平、長沙、福州、寧波……古人立於古蹟上傷逝；而我則站在路牌下懷古，架空的感傷使我體內暢流著激素，思考著它們的名字，然後努力把歷史教材上的描述、櫥窗裡陳列的圖片和父親童年留影中的背影編織起來，然而每一幅圖都在中心處留下空白，空白很快地擴張，伸出鬍鬚，畫面的殘餘部分瞬即龜裂、幻滅。[100]

如果說，在上述那些名稱各異的「路牌」中我們還不能夠清楚辨識出它們背後的故事，瞭解那些「趨近偉大逾越永恆的主題」，那麼因各種神聖、紀念意義而被樹立的「銅像」，它們的故事顯然要比「路牌」更容易深入人們的意識之中。經常被擺設在圓環中心標誌著城市座標的「銅像」，其背後代表的往往是一段戰爭的回憶、艱困走過的歷史，或是某些值得紀念的事蹟，然而，當這些歷史逐遍被人們遺忘的同時，「銅像」是否也會因此失落了自我存在的意義？

車輛與行人存在是因為道路
大廈存在是因為圓環
圓環存在是因為銅像
銅像感動自己的存在

---

[100] 林燿德:〈路牌上的都市〉,《一座城市的身世》(臺北:時報,1987),頁 166-167。

......

他用一滴淚，僅僅一滴

凝聚整座

太平洋黃昏的悲哀

他們無法

抵抗他的存在

無法抵抗他

終極的

愛[101]

林燿德用微不足道的「一滴淚」來對比整個「太平洋」的龐大，首先便質疑這種終極本身的脆弱以及渺小。也許，銅像在無數日子的佇立之後，早已如同這個面目不再的城市，逐漸失落再也尋不回自己的原始的面貌，最後，只能淪落被拆除的命運，讓它終極的愛失落在失愛的人間。但在詩人的筆下，銅像的故事並未因此就告結束，他告訴我們，正是因為這原本象徵城市中心的「陽具」遭到解構（拆除），也因此城市不斷快速變遷下，不再需要一元中心的現實情狀才得以顯露。如此，具體的銅像雖然被拆除了，但在林燿德獨具匠心的設計下，城市所有大廈的玻璃上竟魔幻般的同時映現出了銅像的背影。此魔幻畫面的背後，「銅像」被賦予了更深層的含意。

　　「銅像」這首詩在說明後現代情境下城市快速變遷之餘，不也同時的意寓了，城市中日漸失去自我臉孔的人們正是一座座逐漸失落自我存在意義的「銅像」。都市中的人們為了尋獲認同，日日夜夜聚集在城市低陷的廣場中，踩踏著奇異的節奏、四面八方的湧進這個凝聚整座都市夢幻的地方，卻不知道「腳步朝何處踏出／那個方向就是／正確無訛的方向」[102]。這樣的悲哀並沒有讓林燿德停下對都市人深層意識的探索，相反的，當他在〈公園〉這個充滿強烈性暗示的標題下寫著：

---

[101] 林燿德：〈銅像〉，《都市之甍》（臺北：漢光，1989），頁 28-29。
[102] 林燿德：〈廣場〉，《都市之甍》（臺北：漢光，1989），頁 40。

　　「　　　　　　　　」
　　「　　　　　　　」
　　「　　　　　　」
　　「　　　　　」
　　「　　　」
（嗯，被存而不論的都市意識）
……

噢，愛、暴力、銅像與垃圾桶
正在血紅的窮空交織淫亂[103]

他便也同時的說明了，這些作為都市表徵的「符徵」，似乎也是被我們遺忘的集體心靈的產物，有待做進一步填充，或者它們早已被各種人類負面的潛意識所填充，我們卻始終未曾真正的加以發掘。我們在本章第二節中曾經談及林燿德對於「不明區域」的看法。「不明區域」對於林燿德而言是「一種絕症、一種不死的惡魔」，這種代表著人類的惡的「不明區域」，不僅「出現在我們最熟悉的都市裏頭」，同時也「超越地理、深及心理的層面。」暗指了人類深層那片尚未被開闢的蠻荒地區。[104] 從這點我們可以瞭解，在這些充斥著詭異情調與暴力的狂亂詩行中，林燿德其實更想刺探的，正是那些被放在括號之中存而不論的，都市人們的深層潛意識，因為只有那些東西才是身為一個都市的導遊與考掘者更加有興趣探知的「不明區域」。

　　所以接下來的〈聖器〉、〈愛染〉、〈鋁罐〉三卷中，與其說他諷刺的陳列滿充斥我們城市「性慾與口慾、被吸吮的、游移的、可隱藏的性器與可樂罐子」[105]，倒不如說，林燿德已然穿越都市的表層結構，帶領我們走進都市心靈的「個人潛意識」乃至於「集體潛意識」的範疇。長達三百二十行的〈聖器〉（後改寫成小說〈慢跑男人〉）是林燿德所進行的

---

[103] 林燿德：〈公園〉，《都市之甍》（臺北：漢光，1989），頁49-50。
[104] 林燿德：〈幻戲記〉，《一座城市的身世》（臺北：時報，1987），頁37。
[105] 王溢嘉：〈集體潛意識之甍──林燿德詩集《都市之甍》的空間結構〉，《都市之甍》（臺北：漢光，1989），頁11。

「文類邊緣的冒險」[106]，這樣的冒險顯然使他能夠創作兼容小說技法、散文描摹與新詩跳接的邊緣文體，而有助於林燿德在潛意識方面的探勘。

〈聖器〉寫的是一名精神分析師與男同性戀者的故事，題目「聖器」二字本身便具有濃厚的「陽具」暗示，這點恰與我們之前論及具有女性生殖器意味的「無限軌道」成為明顯的對比。兩者的差別也在於「聖器」以描繪男性同志情誼為題材，「無限軌道」則是男心理醫生與女病人之間的心理交鋒。如果說〈無限軌道〉因為僅僅使用了新詩的語言，使得多處暗喻或象徵顯得較為晦澀，或者難以呈現多角度的意識翻轉，那麼〈聖器〉則因為文類的越界，使得我們能夠更清楚瞭解林燿德所欲描繪的「意識彩帶」，以及他如何在不同的意識時空間中跳接、翻轉。

文本一開始出現的便是兩個剛做完愛的男人的對話，而兩人背後的電視螢幕正在播放的是一個男人在慢跑的鏡頭：

> 一個慢跑者的背影出現
> 鏡頭追蹤著他的背影金髮閃閃發亮
> 他必然跑上了一座不平凡
> 的鐵橋　颶風呼呼吹嘯巨大的吊纜
> 模糊地出現螢幕一角。[107]

從弗洛依德心理學的角度來看，男人慢跑過（不平凡）的鐵橋，本身便含有性交的含意，颶風呼嘯過則可代表對性行為的刺激性。而後，這男人轉向「一座大霧瀰漫的教堂」、或是跑向一段「上坡路」，都可以被視為是性愛過程鏡頭的延伸。換個角度來看，男人慢跑的鏡頭也可以是小安與醫生兩人該刻心理情緒影像的投射，因為當螢幕中金髮的男人「跑進一座荒廢／的莊園在雨中喘息紊亂漸漸無法配合雨的節奏／他的慢跑鞋陷入泥濘每跨出一步都激昂起／四濺的泥水」，也正是醫生對可能存在往事的搜尋焦慮：

---

[106] 林燿德：《都市之甍》跋（臺北：漢光，1989），頁 211。
[107] 以下引詩見林燿德：〈聖器〉，《都市之甍》（臺北：漢光，1989）。

　　一片 空白的焦　慮。
　　一片 空白　的焦慮。
　　一片　 空白的焦慮。
　　一片空白的　焦慮。
　　一片空白的焦　慮。
　　一　 片空白的焦慮。
　　一片　 空白的焦慮。
　　一片空　白的焦慮。
　　一片　 空白的焦慮。

　　詩人利用相同文字的簡單排列，於留白的置換中顯現了意識急速閃爍不安而觸動潛意識的情景，這是詩人擅用的技巧。略談過背景後，我們便可進入小安與醫生的主要畫面部分。從情節中可以發現小安原來是黎醫生的病人，黎醫生是個精神分析師，他「瞭解傾聽是至高無上的治療藝術。一布袋一布袋的夢魘。自病／人的口中吐出。精神分析師。就得照單全收。／將嘔吐物。全部吞。下去。」也因為這樣「他的肚子裡。堆積的。無限夢魘。要在那裡吐／成一條黑闇。委屈。濁臭。濃稠。的大川。／將它，們吐到萬里。的外海裡。」所以，黎醫生藉助的方式是「帆船遊戲」（性行為的象徵），讓自己在動盪不安的海中，尋求流動不居的意識的平衡，憑著直覺超越理性邏輯思考所帶來的困限。因為，「只有直覺。／直覺奔向萬事萬物自身／直覺控制／一切。／對一個探索別人潛意識的精神分析師而言仰賴／自己的直覺保持身體與心理的平衡就像／地球仰賴地軸洪洪輪轉」。

　　容格曾將心理的機能區分為思考、情感、直觀、感覺四種。其中，感覺是指將物依其原樣知覺，直觀則是指無意識中產生的、無法說明的知覺與結論。容格將這兩者合稱為非合理機能，顯現了心靈非理性、無意識的部分。[108] 所以，對因同性戀傾向而來就醫的小安，黎

---

[108] 河合俊雄著，趙金貴譯：《榮格——靈魂的現實性》（河北：河北教育，2001），頁108。

醫生所給予的治療方式也是非理性、無意識的：他一方面否認同性戀是一種疾病，一方面又利用醫療的名義與小安上床，宣告同志情慾的合理性。原因是，黎醫生也沒有辦法治療好自我壓抑的情慾，只能將內心的不安，一再地轉化成對於性慾的渴求：

> 「一向如此，不是嗎？一向如此
> 　，你永遠只能擁有一夜情；」小安嘲諷：
> 「套用肥皂劇的台詞：你缺乏愛的能力
> 　，也缺乏被愛的能力。」

在林燿德的描寫中，黎醫生與小安一樣都失去了愛與被愛的能力，只能夠靠不斷的一夜情，浸淫「在找尋另一個陽具另一個崇高壯麗／的陽具，」然而這「時時刻刻幻夢的崇高感也面臨破滅／面臨喪失亢奮的焦慮。」這樣的焦慮雖然讓黎醫生領悟：「這一生中所有的挫折和失敗感／，都是因為企圖壓抑。」於是，他們能夠採取唯一的排遣方式，便是藉由一次次不斷的性慾抒發以及對性的回憶，浸淫於原我的本能之中逃頓失愛的詭謬情境。當林燿德寫下：

> 遠方的海洋中暴生出一座莫可名狀的聖器殘餘
> 的浪涎在它崢嶸的體表勾勒出白色的紋路無數
> 有機物的遺骸緊緊攀附著它的軀幹
> 散揚出奇異曼妙的管弦籟音。

如此超現實畫面的同時，便也說明著，這首詩作既是描繪著個人潛意識的川流，也在揭示人類集體潛意識中未知的幽暗地帶。

二、多元時空與集體潛意識的描繪

這幽暗的部分到了〈上邪變〉、〈廢墟〉、〈神殿之甍〉、〈夢之甍〉、〈焱炎〉等詩作，就成為被壓抑或遺忘的、遠古的、傳說中的「神話」景象，這也是林燿德《都市之甍》中最能顯現「集體潛意識」理念的

部分。作為一個不斷挖掘被壓抑世界的詩人，林燿德的視野正是不時捕捉了那個暗夜世界的形象，看到了心理世界中那些使人心膽顫而難以面對的東西。對人類共同神話、情慾中「暗影」的追尋，以及魔幻形象的賦予，顯然是林燿德最感到興趣的，因為他深刻的瞭解，人是一種悲涼的動物，「因為懂得悲涼的滋味，／所以異於其他生物。／所以頹廢，所以建立／文明，所以毀滅。」[109]

這種陰暗的、毀滅性的因素不斷存在於人類的歷史上，也促使林燿德在〈夢之薨〉[110] 這首乾脆以人類的夢為題的詩作上寫下：

> 一開始，就註定如此
> 一整缸焦慮的，金魚
> 四壁透明，無法穿透
> 我們無法穿透，自己
> 。紙草經的黑封面下
> 盲動的遊戲
> （一開始，就註定如此）

無法穿透的憂慮，正預視著人類終因自己所建造出來文明的偏頗，而走向核爆與毀滅。如此的畫面早在人類潛意識的夢薨中，不斷被重現、預告，猶如在「另一顆行星」中上演的鏡頭：

> 魚群龐碩的幻影
> 依貼城邦廢墟任何造形移動
> 穿越樓房與樓房高層的間隙
>
> 海洋死亡之後，魚影
> 遷居空寂的地表
> 一座座荒城經過

---

[109] 林燿德：〈焱炎〉，《都市之薨》（臺北：漢光，1989），頁 199。
[110] 林燿德：〈夢之薨〉，《都市之薨》（臺北：漢光，1989），頁 165-196。

> 海洋的慾望，凝結成
>
> 連綿推擠的結晶
>
> 固態的潮流
>
> ……
>
> ，液體的輓歌
>
> 脫離軀殼的
>
> 海洋心臟
>
> 寄寓魚的幻影
>
> 向內陸逃亡

林燿德曾在《迷宮零件》的〈魚夢〉，這篇論及「時間龍」的文章中，描繪過類似上述的鏡頭：

> 那時，它們也只是一群巨大的黑影，經過變形的山河、經過頹圯的都會：它們依貼著樓房和街道空洞的稜線游動，穿越無聲的建築和銅像，穿越廢棄的繩纜、地鐵和核電廠，穿越望不著邊際的荒涼田野，穿越融解的極地。它們環行地球，吞食人類滅亡的哀泣。[111]

魚是生命的象徵，也是戰爭和死亡的象徵。對林燿德來說，魚的意象就是永恆、穿越時間的「時間龍」，也是生殖和死亡的慾望圖騰，它對比的是大陸文明對於原始慾望的壓抑。[112] 詩人在〈夢之蔓〉中所要描繪的，其實就如同他在此詩的第八節中用文字所「圖繪」下的「魚影遷居到空寂的地表經過一座荒城」：一幅人類心靈的縱深透視圖。

王溢嘉認為，這是詩人的夢境中潛意識浮現方式的文字捕捉，但也可以將它視為《都市之甍》這十四首詩的和絃。在卷首出現的路牌與銅像是「魚影」，而卷尾的西夏王都則是「荒城」，在這期間浮沉的

---

[111] 林燿德：〈魚夢〉，《迷宮零件》（臺北：聯合文學，1993），頁 44。

[112] 同註 111，頁 38-43。

乃是「都市心靈的結構。」由意識而個人潛意識而集體潛意識，越沉越深，但每一部份都合另一部份相互滲透。詩人在他的夢中，呈現了普同的「夢的結構」與「都市心靈的結構」。[113]

　　所以，我們在〈夢之薨〉與〈焱炎〉中看到的，一座座從集體潛意識中浮升的荒城意象，這樣的意象既是古老的、洪荒的、傳說的，也正是來自人類心靈深處某種陌生的東西，它彷彿來自人類史前時代的深淵，是一種超越人類理解力的原始經驗，是超現實主義者們意圖刻劃而未及詳盡者。這就像林燿德在〈夢之薨〉中所描寫的：

> 我們都曾在蠻荒的沼澤
> 邊緣夢遇
>
> 生靈
> 交織成，一顆
> 行星的潛意識

這種「行星的潛意識」是多元的、飄忽不定的，同時充滿著無盡的歧義與無窮組合，而詩人正是為了尋求嶄新的語言，所以讓自己進入夢中，回到太初去尋找嶄新的換喻和歧義，在自然力依舊澎湃的太古摸索，最後他發現這樣的語言必然是「爬蟲化的未完成的公眾語言」。詩人正要讓這樣的語言「烙印在我記憶的電路板上」，化為其電腦思維美學中的一環。容格曾指出，集體潛意識中的「暗影」（shadow）就如同人類拖在身後無形的爬蟲尾巴，是人的心靈中遺傳下來最黑暗隱密、最深層的部分。每一個人身上都隱藏著一個原始的、本能的、獸性的人，暗影是惡，是道德上的負價值，但它同樣尋求向外投射。[114]「爬蟲化的未完成的公眾語言」，顯然便是潛意識暗影中晦澀，而仍舊少有人去碰觸的陰暗面。在〈魚夢〉中，林

---

[113] 王溢嘉：〈集體潛意識之薨——林燿德詩集《都市之薨》的空間結構〉，《都市之薨》（臺北：漢光，1989），頁 15。

[114] 王小章、郭本禹：《潛意識的詮釋》（北京：中國社會科學院，1998），頁 78-79。

氏也替他為何要在現實中找尋「無數通往夢幻和惡魔的通道」做出了說明：

> 我想到了這樣詭譎的畫面，發現這個世界擁有許多隱密的「負空間」，它們永遠不會被時間涮洗得更蒼白，也不曾改變黑暗的色澤，它們的內部從不被歲月入侵。這種晦闇的、猙狞未啟的心智，貫穿人類禍亂的歷史，它們存在於人類誕生之前，也存在於人類滅亡之後。[115]

詩人正是要利用這種「未完成的公眾語言」，重新書寫人類心靈的普同結構，讓遠古的意象與自己的都市意識相結合，完成其後都市詩的書寫。所以在詩集最後一首的〈焱炎〉中，我們可以看到此一概念的實踐：

> 走進每一個單字中。
> 一個個繁縟的單字。
> 一座座綺靡的迷宮。
>
> 一座座綺靡的迷宮，黑闇的甬道，剝蝕的牆壁，
> 筆畫和筆畫之間的空隙，幻化為寬敞、迂迴、
> 深幽邈遠不可抓摸掌握的時空走廊。[116]

在詩人的筆下，文字不再僅是現實的描繪，它既是「一座座綺靡的迷宮」、一條條通往個人潛意識的「黑闇的甬道」，也是交織著中華五千年文化的「時空走廊」，既指向各個時代變異、遷徙中的權力結構，也透過空間模式延展，規模出人類的知覺形態和心靈結構。循著單字電腦般的奇異迴路，我們走進充滿歧義的歷史，在作者與讀者的參與閱讀下，那些陳舊的城市零件和記憶，不再是無用而死去的歷史事實，它們將離開線性發展的時間，參與一場多時空交會的饗宴。在現

---

[115] 林燿德：〈魚夢〉，《迷宮零件》（臺北：聯合文學，1993），頁 43。
[116] 以下引詩參見林燿德：〈焱炎〉，《都市之甍》（臺北：漢光，1989）。

實與過往、意識與潛意識的多稜鏡照映下，我們既是被遺忘而存留於文字中的自己，也是現實中憑弔著過去的自己：

> 站在西夏遺留下來的頹圮寺院中，靜靜注視那
> 些銘刻在殿壁上的文字，我們看見我們自己的
> 身影正迷失在那些狰獰的筆劃間
> ，我們看見我們自己渺小而詭異的臉龐擡起
> 仰望，文字中的我們察覺到被誰偷偷地窺視。
> 我們窺視我們自己。
> 攤開掌心讓迷失的自己從二次元的殿壁上
> 解放出來。

在多元時空交織、並列的幽闇文字甬道中，西夏的文明宛若種植在我們潛意識中的一只「綺麗無匹」的火鳥，不時以「巨鳥的舞蹈」，喚醒我們「用心靈代替失明的瞳孔，／用小宇宙包容大宇宙／讓金孔雀的火舞在我胸腔中迴繞。」在這裡我們既可看到林燿德以深埋的、洪荒的、傳說中的事物，來召喚對遠古與中古的想像，同時也透過其後都市式的電腦思維，勾勒出不同意識現實的快速轉換。在此。林燿德無疑替自己的後都市詩學做出良好的示範。

第五節　《不要驚動不要喚醒我所親愛》及其他

《不要驚動不要喚醒我所親愛》是林燿德的最後一本詩集，集中收錄的七首詩皆為 1994、1995 年後的作品。另外，收錄在楊宗翰編《林燿德佚文選Ⅲ黑鍵與白鍵》中的幾首詩作，也大多完成於 1994、1995 年，這些作品無疑是我們觀看林燿德最後一階段創作的重要根據。

林燿德在最後一階段的詩作中有其一貫的創作風格，亦有明顯的轉向，筆者認為在這些詩作中有諸多線索是值得我們去注意的：一、〈道具市殺人事件〉是多時空並列的魔幻寫實式作品：「在不斷後設中產生客觀事象的多元分裂」讓「同一客觀事件變成多元存在，而且

每一破碎單元皆是真實的」。[117] 這恰恰呈現林燿德電腦美學思維「真實世界」的樣貌。二、相對於之前詩作以權力架構下無力翻身，而沉淪性愛或遭扭曲的個體書寫為主，林燿德於 1995 年的後詩作，已不再僅著力於表現個體的不安、無助，而在部分的作品開始「呈現期望個體能動性在龐大體制力量下伸展的可能性。」[118] 此點或與林燿德減肥、結婚後的轉變有關，但若從其整體創作歷程的自然發展上來看，我們也可以找尋到一定的原因與脈絡。三、收錄於《不要驚動不要喚醒我所親愛》的長詩〈軍火商韓鮑〉經六次改寫，是一首自我投射意味濃重的詩作，從中我們可以窺探林氏對各個議題的關注，以及他透過對韓鮑（Arthur Rimbaud）的書寫來為自己定位的企圖。

一、電腦美學思維的展現：〈道具市殺人事件〉

本雅明（Walter Benjami）在論述波特萊爾（Charles Baudelaire）時曾指出，西洋景繪畫作為舞臺布景道具，往往營造出一種似假還真的撲朔迷離感，而這反倒使得這些西洋景繪畫顯得趨於真實。在西洋景繪畫風行的同時，也是城市文明漸興漸擴張的時期，城市人運用政治優勢，試圖將農村轉變為城市。在這時節上，西洋景繪畫代表著一種奇妙意義：

---

[117] 在楊麗玲的訪談中，林燿德曾對魔幻寫實與超現實主義之間的關係，以及他個人的引用做過一番解釋。他認為，魔幻寫實是對超現實的繼承也是反動，其「時空本身已形成環複複雜的立體性」，「終極的真實遂多元顯現不同的面向和結局。」此外值得我們注意的是，林燿德認為「魔幻寫實和古今中外一切流派一般，基本上在表現層次的背後，還得建立一套思想觀察世界的認知方式」，「無論意識流、超現實、魔幻寫實……，都是種種世界觀、哲學基礎、新的文學史觀，對真實詮釋的這些問題，佔據第一因的位置」，也因此表現的技巧都僅僅是為了輔助作者世界觀的呈現，這一點頗符合林燿德「後都市詩學」新世界觀的建立。參見楊麗玲：〈文學惡地形上的戰將「林燿德」〉，《自由青年》第 726 期（1990.2），頁 42-46。

[118] 翁燕玲：《林燿德研究——現代性的追索》（嘉義：中正中文系碩士論文，2001），頁 103。

> 在西洋景繪畫中，城市只被看成是一種風光，猶如後來以更巧
> 妙的方式對待遊手好閒者一樣。[119]

在力呈客觀的風景畫中，它所不能客觀呈現的部分，巨大到足以讓一個有自覺的西洋景繪畫的學生感到沮喪，攝影技術的發明人達蓋爾正是這樣的學生之一。西洋景繪畫的「客觀」與真實的城市之間的距離，是一段令丈量者耐人尋味的距離。在這樣弔詭的邏輯中，波特萊爾所要強調的是他對於距離感的堅持，一種「夢」的距離的需要。這個「夢」在現代城市中，無時不被工業文明催逼得喘不過氣來，但是，它能在某些刻意或無意中營造出來的地方——像是西洋繪畫擺設出來的舞臺中——再度活甦過來，向人們展示他們內心原慾的形狀。

在〈道具市殺人事件〉中，「道具」一方面具有著類似的意義，一方面卻也透顯出後現代城市中，更加複雜、拉扯的對應關係。「道具」原本是舞臺上用以代替真實物件的零件，它是一種「真實」的模仿：在吸引觀眾目光的同時，卻也揭露著一切的虛構性。正因為道具的假身份，促成了它成為「真實」的條件，「道具」提供觀眾通往舞臺世界的媒介，在舞臺／夢的世界中，它弔詭的成為一種真實。從這樣的角度來看，「道具市」這樣一個由作者塑造出來的奇妙舞臺，本身正因為游移在真實與虛假的灰色地帶中，而恰恰提供了一種多稜鏡般的夢的距離，使我們得以以一個觀眾或遊蕩者的身份，重新審視城市中每個元件的擺設，以及不同角色多元化的內心投射。在作者筆下，「道具市」是每個城市人心中共有的一座城市，這座虛無之城的複雜性與真實城市的複雜難分軒輊，或者說，在城市人集體潛意識的運作下它們是互文的存在：

> 一切的路都可以通向道具市
> 是的，你也不妨這麼相信
> 所有回憶都僅僅通向同一座城鎮[120]

---

[119] 參見 Walter Benjami 著，張旭東、魏文生譯：《發達資本主義時代的抒情詩人》（北京：三聯，1989），頁 181-182。

在這樣的意義下解讀的「道具市」，即是在城市人心中共有的那座虛無之城，而「道具」正是這座迷宮之城中的各式零件（包含活躍其中的人）。我們可以說，在這首詩作中林燿德以文字、詩文類為道具，向讀者展示這座無法用肉眼瞥見，抽象卻具有普遍性意義，存活於都市人潛意識之中的「道具市」：

> 看不見的星座　掀揭潮汐
>
> 看不見的引力　搖撼海洋
>
> 看不見的悸動　翻攪波濤
>
> 看不見的蓓蕾　醞釀多汁的仲夏

但是，這樣的「道具市」是否僅僅為了維持夢的距離而存在？或者在林燿德意圖描繪的這座後現代迷宮城市中，對夢的距離的渴求已然被轉化成為更加分裂的不安，以致於所謂的「夢」，反倒成了作者所意圖嘲諷的對象。因為在這樣的一首詩中，不僅「道具市」本身是虛設的舞臺，就連參與其中的每個角色，也都不過是這座迷城中的一個元件、一枚符徵，真實與虛幻的界線在其中不斷的被質疑，被消解，也等待讀者偵探般的重新賦予意義。

　　從情節來看，〈道具市殺人事件〉是敘述追緝兇嫌的過程，但是真兇與疑犯，人物的告白與兇殺真相，不義與正義之間的對立乃至於消解，在這長詩中滿溢著詭譎的氣氛，而挑起這詭譎氣氛的因子便是：「城市—道具市」、「女人—西莉亞」、「男人—窺視者」、「神父—謀殺者」。西莉亞作為全詩的重要主角——被窺視、被想像、被謀殺的對象，詩中所有登場的男人都不可避免的扮演著窺視者或獵人的角色。在作者巧設的書寫下，西莉亞的形象在城市與男人的想像流轉中，她自始至終都不是一個完整的女人，而是被切割成片段、片段的器官的特寫。[121]她是道具市中道具的一環，

---

[120] 以下引詩參見林燿德：〈道具市殺人事件〉，《不要驚動不要喚醒我所親愛》（臺北：文鶴，1996）。

[121] 林燿德：〈空間剪貼簿——漫遊晚近臺灣都市小說的建築空間〉，《敏感地帶——

用以揭露城市男人潛意識和實際行為的衝突，原慾與秩序的強烈
對峙：

> 裹藏著彈匣，她的肉體
> 裹藏著殺戮，那看不見的扳機
> 那亢奮時心跳的頻率
> ⋯⋯
> 男人都想當個顫抖的機槍手
> 或者，只是布滿彈孔的過客

這種慾望的被壓抑，以及壓抑下所蘊含的暴力傾向，不斷的在這首詩
中流盪，使得整個殺人事件不斷繁複的指涉向城市中的每一個角色，
每一幕弔詭而精心設計的畫面。在這首詩中，「西莉亞」再度扮演了
林燿德對於女性刻板化的書寫：既是聖女也是神女，是男人潛意識中
的一種產物，矛盾糾結的根源，也正是這件殺人事件發生的重要促因。

> 白色的牆白色的祈禱
> 白色的樓塔白色的鐘聲
> 白色的獻祭白色的十字架
> 白色的懺悔白色的受洗池
> 白色的帆白色的魚白色的剝落
> 白色的思考白色的視野
> 白色的白色
>
> 白色的白日夢之下是　黑色的原罪

這段詩小標為「路過教堂的探長」，在情節上已然暗示著神父為真正
的兇手，換個角度來看，詩中白色與黑色、隱藏的與顯露的對立，以
及其中蘊含的宗教情操與原罪的曲折矛盾，也是〈道具市殺人事件〉
中的張力所在。隱藏在〈道具市殺人事件〉中謊言與真相的辯證，並

—探索小說的意識真象》（臺北：駱駝，1996），頁 123。

不僅止於文字表象或象徵的羅生門。就結構來看,這首長詩結合了劇本與小說這兩種文類的某些特質,每一段詩的小標,形同戲劇中場與幕的行進,諸如「道具市的天空」、「窺視者F」、「西莉亞住宅」、「神父晚餐前的禱詞」、「嚼口香糖的驗屍官」這樣的標題,類似於劇本中的地點與人物登場形式的應用,分隔了幕與幕之間,卻也帶來更加複雜的互涉關係;而從背景、人物、兇殺現場與偵察追緝等情節的安排來看,這首詩也應用了偵探小說的寫作手法。在詩與小說、劇本三種文類的界線中遊走,〈道具市殺人事件〉的結構一如它的內容,在謊言與真相之中擺盪,不斷自問也對讀者拋出重重的疑問。

最後值得我們注意的,是林燿德對於「殺人者」的描寫。詩的一開頭寫著:「天空是舞臺/神父仰視/雲的紋路/以及星星的位置/他小心翼翼地/佇立」。神父的小心翼翼帶動了一開頭的緊張感,這是一種接近於儀式的緊張感,而這種緊張感此後也就伴隨著強烈的哀愁,如影隨形地充斥在對神父每一個描寫的鏡頭中,不論是晚餐前的禱詞:「主,請傳習教義,讓我/學習那蟄伏在祭壇上的壁虎/讓自己幽閉在一朵無縫的苞蕾中」,或者作者以兇手之名所寫下的,「瞬息間 黑闇也許就會降臨/連黃昏都來不及整裝/世界上的每一個人/都孤獨盤踞在地球的中央」,在透過反覆的禱告、窺視、狂想,以及開膛手傑克般的作案手法,神父想得到的是原本他該替他的宗教給予世人的救贖:

> 離開人群和魚類
> 更接近天空
> 在道具市郊的丘陵上
> 我凝聚出一個完整的自己
> 縱情大吼:
> 「因為天主讓我是我,
> 　讓我做了我所做的一切。」

但是這救贖如同西莉亞的性高潮，不但不能遏止神父內心破裂中的我，反而是促成這件兇案發生的主要導因。在詩人的敘述中，神父體內「一種肉身和靈魂劇烈摩擦的瑣碎音響」恆久持續著，他假拯救之名而付諸的獵殺行動，強而有力的瓦解了宗教本來的正義與救贖能力。然而換個角度來說，神父殘忍而無助的行為，在這不斷交互指涉的組詩中，充其量不過是發揮了道具的作用，一道鐵門使得他成為道具市的囚犯，而他亦闔起心中的鐵門，若無其事地說出：「我只是，想要拯救西莉亞。」

在這首詩中，林燿德無疑再度以對神聖顛覆的「解構」手法，在不義與正義的界線之中遊蕩，展現了人類始終存在的陰暗面。但整首詩的精妙之處，其實是在他意圖透過與殺人事件相關，十三個人物主客觀的不同視角與不同時空場景，所展現的意識與潛意識交替的迷宮城市。這個交雜著真與假、現實與非現實的「道具市」，無疑是林燿德心中典型的「真實世界」，在每一幕不同角色的意識抽換下，多時空的交替打破了線性發展的窒礙，豐富而多元的呈現了一個事件的不同角度，在其中的空間所呈現的是一種「被發現」的狀態，亦是可被再書寫的「潛意識化」的空間，它等待著讀者的參與、解謎，提供讀者某種或多種與空間交談的可能性，也為其多時空交替的電腦影像美學，做下了魔幻寫實式的註解。

二、神秘學的轉向：〈人人都想向我索討食譜〉

林燿德減肥成功曾是文壇流傳的佳話，在《塔羅牌與靈測遊戲》中，他對於自己減肥成功的過程有過詳細的說明[122]，後來他將這件事情寫成獲獎的詩作〈人人都想向我索討食譜〉：

---

[122] 林燿德表示在 1995 年初因治療鼻過敏而被醫生警告如不減肥恐有毛病產生，於是藉著調整飲食習慣、培養運動嗜好、保持心理平衡，在十個月後便減去將近三十公斤。參見林燿德、陳璐茜：《塔羅牌靈測遊戲》（臺北：遠流，1997），頁 63-64。

　　在這個癡肥的年代，人人都向我索討食譜
　　誰不好奇三個月減輕二十二公斤的秘方。
　　此刻，我正構思一部可以賣錢的《O型肥胖者菜單》
　　本世紀的洞見者，個個必須像微波爐一般準確
　　不必測度宇宙的身高和政客的頭腦，你該記憶的是：
　　……

　　利用樸素的材料製作充滿豔情和飽漲感的餐飲
　　不要空著肚子，並且用心培養正當的運動嗜好
　　的確，減肥者必須重新實踐青春期的燥熱經驗
　　好比那日夜旋轉不息的地球永遠也不會變胖。
　　然而盆地中這抽搐的城市不斷膨脹再加上膽固醇過高
　　註定要有更龐大更冷靜的墳場在灰色的天空傾斜獰笑
　　癡肥的城市，癡肥的男女，同樣欠缺凝聚的意志力。[123]

　　從詩的內容來看，林燿德對於肥胖顯然是有相當深的感觸，因為肥胖者總是在躲避鏡子，或者擔憂自己被棄置跳蚤市場，更要擔心「穿上夏威夷襯衫活像一座花色庸俗的二手沙發」，「肥胖者的靈魂長不出天使的翅翼也飛不出笨重的身軀」，然而減肥豈是易事，只要一空閒下來，食物魔幻般的誘惑便不時盤據腦門意圖引導犯罪，逼迫著減肥者只好「不得不對所有的食物進行催眠，安慰它們／讓它們伸展肢體，迎接腐敗的宿命。」不過在林燿德的筆下，肥胖不僅是個人的災難那麼簡單，它也代表著政府預算的虛假拓編：「任何形態的肥胖都意味赤字，包藏著崩潰前夕的噪音」。所以肥胖、減肥既是個人的大事，同時也攸關著群體大眾們的荷包。從外在客觀事實到心理情狀的逼真描繪，從個人苦楚到集體的危機，林燿德再度為「減肥」這個流行風潮賦予了嶄新的時代意義以及攸關社會體制的文化視野。

---

[123] 以下引詩參見林燿德：〈人人都想向我索討食譜〉，原載於《中國時報·人間副刊》，1995.10.14，後收錄於楊宗翰編：《黑鍵與白鍵》（臺北：天行社，2001）。

　　羅門在論及這首詩作時，認為林燿德採取後現代詩風中的「戲謔」與「嘲諷」的意味，鬆解原來「嚴肅」性的批判，因而呈現詩思考上的新異性與特殊性。[124] 翁燕玲則指出，全詩由個體出發，談身體的深層告白，對吞吃的極度渴望與抑制，卻暗中亦影射著集體生活文化的腐敗，顯現了林燿德一貫對現代性的探索——「不是為了一己原欲的耽溺，而要自覺地拓寬對身體的體察範圍」。[125] 兩人從不同角度出發，也都呈現了林燿德詩作的某些特色，不過筆者認為，林燿德這一首詩不僅呈現了其一貫以後現代的解構手法，對身體慾望由個人而集體的批判，同時它更暗喻著林燿德後期神秘學的轉向。

　　林燿德曾指出，減肥失敗的個案都是因為依據「他力」，一旦「他力」消失，自己又陷入無法節制的狀態，自然又回復肥滿的狀態。更何況「人各有體」，去索討別人的食譜是不太可靠的，最安全的方式是向正式的醫生詢問自己適合的餐飲和運動方法，並且持之以恆。[126] 所以，除了用對方法不盲目追索別人的減肥菜單外，在減肥中最重要的還是要懂得「節制」（自體內部理性與感性的調和），亦即需從「修身」、「修心」開始：「其實，我失落的體重只不過從血肉移轉到心頭／誰能了解一頁頁撕下食譜之後吞嚥它們的磨難？」與其說，減肥食譜這樣的「咒語」並不適用於每個人，倒不如說每個人都需要修練自己的「咒語」，因為重點在於「修練」而不在於「咒語」：

> 中國人在古籍中強調的修身，就包括征服自己肉欲的含義，修身者才能齊家、平天下，這是中國人的智慧。雖然到了宋明理學的階段之後，修身哲學有走火入魔的趨勢，反而促成了中華民族的沒落；但這也驗證了征服自己不是閹割自己，征服自己

[124] 羅門：〈立體掃瞄林燿德詩的創作世界——兼談他後現代創作的潛在生命〉，《林燿德與新世代作家文學論》（臺北：文建會，1997），頁 249-250。

[125] 翁燕玲：《林燿德研究——現代性的追索》（嘉義：中正中文系碩士論文，2001），頁 103。

[126] 參見林燿德、陳璐茜：《塔羅牌靈測遊戲》（臺北：遠流，1997），頁 63。

的目的在於培養創造性的力量，並且控御這股力量，而不是扼
殺自己的活潑生機。[127]

林燿德在《塔羅牌靈測遊戲》中解釋「神力」一牌時，引了上述中國
儒學的修身觀來加以附會，在此先不論東西文化間類比的合適性，而
是要指出，中國傳統儒學一向強調修身，賢士哲人也是藉此才能獲得
治理天下的能力，不過「修身」僅是外在入門的功夫，不管怎樣強調
方法，最重要的還是要能夠達成「修心」。所以，所謂「征服自己以
培養創造性的力量」，其實便是認清心靈未知的一面，開發人類潛意
識中的力量。這種觀點與林燿德在〈鍊金術與鍊心術〉一文中對「鍊
金術」與「鍊心術」兩者關係的闡述是相當接近的：

> 鍊金術要討論的是一種象徵化的生命結構，將卑金屬轉變為貴
> 金屬，是物質界性質的改變，從這種象徵性的說法引伸而出，
> 其實指的是人類的精神世界。人類的精神世界透過修鍊之後，
> 也會出現質的躍升，這質的躍升就以純金被提鍊而出做為形
> 容。……鍊金術真正的意涵是將自我的心靈提升到通觀宇宙真
> 相的方法，所以鍊金術只是一個象徵性的術語，它的真正身份
> 應該正名為「鍊心術」。[128]

古老的鍊金術使人相信透過魔術與咒語，便能從便宜的金屬中提煉出
金，這種觀點流傳甚遠但也一直受到正統基督教文化的排斥、壓抑，
成為異端學說。林氏認為，在所謂「鍊金術」的背後，我們可以看見
的是一種象徵化的宇宙哲學，重點乃在於人類精神世界的提升。

實際上，將鍊金術等同於鍊心術乃是容格（C. G. Jung）的想法。
為了撥開基督教文化箝制的迷障，容格回溯了西方文明的發展，最後
他將鍊金術看成是自己心理學的歷史先驅者。通常鍊金術被視為現代

---

[127] 同註 126，頁 54。

[128] 林燿德：〈鍊金術與鍊心術〉，原載於《中華日報‧中華副刊》，1995.4.11，後
收錄於楊宗翰編：《黑鍵與白鍵》（臺北：華文網，2001），頁 146。又，鍊
金術之「鍊」字，林燿德有時作「煉」，特此說明。

化學的前身,通過進行各種奇怪的實驗試圖從便宜金屬中製造出貴重金屬,但容格重視的是鍊金術作業中的心理過程。他認為,把卑金屬變成貴金屬並不是作業中的重點,因為那僅是當時的心理被投影到了物之後的變形,實際上進行實驗的人的心靈、精神狀態的提升才是鍊金術中的焦點。容格藉著對鍊金術的闡述,發展出一套獨到的心理學療法,也加深了對神秘主義研究的興趣,促成後期容格學說的神秘學轉向。

後期容格對占卜非常關心,對塔羅牌(TAROT)將命運的偶然性看成是人類根本心理的說法,感受到相當大的衝擊。藉著多次的實驗,榮格確信塔羅牌具有比夢更具體的意象。換言之,塔羅牌具有將夢中模糊意象變換為整然意象的功效,提供我們更多對於潛意識、集體潛意識的瞭解。無獨有偶,後期的林氏對於塔羅牌亦相當的重視,他與妻子陳璐茜合著的《塔羅牌靈測遊戲》,正是希望能夠將早已在西方各大城市及日本風行的塔羅牌風潮介紹到華文世界中:

> 將「塔羅牌」介紹到華文世界中,絕非鼓勵非理性的迷信,而是希望能夠在「傳統」的科學至上觀念之外,提供另一種思索、判斷自我與他人生命情境的參考座標。[129]

塔羅牌在西方曾經一度遭到禁止,原因是它被視為異教徒聖書,保留了異教徒的教義。林燿德認為這些教義隨著塔羅牌流傳至今,每一張牌都有其背後的故事與寓意,在具體而神奇的象徵中保持著飽漲的生命力,帶給我們的啟示是人類和宇宙之間的互動關係:

> 可以這麼說,現存的二十二張「大秘儀」所發展出來的秘密,是鍊金術和博學隱逸者自世界的靈魂中提煉而出的一套詮釋學,它的二十二張牌可以進行無窮的組合;因此,塔羅牌的數目其實是無限的,既是一座世界上最小的,也是一座世界上最

---

[129] 參見林燿德、陳璐茜:《塔羅牌靈測遊戲》(臺北:遠流,1997),頁 103。

大的圖書館，既指向人類隱藏在古代的龐大心智泉源，也能指
向我們個人的生命未來。[130]

不過對林燿德而言，塔羅牌除了是一種宇宙哲學，重要的是這種宇宙
哲學能夠提供有別於科學之外的另一種思索。由此可見，在林燿德的
心目中，「塔羅牌」絕不僅是流行的風潮，或是如書名所稱的「遊戲」
或寓言，它所代表的正是西方世界對集體潛意識的探索：

> 塔羅牌不只是一種流行，它本身即是一種文化，包含了古代人
> 類的神奇智慧，也成為一股龐大的暗潮，在科學理性的背面，
> 它告訴我們，當代科學所能統治的範疇愈來愈見侷促；尤其在
> 趨近世紀末之刻，塔羅牌的人氣更加旺盛，這並不代表人類的
> 未來走向非理性的時代，而是指出人開始注意到心靈事物，在
> 占星學上的「雙魚座時代」向「寶瓶座時代」進行轉換的關鍵
> 期間，心靈中不受科技支配的龐大空間將會自被壓抑的陰影狀
> 態浮升而出。[131]

從「鍊金術」、「鍊心術」到「塔羅牌」，我們可以看到的是容格
思想對林燿德造成的影響。不過在此處我們並不是要透過影響學的角
度，來論析兩人之間的雷同性，而是希望透過容格的思想找出林燿德
神秘主義轉向的原因。從上述的引論中我們可以察見，林氏之所以提
倡「塔羅牌」與其一貫對科技文明所造成的心靈空洞的反思有著相當
大的關係。

在本章第二節中我們曾經論述過詩人對於科技文明的反思，由於
科學文明大量進駐人類的生活，所引起的價值性失落與不安的基調大
量充斥著林燿德的詩作，我們看見的是一個不斷從負面書寫的方式，
營造出冰冷、毀滅、詭異情境，因而企圖揭開「寫實」虛假面具，朝
人類集體潛意識邁進的林燿德。從這樣的角度來看，「塔羅牌」是否

---

[130] 同註 129，頁 11。
[131] 同註 129，頁 9。

正提供了其對集體潛意識探詢的一個暫時性的「終點」，值得我們進一步的窺探。

　　林燿德認為塔羅牌與數理命理學、占星術等的不同乃在於：「塔羅」並不是要占卜者和被占卜者活在一個被動的、消極的、被迷信控制的時空中[132]；塔羅牌在「占」與「卜」之間」必須雙方的互動融匯唯一，占卜者和問卜者處於交感狀態，集中視覺和心靈在牌面的驚奇上。[133] 所以「塔羅」之所以能夠針對生活的問題提出迫切的警告，增加我們對於環境的反省能力，乃在於其透過「交感」或是「直觀」的能力，藉由「塔羅」上面的原型意象，讓我們有機會能夠更加切進人類的潛意識，甚或是進一步窺探人類的潛意識。同時，「交感」與「直觀」除了是人與人之間的溝通、協調，更暗喻著一個人對自我心靈的修鍊，這種修鍊正是為了擺脫科技文明帶來的困局，找到一個嶄新的天地。

　　容格認為，精神人格的統一和諧，心靈各組成部分的圓融整合是生命的自然趨向，也是個體完善的真正目標，而這也正是自性（self）的完滿實現。因為，自性既是人格發展的開端、泉源，也是終極的目的，而從開端到完滿的過程正是「個性化過程」（individuation）。它是人格的整合過程，也是自性的超越功能（Transcendent Function）——即邁向精神各部分的和諧統一，尋求生命意義的自然和自發性衝動的體現。個性化過程實質上是個潛意識的自發過程，這個過程就是要讓心靈中的種子得到發展、成熟，發揮它最充分的潛能。[134]在容格的心中，自性發展的整合過程顯然遭受科學文明的干擾，他認為現代社會中對物質實利的片面追求以及人格假面的過度膨脹，導致人類精神的片面發展，與個性化所欲趨向的精神圓融整合背道而馳。由於社會片面發展理性文化，卻忽視人類精神或心靈有比理性豐富得多的內涵，卻不知忽視精神的非理性部分會引起嚴重的精神問題。當今社會

---

[132] 同註 129，頁 89。

[133] 同註 129，頁 12。

[134] 王小章、郭本禹：《潛意識的詮釋》（北京：中國社會科學院，1998），頁 76-77。

科技理性、效率邏輯大行其道,成為壓倒一切的「集體標準」,社會要求而脅迫個人,個體遂在集體標準、社會要求下扭曲了個人。[135]

在《不要驚動不要喚醒我所親愛》自序〈拒絕編號的愚人〉中,林燿德曾利用「塔羅」牌中的愚人,來形容一個詩人應該永遠面對未知,永遠接受挑戰、永遠拒絕被編號:

> 唯一沒有編號的一張就是「愚人」(Le Mat),這表示它既是結束、也是起頭,在序列之外、也在序列之中。……這張牌代表生命的持續前進、奮鬥與苦難的無盡延展。當「愚人」走到世界的盡頭,他應該藉著醉意踏出懸崖、去體會墜落的快感?還是停滯在時空的斷層間,靜默品味記憶的苦澀?或者,他將發現飛翔的奧秘,超越黑闇的深淵,撥開重重的迷霧,眺望並且抵達光明的新天新地?[136]

作為一個不斷建構歷史也建構自我的詩人,林氏一如塔羅牌中的「愚人」,不斷持續前進、奮鬥,向著未知的領域不斷的探勘。早期的林燿德藉著對「性愛」、「死亡」與「語言」等議題的不斷試煉,為自己找到了通往潛意識與集體潛意識的大門,而也是正是這種對於潛意識著執著,使得他藉著「塔羅牌」為自己在神秘學上找尋到了「超越」的新天地,也讓自我的書寫產生不同以往的轉向。〈不要驚動不要喚醒我所親愛〉[137] 這首詩正是此一轉向的最好例證。

楊宗翰在論及此詩時曾將其視為「新抒情詩」的可能,並指出全詩情感飽滿,最重要的在於「聲音」的存在,詩人仍未放棄他致力發展、書寫的知性思維,但是因為音響收放得宜,使抒情詩的感性成分不流於華豔耽溺,輔以知性的成分,對前行代的抒情傳統有所繼承也

---

[135] 同註 134,頁 77-78。

[136] 林燿德:《不要驚動不要喚醒我所親愛》(臺北:文鶴,1996),頁 1-2。

[137] 此首作原發表於《聯合文學》第 1 卷 4 期(1995.2),收錄於詩集《不要驚動不要喚醒我所親愛》時卻漏收原作首段,後在編輯林燿德佚文選時特將原作完整呈錄,今遵照原作。

有所發揚。[138] 表面上看來，林燿德的這首詩作是對〈聽妳說紅樓〉等抒情詩作的一種繼承，不強調結構、佈局反而信手拈來、自然成章，讓人讀來如釋重負、心神閒適，不過若我們仔細推敲便可以發現，這首詩不僅是林燿德往神秘主義的一種轉向，也顯現出截然不同以往強調負面的情慾書寫，更在同期的詩作中獨樹一格。在全詩的第三段我們可以看到詩人描寫一個占卜的畫面：

> 在寂靜的客廳中我用塔羅牌占卜
> 顫抖地掀開覆蓋的命運：
> 編號 17 的「行星」哦是一張「行星」
> 牌面上裸裎的少女提著壺朝水湄傾注
> 在她身後一隻火鳥站立樹梢
> 燦爛的星群撫摩她潔白的乳房
> 潔白的潛意識……
> 六百年的巫術傳統
> 如何占卜六百個六百年的情慾傳統？
> 我的耳際蕩漾水壺傾注的波波音籟
> 但是　不要驚動、不要喚醒我所親愛

詩中詳細描述的是大塔羅中編號十七「行星」的圖繪，林燿德在《塔羅牌靈測遊戲》中曾對這張牌的含意做過詳細的解說，「行星」裡的女性將雙手壺中的水倒入大地，表示自我個體和「外在世界」的交流或是對應關係。林燿德指出，在煉金術士的思維中，「行星」不只是一堆漂浮在太空中的岩石，而是影響人類命運的力量，所以這張牌中的裸女形象顯然有著特殊的含意：

> 她的裸體象徵著顯露的真相和希望的純粹。壺中的生命之水注
> 入了負載新生命的大地。有些塔羅牌的圖樣則讓裸女的兩隻腳

---

[138] 楊宗翰：〈書寫與消解：閱讀詩・人・林燿德〉，《林燿德與新世代作家文學論》（臺北：文建會，1997），頁 189。

> 分別踩入流水與岸邊，流水象徵潛意識的流動能源，而大地則
> 是現實意識。[139]

裸女代表的正是外在世界（意識）以及內在（潛意識）的交感。另外，牌中羅列的八顆行星以及站立樹梢的鳥，也分別代表著不同的含意：

> 閃爍的行星中，有一大七小，最巨大的一顆是信念與愛的女
> 神，圍繞著祂的是七個女僕。……「海之星」（Stella Marris）
> 是維納斯，也是金星的另一個名字，在早晨時它仍然孤懸海
> 上，正是畫面上最重要的那一顆星。……站立樹梢的不死鳥，
> 祂又和永生不朽、自我表現、直觀靈悟以及生命的希望等等意
> 念結合為一。[140]

「行星」這張牌在愛情上正意寓著理想的情人、愛慾的順利，同時在其他的方面則代表著真理、希望的再生與無限生機，亦即是暗喻著新天地的到來。在這首詩作中，我們可以看到林燿德對於情慾完滿、甜美的書寫：

> 我躲藏在自己心中那座叢林
> 撥開充滿棘刺的枝條
> 鮮血一道道劃過臉龐
> 我不覺得痛　我凝視著妳
> 等待妳的飛翔以及降落
> 在這棟公寓的臥房裡
> 公寓站在荒蕪的城市邊緣
> 城市橫躺在崩裂的島嶼上
> 島嶼在海洋表面飄流
> 負載島嶼的地球懸垂星際

---

[139] 林燿德、陳璐茜：《塔羅牌靈測遊戲》（臺北：遠流，1997），頁 73。
[140] 同註 139，頁 73。

> 宇宙曠遠而龐碩的黑闇
> 正隨著黎明而逐漸沉落
> 沉落的聲音是如此動人心魄如此勾引傷哀
> 但是
> 不要驚動、不要喚醒我所親愛

「躲藏在自己心中那座叢林／撥開充滿棘刺的枝條」，顯示的是與自己心靈的作戰，並期望另一個代表美好未來的到來。所以，「我」不覺得痛反而凝視著「妳」，等待著「妳」的飛翔以及降落。「妳」在這裡代表的既是「我」愛戀的對象，也暗喻一個正要新生的「我」。然後，順著敘述者略帶哀傷而輕柔的腳步，現實與潛意識錯落而生的鏡頭一路從公寓的臥房，一層層緩慢的移轉至黑闇而曠遠的宇宙。在時空的流轉中，眼前的黑闇就要隨著黎明（新生）的到來而沉落，「但是」二字自成一行，不但承啟了上述詩行的宇宙鴻景，同時也讓最後這句「不要驚動、不要喚醒我所親愛」，注滿了敘述者的愛意與對愛情的小心維護。

林燿德這首情詩所呈現對愛情的渴求與精心維護，迥然不同以往對性愛書寫的負面風貌，無怪乎楊宗翰會稱其為「新抒情詩」，顯現了林燿德創作的另一種可能。在其中我們看見的是一個對愛情充滿期待、並且小心維護其純潔的敘述者，如此的敘述口吻與動輒將性愛、沉淪、核彈、毀滅搬出來要弄一番的林燿德，顯然有著截然不同的轉變。此種轉變有外在的促因，也有內在自性（self）尋求超越的企圖。外在促因或如顏艾琳所指出：

> 戀愛中的女人會變美，男人何嘗不會變得更溫柔、更俊挺呢？那時大家都知道，林氏和少年時的戀人復合熱戀，卻沒想到，愛情帶給他另一種人生的擴展。會後，林氏和女友甜蜜蜜的模樣，教人不敢置信從前鋒芒畢露的他，也有慈眉善目且誠摯的柔和感。自此之後，我們才算逐漸熟稔、親近。[141]

---

[141] 顏艾琳：〈燿德？耀德？都很要得〉，《勁報》，2000.1.6。

愛情的力量使得林燿德開始注意自身外表、節制肉慾並進而修身,同時,也讓他不安的心靈重新尋獲了安頓。[142] 表面上,愛情與宗教的外在促因[143],使林燿德有了截然不同以往的改變,也使得他的書寫呈現與過去大不相同的情景,不過筆者認為,這與林燿德後期往神秘世界的轉向以及創作歷程的演變,其實有著更大的關係。

在上文中我們曾經花了相當多的篇幅來論述後期林燿德的神秘學轉向[144],並指出這種神秘學轉向以及對詩作造成的獨特影響,實際上是林燿德往集體潛意識探索的一種轉化。因為,對潛意識與集體潛意識的追尋,正是林氏藉以解構「現實」,尋覓一個更真實世界,「心靈的巨大冒險」的過程[145]。所以「塔羅」的「交感」與「直觀」,除了是人與人之間的溝通、協調,更暗喻著一個人對自我心靈的修鍊,這種修鍊正是為了擺脫科技文明的困局、或是解構所帶來的無盡消解的虛幻性,重新尋覓書寫與自我圓融的天地。筆者認為,晚期的林燿德正走入創作的另一嶄新階段,可惜的是這個階段甚短,所留下來的作品也寥寥可數,因此我們並未能完整推敲轉變後的詩人更全面的風貌。不過除了上述這幾首詩作,以及林燿德對於塔羅牌的論述外,或許我們還可以在自傳性相當濃烈的〈軍火商韓鮑〉這首詩中,一窺林燿德對自我創作的期許,以及企圖為自己做下的歷史定位。

---

[142] 據陳璐茜載,林燿德曾在去世前一個星期,對她說過:「和妳結婚,使我重獲新生。」可見愛情對林燿德的影響與改變。參見陳璐茜:〈廢墟〉,《鋼鐵蝴蝶》序(臺北:聯合文學,1997),頁 13。

[143] 關於林燿德信奉佛教以及對佛教的批判,可參見翁燕玲:《林燿德研究——現代性的追索》第三章第四節。

[144] 關於前期林燿德對神秘事物的興趣,可參見翁燕玲:《林燿德研究——現代性的追索》(嘉義:中正中文系碩士論文,2001),頁 107-110。

[145] 林燿德在寫於 1995 年 1 月的《非常的日常》的自序中曾提到,80 年代後期他對於人生和世界的瞭解緩慢地累積,但是卻在創作的過程中進行著心靈的巨大冒險。筆者,所謂的「心靈的巨大冒險」,正是林燿德對於潛意識,以及個人完滿狀態的追尋。參見林燿德:〈心靈的巨大冒險〉,《非常的日常》(臺北:聯合文學,1999)。

三、最後的自傳性暗寓：〈軍火商韓鮑〉

> 這張牌代表生命的持續前進、奮鬥與苦難的無限延展。當「愚人」走到世界的盡頭，他應該藉著醉意踏出懸崖、去體會墜落的快感？還是停滯在時空的斷層間，靜默品味記憶的苦澀？或者，他將發現飛翔的奧秘，超越黑暗的深淵，撥開重重的迷霧，眺望並且抵達光明的新天新地？[146]

　　〈軍火商韓鮑〉初次完成於 1989 年 10 月，原名〈韓鮑〉，收錄於詩集《一九九〇》中，後經林燿德五次修改，成為長達六十小節八百行的長詩。[147] 這首詩的重要性，不僅在於它是林燿德所有詩作中最長的一首，同時在林燿德跨越六個年頭的多次修改中，我們也可看到他對這首詩的重視。也因此藉由這首詩作，我們不僅可以看見林燿德對自我詩論的實踐，亦能捕捉其創作歷程的演變，以及林燿德為自己所做下的詩史定位。

　　在〈軍火商韓鮑〉中，林燿德以法國象徵主義詩派大將韓鮑（Arthur Rimbaud）漂泊流蕩、異俗的行徑為書寫對象，連篇貫串六十則短詩，展現其生命躍動的始末。論者如田運良便曾指出：

> 林氏將自己隱匿於韓鮑坎坷舛悖、流離顛沛的生年紀錄，彷彿有另一種為自己立傳的況味。其布局機心與韜略企圖，顯現出林氏搬移時空自我設喻的寓意，詩中如此寫真、模擬、描摹……果是冥冥之中，林氏早已洞燭生命之大限近矣？[148]

---

[146] 林燿德：〈拒絕編號的愚人〉，《不要驚動不要喚醒我所親愛》（臺北：文鶴，1996），頁 2。

[147] 收錄於《不要驚動不要喚醒我所親愛》，1995 年第六稿。

[148] 田運良：〈火的焚燒與光的照耀——論林燿德詩集《不要驚動不要喚醒我所親愛》〉，《幼獅文藝》第 84 卷第 2 期（1997.2），頁 66。

田運良以為，此一書寫客體與主體上的諸多巧合，正是〈軍火商韓鮑〉這首詩作深具饒趣之處。事實上，熱愛生平考證的讀者不難從韓鮑與林燿德兩人的身世比較中，找到以下雷同之處。

　　一、兩人都在十五、六歲時便開始詩歌創作，1870 年韓鮑法文處女詩〈孤兒新歲禮〉發表於《大眾評論》，年僅十六歲，而林燿德亦於十六歲開始對外發表作品於《三三集刊》與「神州詩社」刊物，兩人現代詩寫作的啟蒙時間都相當的早。二、普法戰爭失敗後，韓鮑奔往巴黎投靠年長他十歲的象徵派詩人魏蘭（Paul Verlaine），魏蘭對韓鮑的啟發、照料與兩人間曖昧的同性情誼，自會令人聯想起「神州詩社」的溫瑞安對林燿德的啟發。林燿德曾尊溫瑞安為大哥，並讚譽溫瑞安的《山河錄》為 70 年代華文詩的最高成就之一，但其後，兩人卻走向不同的創作路途，此處似乎也可和韓鮑、魏蘭間的關係作上些許參照。[149] 三、1873 年，年近二十的韓鮑完成其重要詩集《在地獄裡一季》，因受魔法書、鍊金術等影響，詩風頹靡為當時文壇唾棄，憤而焚燬詩稿，並且從此不再寫詩；林燿德 1985 年之前詩作始終得不到詩壇前輩的「青睞」，直到羅青主編《草根》詩刊時，以增刊方式一次登載他二十幾首詩，並接續獲得諸多文學獎後才漸漸受到文壇的重視。他的第一本詩集《銀碗盛雪》雖待 1987 年才得以出版，其實亦完成於約末二十歲的 1982 年。四、後期林燿德對鍊金術、塔羅牌的迷戀，也可以和韓鮑在創作《在地獄的一季》時對魔法書與鍊金術的重視相對比，兩人皆在詩的寫作中尋找一超越的園地，並藉由神秘學找到了創作的嶄新可能。最後，有心者還可以將兩人的英年早逝作一參照，賦予無限慨嘆的深思。

---

[149] 如劉紀蕙所指出，在〈軍火商韓鮑〉這首長詩之中，透過韓鮑與魏蘭間的關係，我們看到了林燿德與溫瑞安的影子。林燿德書寫中流動的同性情慾，以及透過書寫韓鮑與魏蘭，林燿德處理了他「曾經是一個詩人」後來卻成為「軍火商」的個人歷史，一段被埋沒而不願提起的個人歷史。參見劉紀蕙：〈時間龍與後現代暴力書寫問題〉，《孤兒‧女神‧負面書寫》（臺北：立緒，2000），頁 421。

　　凡此等等，皆可從上述幾點延再伸出更多的線索。不過在此我們要進一步探索的是，〈軍火商韓鮑〉這首詩中幾個重要的關鍵：第一，它是一首傳記性質的詩，從中我們可以看到林燿德濃重的自我投射意味，這樣的投射究竟顯現了詩人怎樣隱微而值得重視的意喻？第二，詩中的主人翁韓鮑於法國詩壇所具有的革命性地位，正可與林燿德對自我的定位，做一對照式的類比；第三，貫穿在詩中的小丑其所獨具的象徵意義，是否也隱含了林燿德怎樣的內心投射。此等皆十分值得我們注意。

　　就像文學評論者對《追憶似水年華》所做的考察，一首傳記性質的詩也會令人關注到相同的問題：時間如何進行與事件如何穿插，以勾連起作者一生的回憶和事蹟，因為這顯然牽涉到作家如何看待自己的生命，以及為自我尋獲安頓的位置。在〈軍火商韓鮑〉中，時間與事件以一種對立的激烈，在節與節之中不斷地撞擊。時間是從 1891 年開始的（那一年韓鮑回到法蘭西故鄉治療腿疾，同年 11 月病逝），此後便是一連串的對比，三十七歲／十七歲；三十七歲／十九歲……詩中顯然有一種強烈的對比結構，所有的時間與事件都圍繞著「詩人韓鮑／軍火商韓鮑」這樣的對比在運作以及相對應的思考。韓鮑在法國文學史上是個傳奇性的人物，他異軍突起才華洋溢，但這顆光芒蔽日的新星並沒有光耀太久，從〈醉舟〉到《地獄季節》不過三年的時間，便因為與魏蘭的醜聞事件爆發而不見容於法國詩壇，年輕詩人於是棄筆，開始他荒誕的流浪生涯。

> 十九歲那一年，詩人韓鮑
> 他激動地和上帝抗辯，
> 「，我用詩為這個世界盜火
> 重建祢千禧年國度的讖語。
> 向左右進擊
> 一座座島嶼倒懸星際
> 而我的靈魂卻　鈍重坍塌

　　，在歐洲的所有口岸，聲名深深

　　陷落　黑闇之淵。

　　我將離棄詩，離棄魏蘭他腐敗

　　而顫抖　而勃張　的肉體。」[150]

這詩節是詩人的棄詩宣言，裡頭隱藏著對比結構的核心問題—「，我用詩為這個世界盜火」、「而我的靈魂卻　鈍重坍塌／，在歐州的所有口岸，聲名深深／陷落　黑闇之淵」。如此普羅米修斯的悲壯精神，其背後所帶來的強大落差，不斷在詩行中以強而有力的音韻，挾帶著不斷反覆的問號，逼顯著這首詩的張力：

　　「可恥的上帝啊祢為何要流放我？

　　難道只因為我發現了祢的秘密？

　　難道只因為我尋找到詩的密碼？

　　難道只因為我拾獲人類那久被封錮的異能？

　　難道只因為我洞悉了原罪只是一個騙局？

　　難道只因為我找到關閉天堂的鑰匙？

　　難道只因為我是韓鮑？」

　　林燿德詩中的韓鮑，或者存活在詩與傳記中的韓鮑，皆敏銳的覺察出現代文明的病態是由於西方文化的精神的畸形發展，因而他不願再頂戴著桂冠的榮光，他要讓自己重返東方，在神秘的世界中重返那第一的也是永恆的智慧。他要循著一條前人未走過的神秘道路，在流浪中尋找他生命中的嶄新境界，因為只有通過棄絕以及流浪才能揭開「一切的奧秘：宗教，或大自然，死亡，誕生，未來，過去，宇宙，虛無的奧秘」[151]，擺脫權力、資本觀念與宗教帶來的困頓，「擁有靈魂與

---

[150] 以下引詩參見林燿德：〈軍火商韓鮑〉，《不要驚動不要喚醒我所親愛》（臺北：文鶴，1996）。

[151] 參見韓波：〈地獄之夜〉，收錄於莫渝譯：《韓波詩文集》（臺北：桂冠，1994），頁106。

肉體的真實。」[152] 因而，韓鮑自稱是一個「盜火者」也是一個時代
的「洞觀者」。在詩節十三中我們可以讀到關於這個核心問題超現實
的述說：

> 「我看見：草原滾動火焰的色澤
> 　　　　　天使們佇立在鋼灰色的雲際。
> 　　　　　　不可訴說的奇異嗅覺
> 　　　　　不可聞問的神秘聲調
> 　　　　不可觸摸的混沌幻像
> 　　　　不可思累的欲望懸念
> 　　　　　。我飛翔
> 　　　　　。星空
> 　　　　　。盤轉
> 　　　　。百合
> 　　　。在地圖的皺紋間
> 　　湧起，螺殼裏
> 　　　回繞死亡和
> 　　　　生命纏絞的
> 　　　　　雕飾。歷史飄泊
> 　　　　藍色星球在爆裂
> 　　　的哭泣中浮出
> 　　琥珀色酒槽
> 　　　。
> 　　　　而祢，終究
> 　　　　　流放我，」

在原詩直行的排列下，這一段彷若羽翼而充斥神秘經驗的文字，直指
詩人心靈內部的造詩運動和他靈光閃爍之際看見的內在風景，而詩人

---

[152] 參見韓波：〈告別〉，《韓波詩文集》（臺北：桂冠，1994），頁137。

所洞見的正是「通感」（correspondances）[153]——一種充滿神秘的詩學體驗。本雅明闡釋「通感」為「一種尋求在證明危機的形式中把自己建立起來的經驗」，這種美感經驗的呈現肇端於現代主義，然而作為內在美感經驗的感知，它有著神秘的本質，可以訴諸文字成為詩，也可以只是心房中含苞的秘密。十九歲的詩人韓鮑，正是透過「所有愛情、痛苦與瘋狂的形式；他尋找自己，他耗盡所有的毒藥，只為保留精髓」[154]，站在詩與非詩的脊嶺，狂妄地質詢上帝，並作下棄詩的決定。

棄詩之後的詩人，在林燿德的書寫下搖身一變成為游走於世界各地、走進黑闇大陸的軍火販。「詩人韓鮑」與「軍火販韓鮑」兩種分裂矛盾的身份，於是展開激烈的對話與爭辯。他們對話的對象並不是彼此，而是成為過去的回憶，以及詩人內在對存在永恆的義憤和渴求。詩節中控訴及自虐的暴力文字不斷的出現，軍火販韓鮑在惡夢與現實的夾縫中踽踽獨行：

> 韓鮑漫漶想起神的憤怒
> ：「誰用無知的言語，
> ，使我的旨意闇昧不明
> ？」大地被詩人咒詛，
> 詩人咒詛那咒詛他的。
> **「我是軍火商韓鮑，」**
> 斷腿的男人，向世界宣言
> ：「命已絕，那詩人韓鮑。」

---

[153] 此概念源自於波特萊爾。本雅明對通感有一段解說精闢的文字：「通感是回憶的材料—不是歷史的材料，而是前歷史的材料。」、「波特萊爾的通感所意味的，或許可以描述為一種尋求在證明危機的形式中把自己建立起來的經驗。這只有在宗教儀式的範圍才是可能的。如果它超越了這個範圍，它就把自身作為美的事物呈現出來。在美的事物中，藝術的宗教儀式的價值就顯現出來了。」參見 Walter Benjami 著，張旭東、魏文生譯：《發達資本主義時代的抒情詩人》（北京：三聯，1989），頁153。

[154] 參見韓鮑：〈給保羅·德蒙尼〉，收錄於莫渝譯：《韓波詩文集》（臺北：桂冠，1994），頁244。

然而，詩人韓鮑真的命已絕嗎？或者，「軍火商韓鮑」僅是詩人為了重新出發而賦予自我的一種嶄新身份，不管是披著詩人外衣或是披著軍火商的外衣，詩人依舊是詩人，轉換身份不僅是為了斬斷令人不堪的過去，同時，也是為了讓自我離脫哀愁，以不同的姿態出發，直擊那片「黑闇的大陸」，前往前人未曾探尋的區域，重新尋獲被人類遺忘在夢中的古代：

> 十九歲，韓鮑點燃《地獄季節》
> 離棄他的詩和情人，默默踏進
> 彩繪的地圖。
> 啊……這一八七三年的自焚
>
> 「重新出發，
> 我將尋獲被人類
> 夢遺的古代。」

詩節第二十四，重要的角色小丑登場。韓鮑的自我放逐之旅中曾經一度在馬戲團落腳，丑角的登場說明韓鮑曾經的事跡，也成為林燿德埋伏在詩中的一道奇特的線索。丑角的象徵是多重的，一如小丑總是帶著重重的面具及化著濃濃的粉妝。「小丑們都擁有靈巧／的雙臂，無聊便把玩飛旋的／斷樂。一道血河」，這裡小丑隱喻著詩人們在巴黎的情景；小丑更是韓鮑的化身，他不是詩人韓鮑，也不是軍火販韓鮑，他遊走於過去與現在的時空迷宮，反覆拋棄自己的臉，如同魔術家胡丁尼般永遠拒絕被困陷，也不斷提供每一時期的韓鮑質詢與被質詢。然而小丑也有「愚者」的意味，他的赤子之心一如詩人所懷有的強烈以詩去挖掘新天地，永遠準備去發現新危險或新轉機的普羅米修斯精神。

林燿德在《不要驚動不要喚醒我所親愛》的自序中，提及「愚者」是不被編號的一張牌，他也以拒絕編號的詩人自詡，在這一點上我們可以做出如是觀察：〈軍火商韓鮑〉的自傳性並不僅止於韓鮑本人，

它也是林燿德「內在身世」的投射。林燿德的詩作自始至終都有著一份強烈的自傲、憤怒以及無法安頓自我身世的不安,這樣一種「難以被瞭解是怎樣一回事的哀愁」,在〈軍火商韓鮑〉這一首詩中藉著內容與形式上對比結構的撞擊和辯證,可謂發揮得淋漓盡致。

另外,在〈軍火商韓鮑〉的詩後註中,林燿德寫著:「現代詩始於韓鮑而非波特萊爾」,這一點也可以讓我們看出林燿德透過韓鮑對自我的定位。上述的觀點並非林燿德首創,而是來自於羅蘭·巴特(Roland Barthes)《寫作的零度》中的一段話:

> 我們知道,在(不是從波特萊爾開始,而是從倫姆堡開始的)現代詩中不再保存有這種結構了……從那時以後,詩人把他們的詩製作得像是一種封閉的自然,它同時包含了語言的功能和結構。於是詩不再是一種具有裝飾性的或截除去自由性的散文了。詩成為一種既不可歸結於他物又無本身傳統的性質。它不再是屬性而是實體,因此它能安然地放棄記號,因為它獨立自足,無須向外顯示其身份。詩的語言和散文的語言彼此有足夠大的區別,以便能擺脫表示二者之間差異性的記號本身了。[155]

羅蘭·巴特認為在西方的文學史上,現代詩之所以有別於古典詩歌,乃是因為在韓鮑之後,詩不再是一種具有裝飾性的或截去自由性的散文,而能夠獨立自足,因此能安然地放棄記號,使得字詞的蘊含越出一種空洞的魔圈之外,猶如一種無基礎的聲音和記號,猶如「神秘和狂暴」一樣。[156] 韓鮑對於波特萊爾的繼承,正是在於詩人對狂熱,對整個宇宙乃至細微事物所激起的煩躁、鼓動,企圖以前所未有的語言全力呼應、反動的渴求。作為一個詩人,韓鮑不僅是時代的「洞觀者」(Voyant),同時在他的言談中也不止一次的要詩人成為真正的先見者,用直覺的頓悟、充滿震怖的語言來照耀在光明的方寸四周浮盪

---

[155] Roland Barthes 著,李幼燕譯:《寫作的零度》(臺北:桂冠,1998),頁39。
[156] 同註155,頁100-104。

的影，在幻覺、感官與精神的神聖的混亂中，記錄不能言傳的事物，用它們對抗並超越鄙俗的現實。就像林燿德在詩作中徵引韓鮑〈醉舟〉詩句所做下的詮釋：

「如果我要選擇一種歐洲的水，
那將是又冷又黑的林中池沼。」

是的，年輕的歲月裏他已經揭示
這樣的句子。
「空氣與形式瀕臨垂死，
合唱聲撫弄著夜與玻璃。」
賜予它毀滅。
他書寫。用色彩和母音
對抗這個世界

吐口水，苛薄地唾棄那些
被稱為詩人而活在中古時期
的騙徒們。他在迷濛的意識裏
想像革命與屠殺的風景，
發現自己即將供應這個都市
一部賣淫者的憲法。
……
「我們有的是殘酷的哲學，」
三十七歲的韓鮑憶起二十年前的詩句
這些讓雨果大師渾身顫抖的詩句

　　歐洲的現代詩究竟始於韓鮑還是波特萊爾，這個龐大的問題不是我們能在這裡處理的，但是林燿德在詩後註中對羅蘭‧巴特的觀點的引用便顯得耐人尋味。對波特萊爾來說，「藝術」並不是別的什麼東西，它只是停留在單獨的自我之內，行特別方法的賣淫而已，藝術也

像這種雙層的漩渦，孕育著各種逆流和底流，以相反的運動來創造內在的凝集力，我們可以說，波特萊爾的藝術，就是穿過這個漩渦而創造出來的。[157] 而在韓鮑的眼中，波特萊爾是最初的見者，是詩人之主，也可以說是「真正的神」。[158] 但是真正將波特萊爾所謂「賣淫者的憲法」此一信念強化、增殖並且擴大者，則有待韓鮑了。從這點我們可以看出，肯認韓鮑是現代詩的起點，並將這種責任與定位投射到自我的身上，顯然是林燿德強大創作力與批評火力背後所埋藏的企圖。

林燿德在臺灣現代詩史上是注定擁有一席之地了，然而他是不是扮演著領航員的角色，值得我們從不同的角度去推敲。他之於現代詩的魄力與魅力，他所承受的焦慮與不安，凡此種種在〈軍火商韓鮑〉中幾乎可以一覽無遺。韓鮑以其象徵詩風對詩體形式的解放、意象豐富的新穎、不遵循原有規則的破文類寫法，重視詩人內在的夢幻與音樂性，並將詩人比喻為「洞觀者」、「盜火者」的普羅米修斯精神，使現代詩走出一條寬闊而多彩的道路；而林燿德更是運用其獨到的多稜鏡的意象經營，意圖接續其後，以超現實、魔幻寫實、後現代解構等等五花八門的手法，進一步探討人類的潛意識、乃至於集體潛意識，為現代詩開展出一條後都市詩學的脈流。兩人所秉持著的精神顯然都是相當「現代」而「悲壯」的。在這首詩的終節[159]，林燿德寓意頗深的寫下：

> 小丑眨了眨眼
> 靜默轉身離去
> 他古怪的背影漸漸縮小

---

[157] 參見粟津則雄：〈韓波的問題〉，收錄於莫渝譯：《韓波詩文集》（臺北：桂冠，1994），頁 272。

[158] 參見韓波：〈給保羅・德蒙尼〉的信，收錄於莫渝譯：《韓波詩文集》（臺北：桂冠，1994），頁 245。

[159] 收錄於《一九九〇》中的〈韓鮑〉只寫到第 55 小節，而收錄於《不要驚動不要喚醒我所親愛》中的〈軍火商韓鮑〉則多了 5 小節。從詩後所註的時間來看，這 5 節當是完成於 1995 之後，亦多少可以提供我們後期林燿德轉變的一些線索。

消失在軍火商渙散的瞳睛中

渙散的瞳睛，這迷惘的漩渦

多麼類似一個

誕生的星系

死亡的終局也許正是新星系的誕生，這樣的懸疑與抉擇正好呼應了林燿德在《不要驚動不要喚醒我所親愛》自序中的談話。「愚人」代表的是「生命的持續前進、奮鬥與苦難的無限延展」，只要內心對詩的渴望，對一個新天地的追求永遠不滅，詩人的旅程就不會結束，這是宿命也是責無旁貸的包袱。如許悔之所曾指出，林燿德所刺探、見證和預言文明的詩裡，都必須扮演一種消耗熵的作用。其實不只是他，所有的詩人，不管他怎麼寫，寫甚麼，都必須如此，詩才有「意義」；詩人之所以存在，也才有「價值」。所以「愛」，應該不只是十三劃吧？讀林燿德的詩，而能有所感知，有所實踐，而能夠提醒我們去「愛」，不正也是一種有效的熵消耗嗎？[160] 所以，負面的消解是為了正面的重組，對人類幽暗意識的批判，也正是為了搜尋已被人類遺忘許久，而詩人不斷企圖以詩行重新擄獲的「愛」。在時代的轉折點中，林燿德正是以其悲壯的精神，完成了其在臺灣現代史上的任務———一個「後都市」中的洞觀者。

---

[160] 許悔之：〈熵的消耗———關於林燿德的《都市終端機》和其他〉，《都市終端機》（臺北：書林，1988），頁 53。

第六章　結論

　　在時代的轉捩點中，一個文學工作者如何以其文化人的身份帶領、推動文學風潮，展現對臺灣文學史的重寫企圖，形塑 1980 年代新世代文學理論，並致力於具前瞻意義的「後都市詩學」的建構，是本論文不斷企圖勾勒與論述的重點。有鑒於林燿德創作文類之廣、著作之多，我們選擇了林氏最為關注，也最能代表其創作歷程的文體——新詩——作為論述的中心，從理論與創作雙方面做一詳細的考察，並意圖透過對臺灣現代詩史的重新閱讀，脈絡的重新釐清，為林燿德在現代詩史上找尋適當的定位。

　　緒論中，為了能夠粗略勾勒出林燿德詩創作的歷程與關注的焦點，首先對林燿德的詩作與詩論作了簡略而全盤式的考察，並結論出林燿德在這兩方面所關注的議題分別為：詩論以「新世代」、「後現代主義」、「都市文學」三個互相指涉的議題為主，並透過對臺灣文學史的重論、後現代的轉折，向其不斷建構的「後都市詩學」邁進；詩作則以其後都市的批判眼光，涉入歷史、政治、戰爭、都市、科幻、性愛等六個不斷出現的主題，從對都市表層的解構或迷宮式描繪，逐步走入對都市集體潛意識的廣闊開掘，其意圖乃在超越前人的都市書寫模式，並尋獲嶄新的創作天地。透過這兩方面的釐清，我們乃摸索出林燿德發展且逐漸成熟的歷程：從本名「耀」中的「光」，到筆名「燿」裡的「火」；從接受能量的被動狀態，走向發射能量的主動狀態；從對原鄉的懷想，走向世界人的視野；從對現代主義偉大光輝的迷戀，走向後現代的顛覆與重建。

　　對於「史」的關注與建構的參與，一直是林燿德頗有興趣的課題。他雖然經常被歸類為後現代的作家，卻有著鮮明的史觀，極為重視文學史。這使得林燿德生前多次自行擬定簡歷、改寫舊作，也讓他加入

80 年代後期，對臺灣文學、文學史的重新思考與建構的行列。在第二章中，我們首先論及林燿德「整合式的文學觀」，並透過新歷史主義的文化詩學理念，闡釋林燿德重建詩史的企圖。對林燿德而言，詩史的重建是現代詩跨越世紀末的重要基礎，我們跟隨其步伐在過去論者所未及重視的史料中，重探了當前被扭曲或淹埋的臺灣現代主義文學史。同時，在耙疏的過程中，亦釐清林氏重論文學史時最為重視的兩條脈絡：一以是「新感覺派」為起點的都市文學發展，這一脈絡要到第四章中，才做了完整性的探討；二則是以超現實主義為中心的現代主義，在臺灣的發展與功過。

超現實主義之於林燿德，是政治高壓下詩人為尋求藝術創作與突破，不得不援引自世界文壇的一條道路。其主要的目的，仍在躲避殖民或戒嚴體制對文學的殘害，滿足文學家對於藝術性的思考。臺灣超現實主義詩人對於政治性與權力體制的批判，對語言、寫實主義的思考，對潛意識與都市心靈的摸索，以及勾連世界文壇的欲求，我們都可以在林氏的身上清楚的目見，林燿德的「後都市詩學」對於臺灣超現實主義脈絡，實是有繼承也有超越之處，這不僅僅顯現在其反叛與抵抗精神的繼承，也在於創作上大量沿用了超現實的技巧，這也是我們在第五章對詩作的剖析中反覆提及的。

如果說，臺灣超現實主義者楊熾昌、林亨泰與三大詩社的現代主義健將們，皆是以不滿者、反抗者與批判者的角色，反動著主流的社會體制和文化現象，以爭取自我的藝術自由與發言權，那麼重新耙梳此段歷史的林燿德，是否也在重論此段文學史的過程中，埋下了自我後現代的反叛因子？這是我們在第二章結尾留下的設問，也是論文第三章所進一步探索的問題。80 年代的臺灣無疑是籠罩在一種全面性變革的氛氳中，1987 年的解嚴更是其中重要的轉捩點。戒嚴的解除不僅意味著過去因政治性而遭埋沒的歷史有重見天日的可能，也表示文學創作漸能取得其自主性與主體性，這無疑是促使文學史重寫勃發的一個重要因素；此外，解嚴後的社會思潮呈現出解構、反舊價值體系的特徵，新一代的創作者必須在迥異於前輩詩人的處境下，重新構

築一套新的創作策略，迎接解嚴後多元化的社會情境。筆者認為，林燿德之所以與羅青共同聯手引進「後現代主義」，主要的因素還在於「後現代主義」能夠：一、幫助我們瞭解解嚴前後多元的社會文化現象；二、為「新世代」創作者尋求「世代交替」的反叛基礎；三、完成其個人的後現代轉折。這其中既有個人創作上的突破，也有整體社會轉變，嶄新世界觀形塑的考量。

　　後現代對於林燿德究竟是一個不得不的轉折，還是他在 80 年代中期重新出發的一種偽裝？這是我們在本章第二節結尾留下的一個重要設問，而接下來的第三、四節，便是從不同的角度對此做出的解答。第三節可以看成是對林燿德文學史重寫的接續，我們一方面透過 1972 年的現代詩論戰，重新檢討了寫實主義者對「現代派」的批判，並反過來指出寫實主義烏托邦本身的幻滅性；一方面又以林燿德對三大詩社的批判，回應了他「整合式的文學史觀」；最後則是從林燿德的「身世」問題出發，為林燿德本身的後現代轉折，提出藉以「超越當代」的解釋。到了第四節，我們透過對 80 年代後期文學語境的再次釐清，對林燿德提倡後現代主義的必然性，做了進一步合理的解釋；同時也指出，林燿德所借用的「後現代」概念，其實是接近於李歐塔式的對現代性的反思，他正是以這種反思而又前衛的姿態，構築了其「非典範的典範」：「後都市詩學」。

　　第四章中我們主要探討兩個問題：一是林燿德「新世代」理念的形塑，一是其「後都市」詩學的建構，而「新世代」理論的探討，可以視為是「後都市詩學」得以形構的重要基礎之一。「新世代」的崛起在 80 年代文壇顯然是一件「盛事」，這不但是因為新世代作家為數眾多，也肇因於他們異質的、有別於前行代作家的多元性思維與創作成就。林燿德對「新世代」的重視，不僅表現在他不斷參與文學大系的編輯，也在於他本身便是「新世代」中的一員，因而為「新世代」立論，事實上也正是為他自己的創作理念背書。林燿德提出「新世代」觀點又反覆重申「新世代」，無異是要突出這一群「新世代」與「前行代」的差異，藉以說明 80 年代現代詩「世代交替」、後現代現象，

並進而肯認他本身倡導的都市文學。因為，「新世代」詩人與前行代的差異，正在於他們大多生於都市，對都市精神有特別敏感的自覺，能夠在解嚴後的文化語境下，對現代詩壇狹隘化、現代主義前衛性的鈍化與後現代文化滲入等等的問題，做出立即而符合「時代精神」的回應。正是這幾點使得「新世代」能夠超越前行代，建立起自己的語言，涉入諸多往日論者未及摸索或深入的區域。也正是這種種的原因，使得林燿德走向了建立結合後現代觀點的都市「新典範」：「後都市詩學」的路途。

臺灣的都市發展雖晚，但在短短的四十年間，便完成了西方百多年才完成的都市轉型，這不可不說是一項驚人的奇蹟。然而，在鄉土文學逐漸受到重視、文學史料大量出土的今日，臺灣都市文學的整體研究，至今仍是一個極待開發的領域，林燿德三個階段的分期法，顯然可以幫助我們勾勒出一個大要。他以為，「都市文學」的發展與成熟可以分成三個階段，分別是上海的「新感覺派」、紀弦的臺灣「現代派」與《創世紀》掀起的「後期現代派運動」，以及他在 80 年代提倡的新世代「都市文學」。30 年代的新感覺派以現代主義的手法首度表現都市意識的潛航，在第二章已經詳論過，故而在第四章第二節中，我們補充討論了 30 年代的都市詩，並以張漢良在《八十年代詩選》中提出的「田園模式」（pastoralism）概念，說明都市文學前兩個階段主要的困限在於：「城鄉對立概念的形塑」、「宏觀抽象形式的賦予」、「靜態都市意象的摹寫」，結果不免成為二元對立、意識型態與粗糙模擬論下的產物。

筆者認為，林氏所提倡的「後都市詩學」，正是在資訊化與全球化即將到來，城鄉界線逐漸消失的情境下，對都市文學前兩個階段發展的反思與擴充。反思之處在於企圖破除「都市文學」做為某種次文類的中心／邊緣，城／鄉對立意識型態的迷失，從後現代語言學的角度出發，打破寫實主義粗糙的摹擬論，重新思考現代與後現代交界的情境下，「都市」乃至於「都市空間」的內涵；繼承與擴充之處則在結合 30 年代與 60 年代都市文學的成果，建立其「非典範的典範」，

作為後都市詩創作的理論依據。也因此，在本章的第四節中，我們花了相當的篇幅，討論全球化下的後現代城市與語言，論析林燿德重視的都市正文化概念，並從時間與空間兩方面，勾勒出「後都市詩學」的實質內涵，得出林燿德「後都市詩學」所要強調的兩個重要的面向：後現代情境下多元解構、全球化網絡式的思考，以及現代主義式搜尋都市集體潛意識的欲求。這兩種看似矛盾的創作面向，也表現在林燿德對後現代與前階段都市文學成就的雙重重視，他正是企圖通過「後都市詩學」將這兩者予以融合，在對都市心靈意識與潛意識的斷層掃描中，開創嶄新的創作視野。

　　在第五章中，我們實際進入對林燿德詩作的剖析。為了能夠更接近詩人的創作核心，並避免主題分類所引起的困擾，我們扣緊了「後都市詩學」的兩大面向，藉以規模出他從都市表層走進都市潛意識的創作歷程，並透過對其中幾個重要核心的掌握，將歷史、政治、戰爭、都市、科幻、性愛等林氏最為重視的六類主題融入其中，作為我們分析其詩作的論據。在對林燿德詩作的大量觀察中我們可以發現，立居於後現代城市中的詩人，特別偏愛負面意識的書寫，不論是對歷史、權力體制虛構性與暴力本質的解構，對科學文明過度發展的強烈反思，或是對性愛的極力刻劃，都有著如此強烈的傾向。從一方面來說，這是對前輩詩人與超現實主義者話語批判精神的繼承，但從另一個角度來看，這會不會是林燿德創作上刻板化的書寫，二元對立消解後的無助？或者其實是詩人本身有意識的，藉著對人類黑暗意識的多層面解構，尋獲超越源頭的企圖？筆者認為，從林燿德的整體創作過程，以及其最終的神秘學轉向看，我們可以清楚了解，林氏前期大量的負面書寫，以及後期對潛意識的不斷試探，正是企圖醞釀一種無奈之餘的哲學反省。儘管這樣的醞釀過程有陷入二元對立的批判之嫌，但其主要目的，乃是為對治現代文明所帶來的人類心靈空虛，以及後現代本身強大的消解性，為其創作找尋嶄新的天地，也是為身居現代與後現代的城市人，找尋安身立命的立足點。

在論文的最後，我們以〈軍火商韓鮑〉這首詩，為林燿德的創作歷程做一總結。〈軍火商韓鮑〉的重要性不僅在於它是林氏所有詩作中最長的一首，也在於在詩人跨越六個年頭的多次修改中，我們可以看到他對這首詩的重視，以及其詩論在其中的實踐。〈軍火商韓鮑〉的自傳性並不僅止於韓鮑本人，它也是林燿德「內在身世」的投射，林燿德的詩作自始至終都有著一份強烈的自傲、憤怒以及無法安頓自我身世的不安。這樣一種難以被安撫的哀愁，在〈軍火商韓鮑〉這一首詩中，藉著內容與形式上對比結構的撞擊和辯證，可謂發揮得淋漓盡致。另外，在〈軍火商韓鮑〉的詩後註中，林燿德翻案地以韓鮑為現代詩的起點，這一點也可以讓我們看出，他正是企圖透過對「洞觀者」、「盜火者」韓鮑地位的再詮釋，而賦予或自勉為「新現代詩」或「後都市詩」起點的詩史地位。

林燿德是否能夠在臺灣的文學史上擔當起這樣的地位，也許還有待後人的考察。可惜的是，林燿德英年早逝，使後來逐漸成熟的「後都市詩學」，無法再有進一步的發展，這不能不說是文壇上的一大損失。不過即使如此，他所交出的成績依然精采，且值得論者從不同的分析角度去深入。至於是否有人能夠接踵其後，為「都市文學」開闊出一片嶄新的天地，就有待於後人的努力了。

參考書目

一、林燿德著作及逝後相關紀念詩文（依筆劃排序）

（一）編著部分

1.短篇小說集

林燿德：《惡地形》（臺北：希代，1988）。
林燿德、陳璐茜合著：《慾望夾心——雙色小小說》（臺北：皇冠，1995）。
林燿德：《大東區》（臺北：聯合文學，1995）。
林燿德：《非常的日常》（臺北：聯合文學，1999）。

2.長篇小說

林燿德、黃凡合著：《解謎人》（臺北：希代，1989）。
林燿德：《一九四七高砂百合》（臺北：聯合文學，1990）。
林燿德：《大日如來》（臺北：希代，1993）。
林燿德：《時間龍》（臺北：時報文化，1994）。

3.詩集

林燿德：《銀碗盛雪》（臺北：洪範，1987）。
林燿德：《都市終端機》（臺北：書林，1988）。
林燿德：《妳不瞭解我的哀愁是怎樣一回事》（臺北：光復，1988）。
林燿德：《都市之甍》（臺北：漢光，1989）。
林燿德：《一九九〇》（臺北：尚書，1990）。
林燿德：《不要驚動不要喚醒我所親愛》（臺北：文鶴，1996）。
林燿德等合著：《日出金色——四度空間五人集》（臺北：文鏡，1986）。

4.散文集

林燿德：《一座城市的身世》（臺北：時報文化，1987）。
林燿德：《迷宮零件》（臺北：聯合文學，1993）。
林燿德：《鋼鐵蝴蝶》（臺北：聯合文學，1997）。

5.評論集

林燿德：《一九四九以後——臺灣新世代詩人初探》（臺北：爾雅，1986）。
林燿德：《不安海域——臺灣新世代詩人新探》（臺北：師大書苑，1988）。
林燿德：《羅門論》（臺北：師大書苑，1991）。
林燿德：《重組的星空》（臺北：業強，1991）。
林燿德：《期待的視野——林燿德文學短論選》（臺北：幼獅，1993）。
林燿德：《世紀末現代詩論集》（臺北：羚傑，1995）。
林燿德：《敏感地帶——探索小說的意識真象》（臺北：駱駝，1996）。

6.訪談錄

林燿德：《觀念對話》（臺北：漢光，1989）。

7.電影、舞臺劇本・漫畫及其他

林燿德、于記偉合著：《大東區》（臺北：行政院新聞局，1991）。（電影劇本）
林燿德、徐煬合著：《夢的都市導遊》（臺北：竹友軒，1992）。
林燿德、林政德合著：《鬥陣》（臺北：大然，1992）。（漫畫）
林燿德、戴晴衣合著：《和死神約會的一〇〇種方法》（臺北：晴衣工作室，1994）（舞臺劇本）
林燿德：《淫魔列傳》（臺北：羚傑，1995）。
林燿德、陳璐茜合著：《塔羅牌靈測遊戲》（臺北：遠流，1997）。（塔羅牌介紹）

8.主編選集

林燿德編：《中國現代海洋文學選》共三冊，（臺北：號角，1987）。
林燿德、鄭明娳合編：《現代散文精選系列》共十五冊，（臺北：正中，1989-1992）。
林燿德、黃凡合編：《新世代小說大系》共十二冊（臺北：希代，1989）。

林燿德編：《甜蜜買賣——臺灣都市小說選》（臺北：業強，1989）。
林燿德編：《水晶圖騰——面對新人類小說》（高雄：派色，1990）。
林燿德、簡政珍合編：《臺灣新世代詩人大系》共二冊（臺北：書林，1990年）。
林燿德編：《浪跡都市——臺灣都市散文選》（臺北：業強，1990）。
林燿德、孟樊合編：《世紀末偏航——八〇年代臺灣文學論》（臺北：時報文化，1990）。
林燿德、鄭明娳合編：《時代之風——當代文學入門》（臺北：幼獅，1991）。
林燿德、孟樊合編：《流行天下——當代臺灣通俗文學論》（臺北：時報文化，1992）。
林燿德編：《當代臺灣文學評論大系・文學現象卷》（臺北：正中，1993）。
林燿德編：《幼獅文藝四十年大系・小說卷Ⅰ：最後的麒麟》（臺北：幼獅，1994）。
林燿德編：《幼獅文藝四十年大系・小說卷Ⅱ：天邊的大麥》（臺北：幼獅，1994）。
林燿德編：《羅門創作大系》共十卷（臺北：文史哲，1995）。
林燿德、林水福合編：《蕾絲與鞭子的交歡——當代臺灣情色文學論》（臺北：時報文化，1997）。

（二）單篇作品

林燿德、鄭明娳：〈與新感覺派大師施蟄存對談〉，《聯合文學》第6卷第9期（1991.6）。
林燿德：〈「她」的媒體與「她的媒體」——李元貞《愛情私語》實例操演〉，《敏感地帶——探索小說的意識針象》（臺北：駱駝，1996）。
林燿德：〈八〇年代現代詩世代交替現象〉，《臺灣現代詩史論》（臺北：文訊，1996）。
林燿德：〈三六〇度層疊空間——論羅門的意識造形〉，《羅門論》（臺北：師大書苑，1991）。
林燿德：〈女性主義與男性大師〉，林燿德佚文選Ⅲ《黑鍵與與白鍵》（臺北：華文網，2001）。
林燿德：〈小說中的科幻空間〉，林燿德佚文選Ⅲ《黑鍵與與白鍵》（臺北：華文網，2001）。
林燿德：〈小說迷宮中的政治迴路〉，《敏感地帶－探索小說的意識針象》（臺北：駱駝，1996）。
林燿德：〈不安海域——八〇年代前葉臺灣現代詩風潮試論〉，《不安海域》（臺北：師大書苑，1988）。

林燿德：〈世紀末臺灣現代詩傳播情境〉，《世紀末現代詩論集》（臺北：羚傑，1995）。

林燿德：〈以書寫肯定存有——與簡政珍對話〉，《觀念對話》（臺北：漢光，1989）。

林燿德：〈臺灣的「前現代派」與「現代派」－與林亨泰對話〉，《觀念對話》（臺北：漢光，1989）。

林燿德：〈臺灣當代科幻文學上〉，《幼獅文藝》第 78 卷第 1 期（1993.7）。

林燿德：〈臺灣當代科幻文學下〉，《幼獅文藝》，第 78 卷第 2 期（1993.8）。

林燿德：〈在文明的塔尖造路——羅門都市主題初探〉，《羅門論》（臺北：師大書苑，1991）。

林燿德：〈克里多斯的捆包——兼談探求「臺灣主體性」因循危機〉，林燿德佚文選Ⅲ《黑鍵與白鍵》（臺北：天行社，2001）。

林燿德：〈我們需要怎樣的「臺灣文學系」〉，林燿德佚文選Ⅲ《黑鍵與白鍵》，（臺北：天行社，2001）。

林燿德：〈刺蝟學狐狸的寓言——羅門 VS.後現代〉，《幼獅文藝》第 80 卷第 3 期（1994.8）。

林燿德：〈河中之川——與鄭愁予對話〉，《觀念對話》（臺北：漢光，1989）。

林燿德：〈空間剪貼簿－漫遊晚近臺灣都市小說的建築空間〉，《敏感地帶－探索小說的意識真像》（臺北：駱駝，1996）。

林燿德：〈前衛海域的旗艦〉，《一九四九以後》（臺北：爾雅，1986）。

林燿德：〈城市·迷宮·沉默〉，《鋼鐵蝴蝶》（臺北：聯合文學，1997）。

林燿德：〈後工業心靈：與羅青對話〉，《觀念對話》（臺北：漢光，1989）。

林燿德：〈科技與心靈〉，林燿德佚文選Ⅲ《黑鍵與白鍵》（臺北：華文網，2001）。

林燿德：〈食夢的貘－劉克襄詩作芻議〉，《一九四九以後》（臺北：爾雅，1986）。

林燿德：〈從異鄉客到世界人〉，《將軍的版圖》，（臺北：天行社，2001）。

林燿德：〈都市：文學史變遷的新座標〉，《重組的星空》（臺北：業強，1991）。

林燿德：〈魚的心情——讀羅青後現代主義詩作〉，《都市終端機》（臺北：書林，1988）。

林燿德：〈無深度崇高點的「後現代」——與羅門對話〉，《觀念對話》（臺北：漢光，1989）。

林燿德：〈塔與上帝〉，林燿德佚文選Ⅲ《黑鍵與白鍵》（臺北：天行社，2001）。

林燿德：〈詩人與語言的三角對話——林亨泰·簡政珍·林燿德〉，《觀念對話》（臺北：漢光，1989）。

林燿德:〈詩在道中甦醒——與葉維廉對話〉,《觀念對話》(臺北:漢光,1989)。

林燿德:〈與魔鬼締約的紅顏——巫女貞德〉,《淫魔列傳》(臺北:羚傑,1995)。

林燿德:〈慾海無岸——談當代兩岸小說中的愛情〉,《重組的星空》(臺北:業強,1991)。

林燿德:〈編輯年度文學選的遊戲規則〉,《不安海域》(臺北:書林,1988)。

林燿德:〈誰在數羊——論黃智溶《今夜;妳莫要踏入我的夢境》〉,《不安海域》(臺北:師大書苑,1988)。

林燿德:〈積木頑童-論夏宇的詩〉,《一九四九以後》(臺北:爾雅,1986)。

林燿德:〈環繞臺灣當代詩史的若干意見〉,《世紀末現代詩論集》(臺北:羚傑,1995)。

林燿德:〈鍊金術與鍊心術〉,林燿德佚文選Ⅲ《黑鍵與與白鍵》(臺北:華文網,2001)。

林燿德:〈雙目合·視乃得-與余光中對話〉,《觀念對話》(臺北:漢光,1989)。

林燿德:〈權力架構與現代詩的發展-與張錯對話〉,《觀念對話》(臺北:漢光,1989)。

(三)、逝後相關紀念詩文(按發表時間排列)

向　明:〈真是一個天才〉,《中央日報》18 版,1996.1.11。

簡　媜:〈被吹熄的烈焰〉,《中央日報》18 版,1996.1.11。

洛　夫:〈我正等著他一封信〉,《中央日報》18 版,1996.1.11。

張啟疆:〈離家男子——懷念林燿德〉,《中時晚報》23 版,1996.1.11。

左爾泰:〈青年作家林燿德猝逝〉,《中國時報》35 版,1996.1.11。

李瑞騰:〈我要如何表白我的震驚與哀傷〉,《聯合報》34 版,1996.1.11。

王浩威:〈聽見與告別〉,《聯合報》34 版,1996.1.11。

林水福:〈他的祖籍在星空〉,《聯合報》34 版,1996.1.11。

徐開塵:〈林燿德為文學雙倍燃燒自己〉,《民生報》15 版,1996.1.11。

紀慧玲:〈拿獎常勝軍〉,《民生報》15 版,1996.1.11。

李瑞騰:〈一顆耀眼文學之星的絕滅〉,《民生報》15 版,1996.1.11。

小　民:〈文壇隕星林燿德〉,《中華日報》14 版,1996.1.11。

孟　樊:〈到冥間為鬼才——送林燿德〉,《中國時報》35 版,1996.1.12。

司馬中原:〈火焰人生——悼念林燿德〉,《中央日報》18 版,1996.1.12。

李　潼:〈好走,好睡——大風箱燿德〉,《中國時報》35 版,1996.1.15。

羅　青:〈弔念林燿德〉,《中國時報》35 版,1996.1.16。

鍾鼎文:〈花訊——悼林燿德〉,《聯合報》34 版,1996.1.17。

姜　穆：〈萬年史紀有君名——悼詩人林燿德先生〉（上、下），《臺灣新生報》19 版，1996.1.23-24。

應平書：〈不只是一個文人之死〉，《中華日報》14 版，1996.1.23-24。

丘秀芷：〈是不是已預期到？——給燿德老弟〉，《中華日報》14 版，1996.1.24。

司馬中原：〈歸入星空——懷念林燿德〉，《中華日報》14 版，1996.1.24。

羅　門：〈你會從文學史中回來——悼詩友林燿德〉，《中華日報》14 版，1996.1.25。

徐　學：〈兩岸同悲〉，《中華日報》14 版，1996.1.25。

許臺英：〈溫州街的雅歌新唱——送林燿德〉，《聯合報》34 版，1996.1.25。

吳鈞堯：〈當我們的生命熱度逐漸交融時〉，《幼獅文藝》第 83 卷第 2 期（1996.2）。

艾　春（陳思和）：〈世紀末文壇的流星〉，《中央日報》18 版，1996.3.17。

黃　海：〈作家往何處去？從林燿德遽殞說起〉，《中華日報》14 版，1996.3.17。

羊　恕：〈盛雪的銀碗，盛酒如何？——哀我好友林燿德〉，《臺灣新聞報》19 版，1996.3.17。

簡政珍：〈真實的謊言——給林燿德〉，《聯合文學》第 12 卷第 5 期（1996.3）。

黃基淦：〈追慕林燿德〉，《中華日報》14 版，1996.4.4。

廖咸浩：〈你的進度已超前太多——紀念與燿德一起趕稿的日子〉，《中國時報》35 版，1996.4.10。

劉再復：〈共一冰冷的鑰匙〉，《中央日報》18 版，1996.6.25。

汪啟疆：〈白日黑夜凝留在風濤上的重〉，《藍色水手》（臺北：黎明，1996）。

鄭明娳：〈詩人，沒走〉，《中央副刊》18 版，1998.2.13。

方　路：〈林燿德——一九九四：在吉隆坡〉《聯合報》37 版，1999.2.23。

鄭明娳：〈超人燿德二三事〉，《勁報》24 版，2000.1.4。

羅　門：〈劃亮文學天空的隕星——林燿德逝世四周年〉，《勁報》24 版，2000.1.5。

顏艾琳：〈燿德？耀德？都很要得〉，《勁報》24 版，2000.1.6 日。

郭玉文：〈猛烈，而且不朽〉，《勁報》24 版，2000.1.7。

楊宗翰：〈SUBLIME，2000——遙寄林燿德〉，《勁報》24 版，2000.1.10。

林婷：〈想望一襲熟悉的身影〉，《聯合文學》第 16 卷第 8 期（2000.6）。

鄭明娳：〈神乎魔乎人乎——閱讀林燿德〉，《香港文學》第 193 期（2001.1）。

陳裕盛：〈追憶林燿德〉，《幼獅文藝》第 570 期（2001.6）。

二、理論專著

（一）現代與後現代相關論著

Angela McRobbie 著，田曉菲譯：《後現代主義與大眾文化》（北京：中央編譯，2001）。

Anthony Giddens 著，田禾譯：《現代性的後果》（南京：譯林，2000）。

Anthony Giddens 著，趙旭東、方文譯：《現代性與自我認同》（北京：三聯，1998）。

Cyril Black 編，楊豫、陳祖洲譯，《比較現代化》，（上海：上海藝文，1996）。

Daniel Bell 著，高銛等譯：《後工業社會的來臨》（北京：新華，1997）。

David Griffin 編，馬季方譯：《後現代科學》（北京：中央編譯，1998）。

Jean-Francois Lyotard 著，羅國祥議：《非人－時間漫談》（北京：商務印書館，2000）。

Kim Levin 著，常寧生等譯：《超越現代主義——70 年代和 80 年代藝術論文集》（江蘇：江蘇美術，1995）。

Malcolm Bradibury、James Macfarlane 編：《現代主義》（上海：上海外語教育，1992）。

Mike Featherstone 著，劉精明譯：《消費文化與後現代主義》（江蘇：譯林，2000）。

Perry Anderson 著，王晶譯：《後現代性的起源》（臺北：聯經，1999）。

Steven Best、Doglas Kellner 等著，朱元鴻譯：《後現代理論——批判的質疑》（臺北：巨流，1994）。

Steven Best、Doglas Kellner 著，張志斌譯：《後現代理論——批判性的質疑》（北京：中央編譯，1999）。

Terry Eagleton 著、華明譯：《後現代主義的幻象》（北京：商務，2000）。

文訊雜誌社主編：《臺灣現代詩史論》（臺北：文訊，1996）。

王岳川：《後殖民主義與新歷史主義文論》（山東：山東教育，1999）。

李歐梵：《現代性的追求》（臺北：麥田，1996）。

河　清：《現代與後現代——西方藝術文化小史》（浙江：中國美術學院，1994）。

柳鳴九主編：《未來主義・超現實主義・魔幻現實主義》（臺北：淑馨，1990）。

唐正序、陳厚誠主編：《20世紀中國文學與西方現代主義思潮》（四川：四川人民，1992）。

高宣揚：《後現代論》（臺北：五南，1999）。

張京媛主編：《新歷史主義與文學批評》（北京：北京大學，1993）。

盛　寧：《二十世紀美國文論》（臺北：淑馨，1994）。

盛　寧：《人文困惑與反思——西方後現代主義思潮批判》（北京：三聯，1997）。

陳永國：《文化的政治闡釋學》（北京：中國社會科學，2000）。

葉維廉：《解讀現代‧後現代》（臺北：東大，1992）。

詹明信著，唐小兵譯：《後現代主義與文化理論》（北京：北京大學，1997）。

詹明信著，張旭東編：《晚期資本主義的文化邏輯》（香港：牛津，1996）。

路　況：《後／現代及其不滿》（臺北：唐山，1992）。

廖炳惠：《回顧現代——後現代與後殖民論文集》（臺北：麥田，1994）。

羅　青：《什麼是後現代主義》（臺北：學生，1989）。

（二）文學史相關論著

王德威：《如何現代，怎樣文學》（臺北：麥田，1998）。

王鍾陵主編：《二十世紀中國文學史論文精粹－文學史方法論卷》（河北：河北教育，2001）。

古繼堂：《臺灣新詩發展史》（臺北：文史哲，1989）。

田銳生：《臺港文學主流》（河南：河南大學，1996）。

朱棟霖主編：《文學新思維》共三卷（江蘇：江蘇教育，1996）。

朱壽桐主編：《中國現代主義文學史》共二卷（江蘇，江蘇教育，1998）。

夏志清：《中國現代小說史》（香港：友聯，1979）。

張同道：《探險的風旗——論20世紀中國現代主義詩潮》（安徽：安徽教育，1998）。

彭瑞金：《臺灣新文學運動40年》（臺北：自立晚報，1991）。

楊照：《文學社會與歷史想像——戰後文學史散論》（臺北：聯合文學，1995）。

楊　照：《夢與灰燼：戰後文學史散論二集》（臺北：聯合文學，1998）。

葉石濤：《臺灣文學史綱》（臺北：文學界，1987）。

詹明信：《晚期資本主義的文化邏輯》（香港：牛津大學，1996）。

趙知悌：《現代文學的考察》（臺北：遠景，1978）。

劉紀蕙、周英雄編：《書寫臺灣》（臺北：麥田，2000）。

劉登翰等主編：《臺灣文學史》（福州：海峽文藝，1991-1993）。

蔡詩萍：《騷動島嶼的論述反抗》（臺北：聯合文學，1995）。
譚楚良：《中國現代派文學史論》（上海：學林，1997）。

（三）其他論著

Aldo Rossi 著，施植明譯：《城市建築》（臺北：田園城市，1990）。
Jean Baudrillard 著，洪凌譯：《擬仿物與擬像》（臺北：時報，1998）。
John Strok 編，渠東、李康、李猛譯：《結構主義以來》（遼寧：遼寧教育，1998）。
Thomas Kuhn 著，程樹德等譯：《科學革命的結構》（臺北：遠流，1989）。
Marco Diani、Catherine Ingraham 著，王志弘譯：〈啟迪計畫－重構建築理論〉，《空間的文化形式與社會理論讀本》（臺北：明文，1993）。
Arthur Rimbaud 著，莫渝譯：《韓波詩文集》（臺北：桂冠，1994）。
Roland Barthes 著，王志弘譯：〈符號學與都市〉，《空間的文化形式與社會理論讀本》（臺北：明文，1993）。
Roland Barthes 著，李幼蒸譯：《寫作的零度》（臺北：桂冠，1998）。
Sigmund Freud 著，滕守堯譯：《性愛與文明》（臺北：國際文化，1988）。
Walter Benjami 著，張旭東、魏文生譯：《發達資本主義時代的抒情詩人》（北京：三聯，1989）。
王小章、郭本禹：《潛意識的詮釋》（北京：中國社會科學院，1998）。
王志弘：《性別化流動的政治與詩學》（臺北：田園城市，2000）。
王浩威：〈重組的星空！重組的星空？〉，《林燿德與新世代作家文學論》，（臺北：文建會，1997）。
王浩威：〈偉大的獸──林燿德文學理論的建構〉，《聯合文學》第 12 卷第 5 期（1996.3）。
王溢嘉：〈集體潛意識之螢－林燿德詩集《都市之螢》的空間結構〉，《都市之螢》（臺北：漢光，1989）。
王溢嘉：〈試析《無限軌道》──也是「詩人與心理醫師的雙重個案」〉，《妳不瞭解我的哀愁是怎樣一回事》（臺北：光復，1988）。
王溢嘉：《性‧文明與荒謬》（臺北：野鵝，1990）。
王溢嘉：《精神分析與文學》（臺北：野鵝，1991）。
王潤華：〈從沈從文的「都市文明」到林燿德的「終端機」文化〉，《當代臺灣都市文學論》（臺北：時報，1995）。
吳福輝：《都市漩流中的海派小說》（湖南：湖南教育，1997）。
呂興昌編著：《林亨泰研究資料彙編》共二冊（彰化：彰化縣立文化中心，1994）。

李潔非：《城市像框》（山西：山西教育，1999）。

李歐梵：《上海的狐步舞——新感覺派小說選》（臺北：允晨，2001）。

孟　樊：《臺灣文學輕批評》（臺北：揚智，1994）。

孟　樊：《當代臺灣新詩理論》（臺北：揚智，1998）。

林水福編：《林燿德與新世代作家文學論》（臺北：文建會，1997）。

林亨泰，林燿德編：《跨不過的歷史》，（臺北：尚書，1990）。

林亨泰著，呂興昌主編：《林亨泰全集》（彰化：彰化縣立文化中心，1998）。

河合俊雄著，趙金貴譯：《榮格——靈魂的現實性》（河北：河北教育，2001）。

柳鳴九主編：《未來主義、超現實主義、魔幻現實主義》（臺北：淑馨，1999）。

洛　夫：《石室之死亡：及相關重要評論》，（臺北：漢光，1988）。

夏　宇：《備忘錄》（自印，1986）。

夏鑄九、王志弘編譯：《空間的文化形式與社會理論讀本》（臺北：明文，1993）。

奚　密：《現當代詩文錄》，（臺北：聯合文學，1998）。

陳大為：《存在的斷層掃瞄——羅門都市詩論》（臺北：文史哲，1998）。

陳芳明：〈臺灣新文學史 1-15〉，《聯合文學》（1999.8-2002.2）。

陳炳良編：《中國現當代文學探研》（香港：三聯，1992）。

黃獻文：《論新感覺派》（湖北：武漢，2000）。

楊宗翰主編：《林燿德佚文選》共五冊（臺北：華文網，2001）。

楊熾昌著，呂興昌主編：《水蔭萍作品集》（臺南：臺南縣立文化中心，1995）。

劉紀蕙：《孤兒‧女神‧負面書寫》（臺北：立緒，2000）。

蔡勇美、章英華主編：《臺灣的都市社會》（臺北：巨流，1997）。

鄭明娳主編：《當代臺灣都市文學論》（臺北：時報，1995）。

蕭蕭編選：《現代詩導讀－理論、史料、批評篇》（臺北：故鄉，1982）。

薛　絢：《空間地圖》（臺北：商務，2000）。

羅　門：《時空的回聲》（臺北：德華，1981）。

羅　門：《詩眼看世界》（臺北：師大書苑，1989）。

羅　青：《詩人之燈》（臺北：東大，1992）。

嚴家炎：《新感覺派小說選》（北京：人民，1985）。

三、碩博士論文

池煥德：《「臺灣」：一個符號鬥爭的場域——以臺灣結／中國結論戰為例》（臺中：東海社會系碩士論文，1997）。

李桂芳：《逆聲與變奏的雙軌－現代詩語言觀的典範化與延變之研究》（臺北：淡江中文系碩士論文，1999）。

林以青：《文學經驗中的都會情境轉化之探討》（臺中：東海建築系碩士論文，1993）。

翁燕玲：《林燿德研究──現代性的追索》（嘉義：中正中文系碩士論文，2001）。

陳明柔：《典範的更替／消解與臺灣八〇年代小說的感覺結構》（臺中：東海中文系博士論文，1999）。

淩子楚：《臺灣八〇年代社運的政經分析》（臺北：臺大三民主義研究所碩士論文，1994）。

藍博堂：《臺灣鄉土文學論戰及其餘波 1971-1987》（臺北：師大歷史系碩士論文，1992）。

王明君：《中國新感覺派小說之研究》（臺北：政大中文系碩士論文，1997）。

四、單篇論文（期刊、書籍）、網頁資料

Allen Bullock：〈雙重形象〉，《現代主義》（上海：上海外語教育，1992）。

Alan Pride 著，許坤榮譯：〈結構歷程和地方－地方感和感覺結構的形成過程〉，《空間的文化形式與社會理論讀本》（臺北：明文，1993）。

Hayden White：〈評新歷史主義〉，《新歷史主義與文學批評》（北京：北京大學，1993）。

Malcolm Bradibury：〈現代主義的城市〉，《現代主義》（上海：上海外語教育，1992）。

Manuel Castells 著，吳金鏞譯：〈都市問題（1975 後記）〉，《空間的文化形式與社會理論讀本》（臺北：明文，1993）。

Manuel Castells 著，陳志梧譯：〈一個跨文化的都市社會變遷理論〉，《空間的文化形式與社會理論讀本》（臺北：明文，1993）。

丁旭輝：〈林燿德圖像詩研究〉，《中國學術年刊》第 22 期（2001.5）。

王文仁：〈林燿德與「新世代」理論的建構〉，《第八屆南區五校中國文學研究生論文研討會論文集》（嘉義：中正大學中文系，2000）。

王文仁：〈林燿德與文學史重探〉，《乾坤》第 20 期（2001.10）。

王文仁：〈迷宮頑童──林燿德都市散文初探〉，《第六屆南區五校中國文學研究生論文研討會論文集》（臺南：成功大學中文系，2000）。

王文仁：〈時代巨輪下的超現實首聲——「風車詩社」的文學史意義初論〉，《文學流變》（花蓮：東華中文系，2004）。

王文仁：〈斷裂？鍊接？——再論風車詩社的文學史意義〉，收入《想像的本邦》（臺北：麥田，2005）。

王文仁：〈林燿德都市文學三階段論〉，《高應科大人文社會學報》第 6 卷第 1 號（2009.7）。

王文仁：〈林燿德後都市詩學理論的建構〉，《高應科大人文社會學報》第 7 卷第 1 號（2010.7）。

王建元：〈當代臺灣科幻小說的都市空間〉，《當代臺灣都市文學論》（臺北：時報 1995）。

田運良：〈火的焚燒與光的照耀——論林燿德詩集《不要驚動不要喚醒我所親愛》〉，《幼獅文藝》第 84 卷第 2 期（1997.2）。

白　靈：〈九歌版藍星詩刊的歷史意義——兼談「詩刊的迷思」〉，《現代詩學研討會論文集》（彰化：彰化師大國文系，1993）。

白　靈：〈停駐在地上的星星——林燿德詩路新探〉，《都市終端機》（臺北：書林，1988）。

白　靈：〈詩怎麼傳？〉，《臺灣現代詩史論》（臺北：文訊，1996）。

向　明：〈現代詩壇的困境〉，《文訊》革新第 5 期（1997.6）。

向　陽：〈八〇年代臺灣現代詩風潮試論〉，《臺灣史料研究》第 9 期（1997.5）。

向　陽：〈五〇年代臺灣現代詩風潮試論〉，《靜宜人文學報》第 11 期（1999.7）。

向　陽：〈長廊與地圖：臺灣新詩風潮的溯源與鳥瞰〉，《中外文學》第 28 卷第 1 期（1999.6）。

向　陽：〈戰爭・和平・蝕－讀林燿德詩輯《人類家族遊戲》〉，《妳不瞭解我的哀愁是怎樣一回事》（臺北：光復，1988）。

向　陽：對〈都市與後現代——林燿德詩論〉的講評，《林燿德與新世代作家文學論》（臺北：文建會，1997）。

何乃英：〈日本新感覺派文學評析〉，《河北大學學報》1994 年第 3 期。

呂興昌：〈走向自主性的時代——林亨泰詩路歷程簡述〉，《林亨泰研究資料彙編》（彰化：彰化縣文化中心，1994）。

李歐梵：〈中國現代小說的先驅者——施蟄存、穆時英、劉吶鷗〉，《現代性的追求》（臺北：麥田，1996）。

李歐梵：〈漫談中國現代文學中的「頹廢」〉，《現代性的追求》（臺北：麥田，1996）。

李曉寧：〈論新感覺——心理分析派小說〉，《青海師院大學學報》1995 年第
　　2 期。

孟　樊：〈大陸第三代詩與臺灣新世代詩之比較〉，《當代青年》第 1 卷第 4
　　期（1991.11）。

孟　樊：〈臺灣的世紀末詩潮〉，《聯合文學》第 7 卷第 9 期（1991.7）。

孟　樊：〈臺灣後現代詩的理論與實際〉，《世紀末偏航——八〇年代臺灣文
　　學論》（臺北：時報，1990）。

孟　樊：〈瀕臨死亡的現代詩壇〉，《臺灣文學輕批評》（臺北：揚智，1994）。

林于弘：〈在變與不變之間——解嚴後詩刊的困境與轉進〉，《解嚴以來臺灣
　　文學國際學術研討會論文集》，（臺北：臺灣師大國文學系，2000）。

林亨泰：〈臺灣詩史上的一次大融合（前期）——一九五〇年代後半期的臺
　　灣詩壇〉，《臺灣現代詩史論》（臺北：文訊，1996）。

林亨泰：〈從八〇年代回顧臺灣詩潮的演變〉，《世紀末偏航－八〇年代臺灣
　　文學論》（臺北：時報，1990）。

林亨泰：〈現代詩的基本精神——論真摯性〉，林亨泰全集《文學論述卷 1》
　　（彰化：彰化縣立文化中心，1998）。

林亨泰：〈笠的回顧與展望〉，林亨泰全集《文學論述卷 4》（彰化：彰化縣立
　　文化中心，1998）。

林亨泰：〈新詩的再革命〉，林亨泰全集《文學論述卷 2》（彰化：彰化縣立文
　　化中心，1998）。

林亨泰：對〈楊熾昌、風車詩社和日本思潮：戰前臺灣新詩現代主義的考察〉
　　的講評，林亨泰全集《文學論述卷 4》（彰化：彰化縣立文化中心，1998）。

林亨泰：〈談主知與抒情〉，林亨泰全集《文學論述卷 4》（彰化：彰化縣立文
　　化中心，1998）。

林亨泰：〈談現代派的影響〉，林亨泰全集《文學論述卷 4》（彰化：彰化縣立
　　文化中心，1998）。

林亨泰：〈鹹味的詩〉，林亨泰全集《文學論述卷 4》（彰化：彰化縣立文化中
　　心，1998）。

林佩芬：〈永不停息的風車〉，《水蔭萍作品集》（臺南：臺南縣立文化中心，
　　1995）。

林　綠：對〈都市與後現代——林燿德詩論〉的講評，《林燿德與新世代作
　　家文學論》（臺北：文建會，1997）。

邵玉銘等編：《四十年來中國文學》（臺北：聯合文學，1995）。

施　淑：〈走出「臺灣文學」定位的雜音〉，《兩岸文學論集》（臺北：新地，1997）。

洛　楓:〈從後現代主義看詩與城市的關係〉,《中國現當代文學探研》(香港:三聯,1992)。

紀大偉:〈都市化的文學風景〉,《狂飆八○——記錄一個集體發聲的年代》(臺北:時報,1999)。

紀　弦:〈從自由詩的現代化到現代詩的古典化〉,《現代詩導讀 2－理論、史料、批評篇》(臺北:故鄉,1982)。

奚　密:〈我們貧瘠的餐桌上——五○年代的《現代詩》季刊〉,《從邊緣出發:現代漢詩的另類傳統》(廣州:廣東人民,2000)。

奚　密:〈邊緣,前衛,超現實:對臺灣五、六十年代現代主義的反思〉,《臺灣現代詩史論》(臺北:文訊,1996)。

栗津則雄:〈韓波的問題〉,《韓波詩文集》(臺北:桂冠,1994)。

張大春:〈當代臺灣都市文學的興起——一個小說本行的觀察〉,《四十年來中國文學》(臺北:聯合文學,1995)。

張同道:〈都市風景與田園鄉愁〉,《文藝研究》1997 年第 2 期。

張國安:〈日本新感覺派新論〉,《日本研究》1995 年第 2 期。

張漢良、蕭蕭編選:《現代詩導讀－理論、史料、批評篇》(臺北:故鄉,1982)。

張漢良:〈中國現代詩超現實主義風潮〉——一個影響研究的傲作〉,《中外文學》第 10 卷第 1 期(1981.6)。

張漢良:〈分析羅門的一首都市詩〉,《當代臺灣文學評論大系‧新詩批評集》(臺北:正中,1993)。

張漢良:〈四度空間詩人與詩評家〉,《妳不瞭解我的哀愁是怎樣一回事》(臺北:光復,1988)。

張漢良:〈現代詩的田園模式——「八十年代詩選」序〉,《現代詩論衡》(臺北:幼獅,1997)。

張漢良:〈都市詩言談——臺灣的例子〉,《當代》第 32 期(1988.12)。

張誦聖:〈「文學體制」與現、當代中國／臺灣文學〉,《書寫臺灣》(臺北:麥田,2000)。

張誦聖:〈現代主義文學在臺灣當代文學生產場域裡的位置〉,「現代主義與臺灣文學學術研討會」,政治大學主辦(2000.6)。

張　錯:〈抒情繼承:八十年代詩歌的延續與不變〉,《臺灣現代詩史論》(臺北:文訊,1996)。

許俊雅:〈當文學遇上解嚴——側記解嚴以來臺灣文學研討會〉,《解嚴以來臺灣文學國際學術研討會論文集》(臺北:臺灣師大國文系,2000)。

許悔之：〈林燿德《韶華拾遺》弁言〉，《妳不懂我的哀愁是怎樣一回事》（臺北：光復，1988）。

許悔之：〈熵的消耗——關於林燿德的《都市終端機》和其他〉，《都市終端機》（臺北：書林，1988）。

陳千武：〈知性不惑的詩〉，《林亨泰研究資料彙編》下冊（彰化：彰化縣立文化中心，1994）。

陳光興：〈炒作後現代？——評孟樊、羅青、鍾明德的後現代觀〉，《自立早報》副刊，1990.2.23。

陳明台：〈楊熾昌・風車詩社・日本詩潮－戰前臺灣新詩現代主義的考察〉，《水蔭萍作品集》（臺南：臺南縣立文化中心，1995）。

陳秉貞：〈臺灣現代詩史的見證者——林亨泰詩論探究〉，《臺灣人文》第 4 號（2000.6）。

陳芳明：〈後現代或後殖民－戰後臺灣文學史的一個解釋〉，《書寫臺灣》（臺北：麥田，2000）。

陳璐茜：〈廢墟〉，《鋼鐵蝴蝶》序（臺北：聯合文學，1997）。

彭小妍：〈解嚴與文學的歷史重建〉，《解嚴以來臺灣文學國際學術研討會論文集》（臺北：臺灣師大國文系，2000）。

游　喚：〈幽人意識與自然懷鄉——論臺灣新世代詩人的詩〉，《世紀末偏航——八〇年代臺灣文學論》（臺北：時報，1990）。

游　喚：〈對《都市與都市詩》的講評〉，《當代臺灣都市文學論》（臺北：時報，1995）。

程曉嵐：〈超現實主義述評〉，《未來主義、超現實主義、魔幻現實主義》（臺北：淑馨，1999）。

須文蔚：〈臺灣新世代詩人的處境〉，《林燿德與新世代作家文學論》，（臺北：文建會，1996）。

馮　青：〈帶著光速飛竄的神童——一個解碼者／革命之子／林燿德〉，《都市終端機》（臺北：書林，1988）。

楊宗翰：〈「現代派」的隔代會遇——施蟄存與林燿德〉，《幼獅文藝》第 570 期（2001.6）。

楊宗翰：〈在人群之中——波特萊爾、林燿德與臺灣現代主義文學〉，《智慧的天堂：第一屆全國大專學生文學獎得獎專集》（臺北：文建會，1998）。

楊宗翰：〈重構詩史的策略〉，《創世紀》第 124 期（2000.9）。

楊宗翰：〈書寫與消解：閱讀詩・人・林燿德〉，《林燿德與新世代作家文學論》（臺北：文建會，1997）。

楊宗翰：〈黑暗抽長，火光不安──與林燿德‧容格的三角對話〉，《臺灣詩學季刊》第 19 期（1997.6）。

楊宗翰編：〈林燿德逝世後相關紀念詩文要目（1996-2000 年）〉，《文訊雜誌》第 183 期（2001.1）。

楊明蒼：〈詹明信的後現代理論與臺灣〉，《中外文學》第 22 卷第 3 期（1993.8）。

楊　照：〈夢與灰燼──序《人生不值得活的－楊澤詩選》〉，《夢與灰燼：戰後文學史散論二集》（臺北：聯合文學，1998）。

楊熾昌：〈臺灣的文學喲‧要拋棄政治的立場〉，《水蔭萍作品集》（臺南：臺南縣立文化中心，1995）。

楊熾昌：〈回溯〉，《水蔭萍作品集》（臺南：臺南縣立文化中心，1995）。

楊熾昌：〈詩的化妝法〉，《水蔭萍作品集》（臺南：臺南縣立文化中心，1995）。

葉石濤：〈八〇年代作家的櫥窗──評「新世代小說大系」〉，《文訊》革新第 7 期（1989.8）。

葉　笛：〈日據時代臺灣詩壇的超現實主義運動──風車詩社的詩運動〉，《臺灣現代詩史論》（臺北：文訊，1996）。

葉維廉：〈從跨文化網路看現代主義〉，《解讀現代‧後現代》（臺北：東大，1992）。

詹明信：〈後現代主義，晚期資本主義的文化邏輯〉，《晚期資本主義的文化邏輯》（香港：牛津大學，1996）。

路　況：〈建築之死──後現代印象記〉，《後／現代及其不滿》（臺北：唐山，1992）。

廖咸浩：〈逃離國族──五十年來臺灣現代詩〉，《中外文學》第 11 卷第 12 期（1983.5）。

廖咸浩：〈離散與聚焦之間──八十年代後現代詩與本土詩〉，《臺灣現代詩史論》（臺北：文訊，1996）。

廖炳惠：〈比較文學與現代詩篇：試論臺灣的「後現代詩」〉，《中外文學》第 24 卷第 2 期（1995.7）。

廖炳惠：〈從巴別塔談建築性的思索〉，《當代》第 43 期（1989.11）。

廖朝陽：〈現代科幻──不平衡的吸引力〉，《誠品閱讀》第 4 期（2000.10）。

劉紀蕙：〈林燿德與臺灣文學的後現代轉向〉，《孤兒‧女神‧負面書寫》（臺北：立緒，2000）。

劉紀蕙：〈超現實的視覺翻譯〉，《孤兒‧女神‧負面書寫》，（臺北：立緒，2000）。

劉紀蕙：〈文化整體組織與現代主義的推離〉，《孤兒‧女神‧負面書寫》（臺北：立緒，2000）。

劉紀蕙：〈臺灣文化場域內「中國符號」與「臺灣圖像」的展演與變異〉，《孤兒‧女神‧負面書寫》，（臺北：立緒，2000）。

劉紀蕙：〈前衛的推離與淨化——論林亨泰與楊熾昌的前衛詩論及其被遮蓋的際遇〉，《書寫臺灣》（臺北：麥田，2000）。

劉紀蕙：〈時間龍與後現代暴力書寫的問題〉，《孤兒‧女神‧負面書寫》（臺北：立緒，2000）。

劉紀蕙：對〈從〈大東區〉到〈藍色狂想曲〉〉的講評，《林燿德與新世代作家文學論》（臺北：文建會，1997）。

劉紀蕙：〈銀鈴會與林亨泰的日本超現實淵源與知性美學〉，《孤兒‧女神‧負面書寫》，（臺北：立緒，2000）。

劉紀蕙：〈變異之惡的必要——楊熾昌的「異常為」書寫〉，《孤兒‧女神‧負面書寫》（臺北：立緒，2000）。

蔡奉杉：對〈臺灣後現代詩的理論與實際〉講評，《世紀末偏航－八〇年代臺灣文學論》（臺北：時報，1990）。

蔡詩萍：〈追求理想的文化論述情境〉，《騷動島嶼的論述反抗》（臺北：聯合文學，1995）。

蔡詩萍：〈一個反支配論述的形成——八〇年代臺灣異議性文化生態與文學的考察〉，《世紀末偏航——八〇年代臺灣文學論》（臺北：時報，1990）。

蔡詩萍：〈八〇年代後都市散文的新世代性格〉，《林燿德與新世代作家文學論》（臺北：文建會，1997）。

蔡詩萍：〈在文化典範更替前夕〉，《騷動島嶼的論述反抗》（臺北：聯合文學，1995）。

鄭明娳：〈詭異的銀碗〉，《都市終端機》（臺北：書林，1988）。

羅　門：〈一九九〇年向詩太空發射的一座人造衛星〉，《一九九〇》（臺北：尚書，1990）。

羅　門：〈立體掃瞄林燿德詩的創作世界——兼談他後現代創作的潛在生命〉，《林燿德與新世代作家文學論》（臺北：文建會，1997）。

羅　門：〈都市與都市詩〉，《當代臺灣都市文學論》（臺北：時報，1995）。

羅　門：〈都市與都市詩－兼答讀者問題〉，《詩眼看世界》（臺北：師大書苑，1989）。

羅　門：〈讀凌雲夢的「林燿德詩作初探」有感〉，《藍星》第9期（1986.10）。

羅　青：〈後現代狀況出現了〉，《日出金色——四度空間五人集》（臺北：文鏡，1985）。

羅　青：〈詩與後設方法：「後現代主義」淺談〉，《詩人之燈》（臺北：東大，1992）。

藺春華：〈新感覺派小說的反傳統傾向〉，《甘肅廣播電視大學學報》第 10 卷第 3 期（2000.9）。

瘂　弦：〈在城市裡成長——林燿德散文作品印象〉，《一座城市的身世》（臺北：時報，1987）。

瘂　弦：〈詩人手札〉，《現代詩導讀——理論、史料、批評篇》（臺北：故鄉，1982）。

王　澍：〈虛構城市〉，http://www.csdn618.com.cn/century/wencui/010827200/0108272001.htm，2001 年 8 月上網。

呂興昌編：〈林亨泰生平著作年表〉，http://ws.twl.ncku.edu.tw/hak-chia/l/lu-heng-chhiong/lim-heng-thai-nipio.htm，1998 年 9 月 14 日上網。

須文蔚等：〈詩路〉，http://www4.cca.gov.tw/poem/。

楊宗翰：〈楊宗翰的詩文學異議空間〉，http://home.pchome.com.tw/art/yangtsunghan/。

語言文學類　AG0131

現代與後現代的游移者
——林燿德詩論

作　　者 / 王文仁
責任編輯 / 林泰宏
圖文排版 / 陳宛鈴
封面設計 / 陳佩蓉

發 行 人 / 宋政坤
法律顧問 / 毛國樑　律師
印製出版 / 秀威資訊科技股份有限公司
　　　　　114 台北市內湖區瑞光路 76 巷 65 號 1 樓
　　　　　電話：+886-2-2796-3638　傳真：+886-2-2796-1377
　　　　　http://www.showwe.com.tw
劃撥帳號 / 19563868　戶名：秀威資訊科技股份有限公司
　　　　　讀者服務信箱：service@showwe.com.tw
展售門市 / 國家書店（松江門市）
　　　　　104 台北市中山區松江路 209 號 1 樓
　　　　　電話：+886-2-2518-0207　傳真：+886-2-2518-0778
網路訂購 / 秀威網路書店：http://www.bodbooks.tw
　　　　　國家網路書店：http://www.govbooks.com.tw
圖書經銷 / 紅螞蟻圖書有限公司
　　　　　114 台北市內湖區舊宗路二段 121 巷 28、32 號 4 樓
　　　　　電話：+886-2-2795-3656　傳真：+886-2-2795-4100

2010 年 11 月 BOD 一版
定價：380 元

國家圖書館出版品預行編目

現代與後現代的游移者：林燿德詩論 / 王文仁著.
-- 一版. -- 臺北市：秀威資訊科技, 2010.11
  面； 公分. -- (語言文學類；AG0131)
BOD 版
ISBN 978-986-221-606-4(平裝)

1.林燿德 2.學術思想 3.臺灣詩 4.新詩 5.詩評

863.51   99017181

讀者回函卡

感謝您購買本書，為提升服務品質，請填妥以下資料，將讀者回函卡直接寄回或傳真本公司，收到您的寶貴意見後，我們會收藏記錄及檢討，謝謝！
如您需要了解本公司最新出版書目、購書優惠或企劃活動，歡迎您上網查詢或下載相關資料：http:// www.showwe.com.tw

您購買的書名：＿＿＿＿＿＿＿＿＿＿＿＿＿＿＿＿＿＿＿＿＿＿＿＿

出生日期：＿＿＿＿＿年＿＿＿＿＿月＿＿＿＿＿日

學歷：□高中 (含) 以下　　□大專　　□研究所 (含) 以上

職業：□製造業　□金融業　□資訊業　□軍警　□傳播業　□自由業
　　　□服務業　□公務員　□教職　　□學生　□家管　　□其它＿＿＿＿

購書地點：□網路書店　□實體書店　□書展　□郵購　□贈閱　□其他

您從何得知本書的消息？

　　□網路書店　□實體書店　□網路搜尋　□電子報　□書訊　□雜誌

　　□傳播媒體　□親友推薦　□網站推薦　□部落格　□其他＿＿＿＿＿＿

您對本書的評價：（請填代號　1.非常滿意　2.滿意　3.尚可　4.再改進）

　　封面設計＿＿＿　版面編排＿＿＿　內容＿＿＿　文／譯筆＿＿＿　價格＿＿＿

讀完書後您覺得：

　　□很有收穫　□有收穫　□收穫不多　□沒收穫

對我們的建議：＿＿＿＿＿＿＿＿＿＿＿＿＿＿＿＿＿＿＿＿＿＿＿＿

＿＿＿＿＿＿＿＿＿＿＿＿＿＿＿＿＿＿＿＿＿＿＿＿＿＿＿＿＿＿＿＿

＿＿＿＿＿＿＿＿＿＿＿＿＿＿＿＿＿＿＿＿＿＿＿＿＿＿＿＿＿＿＿＿

＿＿＿＿＿＿＿＿＿＿＿＿＿＿＿＿＿＿＿＿＿＿＿＿＿＿＿＿＿＿＿＿

11466
台北市內湖區瑞光路 76 巷 65 號 1 樓

秀威資訊科技股份有限公司　　　收

BOD 數位出版事業部

....

（請沿線對折寄回，謝謝！）

姓　　名：＿＿＿＿＿＿＿＿＿　年齡：＿＿＿＿　性別：□女　□男

郵遞區號：□□□□□

地　　址：＿＿＿＿＿＿＿＿＿＿＿＿＿＿＿＿＿＿＿＿＿

聯絡電話：(日) ＿＿＿＿＿＿＿＿　(夜) ＿＿＿＿＿＿＿＿

E-mail：＿＿＿＿＿＿＿＿＿＿＿＿＿＿＿＿＿＿＿＿＿